KB059191

시프트 1

사 일 로 연 대 기

PART 2

휴 하위 지음 | 이수현 옮김

시공사

일러두기

· 본문의 각주는 모두 옮긴이 주이다.

· 《울》은 2012년 사이먼&슈스터사의 페이퍼백을 바탕으로 2013년에 번역 출간한 후, 이번 개정판을 내면서 손질했다. 《시프트》와 《더스트》는 2020년 새로 출간된 매리너판을 번역 대본으로 삼았다.

· 소설에 인용된 성경 구절은 《개역개정 성경》을 따랐다.

스스로가 완전히 혼자임을 알게 된 사람들에게

2007년, 나노바이오테크센터(이하 CAN)는
언젠가 인간 세포보다 작으면서 의학 진단을 내리고,
상처를 고칠 뿐 아니라 자가증식까지 하는 로봇을 만들어낼
하드웨어와 소프트웨어 플랫폼들의 개요를 잡았다.
같은 해, CBS는 극심한 트라우마에 고통받는 이들에게
프로프라놀롤이 미치는 영향을 다룬 프로그램을 재방영했다.
간단하게 요약하자면 알약 하나로 어떤 트라우마든
지울 수 있음이 밝혀졌다는 내용이다.
인류는 그 폭넓은 역사에서 거의 같은 시기에
완전한 몰락을 가져올 수단과, 그런 일이 있었다는 사실조차
잊어버릴 능력을 함께 발견한 것이다.

SHIFT

차례

첫 번째 교대근무:

첫 번째 교대근무:

〈유산〉

프롤로그

트로이는 산 사람의 세계로 돌아왔다가 자신이 무덤 속에 있음을 깨달았다. 깨어나보니 갇혀 있었고, 얼굴 바로 앞에는 서리가 낀 두꺼운 유리가 있었다.

차갑고 흐린 유리 저편에서 어두운 형체들이 움직였다. 팔을 들어 유리를 두드리려 했지만, 근육이 너무 약해져 있었다. 비명을 지르려고 해봤지만 기침밖에 나오지 않았다. 입안이 텁텁했다. 무거운 자물쇠가 열리는 철컥 소리, 공기가 새어 나가는 소리, 오랫동안 쓰지 않은 경첩이 삐거덕거리는 소리가 귓속에 울렸다.

머리 위 불빛은 밝았고, 와 닿는 손은 따뜻했다. 트로이가 싸늘한 공기에 목이 메어 기침을 계속하는 와중에도 그들은 그를 일으켜 앉혔다. 누군가가 물과 알약을 가져왔다. 물은 시원했고, 알약은 썼다. 트로이는 애써 몇 번씩 침을 삼켰다. 도움 없이는 유리잔을 들고 있을 수도 없었다. 기억이, 긴 악몽 속에 있던 장면들이 밀려 돌아오면서 두 손이 덜덜 떨렸다. 오래전의 기억이라는 느낌과 바로 어제의 일이라는 느낌이 뒤섞였다. 그는 몸서리를 쳤다.

종이 가운이 걸쳐졌다. 줄줄이 붙은 테이프가 떨어져 나갔다. 누군가 팔을 당겼고, 사타구니에서 튜브가 뽑혔다. 하얀 옷을 입은 두 남자가 관에서 일어날 수 있도록 그를 부축했다. 사방에서 수증기가 피어올랐다. 공기가 응결되었다가 흩어졌다.

트로이는 일어나 앉아 빛 속에서 눈을 깜박이며, 오랫동안 닫혀 있던 눈꺼풀을 움직여 늘어선 관들을 보았다. 뻗어나간 관들이 멀리 구부러진 벽까지 줄줄이 이어졌다. 천장은 낮게 느껴졌다. 위쪽에 숨 막히게 내리누르는 흙이 높이 쌓여 있어서였다. 그리고 세월. 너무 많은 세월이 지나갔다. 트로이가 마음을 줬던 사람은 그게 누구든 모두 사라졌을 것이다.

모든 것이 사라졌다.

목에 걸린 알약이 따끔거렸다. 트로이는 알약을 삼키려고 노력했다. 기억은 깨어난 후의 꿈처럼 희미해졌고, 알고 있던 모든 것이 손아귀에서 빠져나가는 느낌이 들었다.

그는 뒤쪽으로 쓰러졌다. 그러나 하얀 작업복을 입은 남자들은 그가 쓰러질 것을 예측하고 있었다. 그들이 그를 붙잡아서 바닥으로 내렸다. 벌벌 떠는 살갗 위에서 종이 가운이 바스락거렸다.

장면들이 돌아왔다. 기억이 폭탄처럼 쏟아졌다가 사라졌다.

알약은 그 정도 도움만 줄 수 있을 터였다. 과거를 파괴하려면 시간이 걸릴 것이다.

트로이는 손바닥에 얼굴을 묻고 흐느끼기 시작했다. 공감하는 듯한 손이 머리에 얹혔다. 하얀 옷을 입은 두 남자는 그에게 이 순간을 허락했다. 절차를 서두르지 않았다. 이거야말로 이미 깨어 있던 사람으로부터 다음 사람에게 전해지는 예의였고, 관 속에서 자던 사람들 모두가 언젠가 일어나 겪게 될 경험이었다.

그리고 마침내는 잊을 경험이기도 했다.

1

2049년, 워싱턴디시

트로피가 들어 있는 키 큰 유리 장은 예전에 책장으로 쓰였었다. 그 흔적이 여기저기 남아 있었다. 책장 자체는 몇백 년 묵은 반면, 유리문 경첩과 작은 자물쇠는 수십 년밖에 되지 않았다. 유리 틀은 벚나무였지만, 책장은 참나무였다. 누군가가 몇 겹으로 색을 칠해서 해결하려고 한 모양인데, 결이 맞지 않았다. 색깔 역시 완벽하지 않았다. 보는 눈이 있는 사람에게는 이런 세세한 부분이 확연히 보였다.

하원의원 도널드 킨은 무심결에 이런 단서들을 모았다. 그는 단순히 오래전에 자리를 만들기 위한 대숙청이 있었다고 보았다. 과거 어느 때인가, 상원의원 대기실에 의무적으로 놓여 있던 법률 책들이 정리당하고 한 줌만 남았다. 남은 책들은 유리 장 어두운 구석에 조용히 놓여 있었다. 책등에 가느다란 잔금이 잔뜩 남고,

낡은 가죽은 햇볕에 탄 피부처럼 벗겨져 나간 모습으로 갇혀 있었다.

임기가 막 시작된 킨의 동료 신임 의원들 몇 명이 대기실을 채운 채 서성대고 있었다. 도널드와 마찬가지로 젊고, 아직은 어쩔 도리 없이 낙관적인 사람들이었다. 그들은 자신들이 미국 의회에 변화를 가져오고 있다고 믿었다. 그들처럼 순진했던 전임자들이 이루지 못했던 것을 자신들은 이루길 희망했다.

그들은 조지아주의 강력한 상원의원 서먼과 만날 차례를 초조하게 기다리면서 자기들끼리 잡담을 나눴다. 도널드는 그들이 교황을 만나 반지에 입 맞추기 위해 줄을 선 한 무리의 사제들 같다고 생각했다. 그가 무거운 한숨을 내쉬고는 책장 내용물에 관심을 집중하고 유리 장 안에 숨겨진 보물에 푹 빠져 있는 동안, 동료인 조지아주 하원의원들은 그의 구역에 있는 질병통제예방센터에 대해 지껄여댔다.

"……그 웹사이트엔 자세한 안내가 있어요. 그러니까, 이것 보세요……. 좀비 공격이 일어날 경우에 대한 답변과 준비 매뉴얼이 있다고요. 믿어집니까? 염병할 좀비라니. CDC*마저도 뭔가가 잘못돼서 갑자기 우리가 서로를 잡아먹는 일이 벌어질 수 있다고 생각한다는 건가요……."

도널드는 혹시나 유리에 얼굴이 비쳐 보일까 싶어 웃음을 억눌렀다. 그는 몸을 돌려 벽에 걸린 사진들을 보았다. 상원의원이 지

---

* 미국질병통제예방센터Centers for Disease Control and Prevention.

난 네 명의 대통령과 차례차례 찍은 사진들이었다. 하나같이 똑같은 자세에 똑같은 악수, 바람에 펄럭이지도 않는 똑같은 깃발과 멋진 특대 인장을 배경으로 찍은 사진들. 몇 번이나 대통령이 바뀌는 사이에도 상원의원은 거의 달라지지 않은 모습이었다. 머리는 막 세기 시작한 채로 멈췄다. 수십 년이 지나도 동요하지 않는 듯 보였다.

그 사진들을 나란히 보니 어째선지 싸구려 느낌이 났다. 일부러 꾸민 가짜 사진 같았다. 마치 세상에서 제일 강력한 남자들 모두가 길가에 놓인 광고판 옆에 서서 자세를 잡게 해달라고 매달려 찍은 사진처럼 보였다.

도널드가 웃음을 터뜨리자 애틀랜타에서 온 하원의원이 같이 웃었다.

"맞아요, 그렇죠? 좀비라니 너무 웃기죠. 하지만 생각해봐요. CDC가 이런 현장 매뉴얼을 가지고 있다는 건 어쩌면……."

도널드는 동료 하원의원의 오해를 바로잡고, 사실은 무엇 때문에 웃었는지 말해주고 싶었다. '저 웃는 얼굴을 좀 봐요.' 그렇게 말하고 싶었다. 웃음은 대통령들의 얼굴에만 걸려 있었다. 상원의원은 어디 다른 곳으로 가고 싶다는 표정이었다. 여기 줄줄이 걸린 대통령들은 누가 더 힘 있는 사람인지, 자기들이 사라지고 나서도 오랫동안 남아 있을 사람이 누구인지 안다는 듯한 얼굴을 하고 있었다.

"……그러니까 마치, 모두가 손전등과 양초와 함께 야구방망이도 챙겨둬야 한다는 식입니다. 만약을 대비해서요. 뇌를 터뜨리기 위해 말입니다."

도널드는 핸드폰을 꺼내어 시간을 확인했다. 그는 대기실에서 나가는 문을 슬쩍 보면서 얼마나 더 기다려야 할까 생각했다. 핸드폰을 집어넣은 그는 다시 유리 장으로 몸을 돌리고, 군복이 섬세한 종이접기 작품처럼 신중하게 진열되어 있는 선반을 살폈다. 재킷 왼쪽 가슴은 메달 장식벽 역할을 했다. 소매는 양쪽 다 접어서 커프스 옆에 꿰매어 단 금빛 수술을 강조했다. 그 군복 앞에는 맞춤 제작한 나무 대에 장식 동전들이 담겼는데, 해외에서 복무한 이들이 보낸 감사의 기념품이었다.

그 두 가지 진열품은 많은 것을 말해주었다. 과거에서 온 군복과 현재 복무 중인 이들이 보낸 동전, 각각이 두 개의 전쟁에 대한 북엔드였다. 하나는 상원의원이 젊을 때 참전했던 전쟁이었고, 또 다른 하나는 나이가 들고 현명해진 상원의원이 막기 위해 분투했던 전쟁이었다.

"그래요, 미친 소리 같은 건 알지만, 광견병에 걸리면 개들이 어떻게 되는지 알아요? 그러니까, 정말로 어떤 일이 벌어지는지 말입니다. 생물학적인……."

도널드는 장식 동전들을 자세히 보려고 몸을 기울였다. 각 동전에 새겨진 숫자와 슬로건이 파견된 그룹을 대표했다. 아니, 그룹이 아니라 부대라고 하나? 그는 기억할 수 없었다. 누이인 샬럿이라면 알겠지. 샬럿도 저 바깥 어딘가, 전장에 나가 있었다.

"이봐요, 이거 좀 불안하지 않아요?"

도널드는 그 질문이 자신에게 날아왔음을 깨달았다. 몸을 돌려

수다스러운 하원의원을 마주 보았다. 30대 중반쯤, 도널드 또래가 분명했다. 도널드는 자신의 줄어가는 머리숱, 나오기 시작한 배 같은 불편한 중년의 신호들을 상대에게서도 볼 수 있었다.

"좀비 문제가 불안하냐고요?" 도널드는 웃었다. "아뇨. 그렇게는 말 못 하겠네요."

하원의원은 도널드 옆으로 다가서서, 전사의 가슴을 감싼 것처럼 진열되어 있는 군복을 흘긋 보았다. "아니요. 이 만남 말이에요."

안내실 문이 열리면서 전화벨 소리가 새어 나왔다.

"킨 하원의원님?"

나이 많은 안내원이 문 앞에 서 있었다. 하얀 블라우스와 검은 치마가 마르고 강건한 몸을 강조했다.

"서먼 상원의원님을 지금 만나시겠습니다."

도널드는 애틀랜타에서 온 하원의원의 어깨를 두드리고 지나갔다.

"어이, 행운을 빌어요." 상대방은 등 뒤에서 더듬더듬 말했다.

도널드는 미소 지었다. 돌아서서 자신은 상원의원을 아주 잘 안다고, 어릴 때 상원의원의 무릎에 앉아서 놀았다고 말하고 싶은 충동과 싸워야 했다. 다만…… 굳이 그런 말을 하기에는 도널드 역시 자신의 불안을 숨기는 데 급급했다.

색이 진한 견목으로 만든, 장식이 깊이 파인 문을 통과하여 상원의원의 내실로 들어섰다. 이건 누군가의 딸을 데이트에 데려가려고 현관을 통과하는 경험과는 견줄 수 없었다. 그것과는 달랐다. 도널드는 그때의 어린아이 그대로인 것 같은데, 정작 현실

20

에서는 동료로서 만나야 한다는 사실에 압박감이 들었다.

"이쪽으로요." 안내원은 사람들이 바쁘게 일하고 있는 두 개의 넓은 책상 사이로 도널드를 안내했다. 전화기 10여 대가 짧게 울려대고, 정장에 빳빳한 블라우스를 입은 젊은 남자와 여자들이 바쁘게 두 손을 움직였다. 따분하다는 표정들을 보면 이 정도는 평일 오전의 평범한 업무량임을 알 수 있었다.

도널드는 책상 하나를 지나치면서 손을 뻗어 손가락 끝으로 나무를 쓸었다. 마호가니였다. 이곳 보좌관들의 책상이 도널드의 것보다 더 좋았다. 게다가 실내장식은 어떤가. 고급스러운 카펫, 넓고 고색창연한 크라운 몰딩, 골동품 타일 천장, 실제 크리스털 같기도 한 조명 장치.

부산스럽게 삑삑거리는 보좌관실 끝, 장식문 하나가 열리더니 막 만남을 끝낸 믹 웨브 하원의원을 뱉어냈다. 믹은 앞에 펼쳐 든 서류철에 빠진 나머지 도널드를 알아차리지 못했다.

도널드는 걸음을 멈추고 동료이자 옛 대학 친구가 다가오기를 기다렸다. "그래서, 어땠어?"

믹은 고개를 들고 서류철을 탁 소리 나게 닫았다. 그리고 그것을 옆구리에 낀 다음 고개를 끄덕였다. "그렇지, 그래, 잘됐어." 믹은 미소 지었다. "오래 걸렸다면 미안해. 영감님이 나에게 질리질 않나 봐."

도널드는 소리 내어 웃었다. 그 말을 믿기도 했다. 믹은 수월하게 당선됐다. 키가 크고 잘생긴 데다 그에 어울리는 카리스마와 자신감도 있었다. 도널드는 믹이 남의 이름을 잘 기억하기만 했더라도 언젠가 대통령이 될 거라는 농담을 하곤 했다. "별거 아니야." 도널드는 말하면서 엄지손가락으로 어깨 너머를 가리켰다. "새 친구들을 사귀고 있었어."

믹이 씩 웃었다. "그랬겠지."

"그래. 그럼 목장에 돌아가서 보자."

"물론이지." 믹은 서류철로 도널드의 팔을 두드리고 출구로 향했다. 도널드는 상원의원의 안내인이 던지는 못마땅한 눈빛을 감지하고 서둘러 걸었다. 그녀는 어둑한 사무실 안으로 들어가라 손짓하더니 그의 등 뒤로 문을 당겨 닫았다.

"킨 하원의원."

폴 서먼 상원의원이 책상 뒤에 서서 한 손을 내밀었다. 친숙한 미소, 도널드가 어린 시절만이 아니라 사진과 TV에서도 많이 보아온 그 미소가 번득였다. 서먼은 이미 70이 넘었거나 아니면 그 언저리일 텐데, 그 나이에도 날씬하고 깔끔했다. 옥스퍼드 셔츠가 군인의 몸을 감싸 안았고, 넥타이 위로 굵은 목이 붉거졌으며, 백발은 아직도 병사처럼 빳빳하게 정돈되어 있었다.

도널드는 어두운 방을 가로질러 가서 상원의원과 악수를 했다.

"만나 뵈어 반갑습니다."

"앉지." 서먼은 도널드의 손을 놓고 책상 맞은편에 놓인 의자 중 하나를 가리켰다. 도널드는 팔걸이를 따라 금 고리가 강철 들보 속의 튼튼한 리벳처럼 박힌 밝은 빨간색 가죽 의자에 앉았다.

"헬렌은 어떤가?"

"헬렌이요?" 도널드는 타이를 바로잡았다. "헬렌이야 잘 지내죠. 서배너로 돌아갔습니다. 리셉션에서 의원님을 뵌 게 아주 좋았나 봐요.”

“자네 부인은 아름다운 사람이야.”

“고맙습니다.” 도널드는 긴장을 풀어보려 애썼는데, 별로 도움이 되지 않았다. 집무실에는 어스름한 장막이 드리워져 있었다. 머리 위에 조명이 켜져 있는데도 그랬다. 바깥 하늘은 험악해져서, 구름이 낮고 어둡게 드리웠다. 혹시 비가 온다면 도널드는 터널을 통해 집무실에 돌아가야 할 것이다. 터널에 내려가기는 싫었다. 카펫을 깔고 중간중간 작은 샹들리에를 달아봤자 지하라는 사실을 모를 수는 없었다. 워싱턴의 지하 터널들을 걷다 보면 하수구를 뛰어다니는 쥐가 된 기분이 들었다. 언제나 금방이라도 지붕이 내려앉을 것만 같았다.

“지금까지 일은 어떤가?”

“일이야 좋지요. 바쁘지만, 좋습니다.”

도널드가 상원의원에게 애나는 어떻게 지내는지 물어보려는 찰나에 등 뒤에서 문이 열렸다. 안내원이 들어오더니 물병을 두 개 건넸다. 도널드는 고맙다고 말하고 뚜껑을 돌리다가 그것이 이미 열려 있음을 알았다.

“너무 바쁘지 않다면 날 위해 뭘 좀 해주면 좋겠는데.” 서먼 상원의원이 한쪽 눈썹을 올렸다. 도널드는 물을 한 모금 마시면서, 저렇게 눈썹을 올리는 것도 숙달할 수 있는 기술일까 생각했다. 그 눈썹을 보면 벌떡 일어서서 경례를 하고 싶어졌다.

“당연히 시간을 낼 수 있죠. 절 위해 얼마나 많은 일을 해주셨는데요. 저 혼자였다면 예비선거도 통과 못 했을 겁니다." 도널드는 무릎에 놓인 물병을 만지작거렸다.

"자네와 믹 웨브 사이, 오래됐지? 둘 다 불도그였던가."

도널드는 잠시 후에야 상원의원이 그들의 대학 마스코트를 말했음을 깨달았다. 스포츠에 대해 이야기하기에는 조지아에서 시간을 많이 보내지 않아서 알아듣는 데 오래 걸렸다. "맞습니다. 가자 불도그Go Dawgs*죠."

그 구호가 맞는다면 좋을 텐데.

상원의원은 미소를 지었다. 그리고 책상 위로 쏟아지는 은은한 불빛이 얼굴을 비추도록 몸을 앞으로 내밀었다. 도널드는 그럴 때가 아니면 놓치기 쉬운 주름에 고이는 그림자를 보았다. 서면은 여윈 얼굴과 각진 턱 때문에 옆에서 볼 때보다 정면에서 봤을 때 더 젊어 보였다. 이 사람은 매복을 하기보다는 정면으로 접근해서 목표를 쟁취한 남자였다.

"자네는 조지아에서 건축을 공부했고."

도널드는 고개를 끄덕였다. 그는 서면이 자신에 대해 아는 것보다 자신이 서면에 대해 아는 것이 많다는 사실을 종종 잊었다. 둘 중 한 명이 신문 헤드라인을 훨씬 많이 차지해왔기 때문이었다.

"맞습니다. 학사 전공은 건축이었죠. 석사 과정에도 들어가려고 했다가, 사람들을 집어넣을 상자를 그리기보다는 사람들을 관

* 조지아 대학의 스포츠팀인 조지아 불도그스의 구호.

리하는 데 더 소질이 있다고 생각했죠."

그는 스스로가 뱉은 말에 얼굴을 찡그렸다. 그건 대학원에서나 쓰던 말이었고, 이마로 맥주 캔 찌그러뜨리기나 치맛자락 속 엉덩이 흘끔거리기와 함께 두고 떠났어야 할 표현이었다. 벌써 열 번도 넘게 생각했지만 왜 자신과 다른 신참 하원의원들이 불려 왔는지가 궁금했다. 처음 초대를 받았을 때는 사교적인 방문이라고 생각했다. 그러다가 믹이 상원의원과 만난다고 자랑을 하기에, 일종의 격식이나 전통인가 싶었다. 그런데 이제는 이게 권력 놀이인지, 혹은 서면이 하원의 특정한 표가 필요할 때를 대비하여 조지아에서 온 대표자들에게 기름을 칠할 기회를 마련한 건지 궁금했다.

"말해봐, 도니. 자네는 비밀을 얼마나 잘 지키지?"

도널드의 피가 차갑게 식었다. 그는 갑자기 찾아온 불안을 웃음으로 날리려 했다.

"저야 투표로 뽑히지 않았습니까?"

서면 상원의원은 미소 지었다. "그러니 아마 비밀에 대해 가장 좋은 교훈을 배웠겠지." 그는 인사하듯 물병을 들어 올렸다. "비밀이 있다는 사실도 부인하는 것."

도널드는 고개를 끄덕이고 물을 마셨다. 이 대화가 어디로 갈지는 모르겠지만, 이미 마음이 불편했다. 당선만 되면 뿌리 뽑겠다고 유권자들에게 약속했던 밀실 교섭이 다가온다는 느낌이 들었다.

상원의원은 의자에 등을 기댔다.

"부인하는 것이 이 도시의 비법이야. 다른 모든 재료를 한데 섞어주는 조미료지. 내가 새로 당선된 의원들에게 하는 말이 있네.

진실은 드러날 것이다. 언제나 드러난다. 그러나 온갖 거짓말과 뒤섞일 것이다." 상원의원은 허공에서 한 손을 돌렸다. "자네는 모든 거짓과 모든 진실을 똑같이 부인해야 해. 은폐 공작에 대해 떠들어대는 웹사이트와 허풍쟁이들이 자네 대신 대중을 혼란시키게 두는 거야."

"그, 알겠습니다." 도널드는 달리 무슨 말을 해야 할지 몰랐기에 물만 더 마셨다.

상원의원은 다시 눈썹을 올렸다. 그렇게 잠시 동안 가만히 있다가, 불쑥 물었다. "외계인을 믿나, 도니?"

도널드는 코로 물을 뿜을 뻔했다. 그는 손으로 입을 가리고 기침을 하다가 턱을 닦았다. 상원의원은 꿈쩍도 하지 않았다.

"외계인이요?" 도널드는 고개를 내젓고 젖은 손바닥을 허벅지에 닦았다. "아니요. 어, 그러니까 아이들을 납치하는 외계인 같은 건 안 믿습니다. 왜요?"

이건 모종의 임무 보고일까. 왜 상원의원은 그에게 비밀을 지킬 수 있냐고 물었을까? 안보를 위한 입회 의식일까? 상원의원은 말이 없었다.

"외계인은 실제로 없습니다." 도널드는 마침내 말했고, 상원의원에게서 어떤 씰룩임이나 단서라도 나타나는지 관찰했다. "아닌가요?"

노인이 슬그머니 미소를 지었다. "바로 그거야. 외계인이 있든 없든, 저 바깥에서 오가는 말은 똑같을 거야. 내가 외계인은 진짜로 있다고 하면 놀라겠나?"

"세상에, 그럼요. 놀라겠죠."

"좋아." 상원의원은 책상 위에 서류철을 하나 내밀었다.

도널드는 그것을 보고 손을 들어 올렸다. "잠깐만요. 그래서 외계인이 진짜로 있는 겁니까, 아닌 겁니까? 저에게 무슨 말을 하시려는 거죠?"

서먼 상원의원은 웃음을 터뜨렸다. "물론 없지." 그는 서류철에서 손을 떼고 책상 위에 팔꿈치를 댔다. "나사에서 화성에 갔다가 돌아오려고 우리에게 얼마나 많은 돈을 받고 싶어 하는지 봤나? 우린 다른 별까지 가지 못할 거야. 영원히. 그리고 누군가 여기 오지도 않을 거야. 나 원, 뭐 하러 오겠나?"

도널드는 어떻게 생각해야 할지 알 수 없었다. 조금 전까지와는 전혀 달랐다. 그는 상원의원이 무슨 뜻으로 그런 말을 했는지, 흑과 백처럼 보이는 진실과 거짓이 사실은 한데 뒤섞여서 어떻게 모든 것을 혼란스러운 회색으로 만드는지 이해했다. 그는 서류철을 내려다보았다. 믹이 들고 있던 것과 비슷했다. 그러고 보니 행정부는 뭐든 구식을 좋아한다는 생각이 들었다.

"이게 부인이군요?" 그는 상원의원을 살펴보았다. "지금 부인하시는 거군요. 저를 떨쳐버리시려는 거죠."

"아니. 이건 SF 영화 좀 그만 보라는 소리야. 저 똑똑이들이 왜 늘 다른 행성을 개척하는 꿈을 꾼다고 생각하나? 무엇이 연루되어 있는 줄이나 알아? 터무니없어. 비용 효과도 없고."

도널드는 어깨를 으쓱였다. 그는 행성 개척이 터무니없다고 생각하지 않았다. 도널드가 물병 뚜껑을 다시 돌려 닫았다. "빈 공간을 꿈꾸는 건 우리의 본성입니다. 퍼져나갈 곳을 찾는 거요. 그래서 우리가 여기까지 올 수 있었던 것 아닙니까?"

"여기? 아메리카 말인가?" 상원의원이 웃음을 터뜨렸다. "우린 여기 와서 빈 공간을 찾은 게 아니야. 수많은 사람을 병들게 하고, 죽이면서 공간을 만들었지." 서먼은 서류철을 가리켰다. "그래서 이게 나온 거야. 자네가 그 일을 해줬으면 좋겠네."

도널드는 물병을 어마어마한 책상에 아로새겨진 가죽 장식 위에 올려놓고 서류철을 집었다.

"위원회를 거칠 안건인가요?"

그는 희망을 누그러뜨리려 했다. 의원이 된 첫해에 법안 하나를 공동 발의한다고 생각하면 매혹적이었다. 그는 서류철을 열고 창문 쪽으로 기울였다. 바깥에서는 폭풍이 불어오고 있었다.

"아니, 그런 게 아니야. 이건 CAD-FAC에 대한 걸세."

도널드는 고개를 끄덕였다. '그렇겠지.' 비밀과 음모에 대한 서두가 갑자기 완벽하게 이해됐고, 바깥에 조지아주 하원의원들을 모은 것도 이해가 갔다. 이건 통칭 CAD-FAC, 상원의원의 새로운 에너지 법안 핵심에 있는, 언젠가 세상 대부분의 사용후핵연료를 보관하게 될 장소인 '봉쇄와 처분 시설'에 대한 자료였다. 서먼이 넌지시 말한 웹사이트들에 따르면 또 다른 51구역*, 아니면 새롭고 향상된 슈퍼 폭탄이 만들어질 곳, 또는 총을 너무 많이 구입한

---

* 미국의 비밀 군사작전 지역. 외계인의 증거 또는 외계인을 비밀리에 보관하고 있다는 음모론으로 유명하다.

자유주의자들을 가둬둘 구금 시설이라고도 했다. 뭐든 골라보라. 이미 어떤 진실이라도 가릴 만한 잡음이 퍼져 있었다.

"그래요." 도널드는 기가 꺾여서 말했다. "제 지역구에서도 재미있는 전화를 몇 번이나 받았죠." 그는 굳이 도마뱀 인간에 대한 음모론을 언급하지 않았다. "개인적으로 제가 그 시설을 100퍼센트 지지한다는 점은 알려드리고 싶습니다, 상원의원님." 그는 상원의원을 쳐다보았다. "물론 공개적으로 투표할 필요가 없다는 점은 기쁘지만, 슬슬 누군가가 뒷마당을 바칠 때도 됐지요?"

"정확해. 공익을 위해서니까." 서먼 상원의원은 물을 한참 들이켜더니 의자에 다시 등을 기대고 헛기침을 했다. "자네는 영민한 젊은이야, 도니. 이 일이 우리 주에 얼마나 요긴할지 아무나 이해하지는 못해. 이건 진짜 구세주라고." 그는 미소 지었다. "미안하군. 자네 아직 도니라고 불리는 거 맞지? 아니면 이젠 도널드라고 해야 하나?"

"어느 쪽이나 좋습니다." 도널드는 거짓말을 했다. 이제는 도니라고 불리는 것이 즐겁지 않았지만, 이미 익숙해진 이름을 바꿔 부르기란 사실상 불가능한 일이었다. 그는 서류철을 다시 보고 표지를 넘겼다. 그 밑에 있던 그림은 엉뚱하게 보였다. 너무…… 눈에 익었다. 눈에는 익었지만, 그 시공간에 속하지는 않았다. 그것은 다른 삶에서 온 물건이었다.

"경제 보고서는 봤나?" 서먼이 물었다. "이 법안이 하룻밤 사이에 얼마나 많은 일자리를 창출했는지 아나?" 그는 손가락을 튕겼다. "4만 개야. 그것도 조지아주에서만. 자네 지역구에서 많이

나올 거야. 운송도 많고, 부두 노동자도 많이 필요하지. 물론 통과
되고 나니 이제는 덜 민첩한 동료들이 자기들에게도 입찰 기회가
있었어야 했다고 투덜거리고 있지만……."

"제가 그린 그림인데요." 도널드는 종이를 뽑아내며 서먼의 말
을 끊었다. 그 그림이 서류철 안에 끼워져 있었던 것을 알면 상원
의원이 놀랄 거라고 생각하며 그에게 보여줬다. 도널드는 혹시 이
게 상원의원의 딸이 한 짓일까, 그러니까 애나가 보내는 농담이나
윙크 같은 걸까 생각했다.

서먼은 고개를 끄덕였다. "그래, 맞아. 세부 사항이 더 들어가
야 하지 않겠나?"

도널드는 그 건축물 그림을 뜯어보며 이건 대체 무슨 시험일까
생각했다. 기억에 남은 그림이었다. 졸업 연도에 생물건축 수업용
으로 급하게 맡은 프로젝트였다. 특이하거나 놀라울 것도 없었다.
그저 유리와 콘크리트로 지은 100층쯤 되는 거대한 원통형 건물
에, 발코니마다 정원에 싹이 트고 있고, 한쪽 면을 잘라서 내부에
배치된 주거와 일터와 상점 구역을 보여준 그림이었다. 그 건축물
에는 다른 학생들처럼 위험을 감수하는 대담한 면이 없었고, 실용
적이었다. 평평한 지붕에는 녹색 덤불이 자라났다. 무서울 정도로
전형적이었고, 탄소 중립을 의식한 모습이었다.

종합해서 말하자면 그 도안은 단조롭고 지루했다. 도널드는 두
바이 사막의 새로운 자급자족형 거대 고층 건물 옆에 그렇게 휑한
설계가 솟아오르는 모습을 상상할 수 없었다. 대체 상원의원이 그
설계도로 무엇을 하고 싶어 하는지 짐작도 되지 않았다.

"세부 사항을 더요." 그는 상원의원의 말을 중얼중얼 되풀이했다. 그리고 단서를, 맥락을 찾아서 서류철 안을 더 넘겨보았다.

"잠깐." 도널드는 미래의 고객이 될 누군가가 써놓은 요구 사항 목록을 살펴보았다. "이건 설계 제안 같은데요." 배웠다는 사실조차 잊고 있었던 말들이 눈에 걸렸다. '내부 교통 흐름, 배치 계획, HVAC(냉난방 및 환기 장치), 수경재배…….'

"햇빛은 쓸 수 없을 거야." 서먼 상원의원이 의자를 삐걱이며 책상 너머로 몸을 기울였다.

"뭐라고 하셨습니까?" 도널드는 서류철을 들어 올렸다. "정확히 제게 뭘 원하시는 겁니까?"

"내 아내가 쓰는 것 같은 조명이 어떨까 싶군." 서먼은 손을 오므려서 작은 원을 만들더니 천장을 가리켰다. "겨울에도 이렇게 작은 씨앗에 싹이 나게 하느라고, 아내가 쓰는 전구에 많은 돈을 써야 했거든."

"식물 재배등 말씀이시군요."

서먼이 다시 손가락을 딱 튕겼다. "그리고 비용 걱정은 하지 말게. 필요한 건 뭐든 써. 기계적인 부분은 도울 사람을 구해주겠네. 공학기술자 하나. 아니, 아예 팀 전체를."

도널드는 서류철을 더 넘겼다. "이건 무엇을 위한 겁니까? 그리고 왜 겁니까?"

"이건 우리가 '만약을 대비한' 건물이라고 부르는 물건이야. 아마 영영 쓰이지 않을 테지만, 그래도 근처에 이 물건을 놓지 않고는 연료봉을 저장하게 해주지 않을 거야. 새로 지은 집이 점검에 통과하려면 지하실에 만들어야 하는 창문 같은 거지. 그러니까…… 그 창문, 그걸 뭐라고 하더라?"

"피난용이요." 도널드의 입에서 저절로 그 말이 나왔다.

"그래. 피난용." 상원의원이 서류철을 가리켰다. "이 건물도 그 창문 같은 거야. 나머지 프로젝트가 점검에 통과하려면 지어야 하는 물건이지. 그럴 일은 없겠지만, 혹시나 공격이 있거나 누출이 생겼을 때 시설 직원들이 갈 수 있는 피난처가 될 거야. 대피소랄까. 그리고 이 건물 설계가 완벽하지 않으면 프로젝트가 순식간에 막혀버릴 거야. 법안이 통과되고 서명까지 받았다고 해서 성공이 보장된 건 아니야, 도니. 저기 서쪽에는 수십 년 전에 허락을 받고 자금도 받은 프로젝트가 있었어. 그런데도 실현되질 못했지."

도널드는 그게 무슨 프로젝트를 말하는 건지 알았다. 산 아래에 격납 시설을 지으려던 계획이었다. 조지아주 프로젝트도 성공 가능성은 똑같았다. 그 사실을 생각하니 손에 잡힌 서류철이 갑자기 세 배로 무거워졌다. 그는 이 미래의 실패에 가담하라는 요구를 받고 있었다. 새로 선출된 직위를 걸어야 했다.

"믹 웨브에게도 관련된 일을 맡겼네. 실행 계획과 입안 쪽이지. 몇 가지 부문에서는 두 사람이 협력해야 할 거야. 그리고 애나가 MIT를 떠나서 손을 빌려줄 거야."

"애나가요?" 도널드는 손을 떨며 물을 찾았다.

"물론이지. 애나가 이번 프로젝트에서 자네의 책임 공학자가 되어줄 거야. 그 안에 애나에게 무엇이 필요할지도 자세히 적혀 있네."

도널드는 물을 한 모금 머금었다가 힘겹게 삼켰다.

"물론 내가 불러들일 수 있는 사람이야 많지만, 이 프로젝트는 실패해선 안 돼. 알겠나? 가족 같아야만 해. 그래서 내가 아는 사람들, 내가 믿을 수 있는 사람들을 쓰고 싶은 거야." 서먼 상원의원이 손깍지를 꼈다. "자네가 당선되어 해야 할 유일한 일이 이것이니, 제대로 해줬으면 좋겠네. 애초에 그래서 자네를 적극 지지한 거고."

"물론입니다." 도널드는 혼란을 감추려 고개를 열심히 끄덕였다. 선거 기간 내내 상원의원의 지지가 오래된 가족 간의 유대 때문일까 걱정하기는 했었다. 그런데 이건 더 나빴다. 도널드가 상원의원을 이용해온 게 아니라, 그 반대라는 뜻이었다. 무릎에 놓인 그림을 살펴보며, 갓 선출된 하원의원은 아직 익숙해지지도 않은 직업 하나가 사라지는 것을 느꼈다. 다만 그 자리를 똑같이 벅찬 다른 직업이 넘겨받았다.

"잠깐만요." 그는 오래전에 그린 그림을 보면서 말했다. "아직 이해가 안 가는데요. 왜 재배등을 써야 합니까?"

서먼은 미소 지었다. "그야……, 자네가 날 위해 설계해줬으면 하는 이 건물은, 지하에 들어갈 테니까."

2

2110년, 1번 사일로

트로이는 숨을 멈추고, 의사가 고무공에 펌프질을 하는 동안 차분하게 있으려고 노력했다. 이두근 주위로 부풀어 오른 혈압계 밴드가 피부를 파고들었다. 호흡을 느리게 하고 맥박을 일정하게 만들면 혈압에도 영향이 있는지 확실히 알지는 못했지만, 그래도 하얀 작업복을 입은 남자에게 인상을 제대로 남기고 싶다는 충동이 강하게 들었다. 수치가 정상으로 돌아왔으면 했다.

팔이 욱신거리는 가운데 바늘이 튀고 공기가 쉭 소리를 내며 빠져나갔다.

"80에 50." 밴드가 풀리면서 찢어지는 소리가 났다. 트로이는 집혀 있던 피부를 문질렀다.

"괜찮은 건가요?"

의사는 클립보드에 뭔가를 끄적였다. "낮기는 하지만, 정상 범

위 안입니다." 그 뒤에서 의료보조원이 진회색 소변 컵을 작은 냉장고에 넣기 전에 라벨을 붙이고 있었다. 트로이는 샘플 사이에서 포장지도 없이 놓인 먹다 만 샌드위치를 보았다.

그는 파란 종이 가운 바깥으로 튀어나온 맨 무릎을 내려다보았다. 다리에 혈색이 없었고 기억 속에서보다 작아 보였다. 앙상했다.

"아직도 주먹을 쥘 수가 없어요." 그는 손을 폈다 쥐어보면서 의사에게 말했다.

"그건 완벽하게 정상입니다. 힘이 돌아올 거예요. 여기 빛을 들여다보세요."

트로이는 밝은 빛줄기를 따라가면서 눈을 깜박이지 않으려고 했다.

"이 일은 얼마나 오래 했나요?" 그가 의사에게 물었다.

"선생님이 세 번째로 나온 환자입니다. 두 사람은 잠재웠죠." 의사는 빛을 내리고 트로이에게 미소를 보였다. "저도 나온 지 몇 주밖에 안 됐어요. 그러니 힘이 돌아온다는 점은 확실히 말할 수 있죠."

트로이는 고개를 끄덕였다. 의료보조원이 또 다른 알약과 물잔을 내밀었다. 트로이는 머뭇거리며 손바닥에 놓인 파란색의 작은 캡슐을 보았다.

"오늘 아침에는 두 배로 복용하고, 그다음부터는 아침저녁에 한 알씩 받을 겁니다. 치료 약을 건너뛰지 마세요." 의사가 말했다.

트로이는 시선을 들었다. "먹지 않으면 어떻게 되는데요?"

의사는 고개를 저으면서 얼굴을 찡그릴 뿐, 아무 말도 하지 않았다.

트로이는 알약을 입에 넣고 물을 마셨다. 목구멍으로 쓴맛이 넘어갔다.

"보조원이 옷가지와 내장을 깨워줄 유동식을 가져다드릴 겁니다. 혹시 현기증이나 오한이 있으면 즉시 저를 부르세요. 그렇지 않다면 6개월 후에 여기에서 다시 뵙죠." 의사는 뭔가를 적다가 쿡쿡 웃었다. "아니, 그때는 다른 사람을 보시겠군요. 제 근무 시간은 끝날 테니."

"알았어요." 트로이는 몸서리를 쳤다.

의사가 클립보드에서 눈을 들었다. "추운 건 아니죠? 이 안은 좀 더 따뜻하게 유지되는데요."

트로이는 멈칫했다가 대답했다. "아니에요, 의사 선생님. 춥지 않아요. 이제는요."

트로이는 아직 힘이 들어가지 않는 다리로 복도 끝 승강기에 들어가서 숫자 버튼들을 살펴보았다. 그에게 내려진 지시 사항 중에는 사무실 위치도 포함되어 있었지만, 그는 이미 사무실까지 가는 길을 희미하게 기억하고 있었다. 오리엔테이션 때 익혔던 많은 부분이 수십 년의 수면을 버텨냈다. 그는 같은 책을 읽고 또 읽었던 일, 여자들과 달리, 잠들기 전에 남자들 수천 명이 다양한 교대근무 배정을 받고, 시설 견학을 했던 일들을 기억했다. 그 오리엔테이션이 어제 일 같았다. 손에 잡히지 않는 것은 더 오래된 기억들이었다.

승강기 문이 자동으로 닫혔다. 그의 방은 37층에 있었다. 그건 기억이 났다. 사무실은 34층이었다. 사무실로 바로 가려고 버튼에 손을 뻗었는데, 손이 저도 모르게 맨 위층을 찾았다. 아직 어디든 가기 전까지 몇 분쯤 여유가 있었고, 이상한 충동이 느껴졌다. 최대한 높이 올라가고 싶은 충동, 사방에서 내리누르는 흙을 뚫고 올라가고 싶은 이끌림이었다.

승강기가 윙 소리를 내며 살아나더니 수직 통로를 올라갔다. 다른 승강기인지, 아니면 균형추인지가 스쳐 지나가는 소리도 들렸다. 층수가 바뀔 때마다 동그란 버튼에 빛이 스쳤다. 총 70개의 버튼이 펼쳐져 있었다. 버튼 몇 개는 오랫동안 문지른 탓에 가운데가 흐릿했다. 뭔가 잘못된 느낌이었다. 어제만 해도 이 버튼들은 반짝이는 새것이었는데. 어제만 해도 모든 것이 새것이었는데.

승강기가 속도를 늦췄다. 아직 다리가 부실한 트로이는 균형을 잡으려 벽에 손바닥을 댔다.

딩동 소리가 나고 문이 미끄러지듯 열렸다. 트로이는 복도의 밝은 불빛을 보고 눈을 깜박였다. 엘리베이터를 나서서 말소리가 새어 나오는 방까지 잠시 걸어갔다. 새로 받은 부츠가 발에 뻑뻑했고, 평범한 회색 작업복은 가려웠다. 그는 이렇게 약하고 혼란스러운 기분으로 아홉 번이나 더 깨어나는 상상을 해보려 했다. 6개월씩 열 번의 교대근무. 트로이가 자원하지 않은 열 번의 교대근무. 하다 보면 점점 쉬워질지, 아니면 점점 나빠지기만 할지 궁금했다.

트로이가 들어서자 카페테리아 안의 북적임이 잦아들었다. 몇 명이 그에게 고개를 돌렸다. 그는 즉시 자신의 회색 작업복이 그렇게 평범하지 않다는 사실을 알았다. 테이블 여기저기에 다양한 색깔이 앉아 있었다. 빨간색이 많았고, 노란색도 꽤 있었고, 오렌지색도 한 명 있었다. 회색 옷은 달리 없었다.

첫 식사로 받은 끈적한 반죽이 다시 한번 배 속에서 요동을 쳤다. 앞으로 여섯 시간은 다른 것을 먹을 수 없다 보니, 통조림 음식 향기가 너무 강렬하게 다가왔다. 그 식사도 기억이 나고, 오리엔테이션 동안 그것만 먹고 산 기억이 났다. 몇 주일이고 똑같은 귀리죽만 먹었는데, 이제는 몇 달을 먹어야 했다. 수백 년처럼 느껴지겠지.

"안녕하세요."

청년 하나가 트로이 옆을 지나쳐 승강기로 향하면서 고개를 끄덕여 인사했다. 트로이가 아는 얼굴 같았지만, 확신할 수는 없었다. 상대방은 분명히 그를 알아본 것 같았다. 아니면 회색 작업복이 튄 걸까?

"첫 근무?"

나이 많은 남자 하나가 다가왔다. 마르고, 머리에 성글게 하얀 머리카락이 나 있었다. 그는 두 손에 쟁반을 든 채 트로이를 보고 미소 지었다. 재활용 쓰레기통을 당겨 열더니 쟁반을 통째로 집어 넣고 탕 소리 나게 떨어뜨렸다.

"경치 보러 올라왔어요?" 남자가 물었다.

트로이는 고개를 끄덕였다. 식당에는 온통 남자들뿐이었다. 모두 남자였다. 오리엔테이션에서 왜 이쪽이 더 안전한지 설명했었다. 트로이가 오리엔테이션을 기억하려고 애쓰는 사이, 피부에 검버섯이 있는 남자가 팔짱을 끼고 그의 옆에 섰다. 자기소개는 없었다. 이 짧은 6개월 교대근무 동안에는 이름에 의미가 별로 없는 걸까 생각했다. 트로이는 부산스러운 테이블 너머로, 반대쪽 벽을 다 덮은 거대한 화면을 보았다.

흩어지고 짓이겨진 쓰레기 들판 위에 회오리치는 흙먼지와 낮게 깔린 구름. 금속 장대 몇 개가 땅 위로 비죽 솟아올랐다가 힘없이 축 늘어졌다. 천막과 깃발들은 오래전에 사라지고 없었다. 트로이는 뭔가를 생각했지만, 정확한 말을 찾을 수 없었다. 누군가의 손이 식사 대신 먹은 반죽과 쓰디쓴 알약을 꽉 움켜쥐는 것처럼 배가 조여들었다.

"나는 이번이 두 번째 근무가 될 거예요." 남자가 말했다.

트로이는 그 말을 거의 듣지 못했다. 젖은 두 눈이 새까맣게 탄 언덕들, 위협적인 먹구름을 향해 솟아오르는 회색 비탈들을 헤맸다. 사방에 널린 쓰레기들은 썩어가고 있었다. 다음 교대근무, 아니면 그다음 근무쯤이면 다 사라지고 없겠지.

"라운지에서는 더 멀리까지 볼 수 있어요." 남자는 몸을 돌리고 벽 저편을 가리켰다. 트로이도 어느 방을 말하는지 알았다. 트로이에게 건물 이쪽은 저 남자는 상상도 못 할 방식으로 친숙했다.

"아닙니다. 그래도 고마워요." 트로이는 더듬더듬 말하며 손을 흔들었다. "전 충분히 본 것 같습니다."

호기심 어린 얼굴들이 쟁반으로 돌아가고, 대화도 다시 시작됐다. 간간이 금속 그릇과 접시에 숟가락과 포크가 부딪치는 소리가 섞여 들었다. 트로이는 다른 말 없이 몸을 돌려 그 자리를 떠났다. 그 끔찍한 경치를 뒤로했다. 말로 할 수 없이 으스스한 풍경으로부터 등을 돌렸다. 오래 쓰지 않아 약해진 무릎을 덜덜 떨면서 서둘러 승강기로 걸어갔다. 혼자 있어야 했다. 이번에는 주위에 아무도 없이, 공감하고 위로해주는 손 없이 울고 싶었다.

3

2049년, 워싱턴디시

도널드는 두꺼운 서류철을 재킷 안에 밀어 넣고 서둘러 빗발 속을 걸었다. 터널에 들어가서 폐소공포를 느끼느니 흠뻑 젖으면서 광장을 가로지르기를 택한 탓이었다.

젖은 아스팔트 위로 쉭 소리를 내며 차가 지나갔다. 그는 잠시 기다렸다가, 신호등을 무시하고 잽싸게 길을 건넜다.

앞에서는 연방하원이 자리한 레이번 빌딩의 대리석 계단이 위험하게 빛나고 있었다. 그는 조심스럽게 계단을 올라 수위에게 인사하고 안으로 들어갔다.

안에서는 보안 요원이 무표정하게 옆에 서서 도널드의 배지를 스캔했다. 깜박이지도 않는 빨간 불빛이 바코드를 스치며 삐 소리를 냈다. 그는 서면이 준 서류철을 확인하고, 아직 젖지 않았는지 살피고는 왜 아직도 이런 구식 유물이 이메일이나 디지털 카피

보다 안전하다고 여겨지는 걸까 생각했다.

그의 사무실은 한 층 위였다. 레이번의 느리고 오래된 승강기보다는 계단이 좋아서, 그쪽으로 향했다. 문 옆에 깔린 천을 벗어나니 타일 바닥에 신발 소리가 울렸다.

위층 복도는 늘 그렇듯 난장판이었다. 의회 심부름꾼 프로그램으로 들어온 고등학생 두 명이 서둘러 지나가는 모습을 보니 커피를 가지러 가는 듯했다. 어맨다 켈리의 사무실 밖에는 TV 촬영팀이 서 있었는데, 카메라 조명이 어맨다와 젊은 기자를 대낮처럼 환하게 비췄다. 걱정 많은 유권자들과 성실한 로비스트들은 목에 건 방문자 패스로 알아볼 수 있었다. 이 두 무리는 서로 구별하기가 쉬웠다. 유권자들은 찌푸린 표정을 지으며 언제나 길을 잃은 듯 보였고, 로비스트들은 체셔 캣* 같은 웃음을 지으며 새로 선출된 의원보다 더 자신 있게 복도를 누볐다.

도널드는 그 혼돈 속을 통과하면서 대화를 피하고 싶은 마음에 서류철을 열어 내용을 읽는 척했다. 그는 카메라맨 뒤쪽으로 겨우 통과해서 옆 사무실에 들어갔다.

도널드의 비서인 마거릿이 책상에서 일어섰다. "의원님, 방문객이 있어요."

도널드는 대기실을 둘러보았다. 비어 있었다. 그러고 보니 사무실 문이 살짝 열려 있었다.

"죄송합니다, 제가 들여보냈어요." 마거릿은 상자를 하나 들

* 《이상한 나라의 앨리스》(루이스 캐럴, 1865)에 등장하는 고양이.

고, 두 손을 허리에 대고 등을 구부리는 시늉을 했다. "가져온 물건이 있었어요. 상원의원님께서 보내셨다고 했고요."

도널드는 손을 내저어 비서의 걱정을 덜어냈다. 마거릿은 도널드보다 나이가 많아서 40대 중반이었고, 아주 훌륭하다는 추천을 받았지만, 음모를 꾸미는 듯한 구석이 있었다. 오랜 경험 탓일 수도 있었다.

"괜찮아요." 도널드는 비서를 안심시켰다. 그러고 보니 상원의원이 100명이나 있고, 조지아주에서도 두 명이 나왔는데 딱 한 명만이 (이름을 생략하고) '상원의원님'이라고 불린다는 게 재미있었다. "무슨 일인지 제가 알아보죠. 그사이에 제 일정에서 매일 빈 시간을 만들어주셔야겠어요. 아침에 한두 시간 정도면 이상적인데요." 그는 서류철을 슬쩍 보여줬다. "시간을 꽤 잡아먹을 만한 일을 받아서요."

마거릿은 고개를 끄덕이고 컴퓨터 앞에 앉았다. 도널드는 사무실 쪽으로 몸을 돌렸다.

"참, 의원님……."

도널드가 돌아보자 마거릿이 자기 머리를 가리키며 작게 말했다. "머리요."

도널드가 손가락으로 머리를 빗어 넘기자 깜짝 놀란 벼룩처럼 물방울이 후두둑 떨어졌다. 마거릿은 얼굴을 찌푸리며 어쩔 수 없다는 듯 어깨를 추켰다. 도널드는 포기하고, 책상 앞에 누군가 앉아 있으리라 생각하면서 사무실 문을 열었다.

그런데 눈앞에 보인 사람은 책상 아래에서 꿈틀거리고 있었다.

"여보세요?"

문이 바닥에 놓인 뭔가에 부딪쳤다. 옆을 보았더니 컴퓨터 모니터 사진이 박힌 커다란 상자가 있었다. 다시 책상 쪽을 보니, 모니터가 이미 설치되어 있었다.

"어, 안녕!"

인사말은 도널드의 책상 아래 공간에서 울렸다. 헤링본 스커트를 입은 날씬한 엉덩이가 꿈틀꿈틀 도널드 쪽으로 빠져나왔다. 도널드는 머리통이 나오기도 전에 그게 누구인지 알았다. 그녀가 이렇게 예고도 없이 나타났다는 사실에 죄책감과 분노가 스쳤다.

"정말, 청소부에게 가끔 한 번씩은 이 아래도 쓸게 해야 해." 애나 서먼이 일어서서 미소를 지었다. 그녀는 두 손바닥을 짝 부딪치더니, 탁탁 털고 나서 한 손을 내밀었다. 도널드는 초조한 기분으로 그 손을 잡았다. "안녕, 모르는 사람."

"그래. 안녕." 뺨과 목으로 흘러내리는 빗방울이 갑작스럽게 솟아난 땀을 감춰줬다. "무슨 일이야?" 도널드는 책상 안쪽으로 들어가면서 둘 사이 거리를 벌렸다. 새로운 모니터가 아무것도 모른다는 듯 서 있었는데, 보호 필름이 화면을 가렸다.

"아빠가 당신에게 여벌 모니터가 필요할 거라고 생각하더라." 애나는 흘러내린 적갈색 머리 타래를 귀 뒤로 넘겼다. 아직도 두 귀가 그렇게 드러나 보일 때면 매혹적이고 요정 같은 느낌이 났다. "그래서 내가 자원했지." 애나가 어깨를 으쓱이며 설명했다.

"오." 도널드는 서류철을 책상에 올려놓고 혹시 애나가 한 짓인가 잠깐 의심했던 건물 그림에 대해 생각했다. 그리고 이제 애나가 눈앞에 있었다. 새 모니터에 비친 자신의 모습을 확인해보니 머리카락이 엉망이었다. 그는 손을 뻗어 머리를 정리하려 했다.

"하나 더." 애나가 말했다. "컴퓨터는 책상 위에 올려놓는 편이 좋아. 보기에는 흉하겠지만, 아래에 내려놓으면 먼지에 숨이 막혀 죽어. 먼지는 이 녀석들에게 치명적이야."

"그래. 알았어."

그는 자리에 앉았다가, 이제는 책상 맞은편 의자가 보이지 않는다는 사실을 알았다. 도널드가 새 모니터를 옆으로 미는 동안 애나가 걸어와서 옆에 섰다. 팔짱을 끼고, 긴장이라곤 전혀 하지 않은 모습이었다. 마치 어제도 서로를 보았다는 듯이.

"그래서……." 도널드는 말했다. "워싱턴에 있었네."

"지난주부터야. 토요일에 들러서 당신과 헬렌에게 인사나 하려고 했는데, 아파트에 자리를 잡느라 너무 바빴지 뭐야. 물건 푸느라, 뭔지 알지?"

"응." 실수로 마우스를 건드렸더니 예전 모니터가 켜졌다. 컴퓨터가 돌아가고 있었다. 그날 일어난 사건들의 타이밍이 떠오르면서 예전 애인과 같은 방에 있다는 두려움마저 잦아들었다.

"잠깐만." 그는 애나를 돌아보았다. "당신 아버지가 나보고 이 프로젝트에 관심 있냐고 묻는 동안, 당신은 여기서 이걸 설치하고 있었어? 내가 거절했으면 어쩌려고?"

애나가 한쪽 눈썹을 올렸다. 도널드는 그 표정이 배워서 익히는 게 아님을 알았다. 그건 가족에게 전해지는 재능이었다.

"아빠가 말 그대로 선거를 포장해서 선물해줬잖아." 애나는 심드렁하게 말했다.

도널드는 서류철에 손을 뻗어 카드 덱처럼 페이지를 넘겼다. "자유 의지가 존재한다는 환상을 그대로 유지해도 좋았겠다는 것뿐이야."

애나가 소리 내어 웃었다. 도널드는 그녀가 자신의 머리를 헝클어뜨리기 직전임을 알 수 있었다. 그는 서류철에서 손을 떼고 재킷 주머니를 더듬으며 전화기를 찾았다. 마치 헬렌이 함께 있는 것 같았다. 헬렌에게 전화를 걸고 싶어졌다.

"그래도 아빠가 다정하게 굴긴 했지?"

시선을 들어 올리자 애나는 움직임 없이 서 있었다. 여전히 팔짱을 낀 채였고, 도널드의 머리카락도 헝클어뜨리지 않았다. 당황할 게 없었다.

"뭐? 아, 그럼. 친절하셨어. 옛날처럼. 사실은 전혀 늙지 않으신 것 같아."

"아빠는 정말로 나이가 안 들어." 애나는 방을 가로질러서 커다란 스티로폼 조각을 집어 들더니, 시끄러운 소리를 내며 빈 상자에 밀어 넣었다. 도널드는 저도 모르게 시선이 그녀의 치마로 끌려가는 것을 느끼고 억지로 눈을 돌렸다.

"아빠는 나노 치료를 종교처럼 받아. 원래는 무릎 때문에 시작했고, 한동안은 군대에서 돈을 대줬거든. 이제는 나노 치료를 절대적으로 믿는다니까."

"그건 몰랐어." 도널드는 거짓말을 했다. 당연히 소문은 들어 알고 있었다. 사람들은 그 치료법을 '전신 보톡스'라고 했다. 테스토스테론 보충제보다 나았다. 돈이 많이 들었고, 어차피 영원히 살지는 못하겠지만, 그래도 노화의 고통을 미룰 수 있는 것만은 분명했다.

애나가 눈을 가늘게 떴다. "당신은 그게 뭔가 잘못됐다고 생각하지 않아?"

"뭐? 아니. 괜찮다고 생각하는데. 단지 나는 안 받겠지만. 잠깐…… 왜? 설마 당신……."

애나는 두 손을 허리에 얹고 고개를 한쪽으로 기울였다. 그 방어적인 자세에는 이상하게 유혹적인 구석이 있었다. 두 사람 사이에 놓인 세월을 획 날려버리는 구석이.

"내가 그런 치료가 필요할 것 같아?" 애나가 물었다.

"아니, 아니야. 그런 게 아니라……." 도널드는 두 손을 내저었다. "그냥, 나는 절대 안 받을 거라는 거야."

애나의 입술이 얇아지며 짓궂은 웃음을 지었다. 나이가 들면서 애나의 미모는 확고해지고 날씬한 몸도 정돈되었지만, 그래도 어린 시절의 사나움은 남아 있었다. "지금은 그렇게 말하지만, 관절이 쑤시고 고개를 너무 빨리 돌렸다는 이유만으로 허리가 나가기 시작해봐. 그때는 알게 될 거야."

"알았어. 그래." 그는 두 손을 마주쳤다. "오늘은 지난 회포를 풀기엔 지난한 하루였어."

"그래, 그랬지. 자, 어떤 날이 제일 좋아?" 애나는 커다란 상자를 착착 닫아서 발로 문을 향해 밀었다. 그러고는 책상 안쪽으로 걸어와서 도널드 옆에 서더니, 한 손을 의자에 얹고 반대쪽 손은 마우스에 뻗었다.

"어떤 날이라니……?"

도널드는 애나가 컴퓨터 설정을 몇 가지 바꾸자 새로운 모니터가 살아나는 모습을 지켜보았다. 사타구니가 요동치는 느낌이 들고, 애나의 익숙한 향수 냄새를 맡을 수 있었다. 애나가 방을 가로질러 걸어오면서 일으킨 바람이 온몸을 휘젓는 것 같았다. 거의 애무처럼, 실제 접촉처럼 느껴지다 보니 애나가 그저 컨트롤 패널에서 슬라이더를 조정할 뿐인데도 그 순간에는 헬렌을 속이고 바람피우는 기분이 들 정도였다.

"이걸 어떻게 쓰는지는 알지?" 애나가 마우스를 한쪽 스크린에서 다른 쪽 스크린으로 미끄러뜨리며, 오래된 솔리테르 게임을 끌어 옮겼다.

"어, 알지." 도널드는 의자에서 꼼지락거리며 대답했다. "음…… 어떤 날이 제일 좋으냐는 건 무슨 뜻이야?"

애나가 마우스를 놓았다. 그게 마치 도널드의 허벅지에서 손을 뗀 것처럼 느껴졌다.

"아빠는 내가 그 계획안의 기계 공간들을 맡았으면 하셔." 애나는 내용을 정확히 안다는 듯한 몸짓으로 서류철 쪽을 가리켰다. "그래서 이 애틀랜타 프로젝트가 제대로 굴러갈 때까지 연구소에서 안식기를 받았어. 그러니까 일주일에 한 번씩은 만나서 이것저것 검토하면 좋겠다고 생각했지."

"아, 그래. 그 부분은 다시 연락해야겠다. 여기 일정이 워낙 미쳐 돌아가서, 매일 달라."

그는 애나와 일주일에 한 번씩 만난다고 하면 헬렌이 뭐라고 할까 생각했다.

"오토캐드에 공유 공간을 만들 수도 있어." 그는 제안했다. "당신을 내 문서에 연결하고……."

"그럴 수도 있지."

"그리고 이메일을 주고받는 거지. 아니면 영상 채팅을 하거나. 알지?"

애나는 얼굴을 찌푸렸다. 도널드는 자신이 너무 티 나게 굴었음을 깨달았다. "그래, 그렇게 하자." 애나가 말했다.

상자 쪽으로 몸을 돌리는 애나의 얼굴에 실망이 스쳤고, 도널드는 사과하고 싶은 충동을 느꼈지만 그랬다간 네온 불빛으로 무슨 문제가 있는지 강조해 설명하는 셈이 될 터였다. '난 당신 옆에서 잘 처신할 자신이 없어. 우린 친구 사이가 되지 않을 거야. 대체 당신이 여기에서 뭘 하는 거야?'

"먼지는 정말로 어떻게든 해야 해." 애나는 책상 쪽을 돌아보았다. "진심이야. 그러다가 컴퓨터가 먼지에 질식할걸."

"알았어. 그렇게 할게." 도널드는 책상에서 일어나서 허둥지둥 배웅하러 움직였다. 애나가 상자를 집으려 몸을 숙였다.

"그건 내가 할 수 있어."

"괜히 그러지 마." 애나는 커다란 상자를 한쪽 팔과 엉덩이 사이에 끼고 일어섰다. 그리고 미소 지으며 다시 한번 머리카락을 귀 뒤로 넘겼다. 마치 대학 시절에 도널드의 기숙사 방을 나가는 모습 같았다. 어젯밤 옷차림 그대로 아침에 작별 인사를 하던 순간과 똑같이 어색했다.

"알았어. 그러면 내 이메일 주소는 있지?"도널드가 물었다.

"이젠 정부 전화번호부에도 실려 있잖아."애나가 상기시켰다.

"맞다."

"그나저나 보기 좋아."그리고 애나는 도널드가 물러서거나 자기방어를 하기도 전에 미소를 지으며 그의 머리카락을 정돈하고 있었다.

도널드는 얼어붙었다. 그리고 겨우 조금 해동되었을 때는 애나가 죄책감에 흠뻑 젖은 그를 혼자 내버려두고 떠난 후였다.

4

2110년, 1번 사일로

트로이는 출근에 늦었다. 첫 교대근무의 첫날이었고, 벌써부터 울고 싶은 심정인데 심지어 지각까지 해버리다니. 혼자 있고 싶어서 서둘러 식당을 빠져나오려다 보니 실수로 급행이 아닌 승강기를 타버렸다. 스스로를 추스르려 하고 있는 지금도 승강기는 일부러 내려가는 길에 있는 모든 층에 멈춰 서서 승객을 싣고 내리는 것만 같다.

트로이가 구석에 서 있는데 승강기가 다시 멈추더니 무거운 상자가 가득 담긴 카트를 밀며 한 남자가 들어왔다. 그 뒤를 따라 초록색 양파를 실은 남자 하나가 들어섰고 그는 몇 층 내려가는 동안 트로이 가까이 서 있었다. 아무도 말을 하지 않았다. 양파를 나르던 남자가 내린 후에도 냄새는 남았다. 트로이는 몸을 떨었다. 강렬한 진동이 등을 타고 팔로 이어졌지만, 그 떨림에 대해서 생각하지는 않았다. 그는 34층에서 내려 아까는 왜 그렇게 속상했는지 돌이켜보려 했다.

중앙 엘리베이터 통로는 좁은 복도로 이어졌는데, 그리로 따라 갔더니 보안 출입구가 나왔다. 이 층의 평면도가 어렴풋이 익숙하면서도 왠지 낯설었다. 카펫의 닳은 자국이며, 몇 년 동안 사람들의 허벅지가 문지르고 지나간 탓에 마모된 회전식 개찰구 가운데의 강철을 보면 마음이 술렁였다. 트로이에게는 존재하지 않는 세월이었다. 그 때문에 이런 닳고 찢어진 자국들이 마법처럼 나타난 듯 보였다. 마치 하룻밤 취한 후에 남은 상처 같았다.

혼자 근무하던 경비원이 읽던 것에서 눈을 떼고 고개를 끄덕여 인사했다. 트로이는 사람들이 서서 흐릿해진 화면에 손바닥을 댔다. 잡담도, 한담도, 관계를 유지하려는 어떤 기대도 없었다. 콘솔 위 불빛이 녹색으로 변하고, 축받이에서 크게 철컹 소리가 나고, 트로이가 회전 가로대를 밀고 들어가면서 강철의 광택이 조금 더 지워졌다.

트로이는 복도 끝에 멈춰 서서 상의 주머니에 든 명령서를 꺼냈다. 뒷면에는 의사의 말이 적혀 있었다. 그는 종이를 뒤집고 올바른 방향을 찾으려 작은 지도를 돌렸다. 분명히 길을 안다고 생각했는데, 모든 것이 가물가물해졌다.

지도에 표시된 붉은색 대시 마크를 보자 어딘가 다른 곳의 벽에서 보았던 소방 안전 계획이 떠올랐다. 그 길을 따라가다 보니 작은 사무실 여러 개를 지나쳤다. 키보드 두드리는 소리, 사람들의 말소리, 전화벨이 울리는 소리……. 일터다운 소리를 듣자 갑자기

피곤해졌다. 거기에 더해서 타는 듯한 불안감도 찾아왔다. 제대로 수행하지 못할 일을 맡았다는 불안감.

"트로이?"

그는 걸음을 멈추고 이미 지나쳐 온 문 앞에 서 있는 남자를 돌아보았다. 지도를 슬쩍 보자 사무실을 그냥 지나칠 뻔했다는 사실을 알 수 있었다.

"맞는데요."

"메리먼입니다." 남자는 손을 내밀지 않았다. "늦었군요. 안으로 들어와요."

메리먼은 몸을 돌려 사무실 안으로 사라졌다. 트로이는 따라 들어갔다. 걷다 보니 다리가 쑤셨다. 그 남자를 안다고, 알고 있다고 생각했다. 그런데 오리엔테이션에서 보았는지, 다른 때 보았는지 기억할 수가 없었다.

"늦어서 죄송합니다." 트로이는 설명하려 했다. "엉뚱한 엘리베이터를 타서……"

메리먼이 한 손을 들어 올렸다. "괜찮아요. 마실 걸 드릴까요?"

"밑에서 먹었습니다."

"그랬겠죠." 메리먼은 책상에서 밝은 파란색 액체가 든 투명한 보온병을 들어 한 모금을 마셨다. 트로이는 그 끔찍한 맛을 기억했다. 트로이보다 나이가 많은 남자는 입맛을 다시더니 숨을 내쉬며 보온병을 내렸다.

"맛이 끔찍하죠."

"맞아요." 트로이는 사무실을, 이제부터 6개월 동안 자신이 지낼 곳을 둘러보았다. 상당히 오래된 느낌이었다. 메리먼도 마찬가지였다. 혹시 지난 6개월 동안 좀 더 머리가 세었다 해도 차이를 알기는 힘들었다. 그래도 사무실을 정돈해놓기는 했다. 트로이는 다음 사람에게 자신도 똑같은 예의를 발휘하기로 마음먹었다.

"브리핑은 기억이 납니까?" 메리먼이 책상에 놓인 서류철 몇 개를 뒤섞었다.

"어제 일처럼요."

메리먼은 억지웃음을 지으며 고개를 들었다. "그래요. 흠, 지난 몇 달 동안 신나는 일은 아무것도 없었어요. 내가 교대근무를 시작했을 때는 기계 고장이 몇 건 있었지만 해결했습니다. 존스라는 사람이 있는데 알아두면 좋을 거예요. 깨어난 지 몇 주 됐는데 지난번 담당보다 훨씬 빠릿빠릿하거든요. 나에겐 구세주나 다름없었죠. 68층에서 발전기를 맡고 있기는 한데, 무슨 일이든 잘하고 거의 뭐든 고칠 수 있어요."

트로이는 고개를 끄덕였다. "존스요. 알겠습니다."

"좋아요. 흠, 여기 서류철들에 메모를 남겨놨습니다. 다시 근무하기에 적합하지 않은 사람 몇 명을 심냉동했어요." 메리먼은 심각한 표정으로 그를 쳐다보았다. "가볍게 받아들이지 말아요, 알았죠? 여기 있는 많은 남자들이 일을 하느니 내내 자고 싶어 할 겁니다. 확실히 감당 못 하겠다 싶을 때가 아니면 심냉동 결정은 내리지 말아요."

"그러겠습니다."

"좋아요." 메리먼은 고개를 끄덕였다. "특별한 일 없는 근무시간 보냈으면 좋겠네요. 난 이 물건이 효과를 보이기 전에 어서 가야겠어요." 그는 보온병에 담긴 액체를 다시 들이켰고, 공감하는 마음에 트로이의 볼이 파였다. 메리먼은 트로이 옆을 지나치면서 어깨를 툭 치더니, 조명 스위치에 손을 뻗다가 멈추고 고개를 돌려 끄덕여 보이고는 나갔다.

그걸로 끝이었다. 이제부터 트로이가 그곳의 책임자였다.

"저기, 잠깐만요!" 그는 사무실 안을 둘러보다가 서둘러 메리먼을 쫓아 나갔다. 메리먼은 이미 중앙 복도를 따라 보안 검색대로 향하고 있었다. 트로이는 뛰어서 따라잡았다.

"불을 켜놨어요?" 메리먼이 물었다.

트로이는 뒤를 돌아보았다. "네, 그렇지만……."

"좋은 습관이네요." 메리먼이 말하더니 보온병을 흔들었다. "좋은 습관을 쌓아요."

다른 사무실 한 군데에서 건장한 남자 하나가 뛰쳐나오더니 그들을 따라잡았다. "메리먼! 근무 끝난 거예요?"

두 남자는 따듯한 악수를 나눴다. 메리먼이 미소 지으며 고개를 끄덕였다. "그래요. 여기 트로이가 내 자리를 맡을 거예요."

남자는 어깨를 으쓱일 뿐, 자기소개는 하지 않았다. "저도 2주 후면 나갑니다." 그 말이 무관심에 대한 설명으로 충분하다는 듯이.

"저기, 나 늦었어요." 메리먼이 비난하듯 트로이 쪽을 보면서 말했다. 그는 친구의 손에 보온병을 쥐여주었다. "여기요. 남은 건 마셔도 돼요." 메리먼은 몸을 돌려 움직였고 트로이도 그를 따라 갔다.

"고맙지만 됐네요!" 남자가 보온병을 흔들고 웃으면서 외쳤다.

메리먼은 트로이를 슬쩍 보았다. "미안한데, 질문 있어요?" 메리먼이 회전문을 밀고 지나가자 트로이가 그 뒤를 바싹 쫓았다. 경비원은 태블릿에서 눈도 돌리지 않았다.

"네, 몇 가지요. 혹시 같이 내려가도 괜찮을까요? 제가 조금…… 오리엔테이션에 뒤처져서요. 갑작스러운 승진이라, 몇 가지만 분명하게 해두고 싶은데요."

"뭐, 내가 막을 수야 없죠. 당신이 책임자니까." 메리먼은 급행 승강기 버튼을 눌렀다.

"그러니까, 기본적으로 전 뭔가가 잘못될 때를 대비해서 여기 있는 거죠?"

승강기 문이 열렸다. 메리먼이 고개를 돌리더니 진심인지 가늠해보려는 듯 가늘게 뜬 눈으로 트로이를 보았다.

"당신 일은 아무것도 잘못되지 않게 하는 거예요." 두 사람이 모두 탑승한 후 승강기가 아래로 내려갔다.

"그래요, 물론 그렇죠. 내 말이 그 말이었어요."

"〈규칙〉은 읽었죠?"

트로이는 고개를 끄덕였다. '하지만 이 직업에 대비한 건 아니었어요.' 그렇게 말하고 싶었다. 그는 사일로 하나를 운영하는 방법을 공부했지, 모든 사일로를 감독하는 사일로를 맡게 되는 것은 예정에 없던 일이었다.

"대본대로만 해요. 가끔 다른 사일로에서 질문이 들어올 거예요. 내 경험상으로는 최대한 적게 말하는 게 좋아요. 그냥 조용히 들어요. 이 사람들은 주로 2세대와 3세대 생존자들이니까, 어휘가 이미 좀 달라졌다는 사실을 명심하고요. 서류철 안에 커닝페이퍼와 금지 단어 목록이 있어요."

승강기는 멈춰 서기 직전에 속도를 줄였고 중력이 더해지면서 트로이는 현기증과 함께 바닥에 쓰러질 뻔했다. 그의 몸은 아직도 믿을 수 없을 만큼 약한 상태였다.

문이 열렸다. 그는 메리먼을 따라 짧은 복도를 걸었다. 몇 시간 전에 빠져나온 그 복도였다. 의사와 의료보조원이 방에서 정맥주사를 준비하며 기다리고 있었다. 의사는 이렇게 빨리 볼 줄은 몰랐다는 듯이, 아니 사실은 다시 볼 줄 몰랐다는 듯이 호기심 어린 눈으로 트로이를 보았다.

"마지막 식사는 다 했어요?" 의사는 메리먼에게 와서 앉으라고 손짓하며 물었다.

"역겨운 마지막 한 방울까지 마셨죠." 메리먼은 작업복 윗부분을 풀고 허리까지 내렸다. 그리고 자리에 앉아 손바닥을 위쪽으로 향한 채 팔을 내밀었다. 트로이는 메리먼의 피부색이 얼마나 창백한지 볼 수 있었다. 느슨하게 뒤엉킨 자주색 혈관들이 팔꿈치를 지나갔다. 그는 바늘이 들어가는 모습을 보지 않으려고 했다.

"지금 하는 말은 내가 쓴 메모의 반복이에요." 메리먼이 말했다. "심리상담실의 빅터를 만나보는 게 좋을 거예요. 복도 바로 맞은편에 있어요. 사일로 몇 군데에서 이상한 일이 벌어지는데, 우리 생각보다 파괴적이에요. 다음 사람을 위해서 그 문제를 처리하도록 해봐요."

트로이는 고개를 끄덕였다.

"방으로 데려가야겠습니다." 의사가 말했다. 젊은 의료보조원이 종이 가운을 들고 옆에 서 있었다. 모든 절차가 아주 눈에 익었다. 의사는 문질러 없애야 할 얼룩이라도 보듯이 트로이를 돌아보았다.

트로이는 문밖으로 뒷걸음질 쳐서 복도 저편의 심냉동실 방향을 보았다. 여자와 아이들이 그곳에 있었다. 교대근무를 견뎌내지 못한 남자들과 함께. "혹시 제가……?" 그는 그 방향으로부터 무언가 자신을 강하게 끌어당기는 느낌을 받았다. 메리먼과 의사 둘 다 얼굴을 찌푸렸다.

"좋은 생각이 아닌데……."

의사의 말을 메리먼이 끊었다. "나라면 안 가겠어요. 처음 몇 주 동안 가봤는데, 실수였어요. 흘려보내요."

트로이는 복도 저편을 보았다. 어쨌든 그곳에서 무엇을 찾을 수 있을지는 알지 못했다.

"다음 6개월을 버텨내요." 메리먼이 말했다. "빨리 지나갑니다. 다 빨리 지나가요."

트로이는 고개를 끄덕였다. 메리먼이 부츠를 벗기 시작하는 동안에도 의사는 눈으로 어서 가라고 트로이를 쫓아냈다. 트로이는 몸을 돌리고, 복도 저편의 무거운 문을 한 번 더 쳐다본 후에 반대쪽에 있는 엘리베이터로 향했다.

메리먼의 말이 옳았으면 했다. 급행 승강기의 버튼을 누르면서 그는 교대시간 전체가 획 지나가는 상상을 했다. 그다음 교대근무도. 그다음도. 그 후에 무엇이 다가올지는 알지 못한 채 이 미친 짓이 다 끝날 때까지.

5

2049년, 워싱턴디시

도널드 킨의 시간은 날 듯이 지나갔다. 또 하루가 끝나고, 또 한 주가 끝나고, 여전히 그에게는 더 많은 시간이 필요했다. 방금 해가 졌다고 생각하고 시계를 봤더니 11시가 넘어 있었다.

'헬렌.' 그는 몰려드는 당황 속에 전화기를 찾았다. 아내에게는 언제나 10시가 되기 전에 전화하겠다고 약속했었다. 목깃 주위에 죄책감으로 인한 열기가 스며들었다. 앉아서 전화기만 노려보며 기다리고 또 기다리는 헬렌의 모습이 떠올랐다.

벨이 제대로 울리기도 전에 헬렌이 받았다.

"이제 걸었네." 헬렌의 목소리는 부드럽고 나른했고, 말투는 화가 났다기보다는 안심한 것 같았다.

"세상에, 정말 미안해, 여보. 완전히 시간을 잊고 있었어."

"괜찮아." 헬렌은 하품을 했고, 도널드는 똑같이 하품하고 싶은 충동을 눌러야 했다. "오늘은 좋은 법안 좀 썼어?"

그는 웃음을 터뜨리며 얼굴을 문질렀다. "사실 나에게 그런 일은 시키지 않아. 아직은. 난 주로 상원의원을 위한 작은 프로젝트 때문에 바쁘고……."

그는 말을 하다 멈췄다. 도널드는 일주일 내내 이 일을 어떻게 말하면 좋을지, 어느 부분을 비밀로 하면 좋을지 망설였다. 그는 책상 위에 놓인 여벌 모니터를 보았다. 애나의 향기가 공기 중에 얼어붙어, 일주일이 지나도록 남아 있는 것만 같았다.

헬렌의 목소리에 생기가 돌았다. "그래?"

도널드는 그 모습을 생생하게 그릴 수 있었다. 잠옷을 입고, 침대에서 도널드가 눕는 쪽도 여전히 흠잡을 데 없이 정리해두고, 물 한 잔을 손 닿는 곳에 놓아두었을 헬렌. 헬렌이 말도 못 하게 보고 싶었다. 아무 짓도 하지 않았음에도 느껴지는 죄책감 때문에 더더욱 그랬다.

"그분이 당신에게 무슨 일을 시키는데? 합법이긴 하겠지?"

"뭐? 그야 물론 합법이지. 그게…… 사실 건축 일인데." 도널드는 황금빛 스카치위스키가 남아 있는 텀블러를 잡으려 몸을 앞으로 기울였다. "솔직히 말하면, 나도 내가 건축을 얼마나 좋아하는지 잊고 있었어. 계속했다면 나쁘지 않은 건축가가 됐을 텐데." 그는 위스키를 한 모금 넘기고, 화면 보호를 위해 꺼진 모니터 두 대를 보았다. 어서 그 일로 돌아가고 싶었다. 건축 드로잉에 몰두해 있으면 모든 것이 멀어지고 사라졌다.

"자기야, 상원의원실의 새 욕실이나 설계하라고 납세자들이 당신을 워싱턴에 보낸 건 아닐 거야."

도널드는 미소 지으며 위스키를 마저 마셨다. 전화기 너머에서 씩 웃는 아내의 모습이 눈에 선했다. 그는 잔을 책상에 내려놓고 발을 올렸다. "그런 게 아니야. 애틀랜타 외곽에 지으려는 시설을 위한 계획도야. 사실 그 시설 중에서는 사소한 부분이지만, 내가 제대로 하지 않으면 계획 전체가 무너질 수 있어."

그는 책상 위에 펼쳐진 서류철을 보았다. 아내가 졸린 목소리로 웃었다.

"대체 왜 당신에게 그런 일을 시켜? 그렇게 중요한 일이라면, 건축을 제대로 하는 사람에게 돈을 주고 맡겨야지?"

도널드도 동의하는 바였지만, 웃음으로 그 질문을 넘길 수밖에 없었다. 선거 공헌자를 외교 대사로 삼을 때처럼 자격 없는 사람들에게 일을 배정하는 워싱턴의 악습에 희생된 느낌을 지울 수 없었다. "사실 난 이 일을 꽤 잘하거든." 그는 아내에게 말했다. "내가 하원의원보다 건축가에 더 어울릴 수도 있겠다는 생각까지 들려고 해."

"그야 물론 잘하겠지." 아내가 다시 하품을 했다. "하지만 건축가 일은 집에서 할 수도 있었잖아. 여기에서 늦게까지 일할 수도 있을 텐데."

"그래, 나도 알아." 도널드는 출마를 정말 해야 할지, 그게 두 사람이 떨어져 지낼 가치가 있는 일인지에 대해 아내와 의논했던 것을 기억했다. 이제 그는 멀리 떨어진 곳에서, 포기해야 한다고 합의했던 바로 그 일에 시간을 쓰고 있었다. "이건 첫해에만 시키는 일일 거야. 인턴십 같은 거라고 생각해. 게다가 상원의원이 나에게 이 일을 맡기고 싶어 한 건 좋은 신호야. 애틀랜타 일을 가족 프로젝트처럼, 내부에서 관리해야 하는 일처럼 보시거든. 실제로 내가 한 일을 주목하고…….”

“가족 프로젝트라고?”

“음, 그야 정말 가족이라는 뜻은 아니고, 그보다는…….” 이런 식으로 말하고 싶지는 않았다. 시작이 나빴다. 녹초가 된 데다가 술에 취할 때까지 설명을 미룬 탓이었다.

“그래서 늦게까지 일하고 있는 거야? 그러다가 10시가 넘어서야 전화하는 거고?”

“여보, 정말로 시간 가는 줄을 몰랐어. 컴퓨터에 매달려 있었어.” 그는 텀블러를 보았다. 이제는 바닥에 아주 약간의, 마지막으로 위스키를 마신 후 유리 벽을 따라 흘러내린 금빛 잔재만 남아 있었다. “이건 우리에게 좋은 소식이야. 이 프로젝트 덕분에 집에 더 자주 가게 될 거야. 분명히 내가 현장을 확인하고, 현장감독과 일하게 될 테니까…….”

“그건 좋은 소식이 되겠네. 당신 개가 당신을 보고 싶어 해.”

도널드는 미소 지었다. “둘 다 보고 싶어 했으면 좋겠는데.”

“내가 보고 싶어 하는 건 알잖아.”

“다행이다.” 그는 텀블러를 흔들고 마지막 남은 술을 마셨다. “그리고 말이지, 당신이 어떻게 느낄지 아는데, 내가 어떻게 할 수 없는 일이라서 말이야. 상원의원의 딸도 이 프로젝트에서 같이 일해. 믹 웨브도 같이. 믹 기억하지?”

차가운 침묵.

그리고. "상원의원의 딸은 기억해."

도널드는 헛기침을 했다. "그래, 음, 믹은 구조적인 일, 용지 확보, 도급업자들과의 일 처리를 맡고 있어. 아무래도 사실상 믹의 지역구니까. 우리 둘 다 상원의원이 밀어주지 않았다면 오늘 이 자리에 없었으리라는 거 알지……?"

"내가 기억하는 건 두 사람이 예전에 사귀었다는 건데. 그리고 그 여자는 내가 옆에 있어도 당신에게 수작을 걸곤 했다는 것도."

도널드는 웃음을 터뜨렸다. "진심이야? 애나 서먼이? 여보, 그건 예전 이야기고……."

"어쨌든 난 당신이 좀 더 자주 집에 올 줄 알았어. 주말이라도." 그는 아내가 한숨을 내쉬는 소리를 들었다. "있지, 시간이 늦었어. 둘 다 자는 게 어떨까? 이 문제는 내일도 이야기할 수 있어."

"알았어. 그래, 물론이지. 그리고 여보?"

헬렌은 그의 말을 기다렸다.

"우리 둘 사이엔 아무것도 끼어들지 않을 거야, 알지? 이건 나에게 큰 기회야. 그리고 내가 정말 잘하는 일이고. 내가 얼마나 잘하는지 나도 잊고 있었지만."

정적.

"당신이 잘하는 거야 많지. 당신은 좋은 남편이고, 난 당신이 좋은 하원의원이 될 거라는 사실을 알아. 그저 당신 주위 사람들을 믿지 않을 뿐이야."

"하지만 상원의원이 아니었으면 내가 이 자리에 오지 못했다는 걸 알잖아."

"알아."

"저기, 내가 조심할게. 약속해."

"알았어. 내일 이야기해. 푹 자고. 사랑해."

헬렌은 전화를 끊었고, 도널드는 전화기를 내려다본 후 그제야 이메일이 열 통 넘게 들어와 있었음을 알았다. 그런 연락은 아침까지 무시하기로 했다. 그는 눈을 비비면서 억지로 정신을 깨우고, 또렷하게 생각하려 했다. 마우스를 흔들어서 모니터를 깨웠다. 모니터는 낮잠도 자고 잠시 어두워질 수도 있었지만, 도널드는 아니었다.

새로운 모니터 중앙에 철사 구조의 아파트 하나가 놓여 있었다. 도널드는 줌을 당겨 아파트가 사라지고 복도가 나타난 다음, 똑같이 생긴 쐐기형의 거주 구역 수십 개가 가장자리에서 밀려드는 모습을 보았다. 이 벙커의 요구 사양은 1만 명의 사람을 최소 1년 동안 수용할 수 있었다. 말도 안 되게 지나친 요구였다. 도널드는 여느 설계 프로젝트처럼 문제에 접근했다. 그는 유독가스 누출이나 끔찍한 방사능 낙진, 테러리스트의 공격에 당한 모든 시설 노동자들을 해당 지역이 정화될 때까지 몇 주에서 몇 달 동안 수용하는 곳에 자신이 직접 함께 있는 상상을 해보았다.

전망이 더 멀어지면서 위아래로 다른 층들이 나타났다. 나중에는 창고, 복도, 또 다른 거주 공간 등으로 채워 넣을 빈 층들이었다. 다른 층들과 기계 공간들은 애나를 위해 통째로 비워놓았고…….

"도니?"

문이 먼저 열리고, 노크 소리가 나중에 따라왔다. 도널드가 팔을 너무 세게 움직이는 바람에 마우스가 패드에서 미끄러져 책상 위를 굴렀다. 자세를 바르게 하고 앉아 모니터 너머를 보았더니 문 앞에서 믹 웨브가 히죽 웃고 있었다. 믹은 한쪽 옆구리에 재킷을 끼고, 타이는 풀어헤치고, 어두운 피부에 수염이 짧게 돋아난 모습이었다. 그는 도널드의 당황한 표정을 보고 웃더니 어슬렁어슬렁 걸어왔다. 도널드는 마우스를 움직여서 재빨리 오토캐드 창을 최소화했다.

"나 원 참, 주식 단타라도 하고 있었던 건 아니지?"

"주식?" 도널드는 의자에 등을 기댔다.

"그래. 새로운 장비로 뭘 하는 건데?" 믹이 책상 안쪽으로 걸어오더니 도널드의 의자 등받이에 한 손을 올렸다. 두 화면 중 작은 쪽에는 민망하게도 방치된 프리셀 게임 창이 열려 있었다.

"아, 여벌 모니터 말이지." 도널드는 카드 게임 창을 최소화하고 의자에서 몸을 돌렸다. "몇 가지 프로그램을 동시에 돌리는 게 좋아서 그래."

"그건 나도 알겠어." 믹은 빈 모니터를 가리켰다. 제퍼슨 기념관 주위에 벚꽃이 핀 월페이퍼가 깔려 있었다.

도널드는 웃으며 얼굴을 문질렀다. 자신의 얼굴에도 수염이 자라난 데다, 저녁 식사도 잊었다는 사실이 떠올랐다. 겨우 일주일 전에 시작한 프로젝트인데 벌써 엉망이었다.

"한잔하러 가려는 참인데, 같이 갈래?" 믹이 말했다.

"미안. 아직 할 일이 좀 더 있어."

믹이 그의 어깨를 움켜쥐더니 아플 정도로 힘주어 잡았다. "이렇게 말하긴 싫지만, 처음부터 다시 시작해야 할 거야. 에이스를 그렇게 묻으면 돌아올 길이 없어. 자, 한잔하러 가자."

"정말이야. 못 가." 도널드는 친구의 손아귀에서 몸을 빼내고 그를 마주 보았다. "애틀랜타 건으로 계획안을 만들고 있어. 다른 사람에겐 보여주면 안 돼. 1급 기밀이야."

그는 강조하기 위해 손을 뻗어서 책상 위 서류철을 닫았다. 상원의원은 확실한 분업이 이루어질 것이며 각기 다른 일을 맡은 사람 사이의 벽은 1킬로미터가 넘는 높이여야 한다고 했다.

"오오. 1급 기밀이셔." 믹은 허공에 두 손을 흔들었다. "나도 똑같은 프로젝트에서 일해, 인마." 그는 모니터를 가리켰다. "그런데 네가 계획안을 잡는다고? 무슨 일인데? 내 평점이 너보다 높았는데." 그는 책상 위로 몸을 내밀고 작업표시줄을 보았다. "오토캐드? 멋진데. 어디 좀 보자."

"응, 안 돼."

"그러지 말고. 애처럼 굴지 마."

도널드는 웃고 말았다. "이봐, 내 팀 사람들이라 해도 전체 계획안은 보지 못할 거야. 나도 그럴 거고."

"그건 말도 안 돼."

"아니, 이런 정부 일은 그렇게 돌아가. 내가 너희 쪽을 엿보는 일도 없을 거야."

믹은 됐다는 듯 한 손을 흔들었다. "아무려나. 코트 집어. 가자."

"알았어, 알았어." 도널드는 손바닥으로 뺨을 두드리며 졸음을 쫓으려 했다. "아침이면 일도 더 잘되겠지."

"토요일에 일을 하겠다니. 서먼이 널 사랑하겠다."

"그러길 빌자고. 프로그램 닫게 몇 분만 줘."

믹이 웃었다. "어서 해. 난 안 보고 있어." 그는 도널드가 컴퓨터를 끄는 사이에 문 쪽으로 걸어갔다.

도널드가 일어서는데 책상 전화기가 울렸다. 비서는 없으니 직통 전화였다. 도널드는 손을 뻗으면서 조용히 하라고 믹에게 한 손가락을 들었다.

"헬렌."

반대편에서 누군가가 헛기침을 했다. 깊고 거친 목소리가 사과했다. "미안하지만, 아니네."

"오." 도널드는 손목시계를 두드리고 있던 믹을 보았다. "안녕하십니까."

"둘이 나가나?" 서먼 상원의원이 물었다.

도널드는 창문 쪽을 돌아보았다. "무슨 말씀이시죠?"

"자네와 믹 말이야. 금요일 밤인데, 시내에 나가나?"

"아, 딱 한 잔만 하려고 합니다."

도널드는 사실 상원의원이 어떻게 믹이 여기 있는 줄 알았는지 알고 싶었다.

"잘됐군. 믹에게 월요일 아침 일찍 봐야겠다고 전해주게. 내 사무실에서. 자네도야. 자네의 첫 현장 방문에 대해 의논해야 해."

"아. 알겠습니다."

도널드는 이게 다 무슨 일인가 생각하며 기다렸다.

"자네 둘은 이 일이 진행되면서 밀접하게 일하게 될 거야."

"잘됐네요. 물론이죠."

"지난주에 의논했듯이, 자네가 뭘 하고 있는지를 다른 프로젝트 구성원에게 자세히 말할 필요는 없네. 믹도 마찬가지고."

"네, 상원의원님. 물론입니다. 기억하고 있습니다."

"좋아. 둘이 즐겁게 보내게. 아, 그리고 혹시 믹이 떠들기 시작하면 그 자리에서 죽여도 좋다고 허락하지."

잠시 침묵이 이어지더니, 나이보다 훨씬 젊은 폐를 가진 남자가 요란하게 웃는 소리가 들렸다.

"아." 도널드는 디캔터 플러그를 뽑아서 냄새를 맡고 있던 믹을 보았다. "알겠습니다, 의원님. 확실하게 하겠습니다."

"좋아. 월요일에 보세."

상원의원은 뚝 전화를 끊었다. 도널드가 수화기를 내려놓고 코트를 집어 드는 동안에도 새 모니터는 책상 위에 조용히 앉아서 텅 빈 눈으로 그를 지켜보고 있었다.

6

트로이의 낡은 식사 쟁반이 얼룩 튄 유리판 뒤 배식 레일을 미끄러져 내려갔다. 배지를 스캔하고 나자 관을 타고 정량의 통조림 완두콩이 떨어져 접시 위에 김이 피어오르는 콩 무더기를 만들었다. 다음 관에서는 완벽하게 동그란 칠면조고기 한 조각이 떨어졌는데, 아직도 깡통 자국이 보였다. 마지막에는 으깬 감자가 어린아이 빨대에서 뱉어낸 침 덩어리처럼 튀어나왔다. 그레이비소스가 식욕이 돋지 않는 찍 소리를 내며 따라 나왔다.

배식 레일 뒤에는 하얀 작업복을 입은 덩치 좋은 남자 한 명이 뒷짐을 지고 서 있었다. 음식에는 관심도 없어 보였다. 배식을 받으러 줄을 서는 직원들에게 집중했다.

트로이의 쟁반이 레일 끝에 도착하자, 아마 20대가 넘지 않았을 연두색 작업복의 젊은 남자가 접시 옆에 숟가락과 포크와 냅킨을 놓았다. 옆 쟁반에 가득 놓여 있던 물 한 잔이 더해졌다. 마지막 단계는 의례적인 악수와도 같았다. 트로이가 몇 달간의 오리엔테이션에서 기억하는 악수. 작은 플라스틱 잔이 건네지는데, 바닥에 알약 하나가 달그락거리고 있었다. 투명한 잔에 흐릿하게 파란 알약 모양이 비쳐 보였다.

트로이는 발을 끌며 그리로 향했다.

"안녕하세요, 보스."

젊은 미소. 완벽한 치아. 모두가 트로이에게 존대를 했는데, 훨씬 나이가 많은 사람들도 그랬다. 누가 그렇게 불러도 마음이 불편했다.

플라스틱 잔 속에서 알약이 달그락거렸다. 트로이는 잔을 들어 알약을 넘겼다. 물도 없이 삼키고, 쟁반을 잡고 배식 대기열을 지체시키지 않으려 했다. 자리를 찾다 보니 덩치 큰 남자가 그를 보고 있었다. 시설 안 모두가 트로이가 책임자라고 생각하는 것 같았지만, 그는 속지 않았다. 그는 대본대로 맡은 일을 수행하는 또 한 명에 불과했다. 그는 스크린을 마주 보는 빈자리를 하나 찾았다. 첫날과 달리 이제는 바깥의 검게 탄 세상을 보아도 아무렇지 않았다. 오히려 그 풍경이 이상하게 편해졌다. 그 풍경을 보면 가슴 속에 둔한 통증이 찾아왔는데, 그나마 그게 뭔가를 느낀다는 감각에 가까웠다.

감자와 그레이비를 한 입 먹자 알약 맛이 사라졌다. 물을 마셔서는 소용이 없었다. 물로는 알약의 쓴맛이 가시지 않았다. 그는 기계적으로 먹으면서 첫 근무 첫 주의 태양이 지는 모습을 지켜보왔다. 아직 25주를 더 버텨야 했다. 이렇게 말하니 헤아릴 만한 숫자였다. 반년이라고 하는 것보다 짧게 느껴졌다.

파란 작업복을 입고 머리가 벗어져가는 나이 많은 남자 하나가 트로이의 대각선 맞은편에 풍경을 가리지 않게 예의를 지키며 앉았다. 트로이는 그 남자를 알아보았다. 재활용 쓰레기통 옆에서 대화를 나눈 적이 한 번 있었다. 남자가 고개를 들자 트로이는 고개를 끄덕여 인사했다.

두 사람이 먹는 동안 식당은 듣기 좋은 정도로 웅성거렸다. 소리 죽인 대화가 여기저기서 시작되다가 사그라들었다. 플라스틱, 유리, 금속이 불규칙한 음으로 부딪쳤다.

트로이는 풍경을 슬쩍 보면서 뭔가 자신이 알아야 하는 것, 자꾸만 잊고 있는 것이 있다는 생각을 했다. 아침에 깨어날 때마다 시야 가장자리에 친숙한 장면이 보였고 손에 잡힐 듯 말 듯한 기억이 있는데, 그 기억은 아침 식사를 할 때쯤이면 이미 희미해졌고 저녁 식사 때쯤이면 완전히 사라졌다. 그 때문에 트로이는 슬프고, 춥고, 실제 허기는 아니지만 속이 텅 빈 느낌이 들었다. 마치 비 오는 날에 시간을 어떻게 보내야 할지 모르는 아이가 된 기분이었다.

맞은편에 앉은 남자가 살짝 가까이 오더니 목청을 가다듬었다. "다 잘 돌아갑니까?"

그 남자를 보면 트로이는 누군가가 생각났다. 비바람에 풍화한 얼굴에 살짝 늘어진 얼룩덜룩한 피부. 목도 늘어져서, 목젖 아래로 보기 흉한 살이 있었다.

"어떤 일이요?" 트로이는 미소 지으며 되물었다.

"뭐든요. 그냥 확인해본 겁니다. 저는 핼이라고 합니다." 남자는 잔을 들어 올렸다. 트로이도 똑같이 했다. 악수나 다름없었다.

"트로이입니다." 그는 말했다. 어떤 사람에게는 아직 이름으로 불리는 행위가 의미 있을 것이다.

핼은 잔에 든 물을 꿀걱꿀걱 마셨다. 목이 흔들렸고, 소리가 요란했다. 트로이는 괜히 의식하면서 물을 살짝 마시고 남은 콩과 칠면조고기를 먹었다.

"어떤 사람들은 저 풍경을 마주 보고 앉고, 어떤 사람들은 등을 돌리고 앉더군요." 핼은 엄지손가락으로 어깨 너머를 가리켰다.

트로이는 스크린을 쳐다보았다. 그리고 음식을 씹을 뿐, 아무 말도 하지 않았다.

"마주하고 앉아서 보는 사람들은 뭔가를 기억하려고 하는 걸 거예요." 핼이 말했다.

트로이는 씹던 것을 삼키고 애써 어깨를 으쓱였다.

"그리고 보고 싶어 하지 않는 우리는……." 핼은 말을 이었다. "아마 우리는 잊으려고 노력하는 걸 테고요."

트로이는 이런 대화를 나눠선 안 된다는 사실을 알았지만, 기왕 시작했으니 어디로 이어지는지 지켜보고 싶었다.

"나쁜 거예요." 핼이 엘리베이터 쪽을 바라보며 말했다. "눈치 챘습니까? 빠져나가는 건 나쁜 것뿐이에요. 중요하지 않은 것들은 다 잘 기억하죠."

트로이는 아무 말도 하지 않았다. 먹을 생각도 없으면서 포크로 콩을 찍기만 했다.

"그러니 궁금해지잖아요? 왜 우리 모두 이렇게나 속이 썩어버린 느낌일까요?"

핼은 식사를 마치고, 말없이 고개를 끄덕여 인사하고는 일어나서 가버렸다. 트로이 혼자 남겨졌다. 그는 저도 모르게 화면을 응시하고 있었다. 이름을 붙일 수 없는 둔한 통증으로 욱신거렸다. 언덕이 다 사라지기 직전의 저녁, 풍경이 어둠에 삼켜지고 구름 가득한 하늘만 남기 직전이었다.

7

2049년, 워싱턴디시

도널드가 상원의원과의 만남에 걸어가기로 해서 다행이었다. 전 주에 내내 내리던 비가 드디어 누그러들고, 듀폰트서클의 교통 상황은 굼벵이 수준이었다. 코네티컷으로 향하던 도널드는 차가운 바람 속으로 몸을 기울이면서, 왜 장소가 하필이면 크레이머북스로 옮겨졌을까 생각했다. 사무실에서 훨씬 가깝고 더 나은 커피숍이 열 곳은 있는데 말이다.

그는 골목길을 건너서 서둘러 서점으로 이어지는 짧은 돌계단을 올랐다. 크레이머북스의 정문은 오래된 가게들이 얼마나 오래 버텨왔는지를 자랑하기 위해 걸어놓는 케케묵은 나무 문이었다. 문을 밀어 열자 돌쩌귀가 삐걱거리고 머리 위에 실제로 걸린 종이 울렸으며, 중앙에 있는 베스트셀러 테이블을 정리하던 젊은 여자가 고개를 들고 웃으며 인사했다.

카페에는 도자기 잔을 홀짝거리는 정장 차림의 남자와 여자가 꽉 차 있었다. 둘러봐도 상원의원은 보이지 않았다. 도널드가 혹시 너무 일찍 왔나 싶어 핸드폰을 확인하려는데, 비밀 경호원 한 명이 시선을 끌었다.

경호원은 책들이 쌓여 있어 크레이머북스에서 카페의 서점 역할을 하는 작은 구석 통로 끝에 어깨를 딱 벌리고 서 있었다. 도널드는 그 남자가 얼마나 대놓고 숨어 있는지 보고 웃고 말았다. 귀에 꽂은 이어폰, 가슴팍에 불거진 흔적, 실내에서 쓴 선글라스라니. 도널드는 세월과 함께 삐걱대는 발아래의 나무 판을 밟으며 그 경호원 쪽으로 향했다.

경호원의 시선이 도널드 쪽으로 움직였지만, 도널드를 보는지 정문을 보는지는 알 수 없었다.

"서먼 상원의원님을 만나러 왔어요." 도널드는 살짝 갈라지는 목소리로 말했다. "약속은 되어 있습니다."

경호원이 고개를 옆으로 돌렸다. 그 방향으로 통로 저편을 보자 서먼이 책 더미를 뒤지고 있었다.

"아. 고마워요." 그는 우뚝 솟은 오래된 책장들 사이로 걸음을 옮겼다. 조명이 어두워지고, 커피 향기가 곰팡이와 가죽이 뒤섞인 냄새로 변했다.

"이건 어떻게 생각하나?"

서먼 상원의원은 도널드가 다가가자 책을 한 권 들어 올렸다. 인사도 없이 다짜고짜 던진 질문이었다.

도널드는 두꺼운 가죽 표지에 금박으로 적힌 제목을 확인하고는, 솔직하게 말했다. "들어본 적 없는데요."

서먼 상원의원은 소리 내어 웃었다. "물론 못 들어봤겠지. 100년
도 넘은 책인 데다, 프랑스어야. 내 말은 장정이 어떠냐는 거야."
그는 도널드에게 책을 건넸다.

도널드는 그 책의 묵직함에 놀랐다. 책을 펼쳐서 몇 장 넘겨보
았다. 법전처럼 빽빽했지만, 대화 사이에 띄운 줄을 보니 소설이
었다. 그는 몇 장을 넘기면서 책장이 얼마나 얇은지에 감탄했다.
책장 종이가 책등과 만나는 곳은 파란색과 금색 실을 꼬아서 만든
작은 밧줄로 꿰매어놓았다. 도널드에게도 아직 실물 책을 신뢰하
는 친구들이 있었다. 장식용이 아니라, 정말로 읽으려고 말이다.
그런 책 한 권을 들고 뜯어보니 친구들이 품은 향수 어린 애정을
이해할 수 있었다.

"장정이 멋진데요." 그는 손가락으로 장정을 쓸어보며 말했다.
"아름다운 책입니다." 그는 상원의원에게 책을 돌려줬다. "이런
식으로 책을 사세요? 주로 표지를 보고 고르십니까?"

서먼은 그 책을 옆구리에 끼고 다른 책을 책장에서 뽑았다. "내
가 하고 있는 다른 프로젝트를 위한 샘플일 뿐이라네." 그는 돌아
서서 도널드를 보고 눈을 가늘게 떴다. 불편한 시선이었다. 먹잇
감이 된 기분이 들었다. "자네 동생은 어떻게 지내지?" 서먼이 물
었다.

도널드에게는 불시의 기습 같은 질문이었다. 동생 이야기가 나
오자 목이 멨다.

"샬럿이요? 샬럿은…… 괜찮을 겁니다. 재배치됐어요. 분명히

들으셨겠지만요."

"들었지." 서먼은 손에 들었던 책을 다시 꽂아 넣고 도널드가 살펴본 책의 무게를 가늠했다. "다시 지원하다니 샬럿이 자랑스러웠어. 국가가 자랑스러워할 병사야."

도널드는 국가의 자랑을 위해 한 가족이 치러야 할 대가를 생각했다.

"네. 그게, 부모님은 정말로 샬럿이 집에 오는 날을 기대하고 계셨지만, 그 애는 이곳의 속도에 적응하는 걸 힘들어했어요. 아마…… 아마 전쟁이 끝나기 전까지는 제대로 긴장을 풀 수가 없을 겁니다. 어떤지 아시죠?"

"알지. 그리고 어쩌면 그 후에도 평화를 찾지 못할지도 몰라."

그건 도널드가 듣고 싶지 않았던 말이었다. 그는 상원의원이 손가락으로 파이고 튀어나온 부분과 오목한 글자들로 장식된 화려한 책등을 쓸어내리는 모습을 지켜보았다. 노인의 두 눈은 늘어선 책들 너머를 보는 것 같았다.

"원한다면 내가 한마디 적어 보낼 수도 있어." 서먼이 말했다. "군인은 누군가를 만나봐도 괜찮다는 허락을 받아야만 할 때도 있지."

"정신과 의사를 말씀하시는 거라면, 샬럿은 안 할 겁니다." 도널드는 상담받던 시기에 동생이 겪은 변화를 돌이켰다. "이미 시도도 해봤고요."

서먼의 입술이 오므라들면서 얇고 주름진 선을 그렸고, 걱정하는 표정 덕분에 숨겨진 나이가 드러났다. "내가 말해보지. 젊음의 오만함에 대해서라면 충분히 익숙해. 나도 젊을 때는 똑같은 태도를 보였었지. 나에게는 도움이 필요 없다고, 뭐든 내가 알아서 할 수 있다고 생각했어." 그는 다시 도널드를 보았다. "전문가들도 많이 발전했다네. 이제는 전투 피로를 도와줄 알약도 있고."

도널드는 고개를 저었다. "아닙니다. 한동안 그 약을 먹었거든요. 그것이 기억을 지나치게 잊도록 만들었어요. 그리고⋯⋯." 그는 말하고 싶지 않아 머뭇거렸다. "⋯⋯틱 증상도 나타났고요."

사실은 떨림 현상이라고 말하고 싶었지만, 그러면 너무 심각한 문제처럼 들렸다. 그리고 상원의원이 이렇게 걱정하는 모습이 정말 가족 같아서 고맙기는 했지만, 여동생의 문제를 남과 의논한다는 게 불편하기도 했다. 그는 지난번 샬럿이 집에 왔을 때 멕시코에서 도널드와 헬렌이 찍은 사진을 훑어보다가 벌인 말다툼을 기억했다. 도널드는 샬럿에게 어렸을 때 같이 갔던 코수멜섬을 기억하냐고 물었는데, 샬럿은 그곳에 간 적이 없다고 주장했다. 기억의 불일치는 말다툼으로 변했고, 그는 결국 자신이 거짓말을 했으며 눈물이 난 건 좌절감 때문이라고 했다. 동생 인생의 조각조각이 지워졌는데, 의사들이 내놓는 설명이라고는 샬럿이 잊고 싶어 한 게 틀림없다는 것뿐이었다. 그리고 그게 뭐가 문제냐고?

서먼은 도널드의 팔에 한 손을 얹더니 조용히 말했다. "이 문제는 날 믿어봐. 내가 말해보겠네. 난 그 애가 어떤 일을 겪고 있는지 알아."

도널드는 고개를 끄덕였다. "네. 알겠습니다. 감사드립니다." 그래봐야 소용없을 거라고, 오히려 해만 끼칠 거라고 덧붙일 뻔했지만 이건 친절한 몸짓이었다. 그리고 동생이 가족보다 우러러보는 사람이 내놓는 제안이었다.

"그리고 도니, 그 애는 드론을 조종하잖나." 서먼은 그의 걱정을 알아차린 듯이 찬찬히 보았다. "물리적인 위험에 노출되는 건 아니야."

도널드는 책장에 꽂힌 책 한 권을 문질렀다. "네, 물리적인 위험은 아니죠."

대화는 침묵에 빠져들었고, 도널드는 무거운 한숨을 내쉬었다. 카페에서 나누는 잡담 소리, 설탕을 휘젓는 숟가락 소리, 낡은 나무 문 위에서 흔들리는 종 소리, 우유를 데우면서 나는 쉭 소리를 들을 수 있었다.

그는 샬럿이 한 일의 영상을 본 적이 있었다. 목표물을 향해 유도되던 미사일의 모습이 담긴 드론의 카메라 영상이었다. 놀랍도록 화질이 좋았다. 놀라서 하늘로 고개를 드는 사람들을 볼 수 있었고, 그 사람들의 마지막 순간을 볼 수 있었으며, 영상을 프레임별로 돌리면서 노리던 사람인지 아닌지 확인할 수도 있었다. 그는 동생이 무슨 일을 했으며, 어떤 기억과 싸우고 있는지 알았다.

"아까 믹과 얘기했는데." 서먼은 자신이 도널드가 괴로워할 화제를 꺼냈다는 것을 감지한 듯 말했다. "두 사람이 애틀랜타에 가서 굴착이 어떻게 되어가는지 봐줘야겠어."

도널드는 정신을 차렸다. "물론입니다. 그래요, 준비 상황을 보면 좋겠네요. 지난주에 계획안을 먼저 작성했고, 정해두신 면적안을 차근차근 채우고 있었거든요. 이 건물이 얼마나 깊이 들어가는지는 아시는 거죠?"

"그래서 벌써 터를 파고 있는 거야. 외벽은 앞으로 몇 주 안에 부어 넣어야 해." 서먼 상원의원은 도널드의 어깨를 토닥이더니, 책 살피기는 끝났다는 신호로 통로 끝을 향해 고갯짓을 했다.

"잠깐만요. 이미 파고 있다고요?" 도널드는 서먼과 같이 걸었다. "이제 겨우 개요만 잡았는데요. 제 건물은 마지막까지 아껴뒀으면 좋겠군요."

"복합 단지 전체가 동시에 작업에 들어가. 면적은 정해져 있으니, 외벽과 토대만 부어 넣는 것뿐이야. 각 건물은 바닥에서부터 채울 것이고, 층마다 설비를 다 갖춘 다음에야 그 사이에 판을 깔 거라네. 하지만 보라고, 이래서 자네들이 가서 확인해줘야 하는 거야. 얘기 들어보면 거기는 악몽이 따로 없어. 10여 개 나라에서 온 100여 개 팀이 포개져서 일하고 있는 데다가 자재는 사방에 쌓여 있지. 내가 동시에 열 군데에 있을 수도 없는 노릇이니, 자네들이 가서 상황을 파악하고 보고해줘야 해."

통로 끝에 선 경호원 옆에 이르자 상원의원은 그에게 프랑스어가 박힌 낡은 책을 건넸다. 검은 옷의 남자는 고개를 끄덕이고 카운터로 향했다.

"거기 가 있는 동안 찰스 로즈와 만났으면 좋겠군." 서먼이 말했다. "그 친구가 건물 자재 대부분을 조달하고 있거든. 뭔가 필요한지 알아보게."

"찰스 로즈요? 오클라호마 주지사 말씀이세요?"

"맞아. 우린 같이 복무했지. 그리고 참, 자네와 믹을 이 프로젝트에서 더 고위급으로 이동시키려고 해. 지도부에 아직 사람이 수십 명은 부족하거든. 그러니 계속 열심히 해줘. 지금까지 해준 일만으로도 중요한 사람 여러 명에게 인상을 남겼고, 애나는 자네가 일정에 앞서서 일을 해낼 수 있을 거라고 자신하더군. 둘이 아주 잘 맞는 팀이라던데."

도널드는 고개를 끄덕였다. 자랑스러운 기분이 솟았고, 동시에 어쩔 수 없이 책임감도 더해졌다. 안 그래도 줄어드는 시간이 더 잡아먹히게 생겼다. 헬렌은 도널드가 프로젝트에 더 관여하게 되었다는 소식을 좋아하지 않을 것이다. 사실 그 소식을 공유할 수 있는 사람은 믹과 애나뿐일 수도 있었다. 이야기를 할 수 있는 사람 말이다. 그 건물에 대한 모든 세부 사항이 몇 겹의 보안 허가를 요구하는 것 같았다. 그게 핵폐기물에 대한 두려움 탓인지, 테러의 위협 탓인지, 아니면 프로젝트가 실패할 것 같아서인지는 알 수 없었다.

경호원이 돌아와서 쇼핑백을 손에 든 채 상원의원 옆에 자리 잡았다. 그는 도널드를 보더니, 꿰뚫어 볼 수 없는 선글라스 속으로 그를 관찰하는 듯했다. 처음도 아니지만 도널드는 감시당하는 느낌을 받았다.

서먼 상원의원은 도널드와 악수를 하고 계속 진행 상황을 알려달라고 말했다. 갑자기 경호원 한 명이 더 나타나서 서먼 옆에 붙어 섰다. 그들은 상원의원을 데리고 종소리를 내며 문을 나갔고, 도널드는 그들이 보이지 않게 되어서야 겨우 긴장을 풀었다.

8

2110년 1번 사일로

〈규칙〉은 책상 위에 펼쳐진 채였고, 책장은 견고하게 바느질된 책 등 끝까지 동그랗게 말려 올라갔다. 트로이는 앞으로의 절차를 한 번 더 살폈다. '작전명 50'의 책임자로서 처음 맡은 공식 활동이었고, 리본을 자르는 개통식이 떠올랐다. 가위를 든 남자 하나가 다른 사람들이 힘들게 일한 공을 다 차지하는 웅장한 행사 말이다.

그는 〈규칙〉이 작전 매뉴얼이라기보다는 레시피 책에 가깝다고 생각했다. 그 책을 쓴 정신과 의사들은 모든 일을, 인간 본성의 모든 변덕을 다 설명해놓았다. 그리고 심리학 분야처럼, 아니 인간 본성에 관련한 모든 분야와 마찬가지로 말이 되지 않는 요소들에는 보통 더 깊은 목적이 있다고 했다.

그런 내용을 읽자 트로이는 자신의 목적이 궁금해졌다. 이 직위는 얼마나 필요한 것일까. 그는 전혀 다른 자리를 맡으려 공부했고, 원래대로라면 전체가 아니라 사일로 한 대의 책임자가 될 예정이었다. 그런데 마지막 순간에 승진했고, 그래서 자신이 아닌 누구든 그 자리에 들어올 수 있었다는 기분이 들었다.

물론 이 지위가 대체로 명목상이라 할지라도 상징적인 목적은 수행할지 몰랐다. 어쩌면 그는 이끌기 위해 그 자리에 있는 게 아니라, 다른 사람들에게 이끄는 사람이 있다는 환상을 주기 위해 존재하는 것일 수도 있었다.

트로이는 〈규칙〉 두 단락을 되돌아갔다. 눈은 모든 단어를 보고 있었지만, 하나도 머리에 들어오지 않았다. 새로운 삶에서 겪는 모든 일이 정신을 다른 데 팔게 하고, 지나치게 많은 생각을 하게 만들었다. 모든 것이, 모든 단계와 과업과 직무 해설이 완벽하게 정리되어 있기는 하지만…… 무엇을 위해서란 말인가? 최대한의 무관심을 위해서?

눈을 들어보니 복도 건너편 심리상담실 안에 앉아 있는 빅터를 볼 수 있었다. 그리로 걸어가서 물어보기는 쉬운 일일 것이다. 이곳을 설계한 사람은 한 명의 건축가가 아니라 그들이었다. 그는 그들에게 어떻게 이런 일을 해냈는지, 어떻게 모든 사람이 이토록 속이 텅 빈 느낌을 받게 했는지 물어볼 수도 있었다.

여자와 아이들을 보호해둔 것도 일정 역할을 했다고, 트로이는 확신했다. 1번 사일로의 여자와 아이들은 남자들이 돌아가면서 교대근무를 하는 동안 계속 잘 수 있다는 선물을 받았다. 그 부분이 계획에서 열정을 제거하고, 남자들끼리 싸울 가능성을 미연에 방지했다.

그다음에는 머리를 멍하게 만드는 판에 박힌 일과가 있었다. 사고 능력을 거세했다. 사무실 직원들이 시계를 보고 침을 흘리다가, 퇴근 카드를 찍고 나가서, 잠이 올 때까지 TV를 보고, 아침 자명종을 세 번 때리고, 그 짓을 다시 하는 매일매일의 따분한 일과. 주말이 없으니 더 지독했다. 휴일이라곤 없었다. 6개월을 내리 일하고 수십 년을 자는 식이었다.

그렇게 생각하니 나머지 시설이, 다른 모든 사일로들이 부러웠다. 다른 사일로 복도에는 아이들의 웃음소리와 여자들의 목소리가 울려 퍼지겠지. 이 벙커에는 존재하지 않는 열정과 행복이 있을 것이다. 여기에서 보이는 것이라곤 인사불성의 상태, 평면 TV에서 계속 영화가 방영되는 휴게실에 앉은 수십 명, 불편한 의자에 앉아서 눈도 깜박이지 않는 수십 명뿐이었다. 아무도 제대로 깨어 있지 않았다. 아무도 정말로 살아 있지 않았다. 분명히 그들이 이렇게 만들고 싶어 했을 것이다.

컴퓨터 시계를 확인하니 가야 할 시간이었다. 또 하루를 뒤로 했다. 또 하루 근무시간 종료에 가까워졌다. 그는 〈규칙〉을 덮어 책상 안에 넣고 문을 잠근 후 복도를 걸어 통신실로 향했다.

트로이가 들어가자 통신석에서 몇 명이 고개를 들었다. 오렌지색 작업복을 입은 모두가 얼굴을 찌푸리고 눈썹을 내렸다. 트로이는 심호흡을 하고 자신을 추슬렀다. 여기는 사무실이었다. 이것은 일이었다. 그리고 그는 책임자였다. 침착을 유지하기만 하면 된다. 어디까지나 리본을 자르기 위해 간 것이었다.

선임 통신원 중 하나인 솔이 헤드셋을 벗고 일어서서 트로이를 맞이했다. 트로이는 솔을 잘 알지 못했다. 같은 행정동에 살고 가끔 체육관에서 마주치는 정도였다. 악수를 하다 보니 솔의 잘생기고 넓적한 얼굴이 어떤 심층 기억을, 트로이가 무시하는 방법을 익힌 그 간질거리는 느낌을 건드렸다. 어쩌면 오랫동안 잠들기 전에, 오리엔테이션에서 만났던 사람인지도 몰랐다.

솔은 트로이를 통신실의 다른 오렌지색 기술자에게 소개했고, 그 사람은 손을 흔들고는 헤드셋을 계속 끼고 있었다. 이름은 곧 사라졌다. 아무래도 좋았다. 선반에서 여벌 헤드셋이 내려졌다. 트로이는 그 헤드셋을 받고는, 아직 소리를 들을 수 있도록 귀에 대지 않고 목에만 걸었다. 솔이 헤드셋 끝에 있는 은색 잭을 찾더니 50개의 숫자가 박힌 소켓들을 손가락으로 훑었다. 그 배치와 방을 보고 트로이는 컴퓨터와 자동 음성으로 대체되기 전에 존재했던 옛날 전화교환대 사진이 떠올랐다.

지나간 옛날에 대한 머릿속 이미지가 트로이의 긴장과 더불어 알약이 초래한 오한과 뒤섞이면서 갑자기 낄낄거리는 웃음소리가 터져 나올 것만 같았다. 정말로 웃음이 터질 뻔했지만, 그는 겨우 그 충동을 누를 수 있었다. 어느 사일로의 미래 책임자 자격을 판단하려는 자리에서 히스테리를 일으킨다면 전체 작전의 책임자로서 좋은 신호는 아닐 것이다.

"……그리고 그냥 정해진 질문들을 쭉 하시면 됩니다." 솔이 말하고 있었다. 그는 트로이에게 플라스틱 카드 한 장을 내밀었고, 트로이는 필요 없다고 확신하면서도 카드를 받았다. 거의 온종일 정해진 과정을 외운 후였다. 게다가 트로이가 뭐라고 말하는

지는 중요하지 않을 터였다. 후보자의 자격을 판단하는 일은 반대쪽 헤드셋에 내장된 온갖 감지기를 통해 기계와 컴퓨터들이 하도록 맡기는 쪽이 나았다.

"좋아요. 호출 왔습니다." 솔이 섬광등이 줄줄이 박힌 패널에서 반짝이는 불빛을 가리켰다. "연결하겠습니다."

트로이는 기술자가 연결하는 동안 헤드셋 귀마개를 귀에 댔다. 삐 소리가 몇 번 들리더니 달칵하고 연결이 이루어졌다. 반대쪽에서는 누군가가 거친 숨을 몰아쉬고 있었다. 트로이는 그 청년이 자신보다 훨씬 더 긴장해 있으리라는 사실을 돌이켰다. 결국 질문에 답해야 하는 사람은 그 청년이고, 트로이는 질문을 던지기만 할 사람이었다.

갑자기 머릿속이 하얘진 트로이는 손에 쥔 카드를 보았다. 그 카드를 받아두길 다행이었다.

"이름." 그는 청년에게 물었다.

"마커스 덴트입니다."

그 젊은 목소리에는 조용한 자신감이 있었다. 자부심에 가슴을 부풀리는 듯한 소리였다. 트로이는 언젠가, 아주 오래전에 그런 감정을 느꼈던 기억이 났다. 그러고 나서 마커스 덴트가 태어난 세상을, 그가 오직 책으로만 알게 될 '유산'을 생각했다.

"훈련을 어떻게 받았는지 말해봐." 트로이는 대사를 읽었다. 목소리는 어차피 컴퓨터가 만들어줄 테지만 그래도 일정하고, 깊이 있고, 권위 가득하게 내려고 했다. 솔이 엄지와 검지로 동그라미를 그려서 상대 청년의 헤드셋에서 데이터가 잘 들어오고 있음을 알렸다. 트로이는 혹시 지금 쓴 헤드셋에도 비슷한 장비가 들어 있을까 궁금했다. 이 방, 아니면 다른 어느 방에서 누군가가 트로이가 얼마나 긴장했는지 알 수 있을까?

"음, 저는 윌리스 부보안관 밑에서 그림자로 일하다가 IT부 보안 구역으로 옮겼습니다. 그게 1년 전이었죠. 6주 동안 〈규칙〉을 공부했습니다. 전 준비됐다고 생각합니다."

'그림자.' 트로이는 그런 사람들을 그렇게 부른다는 사실도 잊고 있었다. 원래는 최신 어휘 카드를 가져오려고 했는데.

"사일로에 대한 자네의 최우선 의무는?" 사일로가 아니라 시설이라고 할 뻔했다.

"〈규칙〉을 지키는 것입니다."

"그 무엇보다 우선으로 지켜야 하는 것은?"

그는 목소리를 무덤덤하게 유지했다. 측정 중인 남자에게 지나치게 많은 감정을 전하지 않아야 최고의 측정치가 나올 터였다.

"〈생명〉과 〈유산〉입니다." 마커스가 읊었다.

트로이는 다음 질문을 보기가 힘들었다. 생각지도 못하게 나온 눈물 때문에 앞이 잘 보이지 않았다. 손이 떨렸다. 그는 누가 알아차리기 전에 덜덜 떨리는 카드를 내렸다.

"그리고 우리가 소중하게 여기는 것들을 보호하려면 무엇이 필요하지?" 그는 물었다. 다른 사람의 목소리 같았다. 그는 딱딱 소리 내어 부딪칠까 봐 이를 악물었다. 뭔가가 잘못됐다. 심각하게 잘못됐다.

"희생입니다." 마커스는 바위처럼 흔들림 없이 대답했다.

트로이는 눈을 빠르게 깜박여서 시야를 확보했고 솔이 손을 들어 올려 계속해도 좋다고, 측정치가 들어오고 있다고 알렸다. 이제 그들에게는 생체인식으로 상대 청년이 처음 받은 질문들에 얼마나 진지하게 답했는지 알아내기 위한 기준치가 필요했다.

"말해봐, 마커스. 여자 친구 있나?"

왜 제일 먼저 떠오른 질문이 그것이었는지는 몰랐다. 다른 사일로들은 여자들을 얼려두지 않는다는 사실, 아니 아무도 얼려두지 않는다는 사실이 부러웠는지도 모른다. 통신실에서는 아무도 그 질문에 반응하거나 신경 쓰는 것 같지 않았다. 시험의 공식적인 부분은 끝났다.

"아, 네, 있습니다." 마커스가 대답했고, 트로이는 청년의 숨소리가 달라지는 것을 듣고 긴장이 풀렸다는 것을 짐작할 수 있었다. "혼인 신청도 했습니다. 답변을 기다릴 뿐이죠."

"흠, 그렇게 오래 기다리진 않아도 되겠지. 이름은 뭔가?"

"멜라니입니다. 여기 IT부에서 일합니다."

"그거 잘됐군." 트로이는 눈을 닦았다. 몸의 떨림은 지나갔다. 솔이 손가락으로 머리 위에 원을 그려서 이제 끝내도 된다는 사실을 알렸다. 측정치는 충분했다.

"마커스 덴트, 작전명 '50개의 세계 질서'에 들어온 것을 환영하네."

"감사합니다." 청년의 목소리가 한 옥타브 올라갔다.

잠시 침묵이 감돌더니, 깊이 숨을 들이마셨다가 내쉬는 소리가 들렸다.

"저기, 제가 질문 하나 해도 되겠습니까?"

트로이는 다른 사람들을 보았다. 어깨를 으쓱이는 정도의 반응밖에 돌아오지 않았다. 그는 이 청년이 방금 맡은 역할을 생각했고, 승진으로 새로운 책임을 맡은 기분을, 두려움과 간절함과 혼란이 뒤섞인 그 기분을 잘 알았다.

"물론일세. 질문 하나만." 그는 자신이 책임자라고 생각했다. 그러니 자신만의 규칙 몇 개쯤은 만들 수 있었다.

마커스가 목청을 가다듬었고, 트로이는 이 그림자와 그의 사일로 책임자가 멀리 떨어진 방에 함께 앉아 있는 모습을, 스승이 학생을 관찰하는 모습을 그려보았다.

"몇 년 전에 증조할머니를 잃었습니다." 마커스가 말했다. "증조할머니는 예전 세상에 대해 사소한 것들을 흘리곤 하셨어요. 금지된 방식은 아니고, 그냥 치매 때문에요. 의사들은 증조할머니가 약에 저항한다고 했죠."

트로이는 이 이야기가 마음에 들지 않았다. 3세대 생존자들이 과거에 대해, 그게 무엇이든 남은 정보를 줍고 있다니. 마커스야 그런 정보에 대해 자격을 부여받았다 쳐도, 다른 사람들은 아니었다.

"질문이 뭐지?" 트로이가 물었다.

"〈유산〉 말입니다. 제가 그것도 좀 읽어봤는데요, 물론 〈규칙〉과 〈협정〉 공부를 무시한 건 아니고요. 그런데 제가 꼭 알아야 할 게 있습니다."

다시 심호흡 소리.

"〈유산〉에 있는 모든 것이 사실입니까?"

트로이는 그 질문을 생각해보았다. 세상의 역사가 담긴 방대한 책들을 생각했다. 주의 깊게 편집된 역사였다. 머릿속으로 가죽을 씌운 책등과 금박이 들어간 책장을, 오리엔테이션 동안 보았던 끝도 없이 늘어선 책들을 볼 수 있었다.

그는 고개를 끄덕였고, 깨닫고 보니 다시 눈물을 닦아야 했다.

"그래." 그는 건조하고 덤덤한 목소리로 마커스에게 말했다. "사실이야."

방 안의 누군가가 코를 훌쩍였다. 트로이는 이 취임식이 너무 오래 이어졌음을 알았다.

"그 안에 있는 모든 내용이 완전히 사실이야."

그러나 모든 진실이 〈유산〉 안에 적혀 있지는 않다는 말은 덧붙이지 않았다. 많은 내용이 빠져 있었다. 그리고 어쩌면 책과 두뇌 양쪽에서 편집당한 내용은 아무도 알지 못하리라는 의심도 들었다.

그는 〈유산〉은 허용된 진실이라고, 각 세대에서 다음 세대로 전해진 진실이라고 말하고 싶었다. 그러나 속으로는, 정작 인류의 생존을 책임지고 있는, 약물에 찌든 병동 같은 1번 사일로에서만은 거짓을 맡고 있다고 생각했다.

9

2049년, 조지아주 풀턴 카운티

프런트엔드 로더*는 힘겹게 언덕을 오르면서 으르렁거리는 듯한 소리를 냈고, 배기구에서는 시커멓고 뜨거운 물을 뿜었다. 언덕 꼭대기에 도달하자 이빨 달린 버킷에서 흙무더기가 쏟아졌고, 도널드는 그 로더가 언덕을 오르는 게 아니라 언덕을 만들고 있음을 알았다.

　현장 곳곳에 이런 식으로 막 쏟아낸 흙더미들이 만들어지고 있었다. 흙더미 사이사이, 정돈된 미로처럼 일시적으로 남겨진 빈틈 속에서 땅을 파내며 만들어진 동굴 같은 구덩이의 흙과 돌을 덤프트럭들이 실어 날랐다. 도널드는 지형 계획도를 보았기 때문에 이 틈들이 닫히고, 언덕끼리 이어지는 자리에 가느다란 주름만 남게

* 트랙터의 일종.

되리라는 사실을 알았다.

　이렇게 거대해져가는 흙무더기 중 하나에 올라선 도널드가 중장비들의 발레 쇼를 지켜보는 사이, 믹 웨브는 도급업자와 지연 상황에 대해 이야기했다. 하얀 셔츠에 휘날리는 타이를 맨 두 하원의원은 이 자리에 어울리지 않았다. 여기에는 거친 얼굴과 굳은 살 박인 손, 고장 난 손가락 관절을 지니고 안전모를 쓴 남자들이 어울렸다. 그런데 재킷을 옆구리에 끼고, 습한 조지아의 더위 때문에 셔츠에 땀 자국이 번져가는 도널드와 믹이 어째선지, 적어도 명목상으로는 이 지독한 소란의 책임자였다.

　또 한 대의 로더가 흙무더기를 쏟아내는 동안 도널드는 시선을 애틀랜타 시내 쪽으로 옮겼다. 언덕들이 솟아오르고 있는 거대한 공터를 지나고 숲 위를 넘어가면 아직도 저물어가는 겨울의 황량해진 땅에 옛 남부 도시의 유리와 강철 첨탑이 솟아올라 있었다. 인구밀도가 낮아진 풀턴 카운티는 구석구석 비워졌다. 기계들이 땅을 어지럽히고 있는 한쪽 구석에서는 아직 골프 코스의 잔재를 볼 수 있었다. 대형 주차장 옆, 축구장 몇 개 크기의 집결지에는 건축 자재가 가득한 선적 컨테이너 수천 개가 들어가 있었다. 도널드가 필요하다고 생각한 양을 넘어섰다. 하지만 지난 몇 시간 동안 그는 대중의 기대치가 지출 한도만큼 높은 정부 프로젝트는 이렇게 돌아간다는 사실을 배웠다. 모든 것을 지나치게 하거나, 아예 하지 않거나였다. 도널드가 그리도록 지시받은 설계안만 해도 사실상 무모한 수준을 요구했는데, 그 건물은 심지어 이 시설에서 필요한 요소도 아니었다. 최악의 상황에 대한 대비책일 뿐이었다.

도널드와 선적 컨테이너장 사이에는 트레일러로 이루어진 도시가 펼쳐졌다. 트레일러 몇 개는 사무실로 기능했지만, 대부분은 주거지였다. 건설 현장에서 일하는 수천 명이 안전모와 시계를 벗고 누려 마땅한 휴식을 누릴 수 있는 공간이었다.

많은 트레일러 위에 깃발이 나부꼈는데, 노동 인구가 올림픽 선수촌 못지않은 다국적이었다. 언젠가는 전 세계에서 가져온 사용후핵연료가 풀턴 카운티의 깨끗한 흙 아래 묻힐 것이다. 그건 이 프로젝트의 성공에 세상이 달려 있다는 뜻이었다. 이 프로젝트에서 일어날 수밖에 없는 운송의 악몽도 가려진 장막 뒤의 거래자들에게는 걱정거리가 아닌 모양이었다. 도널드와 믹은 초기 건설 지연은 상당 부분 언어 장벽 때문이라는 사실을 알았다. 이웃한 작업 팀들이 서로 소통을 하지 못했고 결국에는 소통 시도를 포기하면서 일어난 일이었다. 모두가 나머지 사람들을 무시하고 머리를 처박은 채 자기 몫의 계획만 수행했다.

이 임시 깡통 도시 옆에 도널드와 믹이 차를 대고 여기까지 걸어왔던 광활한 주차장이 있었다. 지금도 둘이 타고 온 렌터카가 보였다. 눈에 보이는 유일한 전기차였다. 작고 조용한 은색 차는 트림을 해대는 덤프트럭과 로더들에 둘러싸여 주눅 든 듯 보였다. 도널드도 딱 그 차 같은 기분이었다. 이 건설 현장의 작은 언덕 위에서나, 워싱턴 의사당에서나.

"두 달이 지연됐어."

믹이 클립보드로 도널드의 팔을 때렸다. "어이, 내 말 들었어? 벌써 두 달이나 지연됐는데, 겨우 여섯 달 전에 공사를 시작했단 말이야. 어떻게 그게 가능하지?"

도널드는 찡그린 얼굴의 공사 감독들 곁을 떠나 터덜터덜 주차장으로 내려가면서 어깨를 으쓱였다. "민간 부문에 속한 일을 하는 척하는 당선자들을 뒤에서일지도 모르지."

믹은 웃음을 터뜨리며 도널드의 어깨를 쥐었다. "맙소사, 도니. 꼭 저주받을 공화당원처럼 말한다!"

"그래? 흠, 난 우리가 감당할 수 없는 일을 하고 있는 것 같아." 그는 옆에 보이는 언덕 밑 분지를, 땅을 깊이 파낸 우묵한 자리를 향해 팔을 휘저었다. 구덩이 중심의 넓은 구멍에 믹서 트럭 몇 대가 콘크리트를 붓고 있었다. 그 뒤로 트럭들이 줄을 서서 기다리며 초조하게 엔진을 돌렸다.

도널드는 말했다. "이 구멍 중 한 군데에 내가 설계한 건물이 들어간다는 건 알지? 무섭지 않아? 이 모든 돈이? 이 모든 사람을 보라고. 난 죽도록 무서워."

믹의 손가락이 도널드의 뒷목을 아프게 눌렀다. "진정해. 나한테 온갖 철학을 늘어놓지 말고."

"난 진심이야." 도널드가 말했다. "저 아래 흙 속에 내가 그린 모양으로 납세자의 돈 수십억 달러가 들어갈 거라고. 전에는…… 추상적으로만 느껴졌는데."

"세상에, 너나 네 설계안은 중요한 문제가 아니야." 믹은 클립 보드로 도널드를 치더니 그대로 선적장 쪽을 가리켰다. 흙먼지 사이로 카우보이모자를 쓴 덩치 큰 남자가 손을 흔들고 있었다. "게다가……." 믹은 주차장에서 방향을 틀면서 말했다. "누구든

네 작은 벙커를 이용할 확률이 얼마나 된다고 그래? 이건 에너지 독립 문제야. 석탄의 고갈에 관한 문제고. 그러니까, 너를 제외한 우리는 여기다가 크고 근사한 집을 짓고 있는데, 너는 구석에서 소화기 하나 걸어놓을 자리를 두고 스트레스를……."

"작은 벙커라고?" 도널드는 흙먼지가 불어오자 재킷을 들어 입을 가렸다. "이 물건이 지하 몇 층짜리인지 알아? 지상에 세운다면 세상에서 제일 높은 건물이 될 거란 말이야."

믹이 웃음을 터뜨렸다. "그 기록을 오래 지키진 못하겠지. 네가 설계했다면."

카우보이모자를 쓴 남자가 다가왔다. 남자가 두 사람을 맞이하려고 단단한 땅을 걷어차면서 함박웃음을 짓자 도널드도 마침내 TV에서 그를 본 기억이 났다. 오클라호마 주지사, 찰스 로즈였다.

"소먼 상원의원네 애들인가?"

로즈 주지사가 미소 지었다. 진짜 카우보이모자와 진짜 부츠, 진짜 허리띠와 어울리는 진짜 남부 억양이었다. 그는 한 손에 클립보드를 쥔 채 굵은 허리에 두 손을 짚었다.

믹이 고개를 끄덕였다. "맞습니다. 저는 하원의원 웨브, 이쪽은 하원의원 킨입니다."

두 남자는 악수를 나눴다. 도널드는 믹의 다음 차례였다. "주지사님."

"배달은 왔네." 주지사는 클립보드로 집결지를 가리켰다. "컨테이너 100대가 모자라. 거의 매주 뭔가가 들어와야 했거든. 둘 중 하나가 여기 서명해줘야겠네."

믹이 손을 뻗어 클립보드를 받았다. 도널드는 서면 상원의원에 대해 뭔가 물어볼 기회를 잡았다고 생각했다. 오랜 전우라면 알지도 몰랐다.

"왜 몇몇 사람들은 그분을 소먼*이라고 부르는 건가요?" 도널드는 물었다.

믹이 배달 보고서를 넘겨보는데, 바람 때문에 종이가 저절로 고정됐다.

도널드는 질문을 보충했다. "의원님이 안 계실 때 다른 사람들이 그렇게 부르는 걸 들었는데, 무서워서 물어볼 수가 있어야죠."

믹은 히죽 웃으면서 보고서에서 눈을 들었다. "그거야 전쟁 때 얼음장처럼 차가운 살인자였기 때문이지. 맞죠?"

도널드는 움츠러들었다. 로즈 주지사는 웃음을 터뜨렸다.

"그것과는 관계없어. 물론 그건 사실이지만, 별명과는 전혀 관계없지."

주지사는 두 사람을 번갈아 보았다. 믹은 도널드에게 클립보드를 건네고는 긴급주거시설에 대한 페이지를 두드렸다. 도널드는 자재 목록을 살폈다.

"자네 둘 다 그 친구의 반反냉동 법안은 잘 알지?" 로즈 주지사가 물었다. 도널드에게 펜을 건네는 모습이, 너무 자세히 살피지 말고 그냥 서명이나 하기를 바라는 것 같았다.

믹은 고개를 내젓고 눈 위로 손을 들어 조지아주의 태양을 가

---

* Thaw man, 해동 인간.

렸다. "반냉동이요?"

"그래. 나 참, 아마 자네 둘 다 태어나기도 전이겠군. 소먼 상원의원은 냉동 유행을 잠재울 법안을 썼거든. 부자들을 갈취해서 얼음덩이로 바꿔놓는 사업을 불법으로 만들었지. 대법원까지 가서 5대 4로 결론이 났고, 갑자기 말도 안 되게 돈이 많은 얼음덩이 수천 개가 해동되어 제대로 묻혔어. 미래의 의사들이라면 그 부유한 엉덩이에서 부유한 머리통을 떼어낼 의료 절차를 발견해낼 거라 믿고 자기 몸을 얼린 사람들이었지!"

주지사는 자기가 한 농담에 자기가 웃음을 터뜨렸고, 믹도 합세했다. 그때, 배달 보고서의 한 줄이 도널드의 시선을 끌었다. 그는 클립보드를 돌려서 주지사에게 보였다. "어, 여기 보면 광섬유가 2천 스풀이네요. 제 설계안대로라면 40스풀만 들 텐데요."

"어디 보세." 로즈 주지사는 클립보드를 받아 들고 주머니에서 다른 펜을 꺼냈다. 그리고 펜을 세 번 누르더니, 수량에 줄을 긋고 옆에 새로운 숫자를 적었다.

"잠깐만요, 가격도 반영됩니까?"

"가격은 같아. 밑에 서명이나 하게."

"하지만……."

"이봐, 이게 펜타곤에서 망치와 금의 가격이 같은 이유야. 그게 정부의 회계라고. 제발 서명이나 해."

"하지만 우리에게 필요한 광섬유의 50배인데요." 도널드는 그렇게 불평하면서도 이름을 적고 있었다. 믹에게 클립보드를 건네자 믹도 나머지 상품에 대해 서명했다.

"아, 그건 괜찮아." 로즈는 클립보드를 받아 들고 모자 테를 살짝 눌렀다. "분명히 어딘가에 쓸모를 찾아낼 거야."

"맞다." 믹이 말했다. "냉동 법안 기억났어요. 법대에서 배웠죠. 세 건의 소송이 있지 않았던가요? 가족들 한 무리가 연방을 상대로 살인 혐의를 주장하지 않았어요?"

주지사는 미소 지었다. "맞아, 하지만 별 진행은 안 됐지. 이미 사망 선고를 받은 사람을 죽였다고 증명하긴 힘드니까. 게다가 소면의 형편없는 사업 투자가 있었지. 그게 구명줄이 됐어."

로즈는 허리띠에 엄지를 끼우고 가슴을 내밀었다.

"알고 보니 소면이 그 냉동 회사 한 군데에 거액을 투자하고선 나중에야 제대로 깊이 알아보고…… 윤리적인 문제를 다시 고려하지 않았겠나. 늙은 소면이 돈깨나 잃었을 테지만, 덕분에 워싱턴에서는 자리를 보전했지. 그런 손실을 감수하다니, 성인처럼 보였지 않겠어? 다른 모든 사람과 함께 자기 엄마의 플러그까지 뽑았다면 변호가 더 잘됐겠지만."

믹과 주지사는 웃음을 터뜨렸다. 도널드는 뭐가 그렇게 웃긴지 이해하지 못했다.

"좋아, 그럼, 둘 다 잘 지내게. 훌륭한 오클라호마주에서 몇 주 안에 또 짐을 보낼 걸세."

"그거 좋네요." 믹은 거대한 미드웨스트 주지사의 앞발을 잡고 흔들며 말했다.

도널드도 주지사와 악수를 나누고, 믹과 함께 렌터카를 향해 걸어갔다. 머리 위 남부의 새파란 하늘에는 하얀 털실이 풀린 듯한 비행운이 바쁜 애틀랜타 국제공항에서 출발하는 수많은 비행기의 경로를 전시했다. 그리고 건설 현장의 요란한 소음이 잦아들자, 높은 보안 울타리의 그물 벽 너머에서 원자력 반대 시위자들의 고함이 들려왔다. 경비원이 손을 휘저은 후 두 사람은 보안문을 통과해 주차장으로 들어갔다.

"어이, 혹시 조금 일찍 공항에 내려줘도 괜찮겠어?" 도널드가 물었다. "얼른 달려서 햇빛이 조금이라도 있을 때 서배너에 가면 좋겠는데."

"그렇지 참." 믹이 씩 웃었다. "너는 오늘 밤에 화끈한 데이트가 있지?"

도널드는 웃음을 터뜨렸다.

"물론이지, 친구. 날 버리고 아내와 좋은 시간 보내."

"고마워."

믹이 렌터카 열쇠를 찾아냈다. "하지만 사실은 날 초대해줬으면 했는데 말이야. 내가 두 사람과 저녁을 같이 먹고 너희 집에서 자고, 옛날처럼 술집 몇 군데를 돌 수도 있는데."

"어림없어." 도널드가 말했다.

믹은 도널드의 목덜미를 찰싹 때리고 힘주어 잡았다. "그래 뭐, 아무튼 행복한 기념일 보내라."

도널드는 친구가 목을 꼬집자 얼굴을 찡그렸다. "고마워. 헬렌에게도 인사 전할게."

10

2110년, 1번 사일로

트로이는 12번 사일로가 무너지는 동안 혼자 솔리테르 게임을 했다. 그 게임에는 고맙게도 감각을 마비시키는 효능이 있었다. 반복적인 움직임이 우울의 파도를 알약보다 더 잘 막아주었다. 카드 기술이 없다 보니 정신을 분산하는 데 그치지 않고 머리를 텅 비울 수 있었다. 사실 게임 플레이어가 이기는지 지는지는 컴퓨터가 덱을 나눠 주는 순간에 정해졌다. 나머지는 그저 결과를 알아내는 과정일 뿐이었다.

컴퓨터 게임치고는 터무니없이 저차원적이었다. 글자와 숫자, 별표, 앰퍼샌드, 퍼센트, 플러스가 표시된 격자판으로 트럼프 카드 한 벌을 대신했다. 어느 것이 하트나 클로버나 다이아몬드를 나타내는지 모른다는 점이 거슬리기는 했다. 임의적이고, 사실 별로 중요하지 않다고 해도 알지 못한다는 사실은 좌절감을 불러일으켰다.

그는 폴더 몇 개를 뒤지다가 우연히 그 게임을 발견했다. 스페이스 바로 덱을 뽑고 화살표 키로 카드를 놓는 요령을 익히는 데 실험이 필요했지만, 이런 규칙을 알아낼 시간은 충분했다. 각 부서장과 만나고, 메리먼이 남긴 메모를 훑어보고, 〈규칙〉을 다시 보는 일 말고는 시간을 쓸 데가 없었다. 사무실 화장실에 쓰러져서 콧물이 턱까지 흐르도록 울 시간, 살이 데도록 뜨거운 물을 샤워기로 틀어놓고 앉아서 떨 시간, 아픔이 가장 심할 때를 위해 볼 안쪽에 알약을 숨겨 저장해둘 시간, 왜 용량을 두 배로 늘렸는데도 약이 예전처럼 듣지 않을까 고민할 시간.

마음을 마비시켜주는 힘이 애초에 그 게임의 존재 이유일지도 몰랐다. 누군가가 애써 그 게임을 만들어낸 이유이자, 그 후임 책임자들이 몰래 그 게임을 숨겨놓은 이유겠지. 교대근무를 끝내고 승강기를 타던 메리먼의 얼굴에서 보았다시피 화학약품은 최악의 고통, 그 설명하기 힘든 둔통만 잘라냈다. 그보다 약한 상처들은 다시 올라왔다. 어딘가에서는 발작 같은 슬픔이 찾아오고야 말았다.

마음이 다른 곳을 헤매는 사이 마지막 카드 몇 장이 내려앉았다. 컴퓨터가 승리할 카드를 뽑았고, 트로이가 모든 공을 인정받았다. 화면에 커다란 블록체로 '잘했어요!'라는 메시지가 번쩍였다. 이 엉성한 수제 게임이 그 말을 해주면 이상하게 만족스러웠다. 잘했다고 말해주면, 뭔가를 완료했다는 느낌, 하루를 들여 뭔가를 해냈다는 느낌이 들었다.

그는 번쩍이는 메시지를 놓아두고 달리 할 일이 없나 사무실 안을 둘러보았다. 〈규칙〉에 수정해야 할 사항들, 다른 사일로 책임자들에게 써 보낼 성명문들이 있었고 이런 메모에 쓰이는 어휘가 계속 달라지는 표준어에 맞는지 확인해야 했다.

트로이는 실수로 사일로를 벙커라고 부를 때가 많았다. 〈유산〉 이전을 살았던 사람들은 어휘를 고치기가 힘들었다. 예전 어휘는, 세상을 보던 예전의 방식은 약 기운 속에서도 살아남았다. 그는 다른 사일로에 사는 사람들, 자기들만의 작은 세상에서 태어나고 죽고, 사랑에 빠지고 또 벗어나고, 아픔을 기억하고 느끼고 아픔에서 배우고 변하기도 하는 사람들에게 질투를 느꼈다. 이 사일로에서 오랜 잠이라는 구명선을 타고 있는 여자들보다도 그 사람들이 더 부러웠다.

누군가가 열린 문을 두드렸다. 트로이가 고개를 들어보니, 복도 건너편 심리상담실에서 일하는 랜들이 문 앞에 서 있었다. 트로이는 한 손으로 들어오라 손짓하고 반대쪽 손으로는 게임 창을 최소화했다. 그리고 바쁜 것처럼 보이기 위해 책상 위에 놓인 〈규칙〉을 만지작거렸다.

"원하셨던 신앙 보고서 가져왔습니다." 랜들이 서류철을 흔들었다.

"아, 잘됐군요. 잘됐어." 트로이는 서류철을 받았다. 언제나 서류철이었다. 그럴 때마다 여기를 지은 두 집단이 정치가와 의사들이라는 사실이 생각났다. 둘 다 이전 시대에, 종이 서류를 다루던 시대에 정체된 집단이었다. 아니면 혹시 두 집단 모두 찢거나 불태울 수 없는 형태의 자료는 믿을 수가 없었던 걸까?

"6번 사일로의 책임자가 새로운 후임을 뽑아서 조사했습니다. 보스와 이야기를 나누고, 취임을 공식화할 일정을 잡았으면 좋겠다고 하네요."

"아, 좋아요." 트로이는 서류철을 넘겨보고 통신실에서 각 사일로에 대해 적어 넣은 필기 내용을 보았다. 또 한 번의 취임식이 기대됐다. 한 번이라도 해본 일은 덜 무서웠다.

"또, 32번 사일로의 인구 보고서에 약간 문제가 있는데요." 랜들은 트로이의 책상을 돌아서 엄지에 침을 묻히더니 보고서를 넘겼다. 트로이는 게임 창을 최소화한 것이 확실한지 모니터를 흘긋 보았다. "빠른 속도로 최대인구에 가까워지고 있습니다. 헤인스 박사는 산아 제한 임플란트가 불량품이었는지도 모른다고 생각해요. 32번의 책임자, 비거스는······ 여기 있군요." 랜들이 보고서를 뽑아냈다. "비거스는 사실을 부인하면서, 유효 임플란트를 지닌 사람 중에 임신한 사람은 없답니다. 추첨이 조작됐거나, 우리 컴퓨터가 뭔가 잘못됐을 거라고 생각해요."

"흐음." 트로이는 보고서를 받아서 훑어보았다. 32번 사일로는 주민이 9천 명을 넘어섰고, 연령 중앙값은 20대 초반이었다. "아침에 여기부터 연락해봅시다. 추첨 조작은 믿을 수 없어요. 심지어 여기는 추첨을 하고 있지도 않을 텐데요. 공간이 더 생길 때까지는?"

"저도 그렇게 말했습니다."

"그리고 모든 사일로의 인구 집계는 동일한 컴퓨터가 하죠."

트로이는 이 말이 질문처럼 들리지 않게 하려고 했지만, 사실상 질문이었다. 답이 기억나지 않았다.

"네." 랜들이 확인해줬다.

"그렇다면 그쪽에서 우리에게 거짓말을 하는 거군요. 그러니까, 이런 일이 하룻밤 새에 일어나진 않죠? 비거스는 이 사태가 닥칠 것을 알아야 했고, 당연히 진작 알고 있었을 것이며, 그렇다면 비거스도 연루됐거나 아니면 사일로 통제권을 잃은 거군요."

"맞습니다."

"알았어요. 비거스의 이인자에 대해서는 뭘 알죠?"

"비거스의 그림자요?" 랜들은 멈칫했다. "파일을 뽑아봐야 하지만, 한동안 그 자리에 있었다는 사실은 압니다. 우리가 교대근무를 시작하기 전부터 있었어요."

"잘됐네요. 내일 그 친구와 이야기해볼게요. 따로."

"비거스를 교체해야 한다고 생각하세요?"

트로이는 음울하게 고개를 끄덕였다. 〈규칙〉은 설명이 되지 않는 문제들에 대해 명확하게 적어놓았다. '맨 위부터 시작하라. 해명이 거짓이라고 추정하라.' 그 규칙들 때문에 트로이와 랜들은 한 남자를 망가진 기계처럼 폐기 처분하자고 말하고 있었다.

"좋아요, 한 가지만 더……."

복도를 내달리는 요란한 부츠 소리가 생각을 끊었다. 랜들과 트로이는 솔이 공포에 질려 크게 뜬 눈으로 뛰어 들어오는 모습을 보았다.

"두 분……."

"솔. 무슨 일이에요?"

통신원은 천 명의 유령이라도 본 얼굴이었다.

"통신실에 와주셔야겠습니다. 지금 당장요."

트로이는 책상을 밀고 일어섰다. 랜들이 바로 따라왔다.

"무슨 일입니까?" 트로이가 물었다.

솔은 서둘러 복도를 달렸다. "12번 사일로입니다."

세 사람은 사다리를 놓고 어두워진 전등을 갈고 있던 남자 옆을
뛰어서 지나쳤다. 그 남자의 머리 위로 커다란 사각 플라스틱 커
버가 마치 천국으로 가는 문처럼 열려 있었다. 트로이는 두 사람
을 따라잡느라 숨을 몰아쉬었다.

"12번 사일로가 왜요?" 그는 헉헉거리며 물었다.

솔이 돌아보는데, 걱정이 가득한 얼굴이었다. "12번을 잃을 것
같습니다."

"뭘요, 연락이 끊어지나요? 통신이 안 닿아요?"

"아닙니다. 잃는다고요. 사일로를요. 사일로 전체를."

11

2049년, 조지아주 서배너

도널드는 냅킨을 즐겨 쓰는 사람이 아니었지만, 예의를 지키기 위해 접혀 있던 천을 펴서 무릎에 걸쳤다. 주변의 다른 테이블에 놓인 냅킨은 전부 다 피라미드 모양으로 접혀서 식기 사이에 똑바로 놓여 있었다. 고등학교 시절에도 코너 다이너에 천 냅킨이 있었는지 기억나지 않았다. 몇 년이나 함부로 써서 찌그러진 종이 냅킨 통을 두지 않았던가? 그리고 예전에 있었던 은색 뚜껑의 작은 소금과 후추 통, 그것들마저도 더 고급스러워졌다. 원래대로라면 바닷소금은 접시에 담긴 채 꽃꽂이 장식 옆에 놓여 있었고, 후추를 원하면 누군가가 와서 요리 위에 뿌려주기를 기다려야 했다.

아내에게 이런 생각을 말하려고 했는데, 아내의 시선은 그를 지나쳐서 등 뒤의 칸막이 좌석을 향하고 있었다. 도널드는 예전 그대로 비닐이 삑 소리를 내는 좌석에서 몸을 돌려 뒤를 보았다. 나이 많은 커플이 예전에 그와 헬렌이 첫 데이트 때 앉았던 자리에 앉아 있었다.

"내가 분명히 저 자리를 예약해달라고 했는데." 도널드는 말했다.

아내의 시선이 그에게 돌아왔다.

"어느 자리인지 설명했을 때 헷갈렸을지도 몰라." 그는 손가락으로 허공을 휘저었다. "아니면 내가 전화할 때 헷갈렸을지도 모르고."

아내는 손을 내저었다. "잊어버려, 여보. 난 집에서 그릴드 치즈를 먹었어도 신이 났을 거야. 그냥 허공을 멍하니 보고 있었던 것뿐이야."

헬렌은 섬세한 손짓으로 냅킨을 펼쳤다. 마치 어떻게 접었는지 연구하고, 어떻게 다시 이전처럼 접을지, 어떻게 하면 분해된 물건을 원래 상태로 돌려놓을 수 있을지 보는 것 같은 손길이었다. 웨이터가 법석을 떨며 다가와 물잔을 채워주며 하얀 식탁보에 부주의하게 물방울을 떨어뜨렸다. 웨이터는 기다리게 해서 미안하다고 사과하더니 두 사람이 더 기다리도록 두고 가버렸다.

"여긴 확실히 변했어." 도널드가 말했다.

"맞아. 좀 더 어른스럽지."

둘 다 동시에 물잔에 손을 뻗었다. 도널드는 미소 지으며 물잔을 들어 올렸다. "당신 아버지가 통금 시간을 늦추어주는 실수를 저지른 날로부터 15년이네."

헬렌은 미소 지으며 물잔을 부딪쳤다. "15년 더를 위하여."

둘 다 물을 마셨다.

"이 식당이 계속 변하면 15년 후에는 여기에서 식사할 수 없겠는데." 도널드가 말했다.

헬렌은 웃음을 터뜨렸다. 그녀는 첫 데이트를 했던 날로부터 거의 변하지 않았다. 아니면 변화가 워낙 미묘해서 그렇게 느껴지는지도 몰랐다. 5년에 한 번씩 식당에 와서 변화를 확 느끼는 일과는 달랐다. 먼 친척보다는 형제가 나이 먹는 모습을 보는 것과 비슷했다.

"아침에 다시 날아가?" 헬렌이 물었다.

"응, 그런데 보스턴으로 가. 상원의원과 만나야 해."

"왜 보스턴이야?"

그는 손을 내저었다. "상원의원이 나노 치료를 받아. 아마 일주일쯤 거기 갇혀 있을걸. 그러면서도 여전히 일은 하고 있고……."

"그래, 아랫것들이 무리를 하고……."

"우리는 상원의원의 아랫것이 아니야." 도널드는 웃으면서 말했다.

"……그분의 반지에 입을 맞추고 몰약을 하사받게 하면서 말이지."

"제발, 그런 거 아니라니까."

"난 그저 당신이 너무 무리하는 게 걱정이 돼. 상원의원의 프로젝트에 자유 시간을 얼마나 쏟고 있는 거야?"

'많이.' 그렇게 말하고 싶었다. 동시에 아내에게 그 시간이 얼마나 멋진지도 말하고 싶었지만, 그랬다간 어떻게 반응할지 뻔했다.

"당신 생각만큼 시간을 잡아먹진 않아."

"정말이야? 요새 당신이 이야기하는 거라곤 그 프로젝트뿐인데. 다른 일은 뭘 하는지 난 알지도 못해."

웨이터가 음료가 가득 든 쟁반을 들고 지나가면서 잠시만 더 기다려달라고 말했다. 헬렌은 메뉴를 살폈다.

"몇 달만 더 있으면 내 몫의 설계안은 끝날 거야." 도널드는 말했다. "그러면 더 이상 그 이야기로 당신을 지루하게 만들지 않을게."

"여보, 난 당신 이야기가 지루하지 않아. 그저 상원의원이 당신을 이용하지 않았으면 좋겠어. 이건 당신이 원래 하려던 일이 아니잖아. 당신은 건축가가 되지 않기로 결정했어, 기억해? 건축가가 되려고 했다면 집에 남을 수도 있었어."

"자기야, 꼭 알려주고 싶은데……." 그는 목소리를 낮췄다. "우리가 맡은 이 프로젝트는……."

"정말 중요하다는 거지. 알아. 당신이 그렇게 말했고, 나도 그 말 믿어. 그런데 당신도 회의감이 들 때면 전체 계획에서 당신이 맡은 부분은 어차피 필요 없는 부분이고 아예 쓰이지도 않을 거라고 인정하잖아."

도널드는 헬렌과 그런 대화를 했다는 사실을 잊고 있었다.

"난 그냥 다 끝났으면 좋겠어. 연료봉을 트럭에 실어서 우리 동네를 지나간다 해도 상관없어. 그냥 그걸 다 묻고 흙을 부은 다음에 그 얘긴 그만하라고."

이건 다른 문제였다. 도널드는 지역구에서 그동안 받은 전화와 이메일, 사용된 연료봉을 실은 트럭들이 항구에서부터 어떤 경로로 애틀랜타를 둘러 갈지에 대한 온갖 헤드라인과 공포를 조성하던 기사를 생각했다. 헬렌은 그 프로젝트에 대해 들을 때마다 도널드가 진짜 일은 하지 않고 그런 일에 시간을 낭비한다는 생각밖에 하지 못하는 것 같았다. 아니면 도널드가 서배너에 머물면서 같은 일을 할 수도 있었다는 사실을 생각하거나.

헬렌이 헛기침을 했다. "그래서……." 머뭇거렸다. "애나도 오늘 현장에 있었어?"

헬렌이 물잔 너머로 자신을 바라보자 도널드는 그제야 아내가 CAD-FAC 프로젝트와 연료봉 이야기가 나올 때마다 정말로 하던 생각이 무엇인지 깨달았다. 집에서 그렇게 멀리 떨어진 채로 '그 여자'와 같이 일한다는 불안이었다.

"아니." 그는 고개를 저었다. "아니야. 우린 서로 만나지도 않아. 설계안을 주고받을 뿐이지. 믹과 나 둘이서만 갔어. 믹은 자재와 팀 조정을 많이 하고 있고……."

웨이터가 다가와서 앞치마에서 검은색 주문서를 꺼내더니 펜을 딸깍였다. "마실 것을 먼저 드릴까요?"

도널드는 메를로 하우스와인 두 잔을 주문했다. 헬렌은 전채 요리 제안을 거절했다.

"당신은 내가 애나 얘기를 꺼낼 때마다 믹 이야기를 하더라." 헬렌은 웨이터가 바 쪽으로 가고 나자 말했다. "화제를 자꾸 바꾸지 마."

"부탁이야, 헬렌. 애나 이야기는 안 하면 안 될까?" 도널드는 테이블 위에 두 손을 포갰다. "이 프로젝트 시작할 때 딱 한 번 만났어. 당신이 안 좋아할 줄 알고 굳이 만날 필요가 없도록 했고. 난 애나에게 아무 감정 없어, 여보. 정말 없다고. 부탁이야. 오늘 밤은 우리에게 중요한 시간이잖아."

"그 여자와 일하게 되니 다시 생각이 들어?"

"뭐에 대해 다시 생각한다는 거야? 이 일을 맡은 것에 대해? 아니면 건축가로 사는 것에 대해?"

"……무엇에 대해서든." 헬렌은 도널드가 예약했어야 했던 다른 자리를 보았다.

"아니. 맙소사, 아니야. 여보, 대체 왜 그런 말을 하는 거야?"

웨이터가 와인을 가지고 돌아왔다. 그리고 검은색 수첩을 펴며 두 사람을 보았다. "메뉴는 정하셨나요?"

헬렌이 메뉴판을 열고 웨이터에게서 도널드에게로 시선을 옮겼다. "난 늘 먹던 거로 먹을게." 그녀는 예전에는 단순한 그릴드 치즈 샌드위치와 감자튀김이었지만, 지금은 구운 녹색 에어룸 토마토에 그뤼에르 치즈, 메이플 시럽 글레이즈와 타르타르소스를 얹은 얇은 감자튀김으로 변한 요리를 가리켰다.

"손님은요?"

도널드는 메뉴판을 보았다. 앞선 대화 때문에 당황했지만, 메뉴를 골라야 하고 그것도 빨리 골라야 한다는 압박이 느껴졌다.

"난 다른 걸 시도해볼까 봐." 그는 형편없는 표현을 고르고 말았다.

12

12번 사일로는 무너지고 있었고, 트로이와 다른 사람들이 도착했을 때 통신실은 서로 겹치는 무선통신과 땀 냄새에 뒤덮여 있었다. 평소에는 교환원 한 명이 들어가는 통신대 주위에 네 남자가 둘러섰다. 다들 트로이가 느끼는 기분 그대로의 모습이었다. 공포에 질렸고, 완전히 제 능력 밖이라는 무력감을 느끼며, 어딘가에 숨어 웅크리고 싶어 하는 모습. 오히려 그 모습이 트로이를 침착하게 만들어줬다. 그들의 공포가 그에게는 힘이었다. 트로이는 속일 수 있었다. 정리할 수 있었다.

통신실에 있던 두 명은 오렌지색 작업복이 아니라 잠옷 차림이어서, 다음 근무자들까지 깨워서 불러들였다는 사실을 알 수 있었다. 트로이는 12번 사일로가 말썽에 빠진 지 얼마나 지나고 나서야 그를 부르러 온 걸까 궁금했다.

"최신 소식은?" 솔이 한쪽 귀에 헤드폰을 갖다 댄 나이 많은 남자에게 물었다.

남자는 조명을 받은 대머리를 반짝이며 고개를 돌렸는데, 이마 주름에는 땀이 고였고 하얀 눈썹은 걱정으로 치솟아 있었다. "서버실에 응답하는 사람이 아무도 없습니다."

"그냥 12번 피드를 우리에게 돌려줘요." 트로이는 다른 세 명 중 하나를 가리키면서 말했다. 일주일쯤 전에 만난 남자가 헤드셋을 벗고 스위치를 달칵거렸다. 방 안의 스피커들에 이리저리 겹치는 고함과 명령 소리가 울려 퍼졌다. 나머지 사람들도 하던 일을 멈추고 귀를 기울였다.

나머지 중 한 명, 30대쯤 된 남자가 10여 개의 비디오 피드를 이리저리 돌렸다. 사방이 혼돈이었다. 서로 밀고 밀치는 사람들로 가득한 나선 계단이 보였다. 머리통 하나가 사라지고, 누군가가 쓰러지고, 아마도 나머지가 이동하면서 짓밟혔다. 공포에 질려 크게 뜬 눈, 악문 턱이나 고함을 치고 있는 입들.

"서버실을 봅시다." 트로이가 말했다.

제어반 앞에 있던 남자가 키패드에 뭔가를 입력했다. 서로 밀쳐대던 사람들이 사라지고 완벽하게 고요한 캐비닛들이 그 자리를 대신했다. 서버 케이스들과 바닥의 쇠살대가 아무도 받지 않는 호출로 깜박이는 불빛 때문에 맥동하는 듯 보였다.

"무슨 일이 있었죠?" 트로이는 물었다. 이상하게 침착한 기분이었다.

"아직 알아내는 중입니다."

서류철 하나가 트로이의 손에 쥐어졌다. 사람들 한 무리가 복도에 모여서 안을 들여다보고 있었다. 소식이 퍼지고, 군중이 모였다. 트로이는 목덜미에 식은땀이 한 줄기 흐르는 것을 느꼈지만, 그래도 으스스할 정도로 침착했다. 통계적으로 피할 수 없는 일에 대한 체념일까.

무선 주파수 한 곳에서 절박한 목소리가 나머지를 뚫고 울려 퍼졌다. 공포가 생생했다.

"……뚫고 있어. 망할. 놈들이 문을 부수고 있어. 뚫고……."

통신실에 있던 모두가 숨을 멈추고, 모든 초조한 움직임과 행동을 정지하고 귀 기울이며 기다렸다. 트로이는 저 공포에 질린 남자가 어느 문을 말하는지 확신했다. 식당과 에어록 사이에 있는 하나뿐인 문이다. 그 문을 더 튼튼하게 만들었어야 했다. 아니, 아주 많은 것들을 지금보다 튼튼하게 만들었어야 했다.

"……여기엔 나 혼자야. 놈들이 뚫을 거야. 시발, 놈들이 뚫고……."

"부보안관인가요?" 트로이가 물으면서 서류철을 넘겼다. 12번 사일로의 IT 책임자가 보낸 직책 업데이트가 있었다. 경고는 없었다. 마지막 청소 이후 2년이 지났다. 마지막으로 쟀을 때 공포지수는 8이었다. 약간 높은 정도고, 너무 낮지는 않은 숫자였다.

"그래요, 부보안관 같네요." 솔이 말했다.

비디오 피드를 관리하던 남자가 트로이를 돌아보았다. "보스, 대탈출이 일어날 겁니다."

"무선 주파수는 폐쇄되어 있죠?"

솔이 고개를 끄덕였다. "중계기 차단했습니다. 자기들끼리는 대화할 수 있지만, 그게 전부입니다."

트로이는 몸을 돌려 복도에 서서 들여다보는 호기심 어린 얼굴들을 보고 싶은 충동을 눌렀다. "좋아요." 이 상황에서 최우선 사항은 사건이 번지지 않게 하는 것이었다. 발병이 이웃 세포로 번지지 않게 할 것. 이건 암이었다. 절제하고, 슬퍼하지 말아야 했다.

무선 신호가 잡음을 냈다.

"······거의 들어왔어. 거의 들어왔어, 거의 들어왔어······."

트로이는 군중의 쇄도를, 우르르 몰려가는 사람들을, 공포가 번지는 모습을 상상해보려 했다. 〈규칙〉은 이 일에 개입하지 말라는 원칙을 명확하게 했지만, 그의 양심은 갈팡질팡했다. 그는 통신원에게 한 손을 뻗었다.

"내가 말하게 해줘요." 트로이는 말했다.

여러 사람이 트로이 쪽으로 고개를 돌렸다. 프로토콜대로 수행하던 사람들이 얼어붙었다. 잠시 멈칫하다가 무선 수신기가 트로이의 손에 쥐어졌다. 그는 망설이지 않고 마이크를 잡았다.

"부보안관?"

"여보세요? 보안관님이세요?"

비디오 담당이 피드를 돌리더니 손을 흔들면서 모니터 하나를 가리켰다. 화면 구석에 72라는 층수가 적힌 모니터였는데, 은색 작업복을 입은 남자가 책상 위에 엎어져 있었다. 그 손에는 총이 쥐어져 있었고, 키보드 주위에 피가 고였다.

"저게 보안관입니까?" 트로이가 물었다.

교환원은 이마를 닦고 고개를 끄덕였다.

"보안관님? 어떻게 하죠?"

트로이는 마이크를 눌렀다. "보안관은 죽었네." 그는 부보안관에게 말하면서 자신의 목소리가 차분한 데 놀랐다. 송신 버튼을 누르며 이 모르는 사람의 운명을 생각했다. 그러고 보니 다른 사일로 주민들의 대부분은 세상에 자기들뿐이라고 생각할 것이다. 서로에 대해서도, 사일로의 진짜 목적에 대해서도 알지 못한다. 그런데 트로이가 연락을 했다. 구름 위에서 들려오는 실체 없는 목소리처럼.

비디오 피드 하나가 부보안관을 비쳤다. 송수화기를 움켜쥐고 있었는데, 선이 벽에 붙은 무전기에 연결되어 있었다. 구석에 보이는 층수는 1이었다.

"유치장에 들어가서 문을 잠가야 해." 트로이는 제일 생각지 못할 해결책이 제일 좋은 해결책임을 알고 말했다. 그래도 일시적으로나마 해결이 될 것이다. "모든 열쇠를 다 가지고 들어가도록 하고."

그는 비디오 화면에 잡힌 남자를 보았다. 방 전체에서, 그리고 복도에서 모두가 비디오 화면에 잡힌 남자를 주목했다.

둥글게 왜곡된 카메라 화면 속에서 위층 보안실 문이 겨우 보였다. 렌즈 때문에 문 가장자리가 불룩해 보였다. 그러다가 문 중앙이 폭도들 때문에 안쪽으로 튀어나왔다. 폭도들이 문을 때려 부수고 있었다. 부보안관은 답을 하지 않았다. 마이크를 떨어뜨리고 서둘러 책상을 뒤졌다. 열쇠를 잡으려 하는 두 손이 얼마나 떨리는지, 화면이 깨끗하지 않은 카메라에도 보였다.

문 한가운데가 쪼개졌다. 통신실 안의 누군가가 다 들리게 숨을 몰아쉬었다. 트로이는 그 데이터 속으로 뛰어들고 싶었다. 그는 이 무선 주파수 반대쪽에 있기 위해 공부하고 훈련도 받았다. 재난 시에 소규모 그룹을 이끌기 위해서였지, 모두를 이끌 예정이 아니었다.

어쩌면 그래서 이렇게 차분한지도 몰랐다. 그는 스스로 한복판에 있었어야 할 참상, 자신도 그 속에서 살고 죽었어야 할 재난을 지켜보고 있었다.

부보안관이 겨우 열쇠를 집었다. 그는 뛰어서 카메라 시야 밖으로 사라졌다. 트로이는 부보안관이 유치장 자물쇠를 더듬거리는 사이 문이 터지고, 성난 폭도들이 쪼개진 나뭇조각 틈으로 뚫고 들어오는 상상을 했다. 아주 튼튼하고 단단한 문이었지만, 충분하지는 않았다. 부보안관이 무사히 도피할 수 있을지는 알 도리가 없었다. 그게 중요하지도 않았다. 어차피 일시적인 해결책이었다. 모든 것이 일시적이었다. 저 사람들이 문을 연다면, 문을 열고 밖으로 나간다면 부보안관은 짓밟혀 죽는 것보다 더 지독한 운명을 겪게 될 것이다.

"에어록 안쪽 문이 열렸습니다. 사람들이 나가려고 합니다."

트로이는 고개를 끄덕였다. 말썽은 아마 IT부에서 시작되어 번졌을 것이다. IT부 책임자일 수도 있겠지만, 그림자가 저질렀을 가능성이 컸다. 누군가 오버라이드 코드를 가진 사람이었다. 한 사람이 책임을 맡아야 하고, 비밀을 지켜야 한다는 것은 저주나 다름없었다. 어떤 사람은 그러지 못했다. 통계상으로도 예측 가능했다. 트로이는 피할 수 없는 일이었다고, 카드는 이미 분배되었고 게임이 펼쳐질 때를 기다렸을 뿐이라고 스스로를 타일렀다.

"뚫렸습니다, 보스. 바깥 문입니다."

"이제 통을 터뜨리세요." 트로이가 말했다.

솔이 복도 저편에 있는 통제실에 연락해서 명령을 전달했다. 에어로졸을 비춘 화면에 하얀 연기가 가득 찼다.

"서버실을 확보합니다." 트로이는 덧붙였다. "폐쇄해요."

그는 〈규칙〉의 이 부분을 외우고 있었다.

"만약에 대비해서 최근에 백업을 했는지 확인해요. 그리고 우리 쪽 전력으로 돌려요."

"알겠습니다."

방 안에서 해야 할 일이 생긴 사람들은 덜 불안해 보였고, 할 일이 없는 사람들은 불안하게 들썩이면서 지켜보고 귀 기울였다.

"바깥 풍경은 어디서 보죠?" 트로이가 물었다.

하얀 구름 같은 연무 속에서 서로를 밀어대는 사람들이 담긴 장면이 바깥에서 보는 다각적인 촬영 장면으로 바뀌었다. 폐소공포증에 사로잡힌 군중이 메마른 땅을 허둥지둥 달렸고, 사람들이 무릎을 꿇고 얼굴과 목을 긁어댔으며, 넘실거리는 연무가 경사로 위로 솟아올랐다.

통신실에서는 아무도 움직이거나 말을 하지 않았다. 복도에서는 조용히 우는 소리가 났다. 애초에 트로이가 그 사람들이 남아서 지켜보지 못하게 해야 했었다.

"좋아요. 꺼요."

바깥 풍경이 까맣게 변했다. 군중들이 다시 들어가려고 발버둥치는 모습을 지켜볼 필요는 없었다. 겁에 질린 사람들이 언덕 위에서 죽어가는 모습을 지켜볼 이유도 없었다.

"어쩌다가 벌어진 일인지 알고 싶군요." 트로이는 몸을 돌리고 방 안에 있는 사람들을 찬찬히 보았다. "경위를 알고 싶고, 다음에는 이런 일을 막기 위해 뭘 해야 하는지 알고 싶어요." 그는 서류철과 마이크를 교환대 앞에 앉은 사람들에게 건넸다. "아직은 다른 사일로 책임자들에게 말하지 말아요. 다들 품고 있을 의문에 답할 말이 생기기 전까지는."

솔이 손을 들었다. "아직 12번 안에 있는 사람들은 어쩌죠?"

"12번 사일로 사람들과 13번 사일로 사람들 사이에 차이라곤 12번 사일로에서는 미래 세대가 자라지 않으리라는 것뿐입니다. 그게 다예요. 모든 사일로에 사는 모든 사람이 결국엔 죽을 겁니다. 우리 모두 죽어요, 솔. 우리조차도 죽어요. 그저 오늘은 12번의 날이었을 뿐이에요." 그는 새까매진 모니터를 고갯짓하고 그 화면 너머에서 정말로 벌어지고 있을 일은 생각하지 않으려 했다. "우린 이런 일이 벌어질 줄 알았고, 이게 마지막도 아닐 겁니다. 다른 사일로들에 집중합시다. 이번 일에서 배웁시다."

방 안 여기저기에서 사람들이 고개를 끄덕였다.

"이번 근무시간이 끝날 때까지 개별 보고서를 제출하세요." 트로이는 처음으로 진짜 책임자가 된 기분을 느끼며 말했다. "그리고 혹시 12번의 IT 부서 사람 누군가를 호출할 수 있다면, 가능한 내용을 전부 보고받아요. 난 누가, 왜, 어떻게 한 일인지 알고 싶습니다."

녹초가 되어 있던 몇 명은 뻣뻣하게 굳었다가 바쁜 척하려고 했다. 복도에 모인 사람들은 쇼가 끝났으며 보스가 다가온다는 사실을 깨닫고 슬금슬금 물러났다.

보스.

트로이는 처음으로 자신의 위치를 제대로 자각했다. 그 책임의 무게를 온전히 느꼈다. 트로이가 사무실로 돌아가는 길에는 사람들의 웅얼거림과 곁눈질이 따라붙었다. 공감과 동의의 고갯짓이 있었고, 자기들은 더 낮은 직위라는 사실에 고마워하는 남자들이 있었다. 트로이는 빠른 걸음으로 모두를 지나쳤다.

'앞으로도 사람들이 탈출하려 할 거야.' 트로이는 생각했다. 아무리 주의 깊게 설계했다 해도 허점은 없을 수가 없었다. 그저 앞서 계획하고, 여분을 비축하고, 버려지는 어둡고 생명 없는 원통을 두고 슬퍼하지 말고 희망으로 다른 사일로를 돌아보는 것이 그들이 할 수 있는 최선이었다.

사무실로 돌아간 트로이는 문을 닫고 잠시 그 문에 몸을 기댔다. 빠르게 걸음을 옮긴 탓에 가볍게 땀이 배어나서 어깨 쪽 작업복이 달라붙었다. 그는 심호흡을 몇 번 하고 나서 책상으로 가 〈규칙〉 책에 손을 올렸다. 모든 것이 잘못된 게 아닌가 하는 두려움은 집요하게 이어졌다. 어떻게 한 방 가득한 의사들만으로 모든 것을 계획할 수 있단 말인가? 정말로 세대가 이어지면 더 쉬워지는 걸까? 사람들은 잊고 원래 생존자들의 속삭임도 스러져가면?

트로이는 그렇게 확신할 수가 없었다. 그는 도면이 붙은 벽을 보았다. 거대한 청사진에 언덕들 속에 분포한 사일로 전체가 보였다. 50개의 원이 트로이가 예전에 섬겼던 낡은 국기 위의 별들처럼 분포해 있었다.

거센 떨림이 트로이의 온몸을 훑고 지나갔다. 어깨, 팔꿈치, 손이 덜덜 떨렸다. 그는 발작이 지나갈 때까지 책상 가장자리를 붙들었다. 맨 위 서랍을 열고, 빨간 마커를 집어서 거대한 도면으로 걸어가는 동안에도 오한이 가슴을 괴롭히고 있었다.

지금 하려는 일의 영구성을 생각해보기도 전에, 자신이 남긴 이 표시가 미래의 모든 교대근무자들에게 보이리라는 사실을 고려해보기도 전에, 이 행동을 후임자 모두가 취할지 모른다는 사실을 생각하기 전에 그는 12번 사일로에 진하게 X 자를 그었다.

마커가 종이 위에 세게 끌리면서 삑 소리가 났다. 비명 같았다. 트로이는 눈물에 번져 보이는 빨간 X 자 때문에 눈을 깜박이고는 무릎에 힘을 풀었다. 몸을 앞으로 구부리는 통에 이마가 종이에 닿고, 거센 흐느낌에 가슴팍이 들썩이면서 낡은 도면이 바스락거렸다.

트로이는 두 손을 무릎에 대고, 억지로 떠맡은 일의 무게에 어깨를 늘어뜨린 채 울었다. 복도 저편에 있는 사람들이 듣지 못하게 최대한 조용히.

13

2049년, 드웨인 메디컬 센터 RYT 병원

도널드는 펜타곤에 한 번, 백악관에 두 번 가본 적이 있었고 국회의사당은 일주일에 열 번도 넘게 들락거렸지만, 워싱턴디시에서 경험한 그 무엇도 RYT의 드웨인 메디컬 센터만큼 보안이 철저하지 않았다. 상원의원과 한 시간 만나기 위해 이렇게 긴 확인 절차를 밟아야 하나 싶었다.

　겨우 나노바이오테크(NBT) 병동 입구의 전신 스캐너를 통과했을 때쯤, 도널드는 옷을 다 벗고 초록색 의료복을 받아 입어야 했으며 혈액 샘플을 채취한 후 온갖 스캐너를 다 받아들여 눈부신 빛이 눈을 탐색하게 했고 (병원 측의 주장으로는) 적외선으로 얼굴 모세혈관 패턴을 기록했다.

　NBT 병동으로 깊이 들어가다 보니 육중한 문과 건장한 남자들이 모든 복도를 막고 서 있었다. 도널드는 이곳에서도 검은 정장과 선글라스를 유지하고 있는 비밀 경호원들을 발견하고 목적지에 가까워졌음을 알았다. 마지막 스테인리스스틸 문을 통과시키기 전에 간호사 한 명이 또 그를 스캔했다. 문 안에는 나노바이오틱 치료실이 기다리고 있었다.

도널드는 거대한 기계를 조심스럽게 보았다. TV로만 봤는데, 실물로 보니 더 컸다. 마치 RYT 위층에 좌초한 작은 잠수함 같았다. 매끈하게 곡선을 그리는 하얀 외면에서 전선과 관이 다발로 빠져나왔다. 기다란 옆면에는 작은 유리 창문이 점점이 박혀 있어서, 배 옆의 창문 같았다.

"제가 들어가도 안전한 게 확실합니까?" 그는 간호사를 돌아보았다. "저야 기다렸다가 나중에 뵈면 되는데요."

간호사는 미소 지었다. 20대를 넘기지 않았을 텐데, 갈색 머리를 뒤통수에 틀어 올려 묶었고 단순하게 예뻤다. "전적으로 안전해요." 간호사는 그를 안심시켰다. "상원의원님의 나노 기기는 킨 씨의 신체와 상호작용하지 않습니다. 치료실 하나에서 여러 환자분을 치료하는 일도 자주 있어요."

간호사는 그를 데리고 기계 끝으로 가더니 잠겨 있던 바퀴 모양 핸들을 돌려 열었다. 고무 밀봉재에서 쩍 소리가 나면서 해치가 열리고 기압 차 때문에 공기가 살짝 새어 나오는 소리가 들렸다.

"그렇게 안전하다면 왜 벽이 이렇게 두꺼운 거죠?"

작은 웃음소리. "괜찮으실 거예요." 간호사는 해치를 통과하라고 손짓했다. "제가 문을 잠그고 나서 살짝 윙윙거리는 소리가 난 후에 안쪽 해치의 잠금이 풀릴 거예요. 그러면 바퀴 손잡이를 돌리고 밀어서 여세요."

"제가 폐소공포증이 좀 있어서요." 도널드는 두려움을 인정했다.

맙소사, 말하는 꼬락서니라니. 그는 어른이었다. 왜 그냥 들어가고 싶지 않다고, 됐다고 말하지 못하는 걸까? 왜 떠밀려서 들어가고 마는 걸까?

"그냥 한 걸음 안으로 디디세요, 킨 씨."

간호사는 도널드의 등에 손을 댔다. 어째서인지 젊고 예쁜 여자가 지켜보고 있다는 압박이 보이지 않는 기계가 가득 찬 거대한 캡슐 안으로 들어간다는 비참한 공포보다 더 강했다. 그는 의기소침해서, 공포에 목이 멘 채 저도 모르게 작은 해치 안으로 몸을 숙이고 들어갔다.

등 뒤에서 문이 텅 소리를 내며 닫히고, 두 명이 서 있기도 힘든 둥근 공간에 도널드만 남았다. 문이 잠기는 소리가 났다. 양쪽의 둥근 벽에 작은 은색 벤치가 하나씩 놓여 있었다. 일어서려고 했지만, 머리가 천장을 스쳤다.

성난 진동 소리가 치료실 안을 채웠다. 목덜미 털이 일어서고, 공기 중에 전기가 가득한 느낌이 들었다. 혹시 더 안으로 들어가지 않고 문을 통해 상원의원과 이야기할 수 있는 인터콤이 있을까 찾아보았다. 숨을 쉴 수가 없었다. 밖으로 나가야 했다. 바깥으로 나가는 문에는 바퀴 손잡이도 없었다. 모든 것이 그의 통제 밖이었다.

안쪽 문에서 철컹 소리가 났다. 도널드는 문으로 뛰어가서 손잡이를 돌렸다. 숨을 멈추고 해치를 연 다음, 작은 에어록을 탈출해서 캡슐 중앙에 있는 더 큰 방에 발을 들였다.

"도널드!" 서먼 상원의원이 두꺼운 책을 보다가 고개를 들었다. 그는 긴 원통 공간에 놓인 벤치 하나에 드러누워 있었다. 작은 테이블에 메모지와 펜이 놓여 있었고, 플라스틱 쟁반에는 저녁 식사의 잔재가 담겨 있었다.

"안녕하십니까." 도널드는 입술을 거의 벌리지 않고 말했다.

"거기 우두커니 서 있지 말고, 들어와. 녀석들이 빠져나가고 있잖아."

도널드는 모든 충동을 거슬러 문을 통과한 후 다시 문을 밀어 닫았고, 서먼 상원의원은 웃음을 터뜨렸다. "숨 쉬어도 돼. 녀석들이 하려고만 하면 자네 피부로도 들어갈 수 있거든."

도널드는 참고 있던 숨을 내쉬고 몸서리를 쳤다. 상상일지도 모르지만, 온몸이 따끔거리는 것 같았다. 여름날 서배너의 각다귀들에게 뜯기는 느낌이었다.

"어차피 느낄 순 없어." 서먼 상원의원이 말했다. "다 상상일 뿐이야. 녀석들은 자네와 나의 차이를 알아."

도널드는 그제야 자신이 팔을 긁고 있었음을 깨달았다.

"앉지." 서먼은 맞은편 벤치를 가리켰다. 서먼도 도널드와 똑같은 병원복을 입었고 턱을 보니 며칠 동안 깎지 못한 수염이 자라 있었다. 도널드는 캡슐 반대편에 작은 화장실이 있고, 벽에 붙은 신축성 있는 호스에 샤워기가 달려 있음을 알아차렸다. 서먼은 벤치 아래로 맨발을 흔들더니 반쯤 빈 물병을 들어 올려 한 모금 마셨다. 도널드는 식은땀으로 두피가 간지러운 것을 느끼며 벤치에 앉았다. 벤치 끝에는 잘 접은 담요와 베개 몇 개가 쌓여 있었다. 벤치 틀을 펼치면 침대가 된다는 것을 알 수 있었지만, 이렇게 꽉 끼는 관에서 어떻게 잘 수 있는지 상상은 가지 않았다.

"절 보고 싶어 하셨다고요?" 그는 목소리가 갈라져 나오지 않게 노력했다. 공기에서 금속 맛이 났고, 혀에도 기계가 있는 것 같았다.

"뭐 좀 마시겠나?" 상원의원이 벤치 아래에 있던 작은 냉장고를 열고 물병을 하나 꺼냈다.

"감사합니다." 도널드는 물병을 받았지만 열지는 않고, 손바닥에 닿는 찬 기운만 즐겼다. "믹이 보고를 드렸다던데요." 그는 이 만남이 불필요하게 느껴진다고 덧붙이고 싶었다.

서먼은 고개를 끄덕였다. "그랬지. 어제 만났어. 믹은 견실한 친구야." 상원의원은 미소 지으며 고개를 저었다. "아이러니는 말이지, 우리가 막 취임시킨 이번 의원들 있지? 아마 이들이 꽤 오랫동안 국회의사당이 본 최고의 의원들일 거라는 거야."

"아이러니라뇨?"

서먼은 손을 내저어 질문을 일축했다. "내가 이 치료법을 왜 좋아하는지 아나?"

'사실상 영원히 산다는 점이요?' 도널드는 그렇게 말해버릴 뻔했다.

"생각할 시간을 준다는 점이야. 여기 며칠 들어와서 배터리라곤 하나도 못 쓰고, 읽을 책 몇 권과 손으로 뭔가를 쓸 종이만 가지고 있다 보면 정말로 머리가 맑아져."

도널드는 굳이 자기 의견을 말하지 않았다. 이 절차가 얼마나 불편했는지, 지금 이 순간에도 그 방 안에 있는 게 얼마나 무서운지 인정하고 싶지 않았다. 아주 작은 기계들이 상원의원의 몸속을 돌아다니면서 개별 세포를 헤집고 수리를 한다는 생각을 하면 역겨웠다. 아마 모든 기계가 정지하고 나면 오줌이 석탄 색깔로 변할 것이다. 그는 그 생각에 몸서리를 쳤다.

"좋지 않나?" 서먼이 묻더니, 숨을 깊이 들이마셨다가 내뱉었다. "이 고요함?"

도널드는 대답하지 않았다. 저도 모르게 다시 숨을 멈추고 있었다.

서먼은 무릎에 놓인 책을 내려다보더니 시선을 들어 올려 도널드를 관찰했다.

"나에게 골프를 가르친 사람이 자네 할아버지라는 것을 알고 있나?"

도널드는 웃고 말았다. "네. 두 분이 같이 계신 사진들 봤습니다." 문득 오래된 앨범을 넘기던 할머니의 모습이 떠올랐다. 할머니에게는 컴퓨터에 담긴 사진을 인쇄해서 책 형태의 앨범에 차곡차곡 집어넣는 시대에 뒤떨어진 집착이 있었다. 그렇게 진열해 두면 더 실체를 얻는다고 했다.

"자네와 자네 동생은 언제나 나에게도 가족 같았어." 상원의원이 말했다.

이 갑작스러운 솔직함은 편하지 않았다. 치료실 구석에 있는 작은 환기구가 회전하며 공기를 순환시켰지만, 여전히 내부가 덥게 느껴졌다. "고마운 말씀입니다."

"자네가 이 프로젝트에 들어왔으면 좋겠네. 완전히." 서먼이 말했다.

도널드는 침을 삼켰다. "의원님. 전 완전히 헌신하고 있습니다. 정말입니다."

서먼은 손을 들어 올리고 고개를 저었다. "아니, 그런 말이 아니야……." 그는 손을 무릎에 떨구고 문을 쳐다보았다. "예전엔 더는 아무것도 숨길 수 없다고 생각하곤 했지. 이 나이에는 말이야. 다 새어 나가지 않겠나?" 그는 허공에서 손가락을 흔들었다. "자네도 출마해서 그 난장판을 헤치고 살아남았으니, 어떤지 알겠지."

도널드는 고개를 끄덕였다. "네, 자백해야 할 것이 몇 가지 있었죠."

상원의원은 두 손을 모아 그릇 모양을 만들었다. "물을 담으면서 한 방울도 새어 나가지 않게 하려는 것과 비슷해."

도널드는 고개를 끄덕였다.

"이젠 대통령이 구강성교 한 번만 해도 온 세상이 다 알아내고 말지."

도널드가 혼란에 빠져 눈을 가늘게 뜨자 서먼은 허공에 손을 내저었다. "옛날이야기야. 하지만 이건 사실이야. 해외에서도, 워싱턴에서도 알게 된 사실이지. 새어 나가는 건 중요하지 않은 물방울뿐이야. 사소한 잘못들이지. 망신스럽긴 해도, 생사를 가르는

문제는 아니라고. 외국을 침공하고 싶다고? 디데이*를 봐. 젠장,
진주만도 보고. 9·11을 보라고. 그건 문제가 아니야."

"죄송하지만, 전 무슨 말씀인지……."

서먼의 손이 허공에 떠오르더니, 손가락을 탁 소리 나게 붙이면
서 공기를 잡았다. 도널드는 순간 조용히 하라는 뜻인가 생각했지
만, 다음 순간 상원의원이 몸을 내밀더니 모기라도 잡았다는 듯이
도널드에게 맞붙은 손가락을 내밀었다.

"보게."

도널드는 가까이 몸을 기울였지만, 아무것도 볼 수가 없었다.
그는 고개를 저었다. "전 모르겠습니다……."

"바로 그거야. 그리고 다가오는 것도 보지 못하겠지. 저 뱀 새
끼들은 그렇게 일해왔어."

서먼 상원의원은 보이지 않는 뭔가를 풀어주더니 잠시 엄지손
가락을 들여다보았다. 그리고 그 위로 훅, 하고 입바람을 불었다.
"이 강아지들이 꿰맬 수 있는 것이라면, 풀어버릴 수도 있지."

그는 도널드를 바라보았다. "왜 우리가 처음에 이란에 들어갔
는지 아나? 핵무기 때문이 아니었어. 그건 확실해. 그곳의 모래언
덕마다 파놓은 구멍 속에 내가 다 들어가봤는데, 그 쥐새끼들은
핵무기보다 더 큰 상품을 뒤쫓고 있었지. 놈들은 보이지 않고, 스
스로를 날려버리지도 않고, 파급효과도 전혀 없이 우리를 공격할
방법을 알아냈어."

* 제2차 세계대전 당시 연합군의 노르망디 상륙작전이 개시된 1944년 6월 6일을 뜻한다.

도널드는 분명 이런 이야기를 들을 보안 등급이 아니었다.

"흠, 이란인들이 직접 알아낸 건 아니고 이스라엘이 하던 일을 훔친 것에 가깝지." 그는 도널드를 보고 미소 지었다. "그러니까 물론 우리도 따라잡아야만 했어."

"이해가 잘……."

"이 안에 있는 녀석들은 내 DNA에 맞춰서 프로그래밍됐어, 도니. 생각을 해봐. 혹시 자네 혈통을 검사해본 적 있나?" 그는 얼룩무늬 개라도 살피듯이 도널드를 위아래로 보았다. "무슨 혈통이지? 스코틀랜드 쪽인가?"

"아마 아일랜드계일 겁니다. 솔직히 저도 잘 모르겠네요." 도널드는 자신에게는 그런 게 중요하지 않다는 사실을 인정하고 싶지 않았다. 서먼에게는 아주 중요한 주제 같았다.

"흠, 이 녀석들은 알아낼 수 있어. 혹시라도 이 녀석들을 완벽하게 다듬어낸다면 말이야. 그러면 자네가 어느 씨족 출신인지까지 알아낼 수 있다고. 바로 그게 이란인들이 하고 있는 일이야. 보지도 못하고, 막지도 못하는 무기. 그러면서도 상대방이 유대인이라고 판단되면, 설령 4분의 1만 유대인이라 해도……." 서먼은 엄지손가락으로 목을 그었다.

"그때는 저희가 틀린 줄 알았는데요. 이란에서 핵폭탄은 찾아내지 못했잖아요."

"그야 이 무기는 자폭하기 때문이지. 원격으로. 펑 하고." 노인의 눈이 커졌다.

도널드는 웃고 말았다. "꼭 음모론자처럼 말씀하시네요……."

서먼 상원의원은 몸을 뒤로 기대어 벽에 머리를 댔다. "도니, 음모론자들이 우리처럼 말하는 거야."

도널드는 상원의원이 웃음을 터뜨리기를 기다렸다. 아니면 미소라도 짓기를. 그러나 둘 다 아니었다.

"그게 저와 무슨 상관이 있습니까? 우리 프로젝트와는 무슨 상관이고요?" 그는 물었다.

서먼은 눈을 감고, 고개를 더 뒤로 젖혔다. "왜 플로리다의 일출이 그토록 예쁜지 아나?"

도널드는 비명을 지르고 싶었다. 구속복을 입은 채 끌려 나가는 한이 있더라도 문을 두들겨대고 싶었다. 그러는 대신 그는 물을 한 모금 마셨다.

서먼이 한쪽 눈을 뜨더니, 그를 다시 살폈다.

"그건 아프리카의 모래가 대서양 건너까지 불어오기 때문이네."

도널드는 고개를 끄덕였다. 상원의원이 무슨 말을 하려는지 슬슬 감이 잡혔다. 24시간 뉴스 프로그램에서 공포감을 조성하는 비슷한 유언비어를 들어보았다. 수천 년 동안 씨앗과 꽃가루가 그랬듯이, 독소와 작은 기계들이 지구 전체를 돌 수 있다는 이론이었다.

"그게 오고 있어, 도니. 난 알아. 난 사방에 눈과 귀를 두고 지냈지. 이 안에도 있고. 자네에게 여기에서 만나자고 한 건, 자네도 애프터 파티의 한 자리를 차지했으면 해서야."

"네?"

"자네와 헬렌 둘 다."

도널드는 팔을 긁으며 문을 슬쩍 보았다.

"지금으로서는 긴급사태를 위한 대책에 불과해, 알지? 어떤 사태든 대비책이 있지. 대통령에게는 기어들어 갈 산맥이 있지만, 우리에겐 뭔가 다른 게 필요해."

도널드는 좀비와 CDC에 대해 떠들던 애틀랜타 출신 하원의원을 기억했다. 지금 이것도 그런 헛소리의 연장 같았다.

"의원님이 중요하다고 생각하시는 위원회라면 어디든 기쁘게 임하겠습니다……."

"좋아." 상원의원은 무릎 위에 놓인 책을 들어서 도널드에게 건넸다. "이걸 읽게."

도널드는 표지를 확인했다. 예전에 보았던 장정인데 내용은 프랑스어가 아니었다. 〈규칙〉이라고 적혀 있었다. 그는 두꺼운 책을 아무 데나 펼쳐서 빠르게 훑어보았다.

"지금부터는 그게 자네의 성경이야. 전쟁에 나갔을 때 난 키가 자네 무릎만큼도 오지 않지만 쿠란을 한 구절도 빼지 않고 외우는 아이들을 만났지. 자네는 그 아이들보다 더 잘해야 해."

"외우라고요?"

"최대한 외워. 걱정하지 말게, 시간은 몇 년이나 있으니까."

도널드는 놀라움에 눈썹을 올렸다가, 책을 닫고 책등을 살폈다. "다행이군요. 시간이 필요하겠어요." 그는 지위 상승도 있을지, 엄청난 양의 위원회 회의가 있을지 알고 싶었다. 터무니없는 소리 같았지만 그래도 재선이 2년마다 돌아오는 판에 노인에게 맞설 생각은 없었다.

"좋았어. 환영하네." 서먼은 몸을 앞으로 기울이고 손을 내밀었다. 도널드는 상원의원의 손을 깊숙이 잡으려 했다. 그러면 노인의 손아귀 힘이 덜 아프게 다가왔다. "이제 가봐도 좋아."

"고맙습니다."

도널드는 일어나면서 안도의 숨을 쉬었다. 그는 책을 옆에 끼고 에어록으로 향했다.

"참, 그리고 도니?"

도널드는 뒤를 돌아보았다. "네?"

"전당대회가 몇 년 안에 있어. 미리 일정표에 표시해뒀으면 좋겠군. 헬렌도 꼭 참석하도록 하고."

도널드의 두 팔에 닭살이 돋았다. 그렇다면 정말로 출세할 가능성이 있는 걸까? 큰 무대에서 연설을 한다거나?

"물론입니다, 의원님." 도널드는 보지 않고도 자신이 미소 짓고 있음을 알았다.

"아, 그리고 미안하지만 이 안에 있는 녀석들에 대해 완전히 솔직하지는 않았어."

"네?" 도널드는 침을 꿀꺽 삼켰다. 미소가 녹아 없어졌다. 그는 해치 손잡이에 한 손을 대고 있었다. 마음에 다시 혼란이 일고, 혀에 금속 맛이 나고 피부 여기저기가 따끔거렸다.

"여기 있는 녀석들 일부는 바로 자네를 위한 것들이야."

서먼 상원의원은 잠시 도널드를 보더니 웃어젖혔다.

도널드는 고개를 돌리고, 이마에 땀이 번들거리는 가운데 빈손으로 문손잡이를 돌렸다. 에어록을 닫고, 문이 단단히 밀폐되면서 상원의원의 웃음소리가 사라진 후에야 겨우 다시 숨을 쉴 수 있었다.

주위 공기가 윙윙거리더니 파지직거리는 정전기가 길 잃은 나노 기기를 죽였다. 도널드는 평소보다 거칠게 숨을 내쉬고, 비틀거리며 밖으로 걸어 나갔다.

14

2110년, 1번 사일로

정신과 의사들은 트로이가 혼자서 12번 사일로의 보고서를 살펴 보는 동안 그의 방문을 잠그고 식사를 배달했다. 그는 보고서를 키보드 건너편에 펼쳤다. 이렇게 하면 책상 가장자리에서 충분히 거리가 있어, 가끔 눈물이 떨어져도 종이에 얼룩이 지지 않았다.

무슨 이유에선지 트로이는 눈물을 멈출 수가 없었다. 엄격한 식 사 계획을 세운 의사들은 지난 이틀간 트로이가 약을 먹지 못하 게 했다. 알약이 가져다주는 망각에서 벗어나, 보고서에서 발견 한 내용을 맨 정신으로 기록하게 하기 위해서였다. 마감 시한도 있었다. 트로이가 마지막 보고 내용을 만들고 나면 그들이 고통을 덜어낼 수 있는 약을 줄 것이다.

죽음의 이미지가, 바깥 풍경과 숨이 막혀서 쓰러지는 사람들의 모습이 생각을 방해했다. 트로이는 명령을 내린 것을 기억했다.

가장 후회스러운 부분은 다른 사람이 버튼을 누르게 했다는 사실이었다.

약을 끊었더니 무작위로 다른 기억도 되돌아왔다. 아버지가 기억나고, 오리엔테이션 이전에 있었던 사건도 떠오르려고 했다. 그리고 이미 죽어버린 수십억 명은 배 속의 둔통으로만 느껴지는 데 반해, 앞다퉈 나가다가 죽은 12번 사일로의 수천 명을 생각하면 몸을 말고 죽어버리고 싶다는 사실이 걱정스러웠다.

키보드 건너편에 놓인 보고서들은 무너져버린 어느 그림자와 발치에서 일어나는 어둠을 미처 보지 못했던 어느 IT부 책임자, 그리고 잘못된 선택을 한 어느 정직한 보안부 책임자의 이야기를 담고 있었다. 괜찮은 사람들이 많아도 잘못된 사람 하나에게 권력을 주면 그 순진한 선택의 대가를 치러야 했다.

보고서 여백에는 각 비디오 피드로 들어가는 키 코드가 적혀 있었다. 그걸 보자 예전에 알았던 어느 오래된 책이 떠올랐다. 그 책도 이런 식으로 쓰여 있었는데.

키보드로 '제이슨 2:17'을 입력하자 IT부 책임자의 그림자가 담긴 피드 한 조각이 나타났다. 트로이는 모니터에 뜬 움직임을 따라갔다. 10대 후반 아니면 20대 초반의 청년 하나가 서버실 바닥에 앉아 있었다. 카메라를 등지고 있었고, 무릎에 얹은 플라스틱 쟁반 귀퉁이만 보였다. 쟁반 위로 등을 굽히고 있어, 앙상하게 불거진 등뼈가 작업복 등을 따라 띄엄띄엄 윤곽을 드러냈다.

트로이는 지켜보았다. 시간대를 확인하려 보고서를 흘끗 보았다. 그 장면을 놓치고 싶지 않았다.

비디오 안에서는 제이슨의 오른쪽 팔꿈치가 뒤로 움직였다가 앞으로 움직였다. 나이프로 무언가를 썰어 먹는 것 같았다. 문제의 순간이 다가오고 있었다. 트로이는 눈을 깜박이지 않으려고 의지를 굳혔다. 눈물이 망막을 덮는 게 느껴졌다.

어떤 소리가 제이슨을 놀라게 했다. 젊은 IT부 그림자는 옆을 슬쩍 보았고, 잠시 옆얼굴이 드러났다. 몇 주 동안 궁핍하게 지내서 여위고 앙상한 얼굴이었다. 그는 무릎에 올려놓았던 쟁반을 잡았다. 트로이는 그때 처음으로 옷을 걷어 올린 팔을 볼 수 있었다. 그리고 제이슨이 소매를 다시 말아 내리려고 할 때 팔뚝에는 시커먼 선이 몇 개 그어져 있었고, 쟁반에는 나이프를 이용해야 하는 음식이 없었다.

그 비디오의 나머지 내용은 IT부 책임자와 이야기하는 제이슨의 모습이었고, 어머니처럼 부드러운 외모의 책임자는 제이슨의 어깨를 툭 건드리고 팔꿈치를 한 번 잡았다. 트로이는 그 여자의 목소리를 상상할 수 있었다. 보고를 받기 위해 한 번인가 두 번인가 대화해본 적이 있었다. 몇 주만 더 있었다면 제이슨과 둘이 의논해 공식적으로 승인 일정을 잡았을 것이다.

영상은 서버실 바닥 아래 공간으로 다시 내려가는 제이슨의 모습으로 끝났다. 그림자가 그림자를 삼켰다. IT부 부서장, 12번 사일로의 진정한 책임자는 잠시 혼자 서서 턱에 손을 대고 있었다. 너무나 살아 있는 것처럼 보였다. 트로이는 모니터 위로 손가락을 쓸어보고, 이 유령에게, 실망시켜서 미안하다고 사과하고 싶은 어린아이 같은 충동을 느꼈다.

그 대신 그는 보고서에서 빠뜨린 부분을 보았다. 그 여자의 몸이 해치 쪽으로 움찔했다가 멈추고, 잠시 가만히 있다가 돌아서는 모습을.

트로이는 비디오 아래 슬라이더를 눌러서 그 장면을 다시 보았다. IT부 책임자가 그림자의 어깨를 문지르고 뭔가 이야기를 하는 동안 제이슨은 고개를 끄덕였다. 상사가 제이슨의 팔꿈치를 잡았고, 그에 대해 걱정했다. 제이슨은 다 괜찮다고 상사를 안심시켰다.

제이슨이 사라지고 혼자가 된 그녀에게 다시 의심과 두려움이 닥쳤다. 트로이가 확실히 알 수는 없다 해도, 감지할 순 있었다. 그녀는 발아래에 어둠이 끓고 있음을 알았고, 지금이 그 어둠을 부술 기회였다. 아래쪽을 향한 움찔거림과 다시 생각하고 돌아설 때의 본심은 걱정스러움이 아니었다.

트로이는 비디오를 멈추고 몇 마디 적은 후, 시간을 기록했다. 트로이가 찾아낸 내용은 정신과 의사들이 확인해야 할 것이다. 그는 보고서 종이를 넘기면서 다시 봐야 하는 게 또 있나 생각했다. 훌륭한 한 여성이 살해당했다. 상대와 똑같은 짓을 하지 못해서, 지키기 위해 죽이지를 못해서 죽었다. 그리고 보안 책임자는 고통을 감추는 기술에 능숙한 괴물 하나를, 다른 사람들을 조종하는 방법을 익혔으며 밖으로 나가고 싶어 하는 한 청년을 풀어놓았다.

트로이는 결론을 타이핑했다. 그는 보고서에 제이슨이 그림자가 되기에는 위험한 나이였다고 적었다. 제이슨은 10대에서 20대

사이의 청년으로, 의심은 깊고 통제력은 얕은 나이였다. 트로이는 보고서에서 그 나이에 정말로 준비가 될 수 있는 사람이 있는지 물었다. 자신이 처음으로 취임시켰던 IT부 책임자를, 그 청년이 치매 걸린 증조모에게 들었던 이야기들에 대해 던진 질문을 언급 했다. 누군가를 이런 진실에 노출시키는 게 옳은가? 그렇게 섬세한 나이의 남자가 그런 타격을 입고 부서지지 않으리라 기대할 수 있는가?

사실 트로이가 덧붙이지 않은 질문, 그러면서 스스로에게 던진 질문은 어떤 나이의 누구든 그럴 수 있는가였다.

그는 지휘권을 가진 어떤 직책들에는 연령 제한을 둔 선례가 있다고 썼다. 그러면 임기가 더 짧아질 테고, 갇힌 채 〈유산〉을 보아야 하는 불행한 영혼이 더 늘어난다는 뜻이었지만…… 그래도 이번 사태 같은 위험을 감수하기보다는 이 저주받은 절차를 더 자주 치르는 쪽이 낫지 않을까?

트로이는 이 보고서가 별 의미가 없으리라는 것을 알았다. 정신 이상에 대해서는 계획을 세울 수 없었다. 혁명과 선거를 거듭하고, 권력 이양을 거듭하다 보면 결국에는 미치광이가 하나가 고삐를 잡기 마련이다. 피할 수 없는 일이었다. 이건 그들이 염두에 두었던 가능성이었다. 이렇게 많은 사일로를 지은 것도 바로 그 때문이었다.

그는 책상에서 일어나 문으로 걸어간 다음, 손바닥으로 소리 나게 문을 때렸다. 사무실 구석에서 프린터가 진동하며 네 장의 종이를 토해냈다. 트로이는 그 종이를 챙겼다. 갓 죽은 사람들과 아직 죽어가는 사람들에 대한 보고서는 서류철에 밀어 넣을 때까지도 아직 따뜻했다. 그는 인쇄된 종이에서 생명과 온기가 빠져나가는 것을 느낄 수 있었다. 곧 주위 공기만큼이나 서늘해지겠지. 그는 책상에서 펜을 하나 들고 보고서 맨 밑에 서명했다.

열쇠를 넣고 달그락거리는 소리가 나더니 문이 열렸다.

"벌써 끝났어요?" 빅터가 물었다. 머리가 희끗희끗한 정신과 의사는 잘그락거리는 열쇠 꾸러미를 주머니에 다시 넣으면서 트로이의 책상 앞에 섰다. 그리고 작은 플라스틱 컵을 내밀었다.

트로이는 빅터에게 서류철을 건네며 말했다. "징후는 있었지만, 그걸 알고도 행동하지 않았더군요."

빅터는 한 손으로 서류철을 받고 반대쪽 손으로 플라스틱 컵을 내밀었다.

트로이는 컴퓨터에 명령어를 몇 개 집어넣어 비디오 사본을 지웠다. 카메라들은 이런 문제를 예측하고 막는 데 쓸모가 없었다. 한꺼번에 지켜봐야 할 것이 너무 많았다. 앉혀놓고 모든 인구를 감시할 만한 인원도 없었다. 그들은 사건의 잔해를, 여파를 살피기 위해 존재했다.

"좋은 보고서 같네요." 빅터는 서류철 안을 넘겨보며 말했다. 알약이 두 개 든 플라스틱 컵은 트로이의 책상 위에 있었다. 트로이가 교대근무를 시작할 때 먹었던 양만큼 복용량을 늘린 셈이다. 고통을 덜기 위해 성분을 살짝 추가해서.

"물을 좀 가져다드릴까요?"

트로이는 고개를 저었다. 그는 머뭇거렸다. 컵을 보다가 고개를 든 그는 빅터에게 물었다. "얼마나 오래 걸릴까요? 12번 사일로 말입니다. 사람들이 모두 죽을 때까지요."

빅터는 어깨를 으쓱였다. "오래가진 않겠지요. 며칠 정도요."

트로이는 고개를 끄덕였다. 빅터는 주의 깊게 그를 지켜보았다. 트로이는 고개를 뒤로 젖히고 떨리는 입술에 알약을 밀어넣었다. 혀에 쓴맛이 났다. 그는 삼키는 시늉을 했다.

"당신이 근무하는 기간이어서 유감이에요. 이건 원래 지원한 업무도 아니었다는 거 알아요." 빅터가 말했다.

트로이는 고개를 끄덕였다. "사실은 내 근무 기간이라 다행입니다." 그는 잠시 사이를 두고 말했다. "다른 사람이 해야 했다고 생각하면 정말 싫군요."

빅터는 한 손으로 서류철을 문질렀다. "내 보고서에서 추천을 받을 거예요."

"고맙군요." 트로이는 말했지만, 그게 대체 무엇을 위한 추천인지 알지 못했다.

빅터는 마침내 서류철을 한 번 흔들고 복도 건너편으로, 앉아 있다가 가끔 고개를 들어 트로이를 볼 수 있는 자기 책상으로 돌아가려고 몸을 돌렸다.

그리고 빅터가 등을 돌리고 걸어가는 그 짧은 시간에 트로이는 알약을 다시 손에 뱉었다.

솔리테르 게임을 하려고 한 손으로 마우스를 흔들어 모니터를 깨우면서 트로이는 복도 너머 빅터에게 미소를 지었고, 빅터도 마주 미소 지었다. 그리고 트로이의 반대쪽 손바닥에는 침에 코팅이 녹아서 끈적해진 알약 두 개가 놓여 있었다. 트로이는 이제 잊는 일에 지쳤고, 기억하기로 결심했다.

15

2049년, 조지아주 서배너

도널드는 17번 고속도로를 빠르게 달렸다. 속도제한을 넘기자 대시보드에 번쩍이는 빨간 불빛이 경고했다. 순찰차가 불러 세우거나, 속도위반 딱지를 떼거나, 보험료가 오르는 건 아무래도 상관없었다. 다 사소해 보였다. 자동차 안을 돌고 있는 회로가 그가 하는 모든 일을 기록하고 있다는 사실조차도, 그의 핏속에 들어간 기계가 같은 일을 한다는 의심에 비하면 빛이 바랬다.

고속도로 진출로를 너무 빨리 내려가는 바람에 타이어에서 요란한 소리가 났다. 그는 버윅 불러바드에 섞여 들어갔고, 달리는 차의 창문으로 현란한 조명이 쏟아져 들어왔다. 무릎을 내려다보니, 책에 박힌 금박 글자가 지나가는 불빛의 리듬에 맞춰 박동했다.

규칙. 규칙. 규칙.

지금까지 읽은 내용만으로도 대체 어떤 일에 휘말린 것인지 걱정하기에는 충분했다. 헬렌의 경고는 옳았고, 위험한 정도에 대해서는 틀렸다.

동네에 접어들면서 도널드는 오래전에 나눈 어떤 대화를 기억했다. 헬렌이 출마하지 말라고 애원했던 것을, 거기 가봤자 아무것도 바꾸지 못할 테고 오히려 당신이 바뀔 거라고, 망가져서 집에 올 수도 있다고 했던 일을 기억했다.

헬렌이 얼마나 옳았던가.

그는 집 앞에 차를 멈추고 연석 옆에 내버려두어야 했다. 집으로 들어가는 도로 한가운데에 헬렌의 지프가 서 있었다. 도널드가 없는 사이에 생긴 습관, 도널드가 더는 여기에 살지 않으며 이제는 진짜 집이 없다는 사실을 상기시켜주는 습관이었다.

그는 가방을 트렁크에 둔 채 책과 열쇠만 챙겼다. 책만으로도 무거웠다.

현관에 다가가자 센서등이 켜졌다. 그는 창문에 비치는 그림자를 보고, 집 안에서 다급하게 뭔가가 긁히는 소리를 들었다. 헬렌이 문을 열자 카르마가 혀를 내밀고 꼬리로 문설주를 때리면서 뛰쳐나왔다. 도널드가 없었던 몇 주 사이에 훨씬 커져 있었다.

도널드는 주저앉아서 카르마의 머리를 쓰다듬고, 개가 그의 뺨을 핥게 내버려두었다.

"착하다." 그는 기쁜 목소리를 내려고 했다. 그러나 집에 오자 가슴속의 싸늘하고 텅 빈 느낌은 더 심해졌다. 마음에 위안이 되어야 하는 것들 때문에 오히려 기분이 더 나빠졌다.

"안녕, 여보." 그는 아내를 올려다보고 웃었다.

"일찍 왔네."

도널드가 일어서자 헬렌이 그의 목을 감싸 안았다. 카르마는 앉아서 꼬리로 콘크리트를 쓸며 낑낑댔다. 헬렌의 입맞춤에선 커피향기가 났다.

"더 이른 비행기를 탔지."

그는 고개를 돌려 동네의 어두운 길거리를 보았다. 마치 미행이라도 예상하는 것처럼.

"가방은 어디 있어?"

"가방은 아침에 꺼낼게. 가자, 카르마. 안으로 들어가자." 그는 개를 안으로 들여보냈다.

"다 괜찮은 거지?" 헬렌이 물었다.

도널드는 부엌으로 갔다. 아일랜드 식탁에 책을 내려놓고 술잔을 찾아 찬장을 뒤졌다. 헬렌은 그가 캐비닛에서 브랜디 병을 꺼내는 모습을 걱정스레 지켜보았다.

"자기야? 무슨 일이야?"

"아마 아무것도 아닐 거야. 미치광이들이⋯⋯." 그는 브랜디를 손가락 세 마디만큼 따르고, 헬렌을 보고는 마시겠느냐는 의미로 병을 들어 보였다. 헬렌은 고개를 저었다. 그는 말을 이었다. "하지만 뭔가 있을지도 몰라." 그는 술을 한 모금 마셨다. 반대쪽 손은 술병을 잡은 채였다.

"여보, 당신 이상하게 굴고 있어. 와서 앉아. 코트는 벗고."

그는 고개를 끄덕이고 헬렌의 도움을 받아 재킷을 벗었다. 타이를 풀면서 헬렌의 얼굴에 어린 걱정을 보고, 그게 그의 얼굴에 떠오른 표정임을 알았다.

"혹시 모든 게 끝나버릴지도 모른다면 당신은 어쩌겠어?" 그는 아내에게 물었다. "당신은 뭘 할 거야?"

"무슨 말이야? 우리 얘기야? 아, 생명 얘기구나. 여보, 혹시 누가 죽었어? 무슨 일인지 말해봐."

"아니, 어느 누군가가 아니라 모든 사람, 모든 게 말이야."

그는 병을 옆구리에 끼고, 술잔과 책을 들고 거실로 향했다. 헬렌과 카르마가 따라왔다. 카르마는 도널드가 도착하기도 전에 소파에 올라가서 그가 앉기를 기다리고 있었는데, 도널드가 무슨 말을 할지는 의식도 못 한 채 그저 무리가 다시 모였다는 사실에만 흥분했다.

"당신, 아주 힘든 하루를 보낸 것 같은데." 헬렌은 변명거리를 찾아주려 애썼다.

도널드는 소파에 앉아서 병과 책을 커피 테이블에 내려놓았다. 그리고 호기심 어린 카르마의 코앞에서 술잔을 치웠다.

"당신에게 해야 할 말이 있어."

헬렌은 방 한가운데에 서서 팔짱을 꼈다. "그거 좋은 변화네." 그녀는 미소로 자신의 말이 농담임을 알렸다. 도널드는 고개를 끄덕였다.

"알아, 나도 알아." 그의 시선이 책으로 떨어졌다. "그 프로젝트 이야기가 아니야. 그리고 솔직히, 내가 당신 없이 내 인생을 즐길 수 있을 것 같아?"

헬렌은 소파 옆 안락의자로 가서 앉았다. "이건 무슨 얘긴데?"

"당신에게는…… 승진에 대해 말해도 된다고 들었어. 음, 승진이라기보다는 배치 문제긴 하지. 아니, 사실은 주 방위군에 들어가는 것에 가깝달까. 만약에 대비해서……."

헬렌이 손을 뻗어 그의 무릎을 잡았다. "진정해." 헬렌은 속삭였다. 눈썹이 아래로 처지고, 눈썹 그늘 속에 혼란과 걱정이 도사리고 있었다.

도널드는 숨을 깊이 들이마셨다. 아직도 머릿속으로 대화를 돌려보고, 너무 빨리 차를 몬 탓에 심장이 빨리 뛰고 있었다. 서먼과 만난 후 몇 주 동안 그 책을 너무 많이 읽었다. 그때 나눈 대화도 너무 많이 복기했다. 그는 지금 자신이 증거를 짜 맞추고 있는 건지, 아니면 그냥 허물어지고 있는 건지 알 수 없었다.

"이란에서 벌어지는 일에 대해 얼마나 알고 있어?" 그는 팔을 긁으며 물었다. "한국은?"

헬렌은 어깨를 으쓱였다. "온라인 뉴스는 보지."

"으음." 그는 타는 듯한 브랜디를 목으로 넘기고, 입맛을 다시며 긴장을 풀고 브랜디가 몸속을 타고 내려가면서 퍼지는 얼얼한 한기를 즐기려 했다. "그자들은 모든 것을 쓸어버릴 방법을 연구하고 있어."

"누구? 우리가?" 헬렌의 목소리가 커졌다. "우리가 그 사람들을 쓸어버리려고 한다고?"

"아니야, 아니야……."

"내가 이런 이야기를 들어도 돼?"

"아니야, 여보. 그 사람들이 우리를 없애버릴 무기를 설계하고 있다고. 멈출 수도, 막을 수도 없는 무기를."

헬렌이 두 손을 꽉 쥐고 팔꿈치를 무릎에 댄 채 몸을 기울였다. "워싱턴에서 그런 걸 알게 된 거야? 기밀 정보?"

그는 손을 내저었다. "기밀 이상이야. 저기, 우리가 왜 이란에 들어갔는지 알지……?"

"우리가 들어간 이유라고 알려진 말들은 알지……."

"그건 헛소리가 아니었어." 그는 헬렌의 말을 잘랐다. "음, 아닐 수도 있지. 어쩌면 그 사람들도 아직은 방법을 알아내지 못했고, 숙달하지 못했을 수도……."

"여보, 천천히 말해."

"그래." 그는 다시 숨을 깊이 들이마셨다. 마음속에 서쪽 멀리 거대한 산에 지어진 피난처, 바위 속으로 파고 들어가서 사라지는 콘크리트 도로, 정치가들이 가족과 함께 꾸역꾸역 밀려드는 동안 열려 있을 산속 지하 벙커의 두꺼운 문이 떠올랐다.

"내가 몇 주 전에 상원의원을 만났어." 그는 술잔 안의 생강색 술을 들여다보았다.

"보스턴에서 말이지." 헬렌이 말했다.

그는 고개를 끄덕였다. "그래. 음, 상원의원은 우리가 이 비상대책팀에 들어갔으면 하고……."

"당신과 믹 말이지."

그는 아내를 돌아보았다. "아니, 우리 말이야."

"우리?" 헬렌은 가슴에 한 손을 올렸다. "무슨 말이야, 우리라니? 당신과 나?"

"잘 들어봐……."

"나를 그 작자의 프로젝트에 자원시키……."

"여보, 난 이게 다 무슨 일인지 전혀 몰랐어." 그는 커피 테이블에 술잔을 내려놓고 책을 잡았다. "상원의원이 읽어야 한다며 이걸 줬어."

헬렌은 얼굴을 찌푸렸다. "그게 뭔데?"

"이건…… 그러니까, 이후를 위한 지시 매뉴얼 같은 거야. 내 생각엔."

헬렌은 안락의자에서 일어나 도널드와 커피 테이블 사이로 걸어갔다. 카르마를 살살 밀고 지나가는 통에 개가 끼깅거렸다. 헬렌은 도널드 옆에 앉아서 그의 등에 한 손을 댄 채 걱정스러운 시선을 던졌다.

"도니, 혹시 비행기에서 술 마셨어?"

"아니." 그는 몸을 떼어냈다. "그냥 내 말을 들어줘. 누가 그 무기를 가졌는지는 중요하지 않아. 언제냐가 중요할 뿐이지. 모르겠어? 이건 궁극적인 위협이야. 세상을 끝낼 무기라고. 웹사이트에서 그럴 가능성에 대해 읽었는데……."

"웹사이트라고?" 헬렌은 회의적인 태도로 맥없이 말했다.

"그래. 들어봐. 상원의원이 받는 치료법 기억해? 그 나노 기기들은 인공 생명과 비슷해. 누군가가 그걸 숙주에 대해 신경 쓰지 않는 바이러스로 바꿔놓는다고 상상해봐. 바이러스인데, 퍼지기 위해 우리가 필요하지도 않은 거지. 이미 저 밖에 있을 수도 있어." 그는 가슴팍을 두드리고, 의심스러운 눈으로 방 안을 둘러보고는 숨을 깊이 들이마셨다. "바로 지금도 우리 모두의 몸속에 있을 수 있어. 정해진 시간을 기다리는 작은 타이머 회로들이……."

"여보……."

"아주 나쁜 사람들이 이 일을 하고 있고, 현실로 만들려고 노력하고 있어." 그는 술잔에 손을 뻗었다. "우린 물러앉아서 그쪽이 먼저 공격하게 둘 수 없어. 그러니까 우리가 저지를 거야." 술잔에 잔물결이 일었다. 손이 떨리고 있었다. "맙소사, 여보. 분명히 그 사람들이 하기 전에 우리가 저지르고 말 거야."

"당신 때문에 겁이 나잖아."

"잘됐네." 또 한 번 목구멍을 태우며 술이 넘어갔다. 그는 떨지 않으려고 두 손으로 술잔을 잡았다. "우린 겁내야 해."

"내가 마틴 박사님에게 전화해볼까?"

"누구?" 그는 둘 사이에 공간을 만들려다가 팔걸이에 부딪쳤다. "내 동생의 의사 말이야? 정신과 의사?"

헬렌은 진지하게 고개를 끄덕였다.

"내가 하는 말 잘 들어." 그는 손가락 하나를 들고 말했다. "이 작디작은 기계들은 실제로 있어." 머릿속이 미친 듯이 질주했다. 이대로는 횡설수설하다가 헬렌에게 남편이 편집증이라는 확신만 줄 터였다. "봐, 우린 나노 기기를 의료에 써, 맞지?"

헬렌은 고개를 끄덕였다. 아주 작은 기회이긴 해도 그에게 기회를 주고 있었다. 그러나 도널드도 아내가 사실은 누군가에게 전화하고 싶어 한다는 걸 알 수 있었다. 자기 어머니든, 의사든, 도널드의 어머니든 간에.

"우리가 방사선을 발견했을 때와 비슷해, 알겠지? 처음에 우리는 이게 치료법이 될 수 있을 거라고, 의학적인 발견이라고 생각했어. 엑스레이에 이용했지. 하지만 그러다가 사람들이 영약처럼 라듐을 먹었고……"

"중독이 됐지." 헬렌이 말했다. "자기들이 좋은 일을 한다고 생각하면서." 헬렌은 조금 긴장을 푼 것 같았다. "그게 당신이 걱정하는 문제야? 나노 기기가 변이를 일으켜서 우리를 공격할 거라고? 아직도 그 기계 안에 들어가는 게 무서워?"

"아니, 그런 게 아니야. 난 우리가 처음에는 의학적인 쓰임새를 찾다가, 결국에는 폭탄을 만들었다는 이야기를 하고 있는 거야. 이것도 똑같아." 그는 아내가 이해하기를 바라며 말을 잠시 멈췄다. "내 생각엔 우리도 그런 폭탄을 만들고 있어. 작은 기계들, 나노 목욕탕에서 사람들의 피부와 관절을 수리하는 것과 비슷한 기계들. 다만 이 기계는 사람들을 찢어놓는 거야."

헬렌은 반응하지 않았다. 아무 말도 하지 않았다. 도널드는 자신이 미친 사람처럼 말했다는 사실, 이 모든 내용이 이미 외로운 지하실에서 외로운 전파를 타고 나오는 팟캐스트와 온라인에 다 있다는 사실을 깨달았다. 상원의원이 옳았다. 진실과 거짓을 섞어버리면 구별할 수가 없어진다. 커피 테이블 위에 놓인 책과 좀비 서바이벌 가이드도 똑같이 취급될 것이다.

"난 그게 진짜라고 말하는 거야." 그런데도 그는 멈추지 못하고 말했다. "그 기계들은 재생산이 가능할 거야. 보이지도 않을 거고. 풀려날 때도 바람 속의 먼지일 뿐, 아무 경고가 없을 거야. 재생산을 거듭하는 이 보이지 않는 전쟁이 사방에서 벌어지는 동안 우리는 곤죽이 되어버릴 거야."

헬렌은 계속 말이 없었다. 그는 헬렌이 이 연설이 끝나기를 기다릴 뿐이며, 그러고 나면 자기 엄마에게 전화해서 어떻게 해야 하냐고 물어볼 것을 알았다. 그런 다음 헬렌은 마틴 박사에게 전화해서 조언을 들을 것이다.

도널드는 분노가 솟구치는 것을 느끼고 항의하려고 했으나 이제 무슨 말을 해도 헬렌을 설득하기보다는 헬렌의 두려움을 확인해줄 뿐임을 알았다.

"뭔가 더 있어?" 헬렌이 속삭였다. 그녀는 이 자리를 떠나서 전화를 걸고, 누군가 이성적인 사람과 대화할 기회만 기다리고 있었다.

도널드는 멍해졌다. 무력하고 외로웠다.

"애틀랜타에서 전당대회가 열릴 거야." 그는 눈가를 문지르며 지친 것처럼, 여독이 풀리지 않은 것처럼 굴었다. "민주당 전국 위원회가 아직 발표하지는 않았지만, 비행기를 타기 전에 믹에게 들었어." 그는 헬렌을 돌아보았다. "상원의원은 우리 둘 다 참석하길 원해. 이미 큰일을 계획하고 있어."

"물론이지, 여보." 그녀는 그의 허벅지에 손을 얹고, 마치 환자를 보는 듯한 눈으로 그를 보았다.

"그리고 난 여기에서 시간을 더 보내게 해달라고 요청할 거야. 주말이면 집에서 일을 하고, 프로젝트도 더 가까이에서 지켜볼 수 있겠지."

"그러면 좋겠네." 그녀는 반대쪽 손을 그의 팔에 얹었다.

"우리가 서로에게 잘했으면 좋겠어. 시간이 얼마나 남았든지 간에……."

"쉬이, 여보, 괜찮아." 그녀는 그의 등을 감싸 안고 다시 한번 쉬 소리를 내며 그를 달래려 했다. "사랑해."

그는 다시 눈가를 문질렀다.

"우린 이 일을 극복해낼 거야." 헬렌이 말했다.

도널드는 고개를 끄덕거렸다. "알아. 우리가 해낼 거라는 걸."

뭔가가 잘못되었음을 감지한 개가 낑낑거리면서 헬렌의 무릎에 머리를 올렸다. 도널드는 강아지의 목덜미를 긁었다. 그리고 눈물이 가득 고인 눈으로 아내를 보았다. "우리는 살아남을 거라는 걸 알아." 그는 진정하려고 애쓰면서 말했다. "하지만 다른 사람들은 어쩌지?"

16

2110년, 1번 사일로

트로이는 의사를 만나야 마땅했다. 입안 양쪽에 염증이 생겼다. 구내염이 잇몸과 볼 안쪽 사이로 내려왔다. 마치 살 속에 부드러운 면 뭉치가 파묻혀 있는 것처럼 느껴졌다. 아침이면 알약을 왼쪽 뺨 안쪽에 붙였고, 저녁에는 오른쪽에 붙였다. 양쪽 다 타들어가는 것 같았고 알약의 쓴맛에 입이 말랐지만, 그는 감내했다.

트로이는 식사 중에 냅킨을 거의 쓰지 않았다. 오래전에 생긴 나쁜 습관이었다. 냅킨은 무릎 위에 얌전히 놓여 있다가 식사가 끝나면 접시에 올라갔다. 그런데 이제는 순서를 바꿨다. 뭔가를 빠르게 살짝 깨물고는 입을 닦으며, 타는 듯한 파란 캡슐을 뱉고, 물을 잔뜩 마신 후 입을 헹구었다.

알약을 뱉어낼 때 누가 지켜보는지를 확인하지 않는 것이 힘든 부분이었다. 그는 벽 스크린을 등지고 앉아 옆에서 지켜보는 눈들을 상상했지만, 시선은 앞으로만 향한 채 음식을 씹었다.

그는 가끔 냅킨을 사용해 두 손으로, 언제나 두 손으로 입가를 닦으며 일관성을 유지해야 한다는 것을 유념했다. 맞은편에 앉은 남자에게 미소를 지으며 알약이 바닥으로 떨어지지 않았는지 확인했다. 상대방의 시선은 트로이의 어깨 너머 스크린에 비치는 바깥 풍경을 향했다.

트로이는 돌아보지 않았다. 사일로의 꼭대기로, 최대한 높은 곳으로 올라가 숨 막히는 지하를 벗어나고픈 충동은 여전했으나, 그는 이제 밖을 보고 싶지가 않았다. 뭔가가 달라졌다.

옆 테이블에 핼이 있었다. 벗어지고 얼룩덜룩한 머리를 보고 알아보았다. 그 노인은 트로이에게 등을 돌리고 앉아 있었다. 트로이는 핼이 고개를 돌려 시선이 마주치기를 기다렸지만, 핼은 결코 돌아보지 않았다.

트로이는 옥수수를 다 먹고 비트를 먹기 시작했다. 알약을 뱉은 지 오래라 위험을 감수하고 배식 레일 쪽을 슬쩍 보았다. 먹을 것을 뱉어내는 튜브들, 쟁반 위에서 덜그럭대는 접시들. 빅터의 사무실에서 일하는 의사 하나가 유리 배식 레일 너머에서 팔짱을 끼고, 힘없는 미소를 지으며 서 있었다. 그 의사는 줄 선 남자들을 훑어본 후 테이블 쪽을 봤다. 왜일까? 감시할 게 뭐가 있어서? 트로이는 알고 싶었다. 이런 질문이 수십 개나 속을 태웠다. 때로는 답이 저절로 나왔지만, 생각을 그리로 뻗으면 자꾸 달아났다.

비트는 끔찍했다.

트로이가 비트를 마저 먹는 동안 맞은편에 앉은 남자가 쟁반을 들고 일어섰다. 누군가가 그 자리에 앉으려면 한참 기다려야 할 것이다. 트로이는 이어진 테이블의 이쪽저쪽을 보았다. 대부분의 직원들은 바깥을 볼 수 있는 반대쪽에 앉았다. 헬과 트로이처럼 앉은 사람은 한 줌뿐이었다. 이 사실을 전에는 몰랐다니 이상했다.

지난 몇 주 동안, 다른 능력은 미끄러지고 비틀거리는 와중에도 패턴을 찾는 일은 점점 쉬워지는 것 같았다. 그는 고무 같은 깡통 햄 덩어리를 자르면서 나이프가 접시를 긁는 소리를 듣고는, 제대로 잠을 잔 게 언제였는지 생각했다. 그는 의사들에게 도움이 될 약을 부탁할 수도 없고, 잇몸을 보여줄 수도 없었다. 그랬다간 트로이가 약을 먹지 않는다는 사실을 알게 될지도 몰랐다. 불면증은 끔찍했다. 잠깐씩 졸 수는 있었지만, 숙면은 불가능했다. 그렇다고 뭔가를 제대로 기억하지도 못했다. 얻은 것이라곤 이 둔탁한 아픔, 이 무시무시한 슬픔, 뭔가가 아주 잘못됐다는 회피할 수 없는 느낌뿐이었다.

그는 의사 하나가 자신을 지켜보고 있다는 것을 눈치챘다. 트로이는 시선을 피하며 테이블 맞은편을 보았고, 그곳에서는 남자들이 나란히 앉아서 풍경을 보고 있었다. 트로이 역시 불과 얼마 전까지만 해도 화면에 비치는 회색 언덕들을 멍하니 쳐다보고 싶어 했었다. 그런데 이제는 그 풍경을 슬쩍 보기만 해도 토할 것 같았다. 눈물이 쏟아지려고 했다.

그는 쟁반을 들고 일어섰다가, 자신이 너무 뻔하게 구는 건 아닐까 걱정했다. 무릎에 올려놓았던 냅킨이 바닥으로 떨어지면서 뭔가가 발치를 굴렀다.

트로이의 심장이 한순간 멈춰 섰다. 그는 허리를 굽혀 냅킨을 집고는 서둘러 알약을 찾았다. 그러다가 테이블 밖으로 빠져나와 있던 의자에 부딪혔고 식당 안에 있는 모두가 자신을 쳐다본다는 것을 알았다.

알약. 그는 알약을 찾았고, 쟁반을 위험하게 쥔 채 냅킨으로 약을 낚아 올렸다. 그리고 일어서서 마음을 가라앉혔다. 두피에 솟아난 식은땀이 목덜미를 타고 흘렀다. 모두가 알고 있었다.

트로이는 차마 카메라를 올려다보거나 의사들 쪽을 보지 못하고, 몸을 돌려 음수대 쪽으로 걸어갔다. 그는 갈피를 잃고 있었다. 점점 편집증적으로 변해갔다. 이번 근무 기간은 한 달 남짓 남았다. 그에게 남은 모든 의지력을 시험할 한 달이다.

그토록 많은 시선을 받으면서 자연스럽게 걸어가기는 불가능했다. 그는 음수대 위에 쟁반 가장자리를 대고, 발로 레버를 누르며 물잔을 채웠다. 나는 이것 때문에 일어난 것이다. 목이 말라서. 그렇게 사방에 쩌렁쩌렁 외치는 느낌이었다.

테이블로 돌아간 트로이는 다른 직원 두 명 사이를 비집고 들어가서 화면을 마주 보고 앉았다. 냅킨 주름 사이에 숨겨진 알약을 느끼면서 냅킨을 돌돌 말아 허벅지 사이에 끼웠다. 그렇게 자리에 앉아서 다른 모두처럼 화면을 마주한 채 물을 마셨다. 원래 그래야 했던 대로. 그러나 감히 보지는 못했다.

17

디앤젤로의 레스토랑 밖 차양을 두드리는 굵은 빗방울 소리는 리
듬 없이 손가락으로 드럼을 두드리는 소리 같았다. L 스트리트를
달리는 차들이 연석 옆에 고인 물웅덩이를 치고 지나갔고, 자동
차 사이에 번득이는 아스팔트는 가로등 불빛을 받아 까맣게 반짝
였다. 도널드는 플라스틱 병에서 알약 두 개를 손에 덜어냈다. 약
에 의존한 지 2년째였다. 모든 불안을 떨치고 찬란한 마비 상태로
지낸 2년.

　그는 약병 라벨을 보고 샬럿에 대해, 누이의 이름으로 처방전을
받아야 한다는 사실에 대해 생각한 다음 약을 입에 넣었다. 그리
고 삼켰다. 비는 지겨웠고, 눈이 내리는 깨끗한 날씨가 더 좋았다.
올해 겨울도 너무 따뜻했다.

　그는 정문을 드나드는 사람들을 피해서 전화기를 귀에 대고 아

내가 카르마에게 쉬를 하라고 재촉하는 소리에 끈기 있게 귀를 기울였다.

"볼일을 볼 필요가 없을 수도 있어." 그는 의견을 내놓았다. 도널드가 약병을 코트 주머니에 넣고, 전화기 위로 손을 오므리는 사이 옆에 서 있던 여자는 우산을 잡고 씨름하면서 사방에 물방울을 튀겼다.

헬렌은 여전히 불쌍한 개가 이해하지 못하는 말들로 카르마를 회유했다. 최근에 헬렌과 도널드가 나누는 대화의 전형이었다. 실제로는 서로에게 아무 말도 하지 않는 대화.

"하지만 점심 먹은 이후로 안 쌌단 말이야." 헬렌이 고집을 부렸다.

"집 안 어딘가에 싼 건 아니겠지?"

"카르마도 네 살이야."

도널드는 잊고 있었다. 최근에는 시간이 공기 방울 속에 갇힌 듯 느껴졌다. 그는 약 때문인지, 아니면 업무량 때문인지 궁금했다. 이제는 뭔가가…… 잘되지 않을 때마다 약 때문이라고 생각했다. 예전 같으면 예측 불가능한 삶 때문일 수도 있었고, 다른 어떤 이유든 생각할 수 있었을 텐데. 어째선지 구체적이고 새로운 무엇인가의 탓으로 돌릴 수 있다는 사실이 더 나쁘게 느껴졌다.

길 건너편에서 고함이 들렸다. 노숙자 두 명이 빗속에서 깡통이 가득한 가방 하나를 두고 다투며 서로에게 소리를 치고 있었다. 몇 명이 더 우산을 털었고 근사한 옷이 몇 벌이나 레스토랑 안으로 들어갔다. 이곳은 다른 모든 도시를 운영해야 하는 도시였는데, 스스로는 돌보지 못했다. 이런 일들이 갈수록 걱정스러웠다. 그는 재킷 주머니에 든 캡슐을 두드렸다. 마음을 달래려고 생긴 습관이었다.

"카르마가 꿈쩍하지를 않네." 아내가 지친 듯 말했다.

"여보, 나 혼자 여기 있고 당신이 모든 걸 돌봐야 해서 미안해. 하지만 지금은 정말 들어가봐야 하거든. 오늘 밤에는 설계안 마지막 검토를 끝내려고 해."

"어떻게 돼가? 거의 끝난 거야?"

승객을 찾는 택시들이 물바다 위로 뚱뚱한 타이어를 굴리며 쉭쉭대는 뱀 같은 소리를 냈다. 도널드는 택시 한 대가 물 때문에 찢어지는 소리를 내며 멈춰 서는 모습을 보았다. 코트를 머리 위로 올리고 내려서는 남자는 모르는 사람이었다. 믹이 아니었다.

"응? 아, 잘되고말고. 그래, 사실상 끝났어. 여기저기 조금씩 손볼 곳은 있을지도 모르지만, 외벽은 다 부어 넣었고, 바닥 층들은……."

"내 말은, 그 여자와 일하는 건 거의 끝났냐는 거야."

그는 소리를 더 잘 들으려고 길거리에서 몸을 돌렸다. "누구, 애나? 그래. 저기, 내가 말했잖아. 우린 가끔 의논만 했을 뿐이야. 대부분의 의논은 온라인으로 했고."

"그리고 믹도 거기 있어?"

"응."

택시 한 대가 지나가다가 속도를 늦췄다. 도널드는 몸을 돌렸지만, 그 차는 멈추지 않았다.

"알았어. 음, 너무 늦게까지 일하지 말고. 내일 전화해."

"그럴게. 사랑해."

"사랑해. 오! 착하다! 착하지, 카르마……."

"내일 이야기할……."

그러나 이미 통화는 끊겼다. 도널드는 전화기를 보다가 주머니에 집어넣고, 서늘한 저녁 날씨와 습도 때문에 몸을 떨었다. 그는 문밖에 모인 사람들 사이를 밀고 지나가서 테이블 자리로 향했다.

"다 괜찮은 거야?" 애나가 물었다. 애나는 세 명 자리가 마련된 테이블에 혼자 앉아 있었다. 목이 넓게 파인 스웨터가 내려져 한쪽 어깨가 드러났다. 그녀는 두 번째 와인잔의 섬세한 목 부분을 잡았는데, 잔 가장자리에 분홍색 반달 같은 립스틱 자국이 남았다. 적갈색 머리는 동그랗게 틀어 올렸고, 얇은 베일처럼 화장을 해서 콧등의 주근깨가 거의 보이지 않았다. 불가능한 일이지만 애나는 대학 시절보다도 더 매혹적이었다.

"응, 아무 일 없어." 도널드는 엄지손가락으로 결혼반지를 비틀었다. 습관이었다. "믹에게는 연락 왔어?" 그는 주머니에 손을 넣어 전화기를 꺼내고 메시지를 확인했다. 믹에게 한 번 더 연락할까 생각했지만, 이미 답이 없는 메시지만 네 통이 쌓여 있었다.

"아니. 오늘 아침에 텍사스에서 날아오는 거 아니었어? 비행기가 지연됐나 봐."

도널드는 전화를 받으러 바깥으로 나갈 때만 해도 거의 비어 있던 술잔이 다시 차 있는 것을 보았다. 헬렌은 그가 애나와 둘만 앉아 있는 것을 싫어할 게 분명했다. 아무 일 없다 해도 그랬다. 이제까지 아무 일도 일어나지 않았는데도.

"회의는 다음에 할 수도 있어." 그는 제안했다. "믹을 빼놓기는 싫어."

애나는 잔을 내려놓고 메뉴를 살폈다. "기왕 왔으니 식사는 해도 좋겠지. 다른 곳을 찾기엔 조금 늦었잖아. 게다가 믹의 실행 계획은 우리 설계와는 따로야. 우리 쪽 물자 보고서는 나중에 믹에게 보내줄 수 있어."

애나가 옆으로 몸을 기울이고 가방 속에서 뭔가를 찾자, 스웨터가 아슬아슬하게 벌어졌다. 도널드는 잽싸게 시선을 돌리면서도 목덜미가 달아올랐다. 애나는 태블릿을 꺼내어 도널드의 마닐라 서류철 위에 올려놓았다. 빛이 들어오며 화면이 살아났다.

"맨 밑바닥 3층 설계는 견고하다고 생각해." 애나는 태블릿을 돌려 도널드에게 보여줬다. "현장에서 다음 몇 층을 쌓을 수 있게 승인하고 싶어."

"음, 여기는 상당 부분이 당신 설계안이잖아." 그는 맨 밑바닥에 들어가는 온갖 기계로 가득한 공간을 생각하며 말했다. "당신 판단을 믿어."

그는 대화가 일이 아닌 다른 곳으로 빠지지 않은 데 안심하며 태블릿을 집어 들었다. 애나가 혹시 다른 생각을 할지 모른다고 생각한 게 바보 같았다. 그들은 2년 넘게 이메일을 주고받으며 서로의 계획안을 업데이트했고, 그동안 부적절한 행동은 낌새도 없었다. 그는 스스로에게 식당 분위기와 음악과 하얀 식탁보에 속지 말라고 경고했다.

"당신이 좋아하지 않을 마지막 변경 사항이 하나 있어." 애나가 말했다. "중앙의 수직 통로를 약간 수정해야 해. 하지만 그래도 전반적인 계획은 똑같이 가져갈 수 있을 거야. 수평 층에는 아무 영향도 주지 않을 테니까."

그는 익숙한 파일을 보며 스크롤을 내리다가 달라진 부분을 발견했다. 비상계단이 중앙 통로 가장자리에서 정중앙으로 옮겨져 있었다. 수직 통로 자체도 전보다 작아 보였지만, 그건 그곳에 채워 넣었던 온갖 다른 장치가 사라졌기 때문일 수도 있었다. 이제는 텅 빈 공간이 생겼고, 원반형이 도넛 모양으로 바뀐 상태였다. 그는 태블릿에서 고개를 들었다가 기다리는 웨이터를 보았다.

"뭐야, 엘리베이터가 없는 거야?" 그는 자신이 제대로 보고 있는지 확인하고 싶었다. 웨이터에게는 물을 달라고 하고 메뉴는 조금 더 봐야겠다고 했다.

웨이터는 고개를 숙인 후 떠났다. 애나는 냅킨을 테이블 위에 놓고 도널드의 옆자리로 옮겼다. "위원회에서 그럴 만한 이유가 있대."

"의료 위원회?" 도널드는 한숨을 내쉬었다. 위원회의 간섭과 제안에 신물이 났지만, 그렇다고 그들과 싸우기는 포기한 후였다. 도무지 이길 때가 없어서였다. "그 사람들은 여기 난간에서 떨어져 목이 부러질 사람들을 더 걱정해야 하는 거 아니야?"

애나는 웃음을 터뜨렸다. "그 사람들이 그런 종류의 의료인이 아닌 거 알잖아. 그 사람들은 이 직원들이 몇 주 동안 갇히게 된다면 감정적으로 어떤 상태를 겪을지만 생각해. 그래서 계획안이 더 단순하기를 원하더라고. 좀 더…… 열려 있기를."

"열려 있다고." 도널드는 쿡 웃고는 와인잔에 손을 뻗었다. "몇 주 동안 갇혀 있다는 건 또 무슨 의미야?"

애나는 어깨를 으쓱였다. "선출직은 당신이지. 이 정부의 멍청함에 대해서도 나보다 당신이 더 잘 알지 않겠어? 나야 자문에 불과한걸. 난 그저 파이프를 깔라고 돈을 받았을 뿐이야."

애나가 와인을 다 마셨고, 웨이터가 도널드가 부탁한 물을 가지고 돌아와서 두 사람의 주문을 받으려 했다. 애나는 눈썹을 추켜세웠다. '준비됐어?'라는 질문이 담긴 익숙한 몸짓이었다. 도널드는 메뉴를 보면서 그 몸짓이 예전에는 훨씬 많은 것을 의미했다는 생각을 했다.

"당신이 대신 골라주면 어떨까?" 그는 결국 포기했다.

애나가 주문하자 웨이터가 받아 적었다.

"그래서 이제는 계단통 하나를 원한다 이거지?" 도널드는 이 계획안을 위해 필요한 콘크리트 양을 상상하고, 금속으로 만들어진 나선 설계를 생각했다. 그쪽이 더 튼튼하고 쌀 것이다. "운반용 엘리베이터는 유지할 수 있지? 이걸 옮겨서 여기에 집어넣으면 안 될까?"

그는 애나에게 태블릿을 보여줬다.

"아니. 엘리베이터는 없어. 모든 것을 단순하고 열려 있게 해야 해. 위원회의 말씀이야."

이건 마음에 들지 않았다. 설령 이 시설이 영영 쓰이지 않게 된다 해도, 쓸 수 있다고 생각하고 지어야 마땅했다. 그렇지 않고

서야 뭐 하러 이런 짓을 할까? 그는 시설 안에 재어둘 보급품 목록 일부를 이미 보았다. 계단으로 그 물자를 나른다는 건 불가능해 보였다. 먼저 지은 구역에 짐을 넣고 나서 위층을 올릴 계획이라면 또 모르지만……. 그건 믹의 부서 일이었다. 이래서 더더욱 믹이 이 자리에 있었으면 했다.

"당신도 알지, 이래서 내가 건축으로 가지 않은 거야." 그는 스크롤을 움직여 설계안을 살피면서 자신의 설계 곳곳이 바뀐 것을 알아보았다. "나가서 가짜 고객들을 만나야 했던 1학년 수업에서, 고객들은 언제나 불가능한 것을 원하거나 그냥 멍청한 걸 원했던 기억이 나. 아니면 둘 다였지. 바로 그때 건축이 내 길이 아닌 걸 알았어."

"그래서 정치에 입문했지." 애나는 소리 내어 웃었다.

"그래. 좋은 지적이야." 도널드는 아이러니를 이해하고 미소 지었다. "하지만 당신 아버지에게는 정치가 잘 맞았잖아."

"우리 아빠는 달리 무슨 일을 할지 몰랐기 때문에 정치에 뛰어들었어. 군대에서 나오고, 너무 많은 돈을 망한 벤처 산업에 연이어 쏟아부은 후에야 다른 방식으로 나라에 복무해보자고 생각하게 된 거야."

애나는 한참 동안 도널드를 찬찬히 보았다.

"이건 아빠의 유산이야, 알다시피." 그녀는 몸을 앞으로 기울이고 테이블 위에 팔꿈치를 올린 채, 우아한 손가락 하나를 구부려 태블릿을 가리켰다. "이건 사람들이 절대 이루어지지 않을 거라고 한 프로젝트인데, 아빠가 그걸 하고 있어."

도널드는 태블릿을 내려놓고 의자에 등을 기댔다. "나한테도 계속 같은 말씀을 하셔. 이 프로젝트가 우리의 유산이라는 말씀. 난 내 경력 최고의 업적에 착수하기에는 너무 젊은 것 같다고 대답했지."

애나는 미소 지었고, 둘 다 와인을 한 모금 마셨다. 빵 바구니가 도착했지만, 아무도 손을 뻗지 않았다.

"유산과 뒤에 남겨진 것들에 대해 말이 나왔으니 말인데……." 애나가 물었다. "당신과 헬렌이 아이를 갖지 않기로 한 이유가 따로 있어?"

도널드는 잔을 테이블에 내려놓았다. 애나가 병을 들었지만, 그는 손을 내저어 사양했다. "그게, 우리가 원하지 않는 건 아니야. 그냥 우리 둘 다 졸업하자마자 일을 시작했잖아? 계속 생각은……."

"시간이야 얼마든지 있다고 생각한 거지? 언제든 시간이 생길 거라고. 급할 것 없다고."

"아니야. 그런 게 아니라……." 그는 손가락으로 식탁보를 문지르다가, 매끄럽고 비싼 천이 아래에 숨겨진 다른 식탁보 위를 스치는 것을 느꼈다. 그는 두 사람이 식사를 마치고 문밖으로 나가면 이 위에 깔린 식탁보는 부스러기가 묻은 채로 접어서 치우고, 그 아래에 깔린 식탁보가 드러난다는 사실을 알았다. 피부 같았다. 아니면 세대 같기도 했다. 그는 와인을 한 모금 마셨다. 타닌 맛에 입술이 얼얼했다.

"난 바로 그거라고 생각해." 애나는 주장을 펼쳤다. "세대가 갈

수록 점점 더 오래 기다리고 있어. 우리 엄마는 날 가졌을 때 마흔이 다 됐는데, 그 정도 나이는 갈수록 흔해져."

애나는 흘러내린 머리카락을 귀 뒤로 넘기고 말을 이었다.

"어쩌면 우리 모두 우리가 죽지 않는 첫 세대가 될 수 있다고 생각하는 건지도 몰라. 영원히 살겠다는 거지." 그녀는 눈썹을 올렸다. "지금 우린 모두가 130세, 어쩌면 그 이상 사는 걸 당연한 권리처럼 기대해. 그래서 내 이론은……." 애나가 몸을 가까이 기울였다. 도널드는 이미 이 대화의 방향이 불편했다. "예전엔 아이들이 우리의 유산이었어, 그렇지? 아이들이 우리가 죽음을 속일 방법, 우리의 작은 일부분을 이어나갈 기회였어. 하지만 이제 우린 그냥 우리가 계속 이어지길 꿈꿔."

"복제 같은 거 말이야? 그래서 복제가 불법이잖아."

"복제 이야기가 아니야. 게다가 당신이나 나나, 불법이라 해도 복제하는 사람들이 있다는 걸 알지." 애나는 와인을 마시고 멀리 떨어진 칸막이 좌석의 한 가족을 고갯짓으로 가리켰다. "봐. 저 아이는 자기 아빠와 완벽하게 똑같아."

도널드는 그 시선을 따라가서 아이를 잠시 보다가, 뒤늦게 애나가 주장을 강조할 뿐이라는 사실을 깨달았다.

"아니면 우리 아버지는 어때?" 애나가 말했다. "그 나노 목욕이며, 아버지가 먹는 온갖 줄기세포 비타민들 말이야. 아버지는 정말로 본인이 영원히 살 거라고 생각해. 아버지가 예전에 그 냉동 수면 회사 하나의 주식을 왕창 샀던 거 알지?"

도널드는 웃었다. "들었어. 그리고 잘되지 않았다고 들었지.

게다가 그런 시도는 오랫동안 해왔는데…….”

“그리고 점점 성공에 근접하고 있어. 그들에게 필요한 건 냉동으로 손상된 세포를 수리할 방법뿐이었는데, 이제는 그게 꿈같은 소리가 아니잖아?”

“흠, 그런 일을 꿈꾸는 사람들이야 추구하는 걸 얻겠지만, 우리에 대해서는 당신 생각이 틀렸어. 헬렌과 나는 내내 아이를 갖는 일에 관해 이야기해. 난 50대가 되어서야 첫 아이를 두는 사람들을 알아. 우리에겐 시간이 있어.”

“으음.” 애나는 잔에 남은 와인을 다 마시고 병에 손을 뻗었다. “당신은 그렇게 생각하겠지. 모두가 시간은 얼마든지 있다고 생각해.” 그녀는 서늘한 회색 눈을 그와 마주쳤다. “하지만 멈춰 서서 시간이 정확히 얼마나 남았는지 묻는 법은 없지.”

저녁 식사 이후, 그들은 차양 아래에서 애나의 차가 도착하기를 기다렸다. 도널드는 사무실에 돌아가야 하니 그냥 택시를 타겠다고 말하면서 같이 타자는 애나의 제안을 거절했다. 차양을 두드리는 빗발이 변했다. 더 침울해졌다.

애나가 탈 반짝이는 검은색 링컨 차량이 멈춰 서는 순간, 도널드의 전화기가 진동하기 시작했다. 재킷 주머니에 손을 넣는 사이 애나가 몸을 기울여 그를 끌어안고 뺨에 입을 맞췄다. 그는 싸늘한 날씨에도 열이 치솟는 것을 느끼며, 전화기에 믹이라고 뜨는 것을 보고 받았다.

“어이, 막 착륙했거나 그런 거야?” 도널드가 물었다.

침묵.

"착륙이라니?" 믹이 당황한 목소리로 대답했다. 배경에 소음이 있었다. 링컨 차량 운전사는 서둘러 차 옆을 돌아서 애나에게 문을 열어줬다. 믹이 말했다. "난 야간 비행기를 탔어. 오늘 아침 일찍 도착했고. 막 영화관에서 나오다가 네가 보낸 메시지를 봤는데, 무슨 일이야?"

애나가 몸을 돌리고 손을 흔들었다. 도널드도 마주 손을 흔들었다.

"영화관에서 나온다고? 우린 방금 디앤젤로에서 회의했어. 넌 회의를 놓쳤다고. 애나가 세 번이나 이메일을 보냈다고 했는데."

링컨 쪽을 보니 애나가 앉아서 다리를 집어넣고 있었다. 빨간 힐이 흘긋 보였고, 뒤이어 운전사가 문을 닫았다. 어두운 유리창에 맺힌 빗방울이 보석 같았다.

"뭐지. 내가 이메일을 놓쳤나 보다. 아마 스팸 메일함으로 갔겠지. 별일은 아니야. 따라잡으면 돼. 어쨌든, 난 방금 끝내주는 영화를 보고 나왔거든. 우리가 아직 막 나가던 시절이었다면 강제로라도 지금 나랑 만나서 심야 영화를 보자고 했을 거야. 굉장한……."

도널드는 비를 피하려고 서둘러 걷는 운전사를 보았다. 애나가 앉은 자리의 창문이 살짝 내려갔다. 마지막으로 한 번 더 손을 흔들고, 차는 막히지 않는 도로를 달려 멀어졌다.

"그래, 뭐 그 시절은 오래전에 지나갔어, 친구." 도널드는 산만한 상태로 말했다. 멀리서 천둥이 울렸다. 어느 신사가 폭풍에 대

면할 준비를 하느라 팟 소리를 내며 우산을 폈다. 도널드는 믹에게 말했다. "게다가 어떤 것들은 과거에 두는 편이 나아. 원래 있어야 할 곳에."

18

12층 체육관에서는 땀 냄새가 났다. 최근에 누군가 사용했다는 뜻이었다. 한쪽 구석에는 쇠로 만든 역기 한 줄이 아무렇게나 쌓였고, 벤치프레스 바 위에는 누군가가 잊고 간 수건이 걸려 있었다. 100파운드짜리 쇠 원판도 걸린 채였다.

트로이는 운동용 자전거 옆에서 마지막 볼트를 풀면서 그 난장판을 눈여겨보았다. 커버 판이 떨어져 나오자, 오목한 구멍들에서 너트와 와셔가 우수수 떨어져 타일 바닥에 튀었다. 트로이는 재빨리 그것들을 주워서 깔끔하게 쌓았다. 그리고 바이크 내부를 들여다보니 커다란 톱니가 보였다. 깔쭉깔쭉한 톱니 이빨 부분이 이상하게 비어 있었다.

톱니 축에는 모든 일을 감당하는 쇠사슬이 느슨하게 걸려 있었다. 이 자전거가 벨트로 움직이리라 생각했던 트로이는 사슬

172

을 보고 놀랐다. 이건 너무 약해 보였다. 아주 긴 시간을 버텨내기에는 좋은 선택이 아니었다. 사실 이 자전거가 이미 50년이나 묵었다고, 심지어 아직도 수백 년을 더 버텨야 한다고 생각하면 이상했다.

그는 이마를 닦았다. 기계가 멈추기 전까지 몇 킬로미터를 달렸을 뿐인데 아직도 땀이 맺혀 있었다. 존스가 빌려준 공구 상자 안을 뒤져보니 일자 드라이버가 있어서, 톱니에 다시 사슬을 제대로 감는 작업을 시작했다.

톱니바퀴의 쇠사슬. 톱니바퀴의 쇠사슬. 그는 혼자 웃었다. 그런 셈인가?

"실례합니다만?"

트로이가 고개를 돌려보니 앞으로 한 주 더 일할 수석 정비사 존스가 체육관 문 앞에 서 있었다.

"거의 다 됐어요. 공구를 돌려줘야 하나요?"

"아닙니다. 헨슨 박사님께서 찾으십니다." 존스는 투박한 무전기를 들어 보였다.

트로이는 공구 상자에서 낡은 걸레를 찾아 손에 묻은 기름을 닦았다. 손으로 뭔가를 하고 지저분해지니 기분이 좋았다. 거울로 입 안의 헌 부분을 확인하거나, 사무실이나 거처에서 이유도 없이 울고 싶어지는 시간을 기다리는 것 말고 다른 일을 하니 반가웠다.

그는 실내 자전거를 버려두고 존스에게 무전기를 받았다. 그 나이 많은 정비사에 대한 질투가 밀려왔다. 아침에 깨어나서 무릎을 덧댄 데님 작업복을 입고, 믿음직한 공구 상자를 집어 들고 수리

목록대로 일할 수 있다면 좋으리라. 가만히 앉아서 더 큰 문제가 터지기를 기다리는 일만 아니면 뭐든 좋았다.

무전기 옆에 달린 버튼을 누르고 입가에 댔다.

"트로이입니다."

그 이름이 생경하게 들렸다. 최근 몇 주 동안은 그 이름을 말하기가 싫고, 듣기도 싫었다. 헨슨 박사와 정신과 의사들이 알면 뭐라고 할까.

무전기가 치직거렸다. "보스? 방해하긴 싫습니다만."

"아니, 괜찮아요. 무슨 일이죠?" 트로이는 운동용 자전거로 돌아가서 손잡이에 걸어놓았던 수건을 잡았다. 수건으로 이마를 닦으면서 보니 존스가 굶주린 눈으로 분해된 자전거와 흩어진 공구들을 보고 있었다. 존스가 묻듯이 눈썹을 올리자 트로이는 손짓으로 허락했다.

"우리 사무실에 치료에 반응하지 않는 신사분이 하나 있습니다." 헨슨 박사가 말했다. "심냉동으로 가야 할 것 같은데요. 포기 서류에 서명을 해주셔야겠습니다."

존스가 자전거에서 시선을 들고 얼굴을 찌푸렸다. 트로이는 수건으로 목덜미를 문질렀다. 메리먼이 이런 문제는 조심해서 다루라고 했던 기억이 났다. 교대근무 기간을 다 채우기보다는 이 난장판을 다 무시하고 자고 싶어 할 훌륭한 남자들이 많았다.

"확실한가요?" 그는 물었다.

"전부 다 시도해봤습니다. 그동안은 구속하고 있었는데, 지금 보안부에서 급행으로 데리고 내려오는 중입니다. 여기 아래에서 만나실 수 있을까요? 이 사람을 집어넣기 전에 보스의 서명이 필요하거든요."

"암요, 암요." 트로이는 수건으로 얼굴을 문지르면서 방 안에 풍기는 땀 냄새와 분해한 자전거에서 나는 기름 냄새 사이로 깨끗한 천에 남은 세제 향을 맡을 수 있었다. 존스가 두꺼운 손으로 페달 하나를 쥐더니 돌려보았다. 사슬은 톱니에 다시 붙었고, 기계도 다시 돌아갔다.

"바로 내려갈게요." 트로이는 말한 후에 버튼을 놓고 무전기를 정비사에게 돌려줬다. 어떤 것들을 고치는 작업은 즐겁지만, 어떤 것들은 아니었다.

트로이가 엘리베이터 앞에 도착했을 때는 이미 급행이 지나간 후였다. 쏜살같이 내려가는 층수를 볼 수 있었다. 그는 다른 엘리베이터를 부르기 위해 버튼을 누르고, 아래에서 펼쳐질 슬픈 장면을 상상해보려 했다. 누군지는 몰라도 공감이 갔다.

그는 몸을 부르르 떨면서 복도의 싸늘한 공기와 젖은 피부 때문이라고 변명했다. 모퉁이를 돌아가면 나오는 휴게실에서 탁구공이 오가는 소리가 들렸고, 다음 공격을 받으러 달리는 사람들의 운동화가 삑 소리를 냈다. 같은 방에서 TV 하나가 영화를 상영하는지, 여자 목소리가 들렸다.

아래를 내려다본 트로이는 입고 있던 반바지와 티셔츠를 의식하고 말았다. 실제로 그가 갖고 있다고 느끼는 권위는 오직 작업복에서 빌려 온 것이었건만, 올라가서 옷을 갈아입을 시간이 없었다.

엘리베이터가 삐 소리를 내며 열리고, 안에서 오가던 대화가 멎었다. 트로이는 고개를 끄덕여 인사했고, 노란 작업복의 두 남자는 소리 내어 인사를 건넸다. 세 사람은 두 남자가 44층에서 내릴 때까지 몇 층을 말없이 있었다. 44층은 일반 거주 구역이었다. 트로이는 문이 닫히기 전에 두 남자가 복도를 가로지르는 밝은 공을 쫓는 모습을 보았다. 고함과 웃음소리가 울리다가 다들 트로이를 보고 찔린 듯 조용해졌다.

철문이 닫히면서 짧게 보이던 하층의 좀 더 정상적인 삶이 돌아가는 모습을 차단했다.

엘리베이터는 덜덜 떨리면서 더 지하로 내려갔다. 트로이는 사방에서 압박해 들어오고, 위에서 내리누르는 흙과 콘크리트를 느낄 수 있었다. 식은땀이 운동으로 났던 땀과 섞였다. 그는 약 기운에서 빠져나오고 있다고 생각했다. 매일 아침 예전의 자아와 닮은 부분이 돌아오는 것을 느낄 수 있었고, 지속 시간도 점점 더 길어졌다.

50층대를 지났다. 엘리베이터가 50층대에서 멈추는 일은 한 번도 없었다. 트로이가 기대했던 비상 물자가 그 위 복도들을 채우는 일도 없었다. 그는 모두가 깨어 있던 시절에 받은 오리엔테이션을 부분부분 기억했다. 그들이 모든 것에 붙였던 코드네임이며, 새로운 라벨이 과거를 가리는 방식들을 기억했다. 여기에는 뭔가 그의 신경을 긁는 구석이 있었는데, 정확히 무엇인지는 알 수가 없었다.

다음으로 기계 공간과 일반 창고들이 지나가고, 뒤이어 발전기가 있는 두 층이 지나갔다. 마침내 가장 중요한 저장고가 나왔다. 〈유산〉, 그러니까 반짝이는 관 안에서 잠들어 있는 사람들, 예전 시절의 생존자들.

엘리베이터가 덜컹하면서 속도를 줄이고 벨 소리를 내며 문이 열렸다. 곧바로 의사 사무실에서 일어난 소란이 들렸다. 헨슨이 의료보조원에게 명령을 외쳐대고 있었다. 트로이는 운동복을 입고 땀이 말라붙은 채로 서둘러 복도를 걸었다.

대기실에 들어서자, 보안부 두 명이 이동 침대 위에 누르고 있는 나이 많은 남자가 보였다. 핼이었다. 식당에서 보았고, 근무 첫날과 그 후 몇 번에 걸쳐 대화를 나눈 기억도 났다. 의사와 의료보조원은 캐비닛과 서랍을 뒤지면서 물건을 모으고 있었다.

"내 이름은 칼턴이야!" 핼이 포효했고, 버클 풀린 구속구가 아래로 늘어져 소란 통에 흔들리는 가운데 가느다란 두 팔을 마구 휘둘렀다. 트로이는 엘리베이터에 태우기 위해 핼을 제압했으리라 추측하고, 정신이 들자 구속구를 풀어버린 걸까 생각했다. 헨슨과 의료보조원은 필요한 물건을 찾아서 이동 침대 옆에 모였다. 주삿바늘을 본 핼이 눈을 크게 떴다. 주사기에 든 액체는 열린 하늘 같은 푸른색이었다.

헨슨 박사가 고개를 들었다가, 운동복을 입고 서서 마비된 듯 이 상황을 보고 있는 트로이를 보았다. 핼이 다시 한번 내 이름은 칼턴이라고 외치더니 허공에 발길질을 했고, 무거운 부츠가 테이블을 때렸다. 두 경비원은 핼을 붙잡느라 힘겹게 몸을 들썩였다.

"도와주실래요?" 헨슨이 핼의 팔 한쪽을 붙들고 이를 악문 채 으르렁거렸다.

트로이는 서둘러 이동 침대로 가서 핼의 다리 한쪽을 잡았다. 그는 경비원들과 나란히 서서 걷어차이지 않으려고 노력하며 부츠를 잡고 씨름했다. 핼의 다리를 잡으면 마치 커다란 작업복 속에 든 새의 다리를 잡는 느낌이었는데, 걷어차는 힘은 노새 같았다. 경비원 하나가 겨우 핼의 허벅지 위로 끈을 조이는 데 성공했다. 트로이는 두 번째 끈을 조이는 동안 핼의 정강이에 온몸의 무게를 실었다.

"뭐가 잘못된 겁니까?" 트로이가 물었다. 진짜 광기를 마주하자 스스로에 대한 걱정도 사라졌다. 아니, 어쩌면 트로이도 이 길로 가고 있는 걸까?

"약이 안 들어요." 헨슨이 말했다.

'아니면 안 먹고 있었겠지.' 트로이는 생각했다.

의료보조원이 하늘색 주사기 뚜껑을 이로 뜯어 열었다. 핼의 손목이 이동 침대 위에 눌렸다. 덜덜 떨리는 팔에 주삿바늘이 박히고, 검버섯이 핀 창백한 살 속으로 파란 액체가 들어갔다.

트로이는 핼의 떨리는 팔에 바늘이 박히는 장면을 보고 움찔했다. 그러나 노인의 다리는 즉시 힘을 잃었다. 핼이 고개를 옆으로 기울이고 마지막으로 한 번 내지른 알아들을 수 없는 비명이 신음으로 잦아들었다가, 깊고 고른 숨을 뱉으며 의식을 잃자 모두가 한숨을 내쉬는 것 같았다.

"이게 대체?" 트로이는 팔등으로 이마를 닦았다. 땀이 뚝뚝 떨어졌다. 힘을 쓰느라 땀이 나기도 했지만, 대체로는 눈앞에 펼쳐진 장면 때문이었다. 사람이 그렇게 의식을 잃는 순간을, 강제로 잠들면서 허공을 걷어차던 부츠에서 생명력과 의지가 빠져나가는 과정을 직접 느껴서였다. 트로이의 몸도 갑작스레 찾아온 경련에 발작처럼 떨리다가 곧 가라앉았다. 의사가 고개를 들고 얼굴을 찡그렸다.

"사과드립니다." 헨슨 박사가 말했다. 그는 경비원들을 노려보며 그쪽으로 책임을 돌렸다.

"우린 문제 없이 데려왔어요." 경비원 하나가 어깨를 으쓱이며 말했다.

헨슨은 트로이를 돌아보았다. 실망감에 턱살이 축 처져 있었다. "이번 건에 승인 요청을 드리긴 싫지만……."

트로이는 셔츠 앞면으로 얼굴을 닦고 고개를 끄덕였다. 손실은 이전부터 예상되어 있었다. 사일로만이 아니라 개인을 잃을 것도 예상했고, 그에 따라 예비를 만들어두었다. 그렇다 해도 모든 손실이 아프기는 했다.

"물론입니다." 그는 말했다. 이게 그의 일이었다. 그렇지 않은가? 여기에 서명하고, 이런 말들을 하고, 대본대로 따르는 것. 농담이나 다름없었다. 그들 모두가 아무도 기억하지 못하는 연극 대사를 읽고 있었다. 하지만 트로이는 기억하기 시작했다. 느낄 수 있었다.

헨슨이 서류 양식이 든 서랍을 뒤지는 사이 의료보조원은 핼의 작업복을 풀었다. 경비원 하나가 자신들이 계속 필요하냐고 묻더니, 마지막으로 구속구를 확인하고 떠났다. 한 명이 무슨 말을 했는지 다른 한 명이 큰 소리로 웃는 가운데 부츠 소리가 엘리베이터 쪽으로 멀어졌다.

그사이 트로이는 헬의 힘 빠진 얼굴, 늙고 좁은 가슴팍이 희미하게 오르내리는 모습을 넋을 놓고 보았다. 그는 이게 기억의 보상이라고 생각했다. 이 남자는 정신병동의 틀에 박힌 일과에서 깨어나버렸다. 미친 게 아니었다. 갑자기 정신이 맑아졌던 것이다. 눈을 뜨고 안개 너머를 보았던 것이다.

벽에 박힌 못에 걸린 클립보드를 내리고, 금속 집게 안에 올바른 양식을 밀어 넣었다. 트로이에게 펜이 쥐어졌다. 그는 이름을 휘갈겨 쓰고, 클립보드를 돌려준 후에 의사 둘이 일하는 모습을 지켜보았다. 혹시 그 의사들이 그와 같은 기분을 느낄까 궁금했다. 모두가 같은 역할을 연기하고 있는 건 아닐까? 한 명도 빠짐없이 모두가 같은 의혹을 숨기고 있으면서, 모두가 철저히 혼자라는 느낌 때문에 입을 열지 않는 건 아닐까?

"저것 좀 해주실 수 있나요?"

의료보조원이 무릎을 꿇고서 테이블 아래에 있는 손잡이를 비틀고 있었다. 트로이는 테이블에 바퀴가 달린 것을 보았다. 의료보조원은 트로이 발치에 있는 바퀴를 고개로 가리켰다.

"물론이죠." 트로이는 쪼그려 앉아서 바퀴를 풀었다. 그도 이 일의 공범이었다. 서류에 들어간 것은 그의 서명이었다. 테이블을 풀어서 복도 저편으로 밀고 가게 해줄 손잡이를 비트는 사람도 그였다.

잠든 핼의 구속구를 풀고, 작업복을 조심스럽게 벗겨냈다. 트로이는 자원해서 부츠를 맡고, 끈을 풀어 벗겨냈다. 종이 가운을 입힐 필요는 없었다. 단정해 보일 필요도 없었다. 링거 바늘이 꽂히고 테이프가 붙었다. 트로이는 그 장치가 냉동 수면 장치에 꽂힐 것을 알았다. 혈관에 얼음이 스며드는 기분이 어떤지도 알았다.

그들은 침대가 올라간 운반대를 밀어서 심냉동실의 강화 강철 문을 통과했다. 트로이는 그 문을 관찰했다. 눈에 익었다. 언젠가 어느 프로젝트 때문에 비슷한 문을 디자인한 기억이 날 것 같았는데, 기계가 가득한 방을 위한…… 아니다. 컴퓨터가 가득한 방이었다.

의사가 암호를 입력하자 벽에 달린 키패드가 찍찍거리더니, 쇠막대가 두꺼운 기둥 속으로 물러나며 묵직한 쿵 소리가 났다.

"빈 침대는 끝에 있습니다." 헨슨이 고갯짓으로 방향을 가리켰다.

차가운 방 안을 줄줄이 늘어선 반짝이는 밀봉 침대들이 가득 채웠다. 트로이의 시선은 수면 장치마다 발치에 달린 판독 화면으로 향했다. 살아 있다는 녹색 등만 있을 뿐 맥박이나 심장박동 표시 공간은 없었고, 성도 없이 이름만 있어서 이들을 과거의 삶과 연결시킬 방법이 없었다.

캐시, 캐서린, 가브리엘라, 그레천.

만들어낸 이름들.

그윈. 핼리. 헤더.

모두 순서대로 놓여 있었다. 이들에게는 근무 기간이 없었다.

남자들이 싸울 여지를 주지 않기 위해서였다. 그들에겐 모든 것이 순식간에 끝나리라. 구명선 안에 들어가서, 잠시 꿈을 꾸고 나면 마른 땅에 내려서는 것이다.

또 헤더. 성이 없으니 똑같은 이름이 거듭 나왔다. 트로이는 어떻게 돌아가는 걸까 의아했다. 의사와 의료보조원이 절차에 대해 잡담을 나누는 동안 무턱대고 줄지은 침대 사이로 들어갔는데, 곁눈질로 이름 하나가 보이더니 격렬한 떨림이 사지를 뒤흔들었다.

헬렌, 그리고 또 헬렌.

트로이는 이동 침대를 잡은 손을 놓치고 쓰러질 뻔했다. 바퀴가 끼익 소리를 내며 멈췄다.

"보스?"

헬렌이 둘. 하지만 그의 앞에, 깊고 깊은 잠의 얼어붙은 온도를 보여주는 선명한 화면에 하나가 더 있었다.

헬레나.

트로이는 비틀거리며 이동 침대와 핼의 벌거벗은 몸에서 멀어졌다. 그 노인이 내 이름은 칼턴이라고 주장하며 외치던 힘없는 비명이 되살아났다. 트로이는 두 손으로 냉동 수면 장치의 곡선형 뚜껑을 쓸었다.

그녀가 여기 있었다.

"보스? 계속 움직여야 하는데요……."

트로이는 의사를 무시했다. 유리판을 문지르자 내부의 한기가 손에 스몄다.

"보스……."

거미집 같은 서리가 유리를 뒤덮었다. 그는 안을 볼 수 있도록 얼어붙은 표면을 닦아냈다.

"이 사람을 자리에 넣어야 합니다……."

춥고 어두운 침대 속에 감긴 두 눈. 속눈썹에는 고드름이 맺혀 있었다. 친숙한 얼굴이지만, 그의 아내는 아니었다.

"보스!"

트로이는 균형을 잡으려고 차가운 관을 두 손으로 짚고 휘청였다. 기억과 함께 쓴 물이 올라왔다. 구역질이 나고, 사지가 뒤틀리고, 무릎이 풀렸다. 그는 두 개의 냉동 침대 사이에 쓰러져서 입에 거품을 물고 격렬히 몸을 떨었다. 강력한 기억들이 혈관에 아직 남은 약물의 잔재와 싸우고 있었다.

하얀 옷을 입은 두 남자가 서로에게 소리를 쳤다. 발소리가 서리가 앉은 강철 바닥을 두드리더니 멀리 떨어진 육중한 문 쪽으로 사라졌다. 인간 같지 않은 꺽꺽 소리가 트로이의 귀를 때렸는데 희미하게 자신이 내는 소리 같기도 했다.

그는 누구인가? 무엇을 하고 있나? 모두가 뭘 하고 있는 건가?

이 사람은 헬렌이 아니었다. 그의 이름은 트로이가 아니었다.

서두르는 발소리가 가까워졌다. 바늘이 살을 찌르는 순간 혀끝에 그 이름이 올라왔다.

'도니.'

하지만 그것도 정확하지 않았다.

그러다가 어둠이 그를 덮치며, 그의 과거에서 도저히 견딜 수 없는 끔찍한 것들을 모조리 집어삼켰다.

19

조지아주 풀턴 카운티

풀턴 카운티 가장 남쪽 구석에서 음악 축제와 가족 상봉과 시골 장터의 혼합 같은 행사가 열렸다. 지난 2주 동안 도널드는 새로 만든 핵폐기물 격납 장치 위에 색색의 천막이 돋아나는 모습을 지켜보았다. 땅에 파인 50개의 거대한 구덩이 위로 50개 주의 깃발이 휘날렸다. 무대가 세워지고, 굽이치는 언덕들 너머로 끝없는 물자 행렬이 흘러들고, 골프 카트와 사륜 오토바이들이 음식과 터퍼웨어 용기들, 채소 바구니들을 실어 나르고…… 심지어는 가축을 가득 실은 소형 밀폐 트레일러를 끌고 오기도 했다.

농산물 판매장은 구불구불 이어지는 천막과 가판대들의 복도, 꼬꼬댁거리는 닭과 꿀꿀대는 돼지들, 토끼를 만지는 아이들과 목줄에 매인 개들로 존재를 드러냈다. 개 주인들은 수십 가지 견종을 데리고 군중 속을 누볐다. 개들은 행복하게 꼬리를 흔들고, 젖은 코로 허공을 향해 킁킁거렸다.

조지아의 주 무대에서는 지역 록밴드가 음향 체크를 위한 연주를 했다. 그들이 음을 조정하느라 조용해지자, 도널드는 노스캐롤라이나 대표단 쪽에서 흘러나오는 블루그래스 음악을 들을 수 있었다. 반대 방향에서는 호송대가 언덕 너머로 물자를 옮겼고 가족들이 인공 분지 가장자리에 담요를 깔고 피크닉 자리를 마련하는 동안 누군가가 플로리다 무대에서 연설을 했다. 도널드는 언덕들이 스타디움 좌석을 대신한다는 사실을 알았다. 마치 원래 그 일을 위해 만들어진 것처럼 보였다.

그들이 이 모든 물자를 어디에 집어넣고 있는지만은 도무지 알 수가 없었다. 천막들은 한계도 없이 물자를 먹어치우는 것처럼 보였다. 작은 포장 트레일러를 매단 사륜차들은 도널드가 전당대회 준비를 돕느라 그곳에 있었던 2주 내내 덜컹덜컹 언덕을 오르내렸다.

ATV*에 올라앉은 믹이 덜컹덜컹 달려와서 옆에 멈춰 섰다. 그는 도널드를 보고 씩 웃더니 브레이크를 밟은 채로 요란한 배기음을 울렸다. 혼다 오토바이가 요동을 치며 흙 위로 타이어를 맹렬히 돌렸다.

"사우스캐롤라이나까지 달릴래?" 그는 엔진 소리 위로 외치더니, 좌석 앞으로 몸을 옮겨서 자리를 만들었다.

"거기까지 갈 휘발유는 있어?" 도널드는 친구의 어깨를 잡고

---

* All-Terrain Vehicle, 험한 지형에도 잘 달리게 고안된 소형 오픈카.

두 번째 페달에 올라선 후, 좌석 위로 다리를 폈다.

"언덕만 넘으면 돼, 얼간아."

도널드는 믹에게 농담이었다고 하고 싶은 충동을 억눌렀다. 그는 믹이 기어를 바꾸는 동안 뒤에 달린 금속 난간을 잡았다. 그의 친구는 천막들 사이로 난 흙투성이 길을 달리다가 풀밭에 이르더니 사우스캐롤라이나 대표단 쪽으로 방향을 틀었다. 한쪽 멀리 애틀랜타 시내 건물들의 꼭대기가 보였다.

혼다 오토바이가 언덕을 오르는 동안 믹이 고개를 돌리고 소리쳤다. "헬렌은 언제 도착해?"

도널드는 앞으로 몸을 내밀었다. 10월의 싸늘한 아침 공기가 좋았다. 이맘때의 서배너 날씨, 해변에서 보는 해돋이의 한기가 떠올랐다. 믹이 물어봤을 때 마침 그도 헬렌을 생각하고 있었다.

"내일이야." 그는 외쳤다. "서배너 대표단과 같이 버스를 타고 올 거야."

그들은 언덕 꼭대기에 도달했고, 믹은 속도를 낮추고 능선을 탔다. 그들은 짐을 가득 싣고 반대 방향으로 향하는 사륜차를 지나쳤다. 거미줄처럼 얽힌 능선은 격납 시설 각각의 분지 위 높은 곳에 복잡하게 얽힌 고가도로 미로를 만들어놓았다.

도널드는 먼 곳을 보고 그 풍경 여기저기를 서둘러 달리는 ATV들의 발레 공연을 구경했다. 언젠가는 언덕 위에 깔린 평평한 도로를 위험한 폐기물을 싣고 방사능 경고 마크를 단 훨씬 큰 트럭들이 달리겠지.

그럼에도 한쪽으로는 플로리다 대표단 위로 휘날리는 깃발을,

반대쪽으로는 조지아 무대를 보면서 언덕 능선들이 기록적인 군중을 담아내고 모두에게 완벽하게 무대를 보여주는 모습을 눈여겨보자니 도널드는 이 모든 떠들썩한 사건들에 더 큰 목적이 있다는 생각을 할 수밖에 없었다. 마치 이 시설이 시작부터 2052년 전당대회를 위해 설계된 것 같았다. 본래의 목적 이상을 염두에 두고 만들어진 것 같았다.

사우스캐롤라이나 무대 위로 하얀 나무와 초승달이 그려진 커다란 파란 깃발이 느리게 흔들렸다. 믹은 사륜차를 거대한 접대 천막 주위를 빙 둘러선 다른 ATV들의 바다 사이에 세웠다.

도널드가 믹을 따라 주차된 차들 사이를 빠져나가면서 보았더니 그들은 어마어마한 사람들을 집어삼키고 있는 조금 작은 천막으로 향하고 있었다.

"우리가 무슨 심부름을 하고 있는 건데?" 그는 물었다.

그게 중요한 건 아니었다. 최근 두 사람은 이 시설 주위에서 모든 일을 조금씩 다 했다. 여러 주 본부에 얼음 가방을 나르고, 하원의원과 상원의원들을 만나서 필요한 게 없는지 살피고, 자원봉사자와 대표들이 트레일러에 잘 정착했는지 살피고……. 서먼 상원의원에게 필요한 일은 뭐든지 다 했다.

"아, 별것 아닌 구경이야." 믹이 수수께끼처럼 말했다. 그는 도널드에게 일꾼들이 품에 한 아름 뭔가를 들고 줄줄이 통과한 후 빈손이 되어 반대쪽으로 나가고 있는 작은 천막 안으로 들어가라고 손짓했다.

작은 천막 안에는 조명이 환하게 켜져 있고, 바닥은 사람들의 발에 밟혀 단단히 다져졌으며 풀이 납작하게 들러붙어 있었다. 콘크리트 경사로가 땅속 깊은 곳으로 이어졌고, 자원봉사 배지를 단 일꾼들이 한쪽으로 터벅터벅 올라오고 있었다. 믹은 고개를 숙이고 줄에 끼어들었다.

도널드는 어디로 가는지 알았다. 그 경사로를 알아보았다. 그는 황급히 믹 옆으로 붙었다.

"이건 연료봉 저장 장치잖아." 그는 목소리에서 흥분을 감추지 못했고, 감추려 하지도 않았다. 그동안 종이로든 직접적으로든 다른 설계를 보고 싶어 죽을 지경이었다. 도널드가 접근할 수 있는 것은 자신이 만든 벙커 프로젝트뿐이었다. 나머지 시설은 수수께끼에 싸여 있었다. "그냥 들어가도 되는 거야?"

믹은 대답 대신 다른 사람들과 섞여서 경사로를 내려가기 시작했다.

"지난번에도 살펴보게 해달라고 빌었는데……." 도널드가 숨죽여 말했다. "서먼이 국가 기밀 어쩌고 하는 소리를……."

믹은 소리 내어 웃었다. 경사로를 반쯤 내려가자 천막 지붕이 저 위 어둠 속으로 물러나는 것 같았고, 양쪽의 콘크리트 벽이 깔때기처럼 일꾼들을 움직여서 입을 딱 벌린 강철 문 쪽으로 몰았다.

"넌 다른 시설 내부를 보는 게 아니야." 믹이 말했다. 그는 도널드의 등에 손을 얹고 산업 시설 같으면서도 친숙한 입구로 들어가라고 재촉했다. 사람들이 차례차례 작은 해치로 들어가거나 나오느라 인파가 멈춰 섰다. 도널드는 홀린 기분이었다.

"잠깐만." 도널드는 해치 안을 보았다. "이게 뭐야? 이건 내 설계안인데.”

그들은 발을 끌며 앞으로 나아갔다. 믹이 나오는 사람들을 위해 비켜섰다가, 도널드의 어깨에 한 손을 얹고 안내했다.

“우리가 여기에서 뭘 하는 거야?” 도널드가 물었다. 그는 그가 설계한 벙커가 테네시주의 분지에 세워졌다고 맹세라도 할 수 있었다. 하지만 지난 몇 주 동안 최종 변경 사항이 워낙 많았기 때문에 헷갈렸을 수도 있었다.

“애나가 그러던데, 구경하러 들어갔을 때 너만 겁먹고 내뺐다며.”

“헛소리 마.” 도널드는 타원형 해치 앞에 멈춰 섰다. 리벳 하나하나까지 다 눈에 익었다. “애나가 왜 그런 소리를 했지? 난 여기 있었어. 내가 리본을 잘랐다고.”

믹이 그의 등을 밀었다. “가봐. 너 때문에 늦어지잖아.”

“난 들어가고 싶지 않아.” 그는 손짓해서 사람들을 내보냈다. 믹 뒤에 서 있던 일꾼들이 손에 무거운 터퍼웨어 용기를 든 채 들썩였다. “맨 위층은 지난번에 봤어. 그거면 충분했고.”

친구가 한 손으로 그의 목을 잡고 반대쪽 손으로 손목을 움켜쥐었다. 목이 억지로 구부러진 도널드는 엎어지지 않기 위해서라도 움직여야만 했다. 안쪽 문설주에 손을 뻗으려고 했지만, 믹이 손목을 잡고 있었다.

“네가 지은 것을 직접 봤으면 좋겠어.” 친구가 말했다.

도널드는 비틀거리며 보안 사무실로 들어갔다. 그와 믹은 옆으로 비켜서서 두 사람 때문에 들어오지 못하고 멈춰 있던 사람들을 통과시켰다.

"난 3년 동안 매일같이 이 망할 물건을 보고 지냈어."도널드가
말하고는, 약을 또 먹기엔 너무 빠른가 생각하면서 약병을 찾아
주머니를 뒤졌다. 믹에게는 말하지 않았지만 사실 그는 작업하는
내내 자신이 설계한 건물이 지상에 올라가는 모습을 상상했다. 파
묻힌 지푸라기보다는 고층 건물처럼 생각했다. 아무리 친한 친구
라 해도 이 사실을 알리고, 자신이 머리 위에 10미터의 흙과 콘크
리트만 있어도 공포에 질린다는 사실을 말할 수는 없었다. 애나가
설마 '겁먹고 내뺐다'라는 표현을 썼을지는 의심스러웠지만, 도널
드가 리본을 자른 후에 한 행동이 정확히 그렇기는 했다. 상원의
원이 고위 인사들을 이끌고 시설 구석구석을 보여주는 동안, 도널
드는 서둘러 새파란 하늘이 보이는 풀밭으로 올라갔다.

"이건 정말로 중요해."믹이 말하더니, 도널드 앞에서 손가락
을 딱 울렸다. 두 줄로 늘어선 일꾼들이 차례차례 지나갔다. 그 너
머에는 어떤 남자가 한 손에 붓을, 반대쪽 손에는 페인트 통을 들
고 작은 칸막이방 안에 앉아 있었다. 철봉마다 회색을 칠하는 중
이었다. 그 뒤에 보이는 기술자 한 명은 벽에 거대한 화면 같은 것
을 설치했다. 전부 도널드가 그려 넣은 그대로 완성되는 것 같지
는 않았다.

"도니, 내 말 잘 들어. 난 진지해. 우리가 이런 대화를 할 수 있
는 건 오늘이 마지막이야, 알겠어? 너에게 네가 지은 물건을 보여
줘야만 해."믹에게서 언제나 짓던 장난스러운 웃음이 사라지고,
눈썹이 기울어졌다. 어느 쪽이냐 하면 슬퍼 보였다. "제발 안으로

들어가줄래?”

도널드는 심호흡을 하고, 신선한 공기가 있는 바깥 언덕들 사이로 뛰쳐나가 숨 막히는 사람들 사이에서 멀어지고 싶은 충동과 싸우면서도 믹의 말에 동의하고 말았다. 믹의 표정 때문이었다. 방금 세상을 떠난 사랑하는 사람에 대해 말해야 한다는 듯한 그 표정, 죽도록 심각한 뭔가가 있다는 표정 때문에.

도널드가 고개를 끄덕이자 믹은 고맙다는 뜻으로 그의 어깨를 토닥였다.

“이쪽이야.”

믹은 도널드를 이끌고 중앙 통로로 향했다. 그들은 식당을 통과했는데, 그곳은 이용 중이었다. 이해할 만한 일이었다. 일꾼들이 곳곳에 앉아서 플라스틱 쟁반에 담긴 음식을 먹으며 쉬고 있었다. 그 너머의 주방에서 음식 냄새가 풍겨왔다. 도널드는 웃었다. 그 식당이 사용되리라고는 생각도 못 했다. 다시 한번, 전당대회가 이 장소에 목적을 부여한 듯한 느낌이 들었다. 그래서 기분이 좋아졌다. 그는 언젠가는 이 복합 건물에 생명이라곤 하나도 남지 않을 거라고, 모든 노동자가 바깥에서 핵연료봉을 저장하고 돌아다니는 동안, 지상에 세운다면 구름도 뚫을 이 육중한 건물은 텅 빈 채로만 있으리라고 생각했다.

짧은 복도를 지나자 타일 바닥이 쇠살대로 바뀌고, 넓은 원통이 시설 중심부를 꿰뚫고 수직으로 내려갔다. 애나가 옳았다. 정말 볼만한 광경이었다.

중앙 통로 난간에 다다르자 도널드는 걸음을 멈추고 난간 너머를 보았다. 까마득한 높이 때문에 잠시나마 지하에 있다는 사실을 잊었다. 층계참 반대편에서는 컨베이어 리프트가 덜거덕거리며, 끝없이 이어지는 평평한 로딩 트레이들이 꼭대기에서 텅 빈 채 회전했다. 도널드는 그 모습을 보며 물레방아에 돌아가는 통들을 떠올렸다. 그 트레이들은 한 번 뒤집힌 후에 다시 건물 안으로 내려갔다.

밖에서 들어온 남자와 여자들이 들고 온 용기들을 빈 트레이에 비우고 돌아서서 밖으로 나갔다. 도널드가 믹을 찾아보니 벌써 계단 아래로 내려가고 있었다.

그는 산 채로 묻힌다는 두려움에 쫓기며 서둘러 뒤따라갔다.

"이봐!"

신발이 막 칠한 계단을 세게 밟았고, 마름모꼴 코팅 덕분에 서두르는 와중에도 미끄러지지 않을 수 있었다. 그는 믹을 따라잡으며 굵은 안쪽 기둥 주위를 한 바퀴 돌았다. 비상 용품이 가득 든 터퍼웨어 용기들, 도널드가 쓰이지도 않고 썩으리라 생각한 보급품들이 으스스하게 난간 너머로 내려갔다.

"더 깊이 들어가고 싶진 않아." 그는 고집했다.

"두 층만 더." 믹이 큰 소리로 대꾸했다. "그러지 말고, 네가 봤으면 좋겠어."

도널드는 멍하니 그 말에 따랐다. 혼자만 다시 올라간다면 더 끔찍할 터였다.

첫 번째 층계참에서는 일꾼 하나가 총 같은 것을 들고 컨베이어 옆에 서 있었다. 다음 터퍼웨어 용기가 지나가자 그 남자는 붉은 불빛으로 옆쪽을 쏘았다. 스캐너가 징 소리를 냈다. 일꾼이 난간에 몸을 기대고 다음을 기다리는 동안 스캐너를 통과한 용기는 계속 깊은 곳으로 내려갔다.

"내가 뭘 놓쳤나?" 도널드가 물었다. "우리 아직도 데드라인을 다투고 있는 거야? 이 보급품들은 다 뭔데?"

믹은 고개를 저었다. "데드라인, 라이프 라인."

적어도 도널드는 친구가 그렇게 말했다고 생각했다. 믹은 생각에 푹 빠진 듯했다.

그들은 나선을 그리며 다음 층계참까지 또 한 층을 내려갔다. 강화 콘크리트를 10미터 두께로 까느라, 깊이를 13미터 더해야 했다. 도널드는 그 층을 알았다. 직접 그린 설계안으로만 아는 게 아니었다. 공장에서 지어졌을 때 믹과 함께 이런 층을 돌아보았다.

"여기엔 와본 적이 있어." 그는 믹에게 말했다.

믹이 고개를 끄덕이더니, 도널드에게 손짓한 후 복도가 꺾일 때까지 걸어갔다. 믹은 문 하나를 대충 골라잡고 도널드에게 열어줬다. 대부분의 층은 미리 조립하고 가구까지 갖춘 후에 크레인으로 집어넣었다. 여기가 도널드와 믹이 같이 돌아본 그 층이 아니라 해도, 아주 비슷한 층임에는 분명했다.

도널드가 방 안으로 들어가자, 믹은 천장 조명을 켜고 문을 닫았다. 도널드는 침대가 정돈되어 있다는 사실에 놀랐다. 의자 하나에는 리넨 천이 쌓여 있었다. 믹이 리넨 무더기를 바닥으로 옮겼다. 그리고 의자에 앉아서 침대 발치를 향해 고갯짓을 했다.

도널드는 그 동작을 무시하고 작은 욕실에 고개를 들이밀었다.

"이거 실제로 보니까 꽤 멋진데." 그는 친구에게 말하고는, 손을 뻗어 개수대 수도꼭지를 돌렸다. 아무것도 나오지 않을 줄 알았는데 깨끗한 물이 쏟아졌고 그는 웃음을 터뜨리고 말았다.

"일단 한번 보면 너도 조사해볼 거라고 생각했어." 믹이 조용히 말했다.

도널드는 거울로 여전히 즐거워하는 자신의 얼굴을 보았다. 미소를 지으면 눈가에 주름이 잡히던 모습을 잊기 쉬웠다. 그는 마흔이라는 고개를 넘으려면 아직 5년이 남았는데도 희끗희끗해지는 머리를 건드렸다. 일 때문에 일찍 나이가 들었다. 혹시 그렇게 되지 않을까 두려워하던 대로였다.

"이걸 우리가 짓다니, 놀랍지?" 믹이 물었다. 도널드는 몸을 돌리고 친구가 앉은 좁은 방으로 돌아갔다. 두 사람을 노화시킨 것이 선출된 의원직 때문인지, 아니면 이 프로젝트, 그들의 온 마음을 빼앗은 이 건물 때문인지 알 수 없었다.

"억지로 여기까지 내려오게 해줘서 고마워." 나머지도 보고 싶다고 덧붙일 뻔했지만, 그건 선을 넘는 것 같았다. 게다가 조지아 천막에 있을 직원들이 이미 두 사람을 찾고 있을지도 몰랐다.

"있잖아." 믹이 말했다. "너에게 하고 싶은 말이 있어."

도널드는 말을 고르려고 애쓰는 듯한 친구를 보았다. 그리고 문쪽을 보았다. 믹은 조용했다. 도널드는 결국 마음을 누그러뜨리고 침대 발치에 앉았다.

"무슨 일인데?" 그는 물었다.

하지만 알 것 같기는 했다. 서먼 상원의원은 믹도 자신의 다른 프로젝트에 포함시켰다. 도널드가 의사에게 도움을 구하게 만든 그 프로젝트 말이다. 도널드는 거의 다 외운 두꺼운 책을 생각했다. 믹도 똑같이 했을 것이다. 그리고 도널드에게 그들이 무엇을 해냈는지 보여주려고만 한 게 아니라 완벽하게 둘만 있을 자리, 비밀을 털어놓을 수 있는 공간을 찾으러 온 것이다. 도널드는 위험한 방향으로 생각이 내달리지 않게 막아주는 약이 든 주머니를 두드렸다.

"이봐, 네가 말하면 안 될 내용을 말하는 건 바라지 않아……."

믹이 놀라서 크게 뜬 눈으로 도널드를 쳐다보았다.

"아무 말도 할 필요 없어, 믹. 나도 네가 아는 내용을 안다고 생각해."

믹은 슬프게 고개를 흔들었다. "넌 몰라."

"음, 그래도 안다고 치자. 난 아무것도 알고 싶지 않아."

"나는 네가 알았으면 좋겠는데."

"난 차라리……."

"이건 비밀이 아니야. 그냥…… 내가 널 형제처럼 사랑한다는 사실을 알았으면 좋겠어. 언제나 그랬어."

두 사람은 말없이 앉아 있었다. 도널드가 문을 슬쩍 보았다. 마음이 불편했지만, 어째선지 믹이 하는 말을 듣고 싶기도 했다.

"저기……." 도널드가 입을 열었다.

"내가 언제나 너에게 심했다는 거 알아. 젠장, 미안해. 난 사실널 존경해. 헬렌도 마찬가지고." 믹은 옆으로 고개를 돌리고 뺨을 긁었다. "너희 둘이 그렇게 돼서 기뻐."

도널드는 좁은 공간에 손을 뻗어 친구의 팔을 꾹 잡았다.

"넌 좋은 친구야, 믹. 우리가 이 시간을 함께해서 기뻐. 지난 몇 년간, 하원에 출마하고 이걸 짓고……."

믹은 고개를 끄덕였다. "그래. 나도 그래. 하지만 들어봐, 이렇게 감상적으로 굴려고 여기까지 널 데려온 건 아니었어." 그는 다시 뺨에 손을 뻗었고, 도널드는 믹이 눈을 문지르는 모습을 보았다. "어젯밤에 서먼과 이야기를 나눴어. 서먼은…… 몇 달 전에 나에게 어느 팀 자리를, 최고의 팀 자리를 제안했거든. 그런데 내가 어젯밤에 네가 맡는 편이 낫겠다고 했어."

"뭔데? 위원회야?" 도널드는 친구가 지명받은 자리를 포기하는 모습을 상상할 수가 없었다. 어떤 지명이라도 그랬다. "어떤 자린데?"

믹은 고개를 저었다. "아니, 다른 거야."

"뭔데?" 도널드가 물었다.

"이봐." 믹이 말했다. "그게 뭔지 알게 되면, 그리고 무슨 일이 벌어지는지 이해하게 되면 지금 이 순간의 나를 생각해줬으면 좋겠어." 믹은 방 안을 둘러보았다. 욕실 싱크대에서 똑똑 떨어지는 물소리가 잠시 동안 이어진 완벽한 정적을 끊어줬다. "내가 어디든 있을 곳을 선택할 수 있다면, 다가오는 시간에 앞서 어디라도 선택할 수 있다면 그건 첫 번째 집단과 같이 바로 여기로 내려오는 거야."

"좋아. 그래, 네가 무슨 말을 하는 건지 모르겠는데……."

"알게 될 거야. 그냥 이것만 기억해, 알았지? 내가 널 형제처럼 사랑한다는 것과, 모든 일은 이유가 있어서 일어난다는 것. 내가 다른 식으로 흘러가길 원치는 않았다는 것. 널 위해서나 헬렌을 위해서나."

"알았어." 도널드는 미소 지었다. 믹이 장난을 치는 건지, 아니면 아침에 접대 천막에서 블러디 메리를 너무 많이 마신 건지 알수가 없었다.

"좋아." 믹이 벌떡 일어섰다. 움직임을 보면 취한 사람 같지 않았다. "얼른 여기에서 나가자. 여기 있다 보면 으스스해."

믹이 문을 열고 불을 껐다.

"겁먹고 내뺀다 이거지?" 도널드가 그 뒤에 대고 외쳤다.

믹은 고개를 내저었고 두 사람은 다시 복도를 걸었다. 그들은 아무렇게나 골라잡은 아파트를 어둠 속에, 작은 싱크대에서 물이 떨어지는 채로 내버려두고 떠났다. 그리고 도널드는 어쩌다가 헷갈린 건지, 어떻게 그가 리본을 잘랐던 테네시 천막이 사우스캐롤라이나 천막으로 바뀐 건지 생각해보려 했다. 거의 생각해내기도 했다. 잠재의식 속에서 배달 목록이, 필요한 양의 50배나 많았던 광섬유가 퍼뜩 떠올랐지만 양쪽의 연결점은 놓치고 말았다.

그사이에도 보급품을 실은 터퍼웨어 용기들은 덜덜거리며 거대한 통로를 타고 내려갔다. 그리고 빈 트레이들이 덜걱거리며 올라왔다.

20

2110년, 1번 사일로

트로이는 머리가 쿵쿵 울리는 가운데, 지치고 혼란스러운 채로 안개에 싸여 깨어났다. 두 손을 들어 올려 얼굴 앞을 더듬으며 차가운 유리의 감촉과 반구형 강철의 압력, 심냉동이라는 결말을 기대했지만 두 손에는 빈 허공만 닿았다. 침대 옆에 놓인 시계는 새벽 3시가 조금 넘었음을 알렸다.

일어나 앉아보니 운동복 반바지 차림이었다. 전날 밤에 옷을 갈아입은 기억도, 침대에 들어간 기억도 나지 않았다. 그는 바닥에 발을 내리고 무릎 위에 팔꿈치를 괸 채 손바닥에 머리를 묻고 잠시 앉아 있었다. 온몸이 쑤셨다.

몇 분이 지나가고, 그는 어둠 속에서 옷을 갖춰 입고 작업복 벨트를 맸다. 조명을 켜면 두통이 심해질 터였다. 그건 굳이 시험할 필요 없는 가설이었다.

바깥 복도는 밤이라서 조도를 낮춰놓은 채였고, 공용 욕실로 더 듬더듬 걸어갈 정도의 불빛만 있었다. 트로이는 복도를 조용히 가로질러 엘리베이터로 향했다.

그는 '올라감' 버튼을 눌렀다가, 이게 맞나 싶어 머뭇거렸다. 뭔가가 그를 끌어당겼다. 그는 '내려감' 버튼도 눌렀다.

사무실에 들어가기엔 너무 이른 시각이었고, 컴퓨터와 씨름하고 싶지도 않았다. 배가 고프지도 않았지만, 그래도 올라가서 일출을 볼 수는 있었다. 야간 근무조가 위에서 커피를 마시고 있을 것이다. 아니면 휴게실로 가서 조깅을 할 수도 있었다. 그러려면 방에 돌아가서 옷을 갈아입어야겠지.

아직 결정을 내리지 못했는데 삐 소리를 내며 엘리베이터가 도착했다. 올라감과 내려감 버튼에서 둘 다 불이 꺼졌다. 그 엘리베이터를 타고 어디로든 갈 수 있었다.

트로이는 안으로 들어갔다. 어디로 가고 싶은지는 몰랐다.

문이 닫혔고, 엘리베이터는 끈기 있게 트로이의 결정을 기다렸다. 그는 가만히 있으면 결국 다른 누군가가 엘리베이터를 부를 것이고, 목적이 있고 목적지가 있는 사람을 태우게 되리라 생각했다. 트로이는 그 자리에 서서 아무것도 하지 않고, 그 다른 사람이 정하게 둘 수 있었다.

그는 버튼 위로 손가락을 이리저리 움직이면서 각 층에 무엇이 있는지 기억해내려고 했다. 기억나는 게 많았지만 알고 있는 모든 지식에 접근할 수가 없었다. 그는 갑자기 라운지로 가서 TV를 보며 어딘가에 가야만 할 때까지 몇 시간을 흘려보내고 싶은 충동을 느꼈다. 근무시간이란 원래 이런 거였다. 기다리다가 일을 하고. 잔 다음에 기다리고. 저녁 식사를 하러 갔다가 자러 가고. 끝은 언제나 보였다. 저항할 것이라곤 없는 그저 판에 박힌 일과였다.

엘리베이터가 진동하며 움직였다. 트로이는 버튼 앞에서 손을 내리고 한 걸음 물러섰다. 엘리베이터는 그가 어디로 가는지 보여주지 않았지만 내려가는 것처럼 느껴졌다.

겨우 몇 층이 지나고 나서 엘리베이터가 멈춰 섰다. 문이 열리고 아래쪽 아파트 층이 열렸다. 식당에서 보아 익숙한 얼굴, 원자로 근무자임을 나타내는 빨간색 복장의 남자 하나가 미소 띤 얼굴로 탔다.

"안녕하세요." 남자가 인사했다.

트로이는 고개를 끄덕였다.

남자는 몸을 돌리더니 원자로가 있는 더 아래쪽 층을 눌렀다. 그는 자기가 누른 버튼 외에는 불이 들어오지 않은 것을 보더니 몸을 돌려 궁금하다는 눈으로 트로이를 보았다.

"괜찮으세요?"

"흐음? 아, 그럼요."

트로이는 몸을 앞으로 내밀고 68층을 눌렀다. 걱정하는 말을 들으니 의사가 생각난 모양이었다. 헨슨 박사는 앞으로 몇 시간은 근무하지 않을 테지만 말이다. 하지만 헨슨 박사 외에도 뭔가가 그를 잡아당겼다. 보아야 하는 것이, 손가락 사이를 빠져나가는 꿈이 있었다.

"처음에 제대로 안 눌렀나 봐요." 그는 버튼을 보며 설명했다.

"으음."

한 층인가 두 층을 이동하는 동안 침묵이 흘렀다.

"얼마나 남았습니까?" 원자로 정비사가 물었다.

"나요? 몇 주만 더 있으면 됩니다. 그쪽은요?"

"전 일주일 됐어요. 하지만 이번이 두 번째 교대근무죠."

"오?"

불빛이 아래로 내려가면서 숫자는 높아졌다. 트로이는 이게 마음에 들지 않았다. 그는 제일 아래가 1층이어야 한다고 생각했다. 1에서부터 위로 올라가야 했다.

"두 번째 근무면 좀 쉬워집니까?" 그는 물었다. 불쑥 튀어나온 질문이었다. 침묵을 지키고 싶은 마음보다 궁금증을 견딜 수 없는 마음이 더 깨어 있는 것 같았다.

정비사는 생각해보더니 답했다.

"더 쉬워진다고는 못 하겠는데요. 그보다는…… 덜 불편해진다고 할까요?" 그러더니 조용히 웃었다. 트로이는 중력이 무릎을 잡아당기는 느낌으로 목적지에 도착했음을 알았다. 문이 삐 소리를 내며 열렸다.

"좋은 시간 보내세요." 정비사가 말했다. 그들은 서로 이름도 교환하지 않았다. "다시 못 만난다면요."

트로이는 손바닥을 들어 올렸다. "다음에 봐요." 남자가 내리고, 발전소 복도가 잠시 보이더니 문이 닫혔다. 엘리베이터는 진동음을 내며 계속 아래로 내려갔다.

문이 의료 층에서 삐 소리를 내며 열렸다. 트로이는 밖으로 나갔다가 복도 저편의 목소리를 들었다. 그는 소리 나지 않게 타일 바닥을 밟았고, 목소리들이 점점 커졌다. 하나는 여자 목소리였다. 대화가 아니라 옛날 영화인 모양이었다. 트로이가 사무실 안을 엿보니 남자 하나가 등을 돌리고 이동 침대 위에 늘어져서 구석에 켜진 TV를 보고 있었다. 트로이는 그 남자를 방해하지 않으려고 살금살금 지나쳤다.

복도는 두 방향으로 갈라졌다. 그는 설계도를 상상했고, 파이 모양으로 배치된 창고들과 줄줄이 놓인 심냉동관들, 벽에서 바닥으로, 바닥에서 관 속에 든 사람들에게로 이어지는 튜브와 파이프들을 그려볼 수 있었다.

그는 육중한 문 앞에 멈춰 서서 암호를 넣어보았다. 빨간불이 녹색불로 변했다. 그는 손을 내렸다. 이 방에 들어갈 필요는 없었고, 그런 충동을 느끼지도 않았다. 단지 자신의 암호가 통할지 확인하고 싶었다. 충동은 다른 곳을 향했다.

그는 정처 없이 복도를 걸으며 문을 몇 개 더 지나쳤다. 트로이도 여기 있지 않았던가? 아니, 여기를 떠나기는 했었나? 팔이 욱신거렸다. 소매를 걷어보니 핏자국이 보였다. 작게 찔린 구멍 주위가 불그레했다.

뭔가 나쁜 일이 일어났다 해도 그는 기억할 수가 없었다. 그 부분은 억압됐다.

그는 다른 문을 찾아서 패드에 암호를 넣고, 불이 녹색으로 변하기를 기다렸다. 이번에는 실제로 그 버튼을 눌러 문을 열었다. 무엇인지는 몰라도 이 안에 트로이가 보아야 하는 것이 있었다.

21

2052년, 조지아주 풀턴 카운티

전당대회 아침에는 부슬비가 내려서 인공 언덕들을 흠뻑 적시고 새로 자란 풀을 미끄럽게 만들었지만, 축제 전체를 방해하지는 않았다. 주차장마다 서 있던 건설 차량과 진흙투성이 픽업트럭들이 빠져나갔다. 이제는 그 자리에 공회전하는 버스 수백 대와 미끈한 검은색 리무진 몇 대가 서 있었는데, 리무진에는 진흙이 튀어 있었다.

건설팀의 사무실과 거주지로 쓰이던 임시 트레일러들이 있던 땅은 몇 주 동안 이날의 결실을 위해 일한 직원과 자원봉사자들, 대표단과 고위 인사들에게 넘어간 후였다. 그곳에는 기획 진행자들을 위한 본부 역할을 하는 접객 천막이 점점이 흩어져 있었다. 버스마다 새로 도착한 군중들이 내려서 CAD-FAC의 경비소를 통과했다. 육중한 울타리에는 전당대회용으로는 너무 크고 우스꽝

스러워 보이지만, 핵폐기물 저장소라면 이해가 가는 날카로운 철사 코일이 감겨 있었다. 이런 장애물과 문들이 이 시설의 현재 목적에 반대하는 우파들과 미래 목적을 두려워하는 좌파들이 함께하는 기묘한 항의 집단을 막아냈다.

이렇게 활기 넘치고 이렇게 사람이 많이 모인 전당대회는 한 번도 없었다. 숲 너머 멀리 애틀랜타 시내가 보였지만, 그 도시는 풀턴 카운티 아래에서 벌어지는 갑작스러운 소란과 동떨어져 보였다.

도널드는 둔덕 위에 우산을 쓰고 서서 몸을 떨며 언덕들 여기저기로 모여드는 사람들의 바다를 보았다. 다들 물방개처럼 우산을 까딱거리고 밀쳐대며 자기네 주 깃발이 휘날리는 무대를 향해 움직이고 있었다.

어딘가에서 행군 악단 하나가 연습곡을 연주하느라 또 하나의 언덕을 진흙탕으로 만들었다. 세상이 곧 바뀔 거라는 분위기가 가득했다. 이번에는 여자가 대통령 후보로 지명받을 텐데, 그런 일은 도널드 평생에 겨우 두 번째였다. 그리고 여론조사를 믿는다면 이번에는 확실한 기회였다. 이란에서 벌어지는 전쟁이 갑자기 달라지지만 않는다면 새로운 이정표에 손이 닿고, 처음으로 유리천장이 부서질 것이다. 그것도 땅에 파인 저 구덩이들에서 그런 일이 벌어질 것이다.

주차장에 버스가 더 들어와서 승객들을 내려놓았고, 도널드는 전화기를 꺼내어 시간을 확인했다. 아직도 에러 아이콘이 떠 있었다. 너무 많은 통화 요구 때문에 네트워크가 죽어버렸다. 그는 그렇게 조심해서 계획을 짰는데도 위원회가 이 사태를 예견하고 임시 송신탑을 한두 개쯤 세우지 않았다는 사실에 놀랐다.

"킨 하원의원님?"

도널드가 화들짝 놀라서 몸을 돌렸더니 애나가 능선을 타고 다가오고 있었다. 그는 조지아 무대를 내려다보았지만, 애나가 타고 온 차량은 보이지 않았다. 그냥 걸어서 올라왔다니 놀라웠다. 그렇지만 무슨 일이든 어렵게 하는 건 애나다웠다.

"당신인지 알 수가 있어야지." 애나가 미소 지으며 말했다. "모두가 똑같은 우산을 쓰고 있잖아."

"맞아, 나야." 그는 심호흡을 했다. 애나를 보기만 하면 아직도 불안하게 심장이 조였다. 마치 그녀와 어떤 대화를 나누더라도 곤란해질 수 있다는 느낌이랄까.

애나는 도널드가 우산을 같이 쓰자고 하기를 기대한다는 듯 가까이 다가섰다. 그는 우산을 반대쪽 손으로 옮겨서 애나에게 공간을 더 내어주다가, 드러난 팔에 후두둑 물을 떨어뜨렸다. 버스 주차장을 살펴보았지만 헬렌의 흔적은 도무지 찾을 수가 없었다. 지금쯤이면 이미 도착했어야 하는데.

"엉망진창이 되겠어." 애나가 말했다.

"비는 그친다고 했어."

노스캐롤라이나 무대에서 누군가가 마이크를 확인하다가 날카로운 소리를 냈다.

"두고 봐야지." 애나는 말하더니, 이른 아침의 바람을 막으려고 코트를 단단히 여몄다. "헬렌은 안 와?"

"와. 서면 상원의원님이 꼭 오라고 하셨거든. 여기 사람이 얼마나 많은지 보면 좋아하진 않을 거야. 헬렌은 사람 많은 곳을 싫어하거든. 진흙도 좋아하진 않겠지."

애나는 소리 내어 웃었다. "나라면 전당대회 이후의 지면 상태는 걱정하지 않겠어."

도널드는 트럭에 실려 들어올 방사능 폐기물을 생각했다. "그래." 무슨 말인지 알 수 있었다.

그는 다시 언덕 아래 조지아 무대를 보았다. 나중에 첫 번째 전국 대표단이 모일 곳이 조지아였다. 모든 중요 인물이 한 천막에 모일 것이다. 무대 뒤, 연기가 피어오르는 음식 천막들 사이에서 지하에 있는 격납 시설의 존재를 드러내는 것이라곤 땅에 솟아난 작은 콘크리트 탑과 그 꼭대기에 비죽 돋아난 안테나뿐이었다. 도널드는 모든 깃발과 흠뻑 젖은 장식을 다 치우고 첫 번째 연료봉을 들여오려면 얼마나 일을 해야 할까 생각했다.

"테네시주에서 온 사람들 수천 명이 우리가 설계한 건물 위를 밟고 다닌다고 생각하면 이상해." 애나가 말했다. 애나의 팔이 도널드의 팔을 스쳤다. 그는 우연일까 생각하면서 꼼짝도 하지 않고 서 있었다. "당신도 거길 더 봤으면 좋았을 텐데."

도널드는 몸을 떨었다. 추위와 아침의 습기 때문이라기보다는 가만히 있으려고 애쓰느라 떨었다. 그는 아무에게도 전날 믹과 함께한 시간에 대해 말하지 않았다. 너무 무서웠다. 헬렌에게는 말할지도 모르지만, 다른 사람에게는 아니었다. "아무도 쓰지 않을 건물에 그렇게 많은 시간을 들이다니 미쳤지." 그는 말했다.

애나도 웅얼웅얼 동의했다. 아직도 팔이 닿아 있었다. 여전히 헬렌은 보이지 않았다. 도널드는 군중 사이에서 어떻게든 헬렌을 찾을 거라는 비이성적인 느낌을 받았다. 보통은 찾을 수 있기도 했다. 하와이에 신혼여행을 갔을 때 머물렀던 호텔의 높은 발코니가 기억났다. 그 위에 서 있을 때도 그는 이른 아침에 바닷가를 산책하며 조개껍데기를 찾는 헬렌을 알아볼 수 있었다. 그 해변을 산책하는 사람이 수백 명은 있었을 텐데도, 그의 눈은 바로 헬렌에게 이끌렸다.

"아무래도 이 사람들은 딱 맞는 보험을 안겨줘야만 여기 시설을 지으려 했을 거야." 도널드는 상원의원이 했던 말을 반복했다. 하지만 아직도 그게 맞는 말 같지는 않았다.

"사람들은 안전하다고 느끼고 싶어 해." 애나가 말했다. "최악의 사태가 일어났을 때, 기댈 사람이……, 아니면 기댈 무언가가 있다고 믿고 싶어 하지."

다시 한번 애나가 그의 팔에 몸을 붙였다. 확실히 우연이 아니었다. 도널드는 물러서면서 그녀도 그것을 느낄 것이라는 사실을 알았다.

"난 정말로 다른 벙커를 하나 구경하고 싶었어." 그는 화제를 바꿨다. "다른 팀이 뭘 만들었는지 보면 재미있었을 거야. 그렇지만 나에겐 그 정도 권한이 없나 봐."

애나가 웃었다. "나도 같은 시도를 해봤어. 우리 경쟁 건물을 보고 싶어 죽겠는데, 그렇게 예민하게 구는 것도 이해는 가. 이 시설을 보는 눈이 많으니까." 그녀는 도널드가 벌린 거리를 무시하고 다시 한번 그에게 몸을 기댔다.

"못 느끼겠어?" 애나가 물었다. "이 위에 거대한 과녁판이 뜬 거? 저 아래에 벽을 세우고 울타리를 쳤다고 해도 분명히 온 세상이 여기에서 무슨 일이 벌어지는지 주목할 거야."

도널드는 고개를 끄덕였다. 그는 애나가 전당대회가 아니라 이 시설의 이후 쓰임새에 대해 말한다는 걸 알았다.

"어, 저 아래에 가봐야 할 것 같네."

도널드가 고개를 돌려 애나의 시선을 따라가보니 서먼 상원의원이 거대한 검은색 골프 우산으로 빗방울을 떨구며 걸어서 언덕을 오르고 있었다. 이 사람은 시간의 흐름을 의식하지 못하는 것 같았던 만큼이나, 진흙과 더러움에도 아무 영향을 받지 않는 듯했다.

애나가 손을 뻗어 도널드의 팔을 잡았다. "다시 한번 축하해. 이번에 같이 일해서 즐거웠어."

"나도 그래. 우린 좋은 팀이야."

애나가 미소 지었다. 그는 잠깐 그녀가 몸을 기울여 뺨에 입을 맞추려나 생각했다. 그 순간이라면 자연스럽게 느껴질 터였다. 하지만 그 순간은 지나갔다. 애나는 도널드의 보호막을 떠나서 상원의원 쪽으로 향했다.

서먼은 우산을 슬쩍 들어 올리더니 딸의 뺨에 입 맞추고 애나가 언덕 아래로 내려가는 모습을 보았다. 그리고 도널드가 있는 곳까지 마저 올라왔다.

그들은 빗방울이 투둑투둑 우산에서 떨어지는 동안 잠시 나란히 서 있었다.

"의원님." 도널드가 마침내 말했다. 이제는 서먼과 같이 있어도 편안했다. 지난 2주의 시간은 여름 캠프 같아서, 똑같은 사람들과 거의 모든 시간을 함께하다 보니 몇 년 동안 가볍게 알고 지낸 사이와는 상대도 되지 않는 친숙함과 친밀함이 쌓였다. 어딘가에 강제로 갇힌다는 건 사람들을 하나로 뭉치는 경험이었다. 명백히 물리적인.

"망할 놈의 비." 그것이 서먼의 대꾸였다.

"의원님도 모든 걸 통제할 순 없죠." 도널드가 말했다.

상원의원은 동의하지 않는다는 듯 앓는 소리를 냈다. "헬렌은 아직 안 왔나?"

"네." 도널드는 주머니에 든 전화기를 만졌다. "잠시 후에 다시 메시지를 보내려고요. 제 문자가 가긴 한 건지 잘 모르겠네요. 네트워크가 완전히 망가져서요. 분명히 나라 한구석에 이 많은 사람이 내려온 건 전례 없는 일일 겁니다."

"흠, 오늘은 전례 없는 날이 될 거야." 서먼이 말했다. "이전의 그 어느 날과도 다르지."

"대부분 의원님이 하신 일입니다. 여길 지은 것만이 아니라, 출마하지 않기로 하신 것까지도요. 올해 출마하신다면 이 나라는 의원님 것이 될 수도 있었는데요."

상원의원은 웃었다. "그건 거의 어느 해에나 그렇다네, 도니. 하지만 난 시야를 그보다 높게 두는 방법을 익혔지."

도널드는 다시 몸을 떨었다. 상원의원이 언제 그를 도니라고 불렀는지 기억할 수가 없었다. 2년도 더 전에, 집무실에서 처음 만났을 때였나? 노인은 이상하게 긴장한 모습이었다.

"헬렌이 도착하면 같이 조지아 천막으로 내려와서 날 찾아주길 바라네. 알았지?"

도널드는 전화기를 꺼내어 시간을 확인했다. "제가 한 시간 안에 테네시 천막에 가 있어야 한다는 건 아시죠?"

"계획에 변화가 있었어. 난 자네가 집 가까이 머물렀으면 좋겠네. 자네를 대신해서 믹이 테네시로 갈 테니까, 자네는 나와 같이 있어야 해."

"정말이세요? 전 만나야 할 사람이……."

"알아. 이건 좋은 일이야, 내 말을 믿게. 자네와 헬렌이 나와 같이 조지아 무대 가까이에 있었으면 좋겠어. 그리고 말이야……."

상원의원은 고개를 돌려 그를 보았다. 도널드는 마지막으로 승객을 내리고 있는 버스들에서 시선을 거두었다. 빗발이 조금 강해졌다.

"자네는 오늘 행사에 자네 생각보다 많이 기여했어." 서먼이 말했다.

"네?"

"오늘 세상이 바뀔 거야, 도니."

도널드는 혹시 상원의원이 나노 기기 목욕 치료를 빼먹었나 생각했다. 동공이 확장된 듯, 먼 곳 어딘가를 보고 있는 듯했다. 어째선지 좀 더 나이 들어 보였다.

"무슨 말씀인지 이해가 잘……."

"이해하게 될 거야. 아, 그리고 깜짝 손님이 오고 있어. 곧 도착할 거야." 상원의원은 미소 지었다. "국가 연주는 정오에 시작하네. 그 후에는 141대대에서 비행기들이 날아올 거야. 그때는 꼭 자네가 내 옆에 있었으면 좋겠어."

도널드는 고개를 끄덕였다. 그동안 언제 질문을 멈추고 상원의원이 기대하는 대로 행동할지를 배운 덕이었다.

"알겠습니다." 그는 추위에 몸을 떨면서 대답했다.

서면 상원의원은 그 자리를 떠났다. 도널드는 무대에 등을 돌리고 마지막 버스들을 훑어보면서 도대체 헬렌은 어디 있을까 생각했다.

22

트로이는 어디로 가야 할지 안다는 듯이 죽 늘어선 냉동 수면 장치들 사이를 걸었다. 엘리베이터 버튼 위를 헤매던 손이 이 층으로 데려왔을 때와 비슷했다. 패널마다 지어낸 이름이 붙어 있었다. 어째서인지 그는 그 사실을 알았다. 트로이라는 이름을 제시한 기억도 났다. 그 이름은 아내와 관련이 있었다. 아내를 기릴 방법이었거나, 아니면 언젠가 기억해낼지도 모르는 비밀스럽고 금지된 연결 고리를 나타냈다.

모두 과거 속에, 안개 속 깊숙이, 잊힌 꿈속에 있었다. 교대근무를 시작하기 전에 오리엔테이션을 했다. 익숙한 책들을 읽고 또 읽어야 했다. 트로이라는 이름을 고른 건 그때였다.

그는 혀에 쓴맛이 느껴져 멈춰 섰다. 알약이 녹을 때의 맛이었다. 트로이는 혀를 내밀고 손가락으로 긁어냈지만, 나오는 것은 없었다. 잇몸에 생긴 염증이 이에 닿았지만 어쩌다가 그런 염증이 생겼는지는 기억할 수가 없었다.

그는 계속 걸었다. 뭔가가 잘못됐다. 이런 기억들이 돌아오면 안 되는 거였다. 그는 이동 침대에 누워 비명을 지르며 누군가에게 제압당하고, 바늘에 찔리는 자신의 모습을 떠올렸다. 아니, 그가 아니었다. 그는 그 남자의 부츠를 잡고 있었다.

트로이는 어느 수면 장치 앞에 멈춰 서서 이름을 확인했다. '헬렌.' 내장이 뒤틀리면서 약을 먹고 싶어졌다. 그는 기억하고 싶지 않았다. 그게 비밀 재료였다. '기억하고 싶지 않아 하는 것.' 그게 자꾸만 손가락 사이로 빠져나가는 부분, 알약이 촉수로 단단히 감싸고 수면 아래로 끌고 내려가는 부분이었다. 하지만 이제는 작게나마 죽도록 알고 싶어 하는 부분도 살아났다. 그건 지속적인 의심, 스스로의 중요한 일부분을 남겨두고 왔다는 느낌이었다. 그 일부분은 답을 얻기 위해 그의 나머지 부분을 다 익사시킬 태세였다.

뽀드득 소리를 내며 유리판에 맺힌 서리가 닦여나갔다. 안에 든 사람을 알아보지 못하고 다음 장치로 이동하는데, 오리엔테이션 이전의 한 장면이 되살아났다.

트로이는 우는 사람들이 꽉 차 있던 방들을 기억했다. 흐느껴 울던 성인 남자들과 그 눈물을 말려버린 알약을 기억했다. 비디오 화면에 무시무시한 버섯구름이 솟아올랐다. 여자들은 안전을 위해 집어넣었다. 구명정을 탈 때처럼, 여자와 아이들 먼저였다.

트로이는 기억했다. 그건 사고가 아니었다. 그는 또 다른 장치에서의 대화를 기억했다. 이 수면 장치보다 훨씬 큰 장치 안에서 다른 남자와 나눈 대화, 세상의 종말이 오고 있으며 공간을 만들어야 한다던, 알아서 끝나기 전에 모든 걸 끝내자던 대화를 기억했다.

통제된 폭발. 가끔은 맞불 놓기를 위해 쓰이는 폭탄들.

그는 서리 맺힌 유리를 또 하나 닦았다. 다음 장치에서 자고 있던 사람의 속눈썹에 맺힌 얼음이 반짝거렸다. 낯선 여자였다. 그는 더 걸어갔지만, 자꾸만 기억이 돌아왔다. 팔이 욱신거렸다. 떨림은 사라졌다.

트로이는 재난을 기억했지만, 그건 다 보여주기 위한 용도였다. 진짜 위협은 공기 중에 있었고 보이지 않았다. 폭탄은 사람들을 움직이고, 사람들에게 두려움을 주고, 울고 잇게 만들기 위해 터뜨렸다. 사람들이 구슬처럼 그릇 아래로 쏟아져 내려갔다. 아니, 그릇이 아니라…… 깔때기였다. 누군가가 왜 그들을 남겼는지 설명했다. 그는 하얀 연무를, 하얀 연무 속을 걷던 시간을 기억했다. 죽음은 이미 그들 안에 있었다. 트로이는 혀에 느껴지던 금속 맛을 기억했다.

다음 유리판은 이미 누가 건드린 후였다. 최근에 누군가가 닦아낸 흔적이 남아 있었다. 응축된 물기가 자그마한 렌즈처럼 빛을 왜곡했다. 그는 유리를 문지르고 무슨 일이 생겼는지 알았다. 안에 든 여자는 적갈색 머리를 가끔 둥글게 틀어 올렸었다. 이 사람은 그의 아내가 아니었다. 그의 아내이고 싶어 한 여자, 그가 원했던 여자였다.

"여보세요?"

트로이는 목소리 쪽으로 몸을 돌렸다. 야간 당직 의사가 수면 장치 사이를 누비며 다가오고 있었다. 트로이는 욱신거리는 팔을 꾹 잡았다. 다시 잡혀가고 싶지 않았다. 이 기억을 다시 잊을 수는 없었다.

"여기 계시면 안 됩니다."

트로이는 대답하지 않았다. 의사는 수면 장치 발치에 멈춰 섰다. 그 안에는 트로이의 아내가 아닌 여자가 잠들어 있었다. 그의 아내는 아니지만, 아내가 되고 싶어 했던 여자.

"저와 같이 가시죠?" 의사가 물었다.

"여기 있고 싶어요." 트로이는 말했다. 기묘하게 마음이 차분했다. 모든 고통이 쓸려 나갔다. 이건 망각보다 더 강력했다. 그는 모든 것을 기억했다. 그의 영혼은 해방됐다.

"여기 계시게 둘 순 없습니다. 같이 가시죠. 여기 있다간 얼어 버릴 겁니다."

트로이는 발을 내려다보았다. 신발을 깜박하고 신지 않았다. 그는 바닥에서 발가락을 오므렸다가…… 다시 폈다.

"네? 부탁입니다." 젊은 의사가 통로 쪽을 향해 손짓했다. 트로이는 잡고 있던 팔을 놓으면서 모든 것이 필요한 대로 처리되었다는 사실을 알았다. 발길질이 없으면 구속 끈도 없었다. 덜덜 떨지 않으면 바늘을 찌르지도 않았다.

바깥 복도에서 서두르는 부츠 소리가 들렸다. 보안부의 덩치 큰 남자 하나가 열린 문 앞에 나타났는데, 눈에 띄게 숨찬 모습이었다. 트로이는 의사가 그 남자에게 얼른 이리 오라고 손짓하는 모습을 보았다. 그들은 트로이에게 겁을 주지 않으려고 노력하고 있었다. 이제 그가 더는 무서울 것이 없다는 사실을 몰랐다.

"날 영영 잠재우겠군요." 트로이는 말했다. 선언도 질문도 아닌, 깨달음의 말이었다. 그는 알약이 다시는 듣지 않는다면 자신이 핼과…… 아니 칼턴과 비슷한 걸까 궁금했다. 트로이는 빈 침대들이 있을 것을 알고 방 안 깊숙한 곳을 보았다. 여기가 그가 묻힐 장소였다.

"침착하세요." 의사가 말했다.

그는 트로이를 데리고 출구로 향했다. 아마 새파란 하늘색 액체로 그를 방부 처리하겠지. 두 사람은 수면 침대들을 지나치며 말없이 걸었다.

보안부에서 온 남자는 문 앞을 막아서면서 심호흡을 했다. 작업복 위로 거대한 가슴팍이 들썩였다. 다른 사람들이 합류하면서 부츠 소리가 더 들렸다. 트로이는 교대근무 기간이 끝났음을 알았다. 2주밖에 남지 않았는데. 거의 다 됐는데.

의사는 덩치 좋은 남자들에게 비키라고 손짓을 했다. 그들이 필요 없기를 바라는 눈치였다. 그들은 생각이 다른지, 양쪽에 자리를 잡고 섰다. 트로이는 의사를 따라 복도를 걸었다. 희망이 그를 이끌었고 공포가 그의 양옆을 지켰다.

"당신은 아는군요. 그렇죠?" 트로이는 고개를 돌려 의사를 찬찬히 보며 물었다. "전부 다 기억하는군요."

의사는 그를 돌아보지 않고 그저 고개만 끄덕였다.

이건 배신처럼 느껴졌다. 공평하지 않았다.

"왜 당신은 기억해도 되는 겁니까?" 트로이는 물었다. 어째서 약을 나눠 주는 사람들은 약을 먹지 않아도 되는 건지 알고 싶었다.

의사는 손짓해서 그를 사무실 안으로 들였다. 잠옷 차림의 의료 보조원이 파란 액체가 든 수액 주머니를 걸고 있었다.

"일부가 기억하는 건, 우리가 한 일이 나쁜 짓이 아니라는 걸 알기 때문입니다." 의사는 트로이가 이동 침대에 올라갈 수 있게 부축하면서 얼굴을 찡그렸다. 트로이의 상태에 진심으로 슬퍼하는 것 같았다. "우린 여기에서 좋은 일을 하고 있어요. 우린 세상을 끝내는 게 아니라, 구하고 있어요. 그리고 그 약은 오직 우리의 후회만 건드리죠." 그는 트로이를 쳐다보았다. "그런데 후회가 없는 사람도 있거든요."

문 앞은 보안부 사람으로 가득했다. 넘쳤다. 의료보조원이 트로이의 작업복을 풀었다. 트로이는 멍하니 지켜보았다.

"우리가 아는 것을 건드리려면 다른 종류의 약이 필요할 거예요." 의사는 말하더니 벽에 걸린 클립보드를 내렸다. 집게에 종이 한 장이 끼워졌다. 의사는 잠시 멈칫하더니, 트로이의 손에 펜을 쥐여주었다.

트로이는 웃음을 터뜨리며 직접 서명했다.

"그렇다면 왜 나죠?" 그는 물었다. "내가 왜 여기 있는 거죠?" 그는 언제나 답을 알 수도 있는 누군가에게 그걸 묻고 싶었다. 가망 없는 기도 같은 것이었지만, 이제는 답을 얻을 가능성이 있었다.

의사는 미소 지으며 클립보드를 받아 들었다. 아마 20대 후반 쯤이고, 겨우 몇 주 전에 교대근무를 시작했을 것이다. 트로이는 40세가 다 되어갔다. 그런데도 모든 지혜와 답은 이 청년이 가지고 있었다.

"선생님 같은 분이 책임을 맡는 건 좋은 일이에요." 의사는 그렇게 말했고, 진심 같았다. 클립보드가 다시 벽에 걸렸다. 보안부 사람 하나가 하품을 하다가 입을 막았다. 트로이는 작업복이 허리까지 끌려 내려가는 모습을 지켜보았다. 손톱이 바늘을 두드리면서 또렷한 소리가 났다.

"그건 생각해보고 싶은 말이군요." 트로이는 말했다. 갑자기 공황이 밀려왔다. 이게 필요한 일인 줄은 알지만, 잠시만 더 혼자 있으면서 생각을 하고 싶었다. 이 짧은 이해를 음미하고 싶었다. 확실히 자고 싶기는 했지만, 아직은 아니었다.

문을 막아선 남자들이 트로이의 의혹을 감지하고, 그의 눈에 깃든 공포를 알아보면서 몸을 들썩였다.

"저도 다른 방법이 있었으면 좋겠습니다." 의사는 서글프게 말했다. 그는 트로이의 어깨에 한 손을 얹고, 그를 테이블에 눕혔다. 보안부 남자들이 가까이 다가왔다.

팔이 따끔하더니, 경고도 없이 아픔이 찾아왔다. 내려다보니 은색 바늘이 혈관에 꽂히고, 새파란 액체가 흘러들고 있었다.

"난 자고 싶지가……."

그의 정강이와 무릎을 잡는 손, 어깨를 누르는 무게가 있었다. 가슴에 느껴지는 무거움은 다른 이유 때문이었다.

타는 듯한 감각이 온몸에 흐르다가, 곧바로 마비감이 뒤따랐다. 그들은 그를 재우지 않았다. 죽이고 있었다. 트로이는 아내가 이미 죽었고 누군가 다른 사람이 그 자리를 대신하려 했다는 사실을 알았을 때처럼 갑자기, 순식간에 이 사실을 알았다. 이번에는 영원히 관 속에 들어가게 될 것이다. 그리고 머리 위에 층층이 쌓인 엄청난 양의 흙이 드디어 목적을 수행하게 될 것이다.

어둠이 시야를 조여들었다. 눈을 감고 그만하라고 외치려고 했지만, 아무 소리도 나오지 않았다. 발길질을 하며 싸우고 싶었지만 지금 그를 붙잡은 건 사람들의 손만이 아니었다. 그는 가라앉고 있었다.

마지막으로 한 생각은 그의 아름다운 아내에 대한 것이었으나, 그 생각은 도무지 말이 되지 않았다. 꿈의 세계가 침범해오는 듯했다.

'그 사람은 테네시에 있어.' 그는 생각했다. 왜, 그리고 어떻게 이 사실을 아는지는 몰랐다. 그러나 그녀는 그곳에 있었고, 기다리고 있었다. 그녀는 이미 죽었고, 옆에 오직 그를 위한 빈자리를 남겨두고 있었다.

트로이에게는 아직 한 가지 질문이 더 남았다. 잠들기 전에 찾아내어 움켜쥐고 싶은 이름이 하나 있었다. 꼭 쥐고 심연으로 가져가고 싶은 그의 일부분. 그 이름은 쓴 알약처럼 혀끝에 맴돌았고, 맛이 느껴질 정도로 가까웠지만······.

그는 잊고 말았다.

23

바글거리는 언덕들 위가 서로 경쟁하듯 울려 퍼지는 선언들과 부딪치는 음률들로 채워질 때쯤에는 비도 겨우 약해졌다. 제일 큰 무대가 그날 저녁의 축하 행사를 준비하는 동안에도 도널드의 귀에는 진짜 행사가 다른 모든 곳에서 벌어지는 듯 들렸다. ATV의 진동음들은 천천히 잦아들며 오프닝 밴드들이 세트로 들어갔다.

분지 바닥에 해당하는 조지아주 무대 옆에 서 있으려니 약간 폐소공포가 느껴졌다. 도널드는 높은 곳으로 가고 싶다, 무슨 일이 벌어지는지 볼 수 있는 능선 위로 올라가고 싶다는 채울 수 없는 충동을 느꼈다. 그는 언덕마다 손님들이 수천 명씩 줄지어 자리 잡은 모습을 상상하고, 정치적 열정이 사방에서 허공을 가득 메우며, 새로운 무언가의 가능성을 축하하고 서로 돈독해지는 가족들의 모습을 그렸다.

도널드도 그들과 함께 새로운 시작을 축하하고 싶었지만, 그만큼 끝을 기대하고 있기도 했다. 전당대회의 마무리를 기다리느라 안달이 났다. 지난 몇 주 때문에 녹초가 됐다. 그는 진짜 침대와 어느 정도의 사생활, 컴퓨터, 믿을 만한 통화 서비스, 외식, 그리고 무엇보다도 아내와 둘이서만 보낼 시간을 고대하고 있었다.

그는 주머니에서 전화기를 꺼내어 몇 번째인지도 모르게 또 메시지를 확인했다. 국가 연주와 141대대의 비행까지는 몇 분밖에 남지 않았다. 게다가 펑 소리와 함께 불꽃놀이가 전당대회의 시작을 알릴 거라고 말하는 누군가의 소리도 들었다.

전화기는 지난 여섯 개의 메시지가 아직도 전해지지 않았음을 보여줬다. 네트워크는 꽉 막혀 있었고, 전에 본 적 없는 에러 메시지가 계속 튀어나왔다. 그나마 더 일찍 보낸 메시지는 전송되기는 한 것 같았다. 그는 아내가 내려오는 모습이 보이지 않을까 싶어 젖은 경사면을 훑어보았다. 그녀의 미소는 아무리 멀어도 알아볼 수 있을 텐데.

누군가가 옆에 다가와서 섰다. 도널드가 언덕에서 시선을 돌려보니 애나가 무대 옆에 합류해 있었다.

"이제 시작이네." 애나는 군중을 훑어보며 조용히 말했다.

애나는 모습도, 목소리도 긴장한 느낌이었다. 아마 이 큰 무대를 준비하고 모두를 제자리에 배치하기 위해 너무나 많은 공을 들인 아버지 때문이리라. 뒤를 돌아보니 아침에 내린 빗물을 닦아낸 의자에 앉고 있는 사람들이 보였는데, 이전만큼 많아 보이지는 않았다. 나머지는 천막 안에서 일하고 있거나 다른 무대로 갔을 것이다. 이건 시작하기 전의 조용한 전조 같았고…….

"저기 있네."

애나가 두 팔을 흔들었다. 도널드는 심장이 펄쩍 뛰는 기분으로 고개를 돌려 애나가 보는 방향을 보았다. 드디어 왔구나 하는 안도감이, 애나와 헬렌이 나란히 서서 자신을 보겠구나 하는 공포와 뒤섞였다.

언덕을 느릿느릿 내려오는 얼굴은 확실히 낯익었다. 빳빳하게 다린 파란 제복을 입은 젊은 여성이었는데, 한쪽 옆구리에는 모자를 끼고 검은 머리는 깔끔하게 뒤로 넘겨 틀어 올렸다.

"샬럿?" 도널드는 듬성듬성한 구름 사이로 비쳐 드는 정오의 햇살을 막으려 눈 위를 가리고는, 경악으로 입을 딱 벌렸다. 동생이 그들을 발견하고 마주 손을 흔드는 모습을 보자 다른 모든 사건 생각과 걱정이 다 녹아 없어졌다.

"이번엔 확실히 딱 맞춰 왔네." 애나가 중얼거렸다.

도널드는 서둘러 사륜 오토바이로 달려가서 키를 돌렸다. 시동을 켜고, 손잡이를 움직인 후 샬럿을 맞이하려 젖은 풀밭을 질주했다.

샬럿은 그가 언덕 아래에서 브레이크를 밟자 활짝 웃었다. 그는 엔진을 껐다.

"안녕, 도니."

동생은 도널드가 내리기도 전에 몸을 기대왔다. 두 팔을 벌려 그의 목을 꽉 끌어안았다.

그는 동생의 깔끔한 제복을 구길까 봐 걱정하면서 마주 안았다.

"대체 네가 여기서 뭘 하는 거야?"

샬럿은 팔을 풀고 한 걸음 물러서더니, 셔츠 앞면을 폈다. 공군 정복 모자가 다시 옆구리로 사라졌는데, 모든 동작이 뿌리 깊이 몸에 밴 정확한 습관대로였다.

"놀랐어? 지금쯤은 상원의원님이 알려주셨을 줄 알았는데." 샬럿이 말했다.

"전혀! 음, 손님이 있을 거라고는 했지만 누군지는 말 안 했어. 넌 이란에 있는 줄 알았는데, 상원의원님이 한 일이야?"

샬럿은 고개를 끄덕였고, 도널드는 너무 크게 웃느라 뺨이 당기는 느낌을 받았다. 샬럿을 볼 때마다 그녀가 아직 같은 사람이라는 사실을 확인하는 안도감이 함께 찾아왔다. 날카로운 턱과 콧잔등에 뿌려진 주근깨, 그리고 끔찍한 일들을 보고서도 아직 흐려지지 않은 눈동자의 광채까지. 샬럿은 겨우 서른이 되었고, 생일을 함께할 가족도 없이 세상 반대편에서 지냈지만 지금도 여전히 막 입대했던 10대 때의 모습 그대로 도널드의 마음속에 얼어붙어 있었다.

"난 오늘 밤 내가 이 행사 무대에 서야 하는 줄 알았는데." 샬럿이 말했다.

"물론이지." 도널드는 미소 지었다. "당연히 널 카메라로 잡고 싶어 할 거야. 군대에 대한 지지를 보여주기 위해서 말이야."

샬럿은 얼굴을 찌푸렸다. "이런 세상에, 내가 그런 사람이 된 거구나, 맞지?"

그는 소리 내어 웃었다. "분명히 육군, 해군, 해병대에서 온 사람도 함께 있을 거야."

"오, 신이시여. 게다가 난 여자잖아."

그들은 같이 웃었고, 언덕 너머에서 밴드 하나가 세팅을 끝냈다. 도널드는 앞으로 당겨 앉고는, 갑자기 덜 죄어드는 가슴으로 동생에게 오토바이에 타라고 말했다. 날씨도 변했고, 구름이 걷히고 무대들이 조용해진 데다가 이제는 가족도 도착했다.

그는 엔진을 켜고 진흙탕이 제일 덜한 길을 골라서 달리며 무대 옆으로 돌아갔다. 동생은 뒤에 바짝 붙어 있었다. 그들이 애나 옆에 서자, 동생은 폴짝 뛰어내려서 애나를 끌어안았다. 두 사람이 수다를 떠는 동안 도널드는 시동을 끄고 다시 한번 전화기 메시지를 확인했다. 드디어 하나가 전송된 모양이었다.

헬렌: 테네시야. 어딘데?

순간 그의 두뇌가 그 메시지의 의미를 이해하려고 삐걱댔다. 헬렌이 보낸 메시지였다. 대체 헬렌이 테네시에서 뭘 하고 있지?

또 한 무대가 조용해졌다. 도널드는 심장이 한 번인가 두 번 뛰고 나서야 헬렌이 수백 킬로미터 너머에 있는 게 아님을 깨달았다. 그저 언덕 하나만 넘으면 있었다. 조지아 무대에서 만나자는 도널드의 메시지가 하나도 전해지지 않은 모양이었다.

"어이, 금방 돌아올게."

그는 ATV를 돌렸고 애나가 그의 손목을 잡았다.

"어딜 가는데?" 애나가 물었다.

그는 미소 지었다. "테네시. 헬렌이 방금 문자 보냈어."

애나는 구름을 올려다보았다. 샬럿은 모자를 살피고 있었다.

무대 위에서는 어린 소녀 하나가 마이크까지 가라는 재촉을 받고 있었다. 소녀의 양옆에 기수단이 함께했고, 무대를 마주 보는 좌석들은 거의 다 채워졌고, 기대감에 목을 빼는 사람들이 보였다.

도널드가 반응하거나 ATV를 출발시키기 전에, 애나가 손을 뻗더니 열쇠를 돌려서 빼냈다.

"지금은 안 돼." 애나가 말했다.

도널드는 불쑥 화가 났다. 열쇠를 빼앗으려고 손을 뻗었지만, 그 열쇠는 애나의 등 뒤로 사라졌다.

"기다려." 그녀는 잇새로 말했다.

샬럿은 그사이에 무대로 몸을 돌린 후였다. 서면 상원의원이 열여섯 살쯤 되었을 듯한 소녀를 옆에 두고 마이크를 잡고 섰다. 모든 언덕이 죽은 듯이 조용해졌다. 도널드는 ATV의 소음이 어떻게 들렸을지 깨달았다. 소녀가 노래하기 직전이었다.

"숙녀와 신사 여러분, 동료 민주당원 여러분……."

잠시 침묵. 도널드는 사륜차에서 내려서서 마지막으로 한 번 더 전화기를 본 다음, 주머니에 집어넣었다.

"……그리고 우리 한 줌의 무소속 투표자 여러분."

군중들이 웃음을 터뜨렸다. 도널드는 분지 바닥의 평평한 땅을 가로질러 뛰기 시작했다. 신발이 젖은 풀과 얇은 진흙을 밟으며 뻑뻑 소리를 냈다. 서면 상원의원의 목소리가 마이크를 통해 쩌렁쩌렁 울렸다.

"오늘은 새로운 시대, 새로운 시간의 시작입니다."

체력은 떨어졌고, 신발에는 진흙이 두껍게 묻었다.

"우리가 미래 독립을 나타내는 이 장소에 모인 오늘……."

땅이 올라가는 비탈로 변할 때쯤에는 이미 호흡이 거칠었다.

"……저는 우리의 적이 남긴 말을 떠올립니다. 공화당원의 말이죠."

멀리서 웃음소리가 들렸지만, 도널드는 신경 쓰지 않았다. 올라가는 데에만 집중했다.

"언젠가 자유란 싸워서 쟁취해야 하고, 평화는 공짜로 얻을 수 없다고 말한 사람은 로널드 레이건이었습니다. 폭탄이 떨어지고 새로운 나라가 만들어지던 오래전에 쓰인 이 국가를 함께 들으면서 우리의 자유에 지불한 대가를 생각하고, 이 자유를 언제까지고 지킬 수 있다면 어떤 대가인들 지나칠까 스스로에게 한번 물어봅시다."

3분의 1 정도 올라간 도널드는 멈춰 서서 숨을 골라야 했다. 폐보다 종아리가 먼저 나가떨어지려고 했다. 그는 걸어 다니는 사람들도 있었는데 지난 몇 주 동안 ATV만 타고 돌아다녔던 것을 후회했다. 앞으로는 제대로 운동해야겠다고 다짐하기도 했다.

다시 언덕을 오르기 시작하는데, 낭랑한 목소리가 분지 안을 가득 채웠다. 그 소리는 앞에 보이는 언덕 너머에도 동시에 번졌다. 달콤하기 그지없는 어린 목소리들이 미합중국 국가를 부르고 있는 아래 무대를 향해 몸을 돌렸더니…….

애나가 몹시 걱정하는 얼굴로 언덕을 따라 올라오고 있었다.

도널드는 곤란해졌음을 알았다. 혹시 혼자 서둘러 언덕을 오르는 바람에 국가를 모욕한 걸까. 국가를 부르는 동안 모두에게 정해진 자리가 있었는데 그는 자기 자리를 무시하고 있었다. 그는 애나에게 등을 돌리고 다시금 결연하게 언덕을 올랐다.

"……우리의 성벽 위에서……."

그는 숨을 헐떡이면서도 이 흙 둔덕을 성벽이라고 여길 수 있을까 생각하며 웃었다. 모든 분지에서 지난 몇 주 동안의 의미를 보기는 쉬웠다. 각각의 분지가 사람과 물건과 가축으로 가득한 주였고, 오늘 이 영광의 날을 위해 50개 주의 장터가 한꺼번에 북적이다가 시설이 가동을 시작하면 다 사라질 터였다.

"……로켓의 붉은 섬광과 창공에서 작렬하는 폭탄이……."

그는 언덕 꼭대기에 도착해서 차갑고 맑은 공기를 한껏 들이마셨다. 아래 무대에서는 색색의 깃발이 부드러운 바람에 느릿느릿 휘날리고 있었다. 거대한 화면에서는 소녀가 '밤새 우리의 깃발이 그곳을 지켰음을 증명'한다고 노래하고 있었다.

누군가의 손이 그의 손목을 잡았다.

"돌아와." 애나가 잇새로 말했다.

그는 헐떡이고 있었다. 애나도 숨이 찬 모습이었고, 무릎까지 진흙과 풀물이 묻어 있었다. 올라오다가 미끄러진 모양이었다.

"헬렌은 내가 어디 있는지 몰라." 그는 말했다.

"……서어엉조기는 여어어전히 휘이이날……."

노래가 끝나기 전에 칭찬의 박수갈채가 울렸다. 도널드는 굉음을 듣기도 전에 멀리서 날아오는 제트기의 줄무늬 구름을 먼저 보았다. 날개 끝이 서로 닿을 듯 붙어 선 다이아몬드 대형이었다.

"어서 이리 내려와." 애나가 소리를 지르며 그의 팔을 당겼다.

도널드는 손목을 비틀었다. 다가오는 제트기의 모습에 얼이 빠졌다.

"……자유우우우의 따아아아앙과……."

지상에 파인 50개의 구멍에서 어리고 달콤한 목소리가 솟아오르며 강력한 제트기가 내는 천둥 같은 굉음과 충돌했다. 하늘을 나는 우아한 죽음의 천사들이 내는 소리와.

"봐." 도널드는 애나가 그를 붙잡고 언덕 아래로 끌어 내리려고 발버둥 치는 가운데 말했다.

"……요오오오옹가아아암한…… 이들의 고오오오햐아앙……."

완벽하게 계산된 근접 비행의 진동이 허공을 흔들었다. 제트기들이 쫙 갈라져서 곡선을 그리며 하얀 구름 속으로 솟구쳐 올라가자 후연소 장치가 비명을 올렸다.

애나는 두 팔로 도널드의 어깨를 잡고 말 그대로 드잡이질을 하고 있었다. 도널드는 지나가는 제트기와, 이 나라 절반에는 들렸을 듯한 아름다운 국가 연주, 그리고 저 아래 분지 속에서 아내를 찾으려고 애쓰느라 빠져들었던 무아지경의 상태에서 퍼뜩 깨어났다.

"망할, 도니, 우린 아래로 내려가야 해……."

애나가 두 손을 그의 눈으로 올리기 전에 첫 번째 섬광이 터졌다. 시야 구석으로 애틀랜타 중심가 방향이 밝아졌다. 한낮에 내리친 번개였다. 도널드는 천둥이 쳤나 싶어 그쪽으로 고개를 돌렸다. 섬광은 눈이 멀어버릴 듯한 빛으로 변해 있었다. 애나는 두 팔로 그의 허리를 끌어안고 뒤로 끌어당기고 있었다. 아래에서는 동생 샬럿이 헉헉거리며 눈을 가린 채 비명을 질렀다. "이게 무슨?"

다시 섬광이 터지며 시야에 별 모양의 광채가 맺혔다. 모든 스피커에서 사이렌이 울렸다. 미리 녹음해둔 공습경보였다.

도널드는 반쯤 눈이 먼 느낌이었다. 땅에서 버섯구름이 피어올랐을 때마저도, 그렇게 먼 곳에서 올랐다고는 믿기 힘들 만큼 거대한 그 구름을 보고서도 무슨 일이 벌어지는지 깨닫기까지는 잠시 시간이 걸렸다.

두 사람은 도널드를 언덕 아래로 끌어 내렸다. 박수 소리는 울려 퍼지는 사이렌 소리 속에서도 들을 수 있는 비명으로 변해 있었다. 도널드는 거의 아무것도 볼 수 없었다. 셋이 같이 미끄러지듯이 아래로 내려가며 젖은 풀의 도움을 받아 무대로 가는 동안에도 그는 비틀거리고 넘어질 뻔했다. 멀리서 부풀어 오른 구름 윗면은 점점 더 높이 올라가면서 나머지 언덕과 나무들이 다 보이지 않게 된 후에도 시야에 남아 있었다.

"잠깐만!" 도널드는 외쳤다.

잊은 게 있었다. 무엇인지는 기억할 수가 없었다. 능선 위에 앉아 있는 ATV의 이미지가 떠올랐다. ATV를 두고 왔다. 그런데 어떻게 거기까지 갔더라? 무슨 일이 일어났지?

"가. 가. 가." 애나가 말하고 있었다.

샬럿은 욕을 하고 있었다. 동생도 도널드만큼 겁먹고 혼란한 상태였다. 샬럿이 겁먹거나 혼란에 빠진 모습을 한 번도 보지 못했건만.

"중앙 천막으로!"

도널드가 몸을 돌리는데, 발꿈치가 풀밭에 미끄러졌고, 두 손은 빗물에 젖은 데다 진흙과 풀물로 얼룩덜룩했다. 언제 넘어졌던 거지?

세 사람이 비틀비틀 남은 비탈을 내려가는 사이에 멀리서 울리던 천둥소리가 마침내 도착했다. 머리 위 구름은 그 폭발에 쫓겨 도망치는 것 같았고, 부자연스러운 바람에 떠밀려 가는 것 같았다. 구름 아랫면은 폭탄이 더 터지고, 번개가 더 때리는 것처럼 섬광을 번쩍였다. 아래쪽 무대 옆에 있던 사람들은 분지를 벗어나려고 달리지 않았다. 대신 팔을 휘젓는 자원봉사자들의 안내를 받아 천막 안으로 달려 들어갔다. 장터와 음식 가판대들은 치워졌고, 줄줄이 놓여 있던 나무 의자들은 이제 거꾸로 뒤집혀 마구 쌓였으며, 개 한 마리가 아직도 기둥에 묶인 채 짖어대고 있었다.

어떤 사람들은 아직 넋이 나가지 않았고, 능력도 온전히 발휘하는 것 같았다. 애나도 그런 사람이었다. 도널드는 조금 작은 천막 옆에서 사람들의 흐름을 조정하고 있는 상원의원을 보았다. 다들 어디로 가고 있지? 도널드는 머리가 텅 빈 기분으로 안내를 받아 다른 사람들을 따라갔다. 뇌가 조금 전에 본 장면을 소화하는 데 한참이 걸렸다. 핵폭발이었다. 언제나 선명하지 않은 전쟁 시기 비디오에만 남아 있던 장면을 생생하게 보았다. 그것도 근처에서. 폭발을 보았다. 그런데 왜 눈이 멀지 않았을까? 아니, 정말 일어난 일이 맞긴 할까?

죽음의 공포가 날것 그대로 그를 덮쳤다. 머릿속 깊숙한 곳 어디선가 도널드는 그들 모두가 죽었음을 알았다. 모든 것의 끝이 오고 있었다. 벗어날 길이 없었다. 숨을 곳도 없었다. 읽던 책의 단락들이, 달달 외운 수천 개의 단락이 떠올랐다. 알약을 찾아 바지 주머니를 뒤졌지만 약병이 없었다. 그는 뒤를 돌아보며 무엇을 두고 왔는지 떠올리려고 애썼고……

애나와 샬럿이 그를 끌고 상원의원 옆을 지나쳤고, 험상궂은 결단의 표정을 짓고 있던 상원의원은 자기 딸을 보고 얼굴을 찌푸렸다. 천막 덮개가 도널드의 얼굴을 스쳤고, 천막 안의 어둠 속에는 불빛이 몇 개밖에 달려 있지 않았다. 폭발을 보고 생긴 시야의 반점들이 어둠 속에서 드러났다. 혼잡했지만, 원래 있어야 할 수만큼 사람이 많지는 않았다. 군중들은 다 어디로 갔지? 말이 안된다고 생각하다가 문득 그는 아래로 내려가고 있음을 깨달았다.

콘크리트 경사로였고, 사방에 사람 몸뚱이가 가득했으며 어깨와 어깨가 부딪치고, 사람들은 숨을 몰아쉬었고, 흘러 내려가는 인파 때문에 사랑하는 사람들과 멀어지자 서로를 외쳐 부르고 손을 뻗었다. 남편과 아내가 따로 떨어지자 우는 사람도 있었고, 완벽하게 침착을 유지하는 사람도…….

남편과 아내.

헬렌!

도널드는 군중 너머로 그녀의 이름을 외쳤다. 그는 몸을 돌려 겁에 질린 폭도 같은 사람들의 격류를 거슬러 헤엄치려 했다. 애나와 샬럿이 그를 끌어당겼다. 사람들이 위에서 아래로 밀고 내려오고 있었다. 도널드는 강제로 아래로, 아래 심연으로 밀려 내려갔다. 아내와 같이 내려가고 싶었다. 아내와 같이 익사하고 싶었다.

"헬렌!"

아, 신이시여. 그는 기억해냈다.

무엇을 뒤에 두고 왔는지 기억해냈다.

공황 상태가 가라앉고 두려움이 그 자리를 대신했다. 그는 볼 수 있었다. 시야가 깨끗해졌다. 하지만 필연의 압력과는 맞서 싸울 수가 없었다.

도널드는 모든 것이 어떻게 끝날지를 두고 상원의원과 나눴던 대화를 기억했다. 공기에 전류가 흘렀고, 혀에서는 죽은 금속의 맛이 났고, 주변에 하얀 연무가 피어올랐다. 그는 책의 내용을 거의 다 기억했다. 이게 무엇인지, 무슨 일이 벌어지고 있는 건지 알고 있었다.

그의 세계는 사라졌다.

새로운 세계가 그를 집어삼켰다.

두 번째 교대근무:

〈규칙〉

24

1번 사일로, 2212년

트로이는 끔찍한 꿈의 연속에서 화들짝 깨어났다. 꿈에서 세상이 불타고, 그 세상을 끝내기 위해 보내진 사람들은 모두 잠들었다. 손에는 아직도 연기가 피어오르는 성냥을 쥔 채, 사악한 짓이 남긴 회색 가닥을 피워 올리며 잠든 채 딱딱하게 얼어붙어 있었다.

그는 어둠에 파묻혀서 자신의 몸을 둘러싼 작은 관의 벽이 조여오는 것을 느낄 수 있었다.

서리 내린 유리 너머로 어두운 그림자들이 움직이고, 삽을 쥔 남자들이 그를 풀어주려 했다.

눈을 제대로 뜨려고 애쓰자 트로이의 눈꺼풀이 찢어져 벌어지는 것 같았다. 눈가에 딱딱한 얼음이 있었고, 녹아내린 서리가 뺨을 타고 흘렀다. 두 팔을 들어 올려 닦아내려고 했지만 팔에 힘이 들어가지 않았다. 한 손을 들어 올리는 데 성공했더니 정맥주사가 손목을 잡아당겼다. 그는 몸에 꽂힌 도관을 알아차렸다. 마비감에서 빠져나와 추위를 느끼기 시작하자 온몸 구석구석이 얼얼했다.

쉭 소리를 내며 뚜껑이 열렸다. 옆에 있던 빛의 틈이 커지면서 그림자가 물러났다.

의사와 의료보조원이 손을 뻗어 그를 보살피려 했다. 트로이는 말을 하려고 했지만 기침밖에 하지 못했다. 두 사람이 그를 부축해 일으키더니, 쓴 음료를 들이댔다. 삼키려니 힘들었다. 두 손에 아무 힘이 없었고, 팔은 덜덜 떨려서 의사와 의료보조원이 컵을 입에 대줘야 했다. 혀에 금속 맛이 났다. 죽음의 맛이었다.

"조심해요." 그가 너무 빨리 마시려 하자 그들이 말했다. 전문가의 손길이 튜브와 정맥주사기들을 조심스럽게 제거하고, 압력을 가하여 차가운 피부에 거즈를 붙였다. 종이 가운이 왔다.

"몇 년도죠?" 그는 뻑뻑하게 쉰 목소리로 물었다.

"일러요." 의사가 말했다. 다른 의사였다. 트로이는 시리도록 환한 빛 때문에 눈을 껌벅였고, 지금 자신을 돌봐주는 두 사람 모두를 알아보지 못했다. 주위를 둘러싼 바다 같은 관들은 흐릿한 얼룩으로만 남아 있었다.

"천천히 하세요." 의료보조원이 컵을 기울여주며 말했다.

트로이는 몇 모금을 간신히 넘겼다. 지난번보다 더 지독했다. 더 오래 걸렸다. 추위가 뼛속 깊이 스며 있었다. 그는 자신의 이름이 트로이가 아니라는 사실을 기억했다. 자신이 죽었어야 한다는 사실도 기억했다. 마음속 한구석으로는 방해받았다는 사실을 애석해했다. 또 한쪽 구석은 자는 동안 최악의 시간이 다 지나갔기를 희망했다.

"깨워서 죄송하지만, 선생님 도움이 필요합니다."

"선생님 보고서는……."

두 남자가 동시에 말하고 있었다.

"사일로가 또 하나 곤란한 상황에 처했습니다. 18번 사일로예요……."

알약이 주어졌다. 트로이는 손을 내저어 물렀다. 이제는 그 알약을 먹고 싶지 않았다.

의사는 머뭇거렸다. 캡슐 두 개는 의사의 손바닥에 놓여 있었다. 그는 몸을 돌려 세 번째 남자와 의논을 했다. 트로이는 눈을 깜박여서 세상에 초점을 맞추려 했다. 누군가가 무슨 말인가를 했다. 의사가 주먹을 쥐어 알약이 사라지자 트로이는 안도감을 느꼈다.

그들은 그를 부축해 일으켰다. 휠체어가 대기하고 있었다. 그 뒤에 선 남자, 작업복만큼 새하얀 수염과 각진 턱과 강철 같은 몸이 어딘가 익숙했다. 트로이는 그 남자를 알아보았다. 이 사람이 얼어붙은 사람을 깨운 남자였다.

그는 냉동 수면 장치에 몸을 기댄 채, 약한 몸과 추위 때문에 무릎을 떨며 물을 한 모금 더 마셨다.

"18번 사일로가 왜요?" 트로이는 컵을 내리면서 속삭였다.

의사는 얼굴을 찌푸리고 아무 말도 하지 않았다. 휠체어를 잡은 남자는 트로이를 주시했다.

"당신을 알아요." 트로이는 말했다.

하얀 옷의 남자는 고개를 끄덕였다. 휠체어는 트로이를 기다리고 있었다. 트로이는 휴면하고 있던 부분들이 움직이면서 배 속이 뒤틀리는 것을 느꼈다.

"소면Thaw man이죠?" 발음이 제대로 된 것 같지는 않았지만, 그는 그렇게 말했다.

종이 가운이 따뜻했다. 소매에 팔을 넣자 바스락거렸다. 트로이를 돕던 남자들은 불안해하고 있었다. 그들은 주거니 받거니 떠들었는데, 한 명이 사일로가 무너지고 있다고 말하고 또 한 명은 트로이의 도움이 필요하다고 말했다. 트로이는 오직 하얀 옷의 남자에게만 신경을 썼다. 그들은 그를 부축하여 휠체어로 향했다.

"끝났습니까?" 그는 색채라곤 없는 남자를 바라보며 물었다. 시야가 맑아졌고, 목소리에도 힘이 들어갔다. 정말이지 다 자고 끝난 것이라면 좋으련만.

소면은 트로이가 휠체어에 앉는 동안 서글프게 고개를 저었다.

"유감이지만, 이제 겨우 시작이야." 친숙한 목소리가 말했다.

25

18번 사일로, 대폭동이 일어난 해

죽음의 날은 탄생의 날이었다. 그들은, 남겨진 사람들은 고통을 달래기 위해 그렇게 말했다. 노인이 한 명 죽으면 추첨이 한 번 가능했다. 아이들이 우는 동안 희망에 찬 부모들은 기쁨의 눈물을 흘렸다. 죽음의 날은 탄생의 날이었고, 이 사실을 미션 존스보다 잘 아는 사람은 없었다.

내일은 미션의 열일곱 번째 생일이었다. 내일 그는 한 살을 더 먹을 것이다. 내일은 또한 어머니가 죽은 지 17년째 되는 날이기도 했다.

삶의 순환은 어디에나 있었고, 거대한 나선 계단처럼 모든 것을 감싸고 있었지만, 하나의 목숨이 주어지면 다른 하나를 빼앗긴다는 사실의 가장 좋은 예시가 미션이었다. 그는 그보다 더 분명한 증거를 어디에서도 보지 못했다. 그래서 미션은 기쁨이라곤 없이,

어린 등에 무거운 짐을 진 채, 죽음을 생각할 뿐 아무것도 축하하지 않고 생일을 맞이했다.

세 계단 아래에서 보조를 맞추고 있는 친구 캠이 미션의 절반 정도 무게를 지고도 힘들어서 쌕쌕거리는 소리를 들을 수 있었다. 운송부에서 두 사람에게 동시에 일을 배정했을 때 두 소년은 동전을 던졌고, 캠이 졌다. 승리한 미션이 계단을 더 잘 볼 수 있는 앞쪽을 차지했다. 그리고 속도를 정할 권리도 얻었는데, 음울한 생각 때문에 성난 걸음으로 걷게 됐다.

그날 아침에는 계단을 오가는 사람이 적었다. 아직 아이들이 일어나 학교에 갈 시간은 아니었고, 일어나 있는 사람들은 어디로도 가지 않았다. 지친 눈을 한 상인 몇 명이 비틀비틀 일하러 갔다. 배에 기름 얼룩을 묻히고 무릎에 천을 덧대어 꿰맨 정비 직원들이 늦은 시간 교대근무를 끝내고 떠났다. 한 남자가 운반인도 아닌 사람이 지기엔 너무 많은 짐을 지고 내려왔지만, 미션도 짐을 내리고 다른 사람 짐을 올릴 기분은 아니었다. 그 남자를 노려보아 그 모습을 봤다고 경고하는 것으로 충분했다.

"세 층 더 가야 해." 그는 24층을 지나면서 씩씩거리는 목소리로 캠에게 말했다. 운반인용 끈이 어깨를 파고들었다. 짐이 무거웠다. 목적지는 더 무거웠다. 미션은 거의 4개월 동안 농장에 다시 간 적이 없었고, 아버지를 보지 못한 지도 딱 그만큼 되었다. 물론 '둥지'에 있는 동생은 가끔 봤지만, 그것도 몇 주 전의 일이었다. 생일이 이렇게 가까울 때 농장에 도착하다니 어색했지만, 피할 도리가 없었다. 미션은 아버지가 늘 그랬듯이 자신의 생일을 싹 무시하고, 그가 나이를 더 먹었다는 사실도 무시하리라 믿었다.

24층을 지난 그들은 층과 층 사이 낙서가 가득한 틈새에 다시 진입했다. 집에서 만든 페인트의 역한 냄새가 남아 있었다. 최근 그림은 여기저기 페인트가 흘렀고, 일부는 바로 어젯밤에 그린 모양새였다. 계단 난간에서 한참 위, 둥근 콘크리트 벽을 감싼 굵은 글자를 읽으면 이랬다.

'이것이 우리의 로.'

페인트도 다 마르지 않았지만, 사일로를 '로'라고 부르는 건 구식이란 느낌이 들었다. 이젠 아무도 사일로를 로라고 부르지 않았다. 몇 년 동안은 그랬다. 그보다 한참 위에는 훨씬 더 오래된 글자가 적혀 있었다.

'이걸 닦아요, 어머니······.'

나머지는 검열 페인트칠에 가려졌다. 마치 누구든 그걸 읽을 수 있지만 빈칸은 채울 수 없다는 듯이 말이다. 어쨌든 치명적인 위반은 처음 절반에 있었다.

'꼭대기 층을 무너뜨려!'

미션은 이 낙서를 보고 웃으며 캠에게 보여줬다. 아마 중층부보다 위에서 태어나 자기혐오에 가득한 어린아이, 자기네의 행운을 참을 수 없던 아이가 칠했을 것이다. 미션은 그런 부류를 알았다. 미션과 같은 부류였다. 그는 작년 낙서 위에 칠해진 낙서, 그리고 그보다 오래전에 칠해진 낙서 전부를 연구했다. 층과 층 사이, 계단에서 뻗어 나온 강철 들보가 그 너머의 시멘트로 이어지는 곳에서는 이런 슬로건들이 몇 세대를 거슬러 올라갔다.

'끝이 다가온다……'

미션은 반박할 수 없다고 생각하며 이 슬로건 옆을 지나쳤다. 끝은 다가오고 있었다. 뼛속까지 느낄 수 있었다. 볼트가 느슨해지고 관절이 녹슨 사일로의 덜컹거림 속에서도 들을 수 있었고, 최근에 사람들이 소지품을 품에 꼭 끌어안고 어깨를 잔뜩 치켜세우고 걷는 모습에서 볼 수 있었다. 모두에게 끝이 다가오고 있었다.

물론 미션의 아버지는 웃으면서 반박할 것이다. 이렇게 여러 층 떨어진 곳에서도 미션은 아버지의 목소리를 들을 수 있었다. 아버지와 아버지의 형제가 태어나기 훨씬 전부터도 사람들이 똑같은 생각을 했으며, 모든 세대가 다시 이런 생각을 하고 자기네 시대가 특별하다고 여기며 모든 것이 자기들과 함께 끝나리라 생각하는 것도 자만심이라고 말하겠지. 아버지는 사람들이 이런 생각을 하는 건 두려움 때문이 아니라 희망 때문이라고 했다. 끝이 다가온다고 말하는 사람들은 미소를 감추지 못했다. 그들은 끝이 왔을 때 홀로 죽지 않기를 기도했다. 누구도 그 후에 살아남아서 그들 없이 행복하게 살지 않기를 희망했다.

이런 생각을 하니 미션은 목이 근질거렸다. 그는 한 손으로 운반용 끈을 잡고 반대쪽 손으로 목에 두른 손수건을 바로잡았다. 모든 것의 끝을 생각할 때면 목을 가리는 것이 그의 불안한 습관이었다.

"잘 올라가고 있어?" 캠이 물었다.

"난 괜찮아." 미션은 어느새 속도를 늦췄음을 깨닫고 외쳤다. 그는 두 손으로 가방끈을 잡고 보폭에, 맡은 일에 집중했다. 그의 머릿속에는 그림자로 일하면서 집어넣은 메트로놈이 있었다. 2인용 운반을 위한 틱톡, 틱톡 박자. 시간을 잘 재어 움직이는 두 명의 운반인이 하나의 리듬에 빠져들면 10여 층을 올라가면서도 짐의 무거움을 느끼지 못한다. 미션과 캠은 아직 그런 수준이 아니었다. 가끔 한 명이 발을 끌거나 속도를 조절해서 상대에게 맞춰야 했다. 그러지 않으면 짐이 위험하게 흔들릴 수도 있었다.

그들의 짐. 그걸 짐이라고 생각하는 편이 더 쉬웠다. 시체라고, 죽은 사람이라고 생각하기보다는 그편이 나았다.

미션은 한 번도 만난 적 없는 할아버지를 생각했다. 할아버지는 78년의 폭동에서 죽었고, 농장을 물려받을 아들과 칠장이가 될 딸을 남겼다. 미션의 고모는 몇 년 전에 그 일을 그만뒀다. 더는 녹슨 부분을 깎고 드러난 강철에 밑칠하고 페인트를 칠하지 않았다. 아무도 그 일을 하지 않았고 신경 쓰지도 않았다. 그래도 미션의 아버지는 여전히 같은 땅에서, 몇 세대에 걸쳐 존스 가문의 남자들이 가꾼 그 땅에서 농장을 일구며 언제까지나 모든 것이 변함없으리라 주장했다.

"그 말에는 다른 의미도 있다는 거, 너도 알지." 아버지는 언젠가 미션이 혁명에 대해 말하자 그렇게 말했다. "돌고 도는 순환을 의미하기도 해. 한 바퀴를 도는 거지. 혁명이 한 번 일어나면, 시작했던 곳으로 돌아가는 거야."

사제들이 옥수수 아래에 사람을 묻으러 오면 미션의 아버지는 그런 말을 하기를 좋아했다. 아버지는 삽으로 흙을 다지면서 세상은 이렇게 돌아간다고 말하고, 엄지손가락으로 흙을 깔끔하게 파내어 씨앗을 심곤 했다.

미션은 친구들에게 혁명에 이런 다른 의미도 있다고 말했다. 혼자 알아낸 척했었다. 밤에 어두운 층계참에서 비닐봉지에 든 감자 접착제를 들이마시면서 서로에게 뻐길 때 늘어놓기 딱 좋은 가짜 지식이었다.

그 말에 감명을 받은 사람은 제일 친한 친구였던 로드니뿐이었다. "우리가 바꾸기 전에는 아무것도 바뀌지 않는 거네." 로드니는 진지한 눈빛으로 그렇게 말했었다.

미션은 로드니가 지금 뭘 하고 있을지 궁금했다. 로드니를 보지 못한 지 몇 달이나 됐다. IT부에서 어떤 그림자로 일하는지는 몰라도 밖에 잘 나오질 않았다.

그는 더 좋았던 시절, '둥지'에서 친구들과 꼭 붙어서 자라던 시절을 돌아보았다. 위쪽 층에서 모두 함께 늙어가리라 생각했던 기억이 났다. 같은 복도에서 살며, 결국엔 태어날 아이들이 예전 자신들처럼 노는 모습을 보리라 여겼던 기억.

그러나 모두가 각자의 길로 흩어졌다. 누가 먼저 부모의 발자취를 따르리라는 기대를 거부했는지 기억나진 않았지만, 결국에는 대부분이 부모를 저버렸다. 모두 집을 떠나 새로운 운명을 선택했다. 배관공의 아들들이 농장을 선택했다. 식당의 딸들이 바느질을 배웠다. 농부의 아들들은 운반인이 되었다.

미션은 집을 떠날 때 화를 냈던 것을 떠올렸다. 아버지와 싸우고, 삽을 던지면서 다시는 구덩이를 파지 않겠다고 장담했던 것을 기억했다. 그는 '둥지'에서 원하면 무엇이든 될 수 있다고, 그의 운명은 그만의 것이라고 배웠다. 그래서 살기 비참해졌을 때 그는 농장 때문이라고 생각했다. 가족 때문이라고.

미션과 캠은 운송부에서 동전을 던졌고, 미션이 죽은 남자의 어깨를 짊어지게 되었다. 앞에 놓인 계단을 살피려고 시선을 들어 올리면 뒤통수가 플라스틱 주머니에 든 시체의 정수리를 건드렸다. 탄생의 날과 죽음의 날이 동전의 양면처럼 맞붙었다. 미션은 두 명 몫인 이 짐을 혼자 다 들었다. 한 번에 두 계단씩 혹독한 속도로 걸으면서 어린 날을 보낸 농장을 향해 올라갔다.

26

검시관 사무실은 32층으로, 농장 바로 아래여서 나무뿌리들 아래로 구불구불 이어지는 어둡고 축축한 복도 한쪽 끝에 숨겨져 있었다. 반 층짜리답게 천장이 낮았다. 펌프가 가동하여 멀리 떨어진 메마른 뿌리에 영양분을 보내느라 위에 드러난 파이프들이 성난 듯 덜컥거렸다. 수십 군데에서 새는 물방울이 아래에 받친 들통과 냄비에 떨어졌다. 최근에 비우고 다시 놓은 냄비에서는 물방울이 떨어질 때마다 금속성이 울렸다. 또 한 냄비가 넘쳤다. 바닥은 미끄러웠고, 벽은 땀에 젖은 피부처럼 축축했다.

검시관 사무실에 들어선 두 소년은 시체를 우그러진 금속판 위에 올려놓았고, 검시관은 미션이 내민 업무 일지에 서명했다. 그녀는 예정보다 빨리 배달해줬다며 팁을 줬고, 덤으로 받은 치트를 보자 너무 빠른 속도로 움직이는 데 부루퉁해 있던 캠도 기분이 좋아졌다. 복도로 나간 캠은 미션에게 하루를 잘 보내라고 인사한 후 출구로 튀어 나갔다.

미션은 멀어지는 친구의 모습을 보며, 캠보다 훨씬 나이 먹은 기분을 느꼈다. 캠은 그날 밤에 있을 자정의 운반인 모임에 대해 듣지 못했다. 미션은 캠이 그것을 모른다는 사실이 부러웠다.

농장에 빈손으로 도착해 아버지에게 게으르다는 소리를 듣고 싶지 않았던 미션은 정비실에 들러서 혹시 위층으로 가져갈 물건이 있는지 확인했다. 하얀 턱수염을 기르고 펌프를 잘 다루는 흑인 윈터스가 근무 중이었다. 그는 의심스러운 눈으로 미션을 보더니 운반인을 쓸 예산은 없다고 말했다. 미션은 어차피 위층으로 가는 길이라 기꺼이 짐을 나를 생각이라고 설명했다.

"그런 거라면……." 윈터스는 작업대 위에 커다란 물 펌프를 올렸다.

"딱 좋네요." 미션은 미소 지으며 말했다.

윈터스는 미션이 볼트를 푸는 모습이라도 보았다는 듯이 눈을 가늘게 떴다.

펌프는 미션의 운반인 가방에 들어가지 않았지만, 가방 바깥에 달린 끈을 툭 튀어나온 파이프에 감았더니 딱 맞았다. 윈터스는 미션이 그 끈에 팔을 넣고 펌프를 등에 지도록 도와줬다. 미션은 노인에게 고맙다고 말해서 또 한 번 찌푸리는 눈길을 받고는, 나머지 반 층을 올라갔다. 계단으로 돌아가자 젖은 복도의 곰팡내가 희미해지고, 막 갈아엎은 흙과 점토 냄새가 났다. 미션을 과거로 끌어당기는 고향의 냄새였다.

31층 층계참은 그날의 식량을 받기 위해 농장에 비집고 들어가려는 사람들로 붐볐다. 그 사람들에게서 조금 떨어진 곳에 농부의 녹색 작업복을 입은 어머니 한 명이 서서 우는 아이를 달래고 있었다. 무릎에는 채집자 특유의 얼룩이 졌고, 시끄러운 아기를 달래느라 재배지에서 나와야 했던 사람답게 표정이 격했다. 미션은 지나치면서 그 어머니가 노래하는 친숙한 동요의 가사를 들었다. 그녀는 아이를 난간 가까이에서 무섭도록 흔들고 있었고, 미션의 눈에는 그 아이의 크게 뜬 눈이 순수한 공포처럼 보였다.

군중 사이를 비집고 들어가자 아기 울음소리는 일상 소음에 묻혀 멀어졌다. 그러고 보니 요새는 아이를 보기가 정말 힘들다는 생각이 들었다. 미션의 어릴 때와는 달랐다. 마지막 세대가 초래한 폭력 이후에 폭발하듯이 신생아가 태어났었는데, 최근에는 자연사하는 사람이 드문드문 있을 뿐이었고 그에 따라 티켓 당첨자도 적었다. 우는 아기도 줄었고 기뻐하는 부모도 줄었다는 뜻이었다.

그는 겨우 문을 지나서 중앙 복도로 들어갔다. 미션은 손수건으로 입술에 맺힌 땀을 닦았다. 아래층에서 물통을 채우는 것을 잊었고 입이 말랐다. 이제는 괜히 빨리 운반했나 어리석게 느껴졌다. 눈앞의 생일이 때려눕혀야 할 마감이고, 아버지를 빨리 보고 떠날수록 좋다고 여겼던 것 같다. 하지만 이제 어린 시절의 풍경과 소리가 쏟아지는 곳에 오고 보니 음울하고 화났던 생각들이 녹아서 없어졌다. 여기는 고향이었고, 미션은 고향에 와서 이렇게 기분이 좋다는 사실이 싫었다.

미션이 문으로 향하는 중에 몇 명이 인사하고 손을 흔들었다.

미션이 아는 운반인 몇 명이 식당으로 지고 올라갈 과일과 채소 자루를 채우고 있었다. 그는 보안문 바깥의 노점에서 일하는 고모를 보았다. 칠장이 일을 포기한 고모는 이제 법적으로 미심쩍은 판매 일을 했는데, 그림자로 교육받은 적도 없고 그래서 권리도 없는 직업이었다. 미션은 고모의 눈길을 끌지 않으려고 최선을 다했다. 잔소리에 휘말려 들거나 머리를 헝클어뜨리고 손수건을 바로잡는 손길을 받고 싶지 않았다.

가판대들 너머에서는 좀 더 어린 아이들 한 무리가 어둡고 먼 구석에 모여서 아마도 씨앗을 거래하는 것 같았는데, 자기들 생각만큼 눈에 안 띄지는 않았다. 입구에 펼쳐진 것은 직판하는 농부들과 멀리 떨어진 층에서 몰려든 사람들로 이루어진 임시 시장이었다. 사람들은 자신들의 상점과 가게까지 식량이 오지 못할까 봐 두려워했다. 공포가 공포를 부르고, 군중은 인파가 되어가니 어떻게 하면 사람들이 폭도로 변하는지 알아내기가 어렵지 않았다.

정문 보안을 맡은 사람은 프랭키였는데, 미션과 함께 성장한 키크고 멀대 같은 녀석이었다. 미션은 속에 입은 셔츠 밑단으로 이마를 훔쳤다. 이미 땀으로 축축하게 젖어 있었다. "어이, 프랭키." 미션이 외쳤다.

"미션." 눈인사와 미소. 오래전에 그림자 기간을 끝낸 또 한 친구는 미션에게 악감정이 없었다. 프랭키의 아버지는 보안부에서 일했고 아래쪽 IT부를 담당했다. 프랭키는 농부가 되고 싶어 했는데, 미션은 결코 이해할 수 없는 일이었다. 교사였던 크로 부인은 기뻐하며 프랭키에게 꿈을 따라가라고 격려했다. 그런데 이제 프랭키는 농장의 보안을 맡게 되었으니, 아이러니한 일이었다. 마치 타고난 소명에서 벗어날 수 없었던 것 같지 않은가.

미션은 미소 지으며 프랭키의 어깨까지 내려오는 머리를 고갯짓으로 가리켰다. "누가 빨리 자라라고 약이라도 뿌렸어?"

프랭키는 멋쩍어하며 귀 뒤로 머리카락을 넘겼다. "나도 알아. 그렇지? 어머니가 여기까지 올라와서 내가 자고 있을 때 잘라버리겠대."

"어머니에게 그때는 내가 널 잡고 있겠다고 전해드려." 미션은 웃으면서 말했다. "통과시켜줄래?"

옆쪽으로 손수레와 밀차용의 넓은 문이 있었다. 미션은 등에 무거운 펌프를 진 채로 힘겹게 회전문을 밀고 들어가고 싶지 않았다. 프랭키가 버튼을 누르자 넓은 문이 징 소리를 냈다. 미션은 그 문을 밀고 들어갔다.

"뭘 짊어진 거야?" 프랭키가 물었다.

"윈터스가 보내는 물 펌프. 넌 어떻게 지냈어?"

프랭키는 보안문 너머 군중들을 훑어보았다. "잠깐만 있어봐." 그는 누군가를 찾고 있었다. 농부 두 명이 작업 배지를 흔들고 회전문을 통과해서 수다를 떨며 멀어졌다. 프랭키는 녹색 작업복을 입은 누군가에게 손을 흔들더니 업무를 대신 해줄 수 있냐고 물었다.

"가자." 프랭키가 미션에게 말했다. "같이 가."

오래된 두 친구는 중앙 복도를 따라 멀리 눈부신 재배등 불빛을 향해 걸어갔다. 냄새는 취할 것 같았고 친숙했다. 미션은 수경 농장의 고약한 냄새 가까이에서 자란 프랭키에게는 이 냄새가 어떤 의미일까 궁금했다. 미션에게 수경 농장 냄새가 그렇듯이, 이 흙냄새도 프랭키에게는 악취일지 모른다. 어쩌면 프랭키는 수경 농장에서 좋은 기억을 되살릴지도 모른다.

"요새 여기 상황이 미쳐 돌아가." 프랭키는 보안문에서 멀어지자 소곤거렸다.

미션은 고개를 끄덕였다. "그래, 나도 가판대가 늘어난 거 봤어. 매일 사람이 늘어나는 거지?"

프랭키는 이야기할 시간을 늘리려고 미션의 팔을 잡고 속도를 늦췄다. 사무실 어딘가에서 갓 구운 빵 냄새가 흘러나왔다. 따뜻한 빵을 먹기엔 7층의 베이커리가 너무 멀건만, 이것도 새로운 현상이었다. 농장 깊숙한 곳 어딘가에서 밀가루를 가는 모양이었다.

"사람들이 식당에서 어쩌는지 너도 봤지?" 프랭키가 물었다.

"몇 주 전에 짐을 지고 그쪽에 갔었어." 미션은 말하면서 어깨 끈 밑에 엄지손가락을 끼우고, 무거운 펌프를 추켜올렸다. "벽 스크린 옆에 뭔가를 짓고 있는 걸 봤어. 뭔지는 못 봤고."

"그 위에서 양배추를 키우기 시작했어." 프랭키가 말했다. "아마 옥수수도."

"그러면 우린 여기와 거기 사이를 덜 오가게 되겠네." 미션은 운반인답게 생각하고는, 발끝으로 벽을 톡톡 두드렸다. "로커가 들으면 화내겠는데."

프랭키는 입술을 깨물고 눈을 가늘게 떴다. "그래, 하지만 운송부에서 직접 콩을 키우기 시작한 사람이 로커 아니었어?"

미션은 어깨를 흔들었다. 두 팔이 무감각했다. 짐을 지고 가만히 서 있는 건 익숙하지가 않았다. 움직이는 쪽이 익숙했다. "그건 다르지." 그는 반박했다. "그건 올라가는 데 쓰기 위한 식량이야."

프랭키는 고개를 내저었다. "그래, 맞아. 하지만 로커도 위악이 잖아?"

"위선이라고 하려는 거지?"

"뭐든 간에. 내 말은, 누구나 핑계는 있다는 거야. '우리가 이러는 건 쟤네가 그러기 때문이고 다른 누군가가 시작했기 때문이야. 그러니까 우리가 쟤네보다 좀 더 하면 뭐 어때?' 이런 식이지. 그런 태도라고. 하지만 그렇게 다음 집단이 좀 더 하다 보면 일이 꼬이는 거야. 한쪽으로 도는 톱니바퀴처럼 점점 늘어나기만 하지."

미션은 멀리 보이는 불빛을 보았다. "난 모르겠어. 시장은 최근에 모든 걸 되는대로 내버려두는 것 같아."

프랭키는 웃음을 터뜨렸다. "너 정말로 시장이 책임자라고 생각해? 시장은 겁먹었어. 겁먹었고 늙었어." 프랭키는 복도 반대편을 흘긋 돌아보며 아무도 오지 않는 것을 확인했다. 프랭키는 어렸을 때부터 불안해하고 편집증을 보였다. 더 어렸을 때는 재미있었지만, 지금은 슬프고 조금은 걱정스러웠다. "언젠가 우리가 책임자가 되면 어떨지 얘기했던 거 기억나? 모든 게 어떻게 달라질지 말했던 거?"

"그렇게 돌아가지 않아." 미션은 말했다. "우리가 책임을 맡을 때쯤이면 우리도 그 사람들처럼 늙어서 더는 신경 쓰지 않게 될 거야. 그때는 우리 애들이 똑같은 헛짓거리만 한다고 우릴 미워할 수 있겠지."

프랭키는 소리 내어 웃었고, 덕분에 뻣뻣한 몸에서 긴장이 누그러드는 것 같았다. "네 말이 맞겠지."

"그래. 음, 난 팔이 떨어지기 전에 가봐야겠다." 미션은 펌프를 다시 추켜올렸다.

프랭키가 그의 어깨를 두드렸다. "그래. 만나서 반가웠다, 야."

"그러게." 미션은 고개를 끄덕이고 돌아섰다.

"아 참, 미션……."

미션은 멈춰 서서 돌아보았다.

"조만간 까마귀 만날 일 있어?"

"내일 그쪽을 지나가." 그는 이 밤 동안 살아남는다고 가정하며 말했다.

프랭키는 미소 지었다. "내 안부도 좀 전해줄래?"

"그럴게." 미션은 약속했다.

목록에 더할 이름이 또 늘었다. 미션이 친구들 대신 전해주는 전언마다 요금을 물린다면, 지금까지 저축한 384치트보다 훨씬 더 벌었을 것이다. 까마귀에게 전해주는 인사마다 0.5치트씩 물렸다면 지금쯤 집을 사고도 남았을 것이다. 중간 기착지에 머물 필요도 없을 테고. 하지만 친구들이 보내는 전언은 어두운 생각보다 훨씬 가벼웠기에, 미션은 그런 전언이 공간을 차지하는 게 싫지 않았다. 기억할 전언이 많으면 다른 생각을 쫓아낼 수 있었다. 그리고 미션은 이미 그것보다 무거운 생각을 많이 지고 다녔다.

27

아버지에게 가기 전에 등에서 펌프를 내리는 게 더 합리적인 데다 스스로에게 친절했을 테지만, 그 펌프를 지고 올라온 목적 자체가 아버지에게 짐을 진 모습을 보여주는 데 있었다. 그래서 미션은 식물 재배 복도로 들어가서, 할아버지가 일했고 아마 증조할아버지도 일했을 재배장으로 향했다. 콩 줄기와 블루베리 줄기를 지나, 호박과 감자 너머에. 추수할 때가 된 듯한 옥수수밭에서 미션은 언제나 기억하는 모습 그대로 무릎을 꿇고 일하고 있는 아버지를 찾아냈다. 아버지는 작은 삽으로 흙을 고르면서, 두 손으로는 스스로 알지도 못하는 사이에 머리카락을 꼬고 또 꼬는 여자애처럼 습관적으로 잡초를 뽑고 있었다.

"아버지."

아버지는 재배등의 열기 때문에 땀이 번들거리는 이마를 옆으로 돌렸다. 미소가 번득였다가 바로 사라졌다. 미션의 이복동생인 라일리가 늘어선 옥수수 뒤에서 나타났는데, 아버지의 열두 살짜리 복제품은 두 손이 흙투성이였다. 라일리는 뛰기 전에 먼저 "미션!"이라고 외치며 인사부터 했다.

"옥수수 좋아 보이네." 미션은 그렇게 말하고, 펌프의 무게를 등에 안정적으로 배치한 후 난간에 한 손을 올린 채 다른 한 손을 뻗어 엄지로 잎사귀를 구부렸다. 촉촉했다. 이삭은 추수하려면 몇 주 남은 상태였고, 그 냄새를 맡자 바로 정신이 들었다. 그는 각다귀 한 마리가 줄기를 타고 오르는 것을 보고 잽싸게 벌레를 잡아 죽였다.

"나한테 줄 거 가져왔어?" 남동생이 빽 소리를 질렀다.

미션은 웃음을 터뜨리며 동생의 검은 머리를 헤집었다. 그 아이의 어머니가 물려준 선물이었다. "미안하다, 동생. 이번에는 내려올 때 짐이 있었어." 그는 라일리와 아버지가 볼 수 있게 몸을 살짝 틀었다. 동생은 난간 제일 아랫단에 올라서더니 더 자세히 보려고 몸을 기울였다.

"그건 잠깐 내려놓지 그러냐?" 아버지가 묻더니, 귀중한 흙을 울타리 안에 제대로 가둬두기 위해 두 손으로 도닥인 후 손을 뻗어 미션과 악수를 했다. "좋아 보이는구나."

"아버지도요." 펌프 무게 때문에 엉덩방아를 찧을 위험만 없었다면 가슴을 내밀고 키가 더 커 보이게 섰을 것이다. "그런데 식당에서 양배추를 직접 키우기 시작했단 소리는 뭐예요?"

아버지는 끙 소리를 내며 고개를 내저었다. "내가 듣기론 옥수

수도 키운다더라. 망할 상층부, 위탁을 늘리다니." 그는 손가락으로 미션의 가슴을 쿡 찔렀다. "이건 너희에게도 영향이 있다는 거 알지."

너희라는 건 운반인 이야기였고, 아버지가 그렇게 말할 때는 특유의 말투가 있었다. 언제나 그 말투였다.

라일리가 미션의 작업복을 잡아당기며 주머니칼을 달라고 졸랐다. 미션은 접힌 날을 빼어 넘겨주면서 아버지를 관찰했다. 두 사람 사이에 침묵이 끓어올랐다. 아버지는 전보다 더 늙어 보였다. 피부는 기름칠한 나무색이었고, 재배등 아래에서 너무 오래 일한 탓에 건강하지 못한 검은 기운이 있었다. 그걸 '선탠'이라고 했는데, 그 특징 때문에 두 층 떨어진 곳에서도 농부를 알아볼 수 있었다.

머리 위 전구들이 강렬한 열기를 내뿜었고, 미션이 집에서 떨어져 있는 동안 지고 다닌 분노가 녹아내려 텅 빈 슬픔만 남았다. 어머니가 남겨둔 빈자리를 느낄 수 있었다. 그것이 미션에게 탄생의 대가를 상기시켰다. 몇 년이나 함부로 써서 망가진 피부와 콧잔등의 검은 점을 얻은 아버지에게는 안타까움이 더 컸다. 농장에서 일하고, 사일로의 죽은 사람들 사이를 누비는 녹색 작업복들에게는 모두 같은 흔적이 있었다.

미션은 어린 날의 선명한 첫 기억을 돌이켰다. 그 시절에는 큰 삽 같았던 작은 삽을 휘두르던 기억. 미션은 옥수수밭에서 놀면서 아버지를 흉내 내 흙을 뒤집고 있었는데, 경고도 없이 아버지가 손목을 움켜잡았다.

"거긴 파지 말아라." 아버지는 날 선 목소리로 말했다. 그때는 미션이 처음 장례식을 보기 전이었고, 씨앗 아래 무엇이 누워 있는지 직접 보기 전이었다. 장례식을 본 이후에는 미션도 얼마 전에 헤집어놓아 색이 짙은 흙 둔덕을 알아볼 수 있게 되었다.

"네게 무거운 짐을 운반시키는구나." 아버지는 침묵을 깨고 말했다. 미션이 지고 온 물건이 운송부가 배정한 일이라고 생각한다는 뜻이었다. 미션은 굳이 바로잡지 않았다.

"운송부는 우리가 감당할 수 있는 짐만 지게 하죠. 나이 많은 운반인은 우편배달을 해요. 각자 할 수 있는 일을 하는 거예요."

"내가 처음 그림자에서 벗어났을 때가 기억나는구나." 아버지는 눈을 가늘게 뜨고 이마를 닦으며 줄 저편을 고갯짓으로 가리켰다. "내가 감자와 씨름하는 사이에 날 가르치던 농부는 블루베리를 뜯으러 갔지. 두 개는 바구니에 넣고 하나는 본인이 먹고."

또 이 이야기라니. 미션은 라일리가 손가락을 칼끝에 대는 모습을 지켜보았다. 칼을 빼앗으려고 손을 뻗었지만, 동생은 몸을 빼냈다.

"나이 많은 운반인들이 편지를 맡는 건, 그 사람들이 쉬운 일을 맡을 수 있어서다." 아버지가 설명했다.

"아버진 지금 무슨 소리를 하는지 몰라요." 슬픔은 사라지고, 분노가 돌아왔다. "늙은 운반인들은 무릎이 안 좋기 때문에 우리가 무거운 짐을 지는 거예요. 게다가 제 보너스 급여는 짐 무게와 시간에 따라 다르니까, 전 신경 안 써요."

"아, 그렇겠지." 아버지는 미션의 발을 향해 손을 내저었다.

"그자들이 네게 보너스를 주니까 넌 무릎을 내어주는 거구나."

미션은 뺨에 힘이 들어가고, 목이 달아오르는 것을 느낄 수 있었다.

"내 말은, 나이가 들고 고참이 되면 될수록 네 선택이 고스란히 돌아온다는 것뿐이다. 그게 다야. 네가 조심했으면 좋겠다."

"전 알아서 조심하고 있어요, 아빠."

라일리가 기어올라서 난간 위에 앉더니 칼날에 비치는 자기 모습을 보고 이를 드러냈다. 아이는 벌써 콧잔등에 주근깨처럼 반점이 생겨 있었다. 농부의 '선탠'이 시작된 것이다. 손상된 몸에서 손상된 몸으로, 부전자전으로. 그리고 미션은 쉽사리 미래의 라일리를 그려볼 수 있었다. 그 난간 반대편에서, 자기 아이를 두고 성장한 어른의 모습을. 그 모습을 떠올리자 어떻게든 농장에서 빠져나와서 매일 밤 손톱에 흙이 낀 채로 집에 돌아가지 않을 직업을 얻은 게 고마워졌다.

"점심 같이 먹을 거냐?" 아버지가 미션을 밀어내고 있다는 사실을 감지했는지 물었다.

"괜찮으시다면요." 미션은 대답했다. 아버지가 그에게 밥을 먹이고 싶어 한다는 사실에 따끔한 죄책감이 느껴졌지만, 굳이 부탁하지 않아도 되어서 고마웠다. 게다가 미션이 가보지 않는다면 새엄마가 마음이 상할 것이다. "하지만 그 후엔 바로 뛰어가야 해요. 오늘 밤에…… 배달이 있어서요."

아버지는 얼굴을 찌푸렸다. "그래도 앨리를 보러 갈 시간은 있겠지? 앨리는 늘 너에 관해 물어본다. 네가 계속 기다리게 하면 여기엔 그 아이와 결혼할 남자들이 줄을 서 있어."

미션은 표정을 감추려고 얼굴을 닦았다. 앨리는 아주 좋은 친구였고, 처음이자 가장 짧은 로맨스의 상대이기도 했다. 하지만 앨리와 결혼한다면 농장과 결혼하는 셈이고, 집으로 돌아와서 묻혀 있는 시체들과 같이 사는 셈이었다. "이번엔 못 볼 것 같네요."그 사실을 인정하려니 기분이 나빴다.

"알았다. 가서 그 짐이나 내려라. 여기에서 우리와 떠드느라 보너스 놓치지 말고."아버지의 목소리에 깃든 실망감은 재배등보다 더 뜨거웠고, 감추기도 쉽지 않았다. "30분 후에 식당에서 볼까?"그는 손을 뻗어 한 번 더 아들의 손을 잡고는, 힘주어 쥐었다. "널 보니 좋구나, 아들아."

"저도요."미션은 아버지의 손을 흔들고는, 혹시나 묻었을 흙을 털기 위해 재배 구덩이 위에서 손뼉을 쳤다. 라일리가 마지못해 칼을 돌려줬고 미션은 날을 접어 넣었다. 그는 밤에 혹시 그 칼을 써야 할지도 모른다는 생각을 하면서 손잡이에 걸쇠를 걸었다. 잠시 아버지에게 경고해줘야 할까, 아버지와 라일리 둘 다 아침까지 안에만 있고 절대 나가지 말라고 말해줄까 하는 생각이 들었다.

하지만 그는 비밀을 지켰고, 동생의 어깨를 두드린 후 펌프실로 향했다. 늘어선 파종기와 수확기들 사이를 걸으면서 대충 만든 가판대에서 직접 채소를 팔고 밀가루를 가는 농부들에 대해 생각했다. 양배추와 옥수수를 직접 키우는 위층 식당에 대해서도 생각했다. 그리고 최근에 드러난, 운반인을 거치지 않고 무거운 짐을 다른 층으로 옮기겠다는 계획들에 대해 생각했다.

다들 폭력이 다시 터질 때를 대비해서 스스로를 돌보려고 하고 있었다. 미션은 의심과 불신이 부글부글 끓고, 벽이 세워지는 것을 느낄 수 있었다. 모두가 조금이라도 다른 사람에게 덜 의지하려고 하고, 피할 수 없는 일에 대비하며 몸을 낮추고 있었다.

펌프실로 다가가면서 배낭끈을 느슨하게 푸는데 위험한 생각이, 어떤 계시 같은 생각이 떠올랐다. 모두가 서로를 필요로 하지 않는 세상으로 가려고 한다면, 어떻게 그게 모두가 잘 지내는 데 도움이 될까.

28

거대한 나선 계단의 불빛도 밤이면 사람과 사일로가 잘 수 있도록 흐릿해졌다. 아이들도 자장가 소리에 잠든 지 오래고, 오직 마음이 심란한 사람들만이 돌아다니는 꼭두새벽이었다. 미션은 그 어둠 속에서 꼼짝 않고 기다렸다. 위쪽 어딘가에서 밧줄을 단단히 감아서 금속에 미끄러뜨리는 소리, 강철에 마찰을 일으키며 무거운 짐 때문에 팽팽하게 늘어나는 섬유의 비명이 들렸다.

운반인 한 무리가 미션과 함께 계단에 웅크리고 있었다. 미션은 안쪽 기둥에 뺨을 댔다. 강철이 피부를 식혀줬다. 그는 호흡을 고르면서 밧줄 소리에 귀를 기울였다. 미션은 밧줄이 내는 소리를 잘 알았고, 목에 있는 밧줄 흉터를, 시간이 지나면서 나온 우둘투둘한 자국을 느낄 수 있었다. 다른 사람들이 쳐다보기는 해도 큰 소리로 묻는 일은 잘 없는 흉터. 그리고 위층에서 짐이 천천히 내려오며 짙은 회색 어둠 속에 다시 한번 익숙한 마찰음이 울렸다.

그는 신호를 기다렸다. 밧줄을 생각하고, 자신의 삶을 생각했다. 그리고 다른 금지된 것들도 생각했다. 저 아래 74층의 운송부에는 회계 책이 있었다. 모든 운반인을 위한 중앙 휴게소에는 큰돈을 들여 종이로 만든 육중한 장부를 자물쇠와 열쇠를 써서 보관하고 있었다. 정보가 무전으로 샐 수 없도록 손으로 쓴, 특정한 배달에 대한 기록들이 담겨 있었다.

미션은 고참 운반인들이 이 장부에서 특정한 종류의 파이프를 추적했다는 말을 들었지만, 이유는 몰랐다. 놋쇠도 추적했고, 화학부에서 나오는 다양한 액체와 가루도 기록했다. 이런 물건을 주문하거나 너무 많은 밧줄을 주문하면 감시 목록에 올라갔다. 운반인들은 소문의 제왕이었다. 그들은 모든 것이 어디로 가는지 알았다. 그리고 운반인들의 속삭임은 응결되는 물방울처럼 '중앙 운송부'에 모이고 적혔다.

미션은 어둠 속에서 밧줄이 끼긱대며 노래하는 소리에 귀를 기울였다. 그는 밧줄이 목에 단단히 매이는 게 어떤 느낌인지 알았다. 목을 맬 정도 길이만 주문하면 아무도 신경 쓰지 않는다는 게 이상했다. 몇 층을 오갈 정도의 길이는 되어야 사람들이 수상하게 여겼다.

그는 어둠 속에서 손수건을 바로잡고 이런 생각을 했다. 아마 다른 사람의 직업을 빼앗는 것은 금지라도, 스스로의 목숨은 빼앗아도 된다는 거겠지.

"준비해." 위에서 속삭임이 들렸다.

미션은 주머니칼을 꽉 쥐고 눈앞의 일에 집중했다. 그는 희미한 빛 속에서 앞을 보려고 눈에 힘을 줬다. 주변에서 동료 운반인들이 내뱉는 고른 호흡 소리를 들을 수 있었다. 다들 기대감 속에 각자의 주머니칼을 움켜쥐고 있을 것이다.

이 직업의 모든 작업과 함께하는 칼이었다. 배달 상품을 열고, 올라가는 길에 먹을 과일을 자르고, 사일로의 높은 곳과 깊은 곳을 헤매고 다니며 일거리 한 번에 왕복으로 총 두 차례씩 위험을 감수하는 운반인들의 평화를 지켜주는 칼. 이제 미션은 명령을 기다리며 칼을 쥔 손에 힘을 주었다.

그 계단을 두 굽이 돌아 올라간 희미한 층계참에서는 100, 아니면 200치트를 아끼겠다고 어두운 밤에 운반인 일을 하고 있는 농부 한 무리가 밧줄 반대편 끝을 옮기며 작은 소리로 말다툼을 하고 있었다. 밧줄은 난간을 넘어가서 어둠 속으로 사라졌다. 그 밧줄을 잡으려면 몸을 난간 너머로 내밀고 마구 더듬어야 할 것이다. 그는 옷깃을 따라 둥글게 열기를 느꼈고, 땀에 젖은 손바닥에 잡힌 칼 손잡이가 불안했다.

"아직 아니야." 모건이 속삭였고, 미션은 그에게 그림자 교육을 해줬던 고참의 손이 어깨를 잡고 저지시키는 것을 느꼈다. 미션은 마음을 비웠다. 무거운 발전기를 지탱하느라 밧줄이 다시 끼긱 소리를 냈고, 짙은 회색 물체가 암흑 속을 지나갔다. 위쪽에 있던 남자들은 짐을 다루면서 작게 소리를 쳤다. 녹색 옷을 입고 파란 옷의 일을 하면서.

회색 덩어리가 조금씩 지나가는 동안 미션은 그날 밤의 위험을 생각하고, 마음 깊이 두려움이 느껴지는 데 놀랐다. 갑자기 언젠가는 끝내려고도 했던 목숨, 애초에 태어나지 말았어야 할 목숨이 아까워졌다. 그는 어머니를 생각했고, 목숨을 대가로 치러야 했던 불복종을 저질렀다는 사실 말고는 어떤 사람이었을지 궁금해졌다. 미션이 어머니에 대해 아는 것이라곤 그게 다였다. 1만분의 1이라는 확률로 어머니의 엉덩이 속 임플란트가 실패했다. 그런데 어머니는 그 사실을 알고 임플란트가 고장 나 임신했다고 보고하는 대신, 〈협정〉이 배 속의 아이를 태아가 아니라 아이라고 판단할 때까지 헐렁한 옷 속에 그를 숨겼다.

"준비해." 모건이 잇새로 말했다.

회색 덩어리 모양의 발전기가 조금씩 조금씩 내려오다가 사라졌다. 미션은 칼을 꽉 쥐고 자신은 어머니 몸속에서 잘려 나가 버려져야 했다는 생각을 했다. 그러나 날짜가 지나버렸고, 하나의 목숨을 다른 목숨과 맞바꿔야 했다. 그것이 〈협정〉이었다. 창살 속에서 태어난 미션은 자유의 몸이 되었고 어머니는 청소를 하러 사일로 바깥으로 나가야 했다.

"지금이야." 모건이 명령했고, 미션은 흠칫 놀랐다. 위쪽 계단에서 부드럽게 닳은 부츠 소리가 났고, 사람들이 행동을 개시하는 소리가 들렸다. 미션은 자기 역할에 집중했다. 구부러진 난간에 몸을 붙이고 그 너머의 허공에 손을 뻗었다. 손바닥이 강철처럼 뻣뻣한 밧줄을 찾아냈다. 그는 팽팽한 밧줄에 칼을 갖다 댔다.

힘줄이 끊어지는 듯한 소리가 울리고, 날카로운 칼날이 닿았을 뿐인데 꼬인 밧줄 가닥이 갈라졌다.

미션에게는 아래 층계참에 있을 사람들, 두 층 아래에서 기다리고 있을 공범 농부들을 생각할 시간이 거의 없었다. 남자들이 계단을 뛰어 올라갔다. 미션도 합세하고 싶었다. 살짝 톱질을 했을 뿐인데 밧줄이 마저 갈라졌고, 미션은 무거운 발전기가 속도를 높이면서 내는 바람 소리를 들었다고 생각했다. 조금 후에는 무시무시한 쾅 소리가 나고, 아래에 있던 남자들이 놀란 소리를 질렀다. 위에서는 이미 싸움이 벌어졌다.

미션은 한 손을 난간에 대고 반대쪽 손은 칼을 쥔 채로 한 번에 세 계단씩 올라갔다. 그는 위에서 벌어지는 난전에 달려들었다. 〈협정〉을 깨고 다른 사람의 직업을 빼앗으려 든 이들에게 주는 한밤의 교훈 현장이었다. 층계참에서 신음과 끙끙대는 소리와 부딪치는 소리가 흘러나왔고, 미션은 그 실랑이에 몸을 던졌다. 결과는 생각하지 않고, 오직 이 싸움만 생각하면서.

29

바퀴가 돌면서 휠체어가 삐걱거렸다. 한 바퀴 돌 때마다 날카로운 불평 같은 삐걱거림이 들린 후 죽음 같은 정적이 뒤따랐다. 도널드는 휠체어에 앉아 밀려가면서 이 리드미컬한 소리에 빠져들었다. 그의 숨결이 허공에 뿜어져 나가는 방은 그의 뼛속에 스민 것과 같은 한기를 머금고 있었다.

양쪽으로 끝도 없이 수면 장치의 줄과 열이 이어졌다. 작은 화면마다 이름들이, 현재에서 과거를 잘라내기 위해 만들어낸 이름들이 오렌지빛으로 반짝였다. 도널드는 출구까지 밀려가면서 스쳐 지나가는 이름들을 보았다. 머리가 무거웠다. 꿈이 꼬리를 말고 연기처럼 사라진 자리를 무거운 기억이 대신했다.

연한 파란색 작업복을 입은 남자들이 그를 인도하여 문을 통과하고 복도로 나갔다. 그는 눈에 익은 테이블이 있는 눈에 익은 방 안으로 들어갔다. 그들이 그의 맨발을 발 받침대에서 치우자 휠체어가 흔들렸다. 그는 얼마나 지났냐고, 자신이 얼마나 잠들어 있었냐고 물었다.

"100년입니다." 누군가가 말했다. 그렇다면 오리엔테이션 이후 160년이 흘렀다. 휠체어가 불안한 것도 당연했다. 도널드보다 더 오래된 물건이었다. 도널드가 잠들어 있던 오랜 시간 동안 나사가 헐거워졌을 것이다.

그들은 그를 부축해 일으켰다. 아직 냉동 수면 때문에 발에 감각이 없었고, 한기가 약해지면서 온몸이 아프게 따끔거렸다. 커튼이 처졌다. 그들은 그에게 컵에 대고 소변을 누라고 했는데, 그건 굉장한 안도감을 줬다. 소변 샘플은 석탄색이었다. 몸속에서 흘러나온 죽은 기계들의 색깔이었다. 한기가 방이 아니라 몸속에 있다는 건 알지만, 종이 가운으로는 몸을 덥히기에 부족했다. 그들은 그에게 쓴 음료수를 더 먹였다.

"머리가 맑아지려면 얼마나 걸리지?" 누군가가 물었다.

"하루는 걸립니다." 의사가 말했다. "빨라도 내일이에요."

그들은 그를 앉히고 피를 뽑았다. 하얀 작업복을 입고 똑같이 하얀 머리를 한 노인이 문가에서 얼굴을 찌푸렸다. "힘을 아끼게." 하얀 옷이 말했다. 그는 의사에게 고개를 끄덕여 일을 계속하라고 하더니, 도널드가 흔들리는 기억 속에서 정체를 찾아내기 전에 사라졌다. 도널드는 냉기에 파래진 피가 뽑혀 나오는 것을 보며 현기증을 느꼈다.

그들은 눈에 익은 승강기를 탔다. 주위 남자들이 떠들었지만, 그들의 목소리는 멀기만 했다. 도널드는 약에 취한 느낌이었지만, 이제 알약을 먹지 않고 있었다는 사실이 기억났다. 그는 손가락과 입이 다 따끔거리는 가운데 아랫입술에 손을 뻗어 입안의 염증을, 알약을 삼키지 않고 붙여두던 작은 부위를 찾으려 했다.

그러나 염증은 없었다. 자는 사이에 나은 지 수십 년이었다. 엘리베이터 문이 열렸고, 도널드는 꿈속의 시간이 좀 더 흐려지는 것을 느꼈다.

그들은 또 다른 복도로 휠체어를 밀고 갔다. 벽에는 딱 바퀴 정도 높이에 자국이 남아 있었는데, 고무가 페인트와 계속 스치면서 만든 검은색 호선이었다. 그의 시선은 100년이 넘는 세월에 마모된 벽을, 천장을, 타일을 헤맸다. 모든 게 새것이었던 게 어제 같았다. 이제는 마구 사용한 티가 확연했고, 갑자기 폐허가 되어버렸다. 도널드는 딱 이런 복도들을 설계했던 기억이 났다. 그 복도들이 긴 세월을 버텨야 할 거라고 생각했던 기억도 났다. 진실은 내내 그곳에 있었다. 그것은 그 설계안 속에서 그를 마주 보고 있었다. 너무 미친 계획이라서 진지하게 받아들이지 못했을 뿐.

휠체어가 느려졌다.

"다음 방이야." 뒤에서 걸걸한 목소리가 말했다. 익숙한 목소리였다. 도널드는 닫힌 문 하나를 더 지나쳐서 밀려갔다. 잡역부 한 명이 허리에 찬 열쇠 꾸러미를 절그렁거리며 휠체어 앞으로 돌아서 갔다. 열쇠 하나를 골라내어 자물쇠에 집어넣자 연이어 깔끔한 철컥 소리가 났다. 문을 안쪽으로 밀자 경첩이 비명을 질렀다.

방 안의 불이 켜졌다.

감옥 같은 방이었고, 쓰지 않아 곰팡내가 났다. 머리 위 불빛은 깜박거리다가 켜졌다. 구석에 좁은 2층 침대가 하나 놓여 있고, 협탁과 서랍장과 화장실이 하나씩 있었다.

"내가 왜 여기 있죠?" 도널드는 갈라지는 목소리로 물었다.

"여기가 선생님 방이 될 겁니다." 잡역부가 열쇠를 넣으며 말했다. 잡역부의 젊은 눈은 이렇게 답해도 괜찮냐는 듯이 휠체어를 밀던 남자에게 향했다. 연푸른색 작업복을 입은 다른 젊은이가 서둘러 앞으로 오더니 도널드의 발을 발 받침대에서 떼어내어 오랫동안 써서 납작하게 닳은 카펫에 올려놓았다.

도널드의 마지막 기억은 가죽 날개를 달고 으르렁대는 개들에게 쫓겨 뼈의 산을 올라가던 기억이었다. 하지만 그건 꿈이었다. 진짜 마지막 기억은 뭐였지? 바늘이 기억났다. 죽던 기억이 났다. 진짜처럼 느껴졌다.

"내 말은……." 도널드는 고통스럽게 침을 삼켰다. "내가 왜…… 깨어난 거죠?"

왜 살아 있냐고 말할 뻔했다. 두 잡역부는 그를 부축해 일으켜 아래쪽 침대로 옮기면서 서로 시선을 교환했다. 휠체어는 복도로 다시 밀려 나가면서 한 번 더 끼긱거렸다. 휠체어를 밀던 남자가 멈칫했는데, 그 넓은 어깨에 비하면 문이 작아 보였다.

잡역부 하나가 도널드의 손목을 잡았다. 손가락 두 개가 가볍게 얼음처럼 푸른 혈관을 누르고, 소리 없이 입술을 움직이며 수를 헤아렸다. 다른 잡역부는 플라스틱 컵에 알약을 두 개 떨구고 물병 뚜껑을 더듬었다.

"그럴 필요는 없을 거야." 문 앞에 선 그림자가 말했다.

알약을 챙긴 잡역부가 뒤돌아보는 순간 노인이 작은 방 안에 들어서면서 공기가 달라졌다. 방이 쪼그라들었다. 도널드는 숨 쉬기가 더 힘들어졌다.

"당신은 소······." 도널드가 속삭였다.

흰머리의 노인은 두 잡역부에게 손을 내저었다. "우리에게 잠시 시간을 주게."

도널드의 손목을 잡고 있던 잡역부가 맥박 세기를 끝내고 다른한 명에게 고개를 끄덕였다. 삼키지 않은 알약이 일회용 컵 안에서 달그락거렸다. 노인의 얼굴을 보자 헝클어진 꿈과 환각을 꿰뚫고 도널드 안의 뭔가가 깨어났다.

"당신을 기억해." 도널드가 말했다. "당신은 소면이야."

머리카락만큼이나 하얀 미소가 번득이고, 입가와 눈가에 주름이 잡혔다. 복도에 놓여 있던 휠체어가 밀려가면서 삐걱거렸다. 문이 닫혔다. 도널드는 문이 잠기는 소리를 들었다고 생각했지만, 한 번씩 이가 딱딱 부딪쳤고 아직 청력도 흐릿했다.

"서면이지." 남자는 이름을 바로잡았다.

"기억나." 도널드는 말했다. 그의 집무실도 기억이 났다. 위층에 있던 사무실과 멀리 떨어져 있던 다른 사무실도, 아직 비가 오던 곳, 풀이 자라고 1년에 한 번씩 벚꽃이 피던 곳에 있던 사무실도. 이 남자는 예전에 상원의원이었다.

"자네가 기억을 한다는 건 우리가 풀어야 할 수수께끼지." 노인은 고개를 기울였다. "지금으로써는 자네가 기억해서 다행이야. 기억해줄 필요가 있어."

서먼은 금속 서랍장에 몸을 기댔다. 며칠은 잠을 못 이룬 얼굴이었다. 머리카락이 흐트러진 모습이 도널드의 기억과 달랐다. 슬픈 눈 아래는 시커멨다. 어째선지 훨씬…… 더 늙어 보였다.

도널드는 제 손바닥을 내려다보았다. 침대 스프링 때문에 방이 흔들거리는 것처럼 느껴졌다. 다시금 자기 이름을 기억해내고 풀려나고 싶어 했던 한 남자의 끔찍한 모습이 스쳐 지나갔다.

"내 이름은 도널드 킨이야."

"그러니까 정말로 기억하는군. 내가 누군지도 알겠나?" 그는 종이를 접어서 내밀고 답을 기다렸다.

도널드는 고개를 끄덕였다.

"좋아." 소먼은, 그 해동 인간은 몸을 돌리고 접은 종이를 서랍장 위에 텐트처럼 삼각형으로 서게 놓았다. "우린 자네가 모든 것을 기억해줬으면 해. 안개가 걷히는 동안 이 보고서를 연구하고, 뭔가 엉성한 부분이 있는지 보게. 속이 가라앉으면 제대로 된 식사를 내려보내지."

도널드는 관자놀이를 문질렀다.

"자네는 꽤 오래 자고 있었어." 소먼이 말하고는 손가락 마디로 문을 두드렸다.

도널드는 카펫에 올려놓은 발가락을 꿈틀거렸다. 발에 감각이 돌아오고 있었다. 문에서 철컥 소리가 나더니 안으로 열렸고, 상원의원은 다시 한번 복도에서 들어오는 빛을 막아섰다. 잠시 동안 그림자가 되었다.

"쉬게. 그다음에 함께 답을 찾도록 하지. 자네를 보고 싶어 하는 사람이 있어."

도널드가 그게 무슨 뜻인지 묻기도 전에 방문이 닫혀버렸다. 그리고 어째선지 문이 닫히고 노인이 나가자 좁은 공간에 숨 쉴 공기가 더 생겼다. 도널드는 몇 번 심호흡을 했다. 스스로를 추스르고, 침대 틀을 잡고 힘겹게 일어섰다. 그렇게 비틀거리면서 잠시 서 있었다.

"함께 답을 찾는다고." 그는 그 말을 큰 소리로 되풀이했다. 누군가가 그를 보고 싶어 했다.

고개를 내젓자 세상이 빙빙 돌았다. 그에게 무슨 답이라도 있단 말인가. 그에겐 질문만 가득했다. 냉동에서 그를 깨운 사람 한 명이 어느 사일로가 무너지고 있다고 했던 기억이 났다. 어느 사일로인지는 기억할 수가 없었다. 왜 그 일을 두고 도널드를 깨운 걸까?

그는 비틀거리며 문으로 다가가서 손잡이를 돌려보고는, 이미 알고 있던 사실을 확인했다. 그리고 종잇조각이 접힌 모양대로 놓여 있는 서랍장으로 향했다.

"좀 쉬라고." 그는 말하면서 그 제안에 웃음을 터뜨렸다. 잠을 잘 수 있겠는가. 영원히 잠들어 있었던 듯한 기분이었다. 그는 종이를 집어 들어 접힌 부분을 폈다.

보고서였다. 도널드가 기억하는 보고서의 사본이었다. 끔찍한 짓을 한 어떤 청년에 대한 보고서. 거대한 회전축 위에 선 것처럼 방이 빙그르르 돌았다. 남자와 여자들이 서로를 짓밟고 죽어가는 모습, 끔찍한 명령을 내린 기억, 아득한 과거 어딘가의 복도에서 그를 바라보던 얼굴들이 기억났다.

도널드는 눈을 깜박여 눈물을 걷어내고 덜덜 떨리는 보고서를 들여다보았다. 그가 이걸 썼던가? 서명을 했던 기억은 났다. 하지만 서명란에 적힌 것은 그의 이름이 아니었다. 그의 필체였지만, 그의 이름이 아니었다.

트로이.

도널드의 다리에서 감각이 사라졌다. 그는 침대를 찾았지만, 기억이 밀려오는 바람에 바닥에 쓰러졌다. 트로이와 헬렌. 헬렌과 트로이. 아내가 기억났다. 언덕 너머에서 아내가 사라지는 모습을, 폭탄이 떨어지는 동안 하늘로 팔을 들어 올리고 사라지는 모습을 상상했다. 그의 동생과 어떤 어둡고 이름 모를 그림자가 도널드를 잡아당겼고 사람들이 구슬처럼 경사면을 따라 쏟아져서 깔때기를 타고 하얀 연무가 가득한 깊은 구멍 속으로 떨어져 내렸다.

도널드는 기억했다. 그의 도움으로 세상에 저질러진 모든 일을 기억했다. 죽음이 가득한 어느 사일로에 불안정한 소년이, 서버들 사이의 그림자가 있었다. 그 소년이 12번 사일로에 종말을 불렀고, 도널드는 보고서를 썼다. 하지만 도널드는……, 도널드는 뭘 했지? 그는 사일로 하나를 훌쩍 채우고도 남을 수의 사람을 죽였다. 세상의 종말을 돕는 계획도를 그렸다. 기억이 돌아오면서 손에 잡힌 보고서가 덜덜 떨렸다. 그리고 종이에 툭 떨어진 눈물은 흐릿한 파란색이었다.

30

몇 시간 후에 의사가 수프와 빵, 물 한 잔을 가져왔다. 도널드가 허겁지겁 먹는 동안 의사는 그의 팔을 확인했다. 따뜻한 수프는 좋았다. 몸속으로 미끄러져 들어가서 밖으로 열을 발산하는 것 같았다. 도널드는 이로 빵을 찢고 물을 마셨다. 너무나 오랫동안 금식한 사람답게 절박하게 먹었다.

"고마워요." 그는 먹으면서 말했다. "음식이요."

의사는 혈압을 재다 말고 시선을 올렸다. 나이가 많은 남자였는데, 몸집이 크고, 눈썹이 무성했으며 가느다란 머리털이 언덕 위 구름처럼 두피에 달라붙어 있었다.

"도널드입니다." 그는 스스로를 소개했다.

노인의 이마에 혼란스러운 주름이 잡혔다. 회색 눈이 서류를 믿어야 할지, 환자를 믿어야 할지 모르겠다는 듯 클립보드로 향했다. 도널드의 맥박과 함께 계기 바늘이 펄쩍 뛰었다.

"선생님은요?" 도널드가 물었다.

"스니드 박사라고 합니다." 결국 의사는 자신 없는 목소리로 대답했다.

도널드는 물을 벌컥벌컥 마시면서, 물 온도가 방 안 온도와 같다는 사실에 감사했다. 다시는 차가운 것을 속에 들이고 싶지 않았다. "어디에서 오셨어요?"

의사는 도널드의 팔에 붙였던 혈압계를 찍 소리 나게 떼어냈다. "10층이요. 하지만 68층의 교대근무 사무실에서 일합니다." 그는 장비를 가방에 다시 집어넣고 클립보드에 메모를 했다.

"아니, 원래 어디 출신이냐고요. 그…… 전에 말입니다."

스니드 박사는 도널드의 무릎을 토닥이고 일어섰다. 클립보드는 문 바깥 고리에 걸렸다. "앞으로 며칠 동안은 어지러울 수 있습니다. 혹시 몸이 심하게 떨리면 알려주세요. 알았죠?"

도널드는 고개를 끄덕였다. 이미 같은 조언을 받았던 기억이 났다. 아니면 지난번 교대근무 때였나? 어쩌면 기억에 어려움이 있는 사람들을 위해 반복하는지도 모른다. 그는 그런 사람이 되지 않을 작정이었다. 이번에는 아니었다.

그림자 하나가 방 안에 드리웠다. 도널드가 시선을 들어보니 문가에 소먼이 있었다. 그는 무릎에서 떨어뜨리지 않으려고 식사 쟁반을 꽉 잡았다.

소먼은 스니드 박사에게 고개를 끄덕였다. 아니다, 소먼이 아니었다. 서먼이다. 도널드는 스스로에게 말했다. 상원의원 서먼이다. 그는 알고 있었다.

"잠시 시간 있나?" 서먼이 의사에게 물었다.

"물론입니다." 스니드가 가방을 쥐고 밖으로 나섰다. 문이 달칵 소리를 내며 닫히고, 도널드는 수프를 든 채 홀로 남겨졌다.

그는 조용히 숟가락을 놀리며 문밖에서 오가는 중얼거림을 조금이라도 들어보려 했다. 그는 저 사람이 서먼이라고 다시 한번 스스로를 일깨웠다. 그리고 상원의원이 아니었다. 어디의 상원의원이란 말인가? 그 시절은 가버렸다. 도널드가 그 계획안을 그렸다.

보고서는 서먼이 놓아두었던 대로 서랍장 위에 있었다. 도널드는 빵을 한 입 물고 자신이 그렸던 층별 계획도를 떠올렸다. 그 층들이 이제는 실재였다. 실제로 존재했다. 사람들이 그 안에 살면서 아이들을 키우고, 웃고, 싸우고, 샤워하면서 노래를 부르고, 죽은 사람을 묻었다.

몇 분이 지나가고 손잡이가 돌아가더니 문이 안쪽으로 열렸다. 소먼이 혼자 방에 들어왔다. 그는 문을 밀어 닫고는 도널드를 향해 얼굴을 찌푸렸다. "기분은 어떤가?"

숟가락이 그릇 가장자리에 달칵 부딪혔다. 도널드는 식기를 내려놓고 떨지 않으려고, 주먹을 쥐지 않으려고 두 손으로 쟁반을 잡았다.

"당신은 알죠." 도널드는 이를 악물고 잇새로 말했다. "우리가 무슨 짓을 했는지 알죠."

서먼은 손바닥을 펼쳐 보였다. "우린 해야 할 일을 했네."

"아니. 그런 개소리 말아요." 도널드는 고개를 내저었다. 뭔가 위험한 것이 다가올 때처럼 잔에 든 물이 파르르 떨렸다. "세상이……."

"우리가 세상을 구했어."

"그렇지 않아요!" 도널드의 목소리가 갈라졌다. 그는 기억하려고 했다. "이제 세상은 없습니다." 그는 꼭대기 층 식당에서 보던 풍경을 떠올렸다. 흐린 갈색 언덕들, 위협적인 구름만 가득한 하늘을 기억했다. "우리가 끝장냈어요. 우리가 모두를 죽였어요."

"그 사람들은 이미 죽은 목숨이었어." 서먼이 말했다. "우리 모두 그랬지. 누구나 죽네. 중요한 건 오직……."

"그만." 도널드는 그 말들이 자신을 물 수 있는 벌레 떼라도 된다는 듯이 손을 휘저었다. "이걸 정당화할 순……." 그는 입술에 거품이 맺히는 것을 느끼고 소매로 닦아냈다. 무릎에 올려놓은 쟁반이 위험하게 미끄러졌는데 서먼이 잽싸게 움직여서 잡았다. 그 나이의 남자라고는 생각하기 힘들 정도로 빨랐다. 서먼은 남은 식사를 협탁에 올려놓았고, 더 가까이에서 보니 도널드도 서먼이 더 늙었음을 알 수 있었다. 주름은 깊어졌고, 피부는 뼈에서 늘어졌다. 도널드가 자는 동안 서먼은 얼마나 오래 깨어 있었던 걸까.

"난 전쟁에서 많은 사람을 죽였지." 서먼이 먹다 만 식사 쟁반을 내려다보며 말했다.

도널드는 어째서인지 노인의 목에 주목했다. 그리고 두 손을 떨지 않으려고 포개어 잡았다. 갑자기 살인에 대한 말을 꺼내다니 마치 서먼이 도널드의 마음을 읽을 수 있는 듯했고, 도널드의 살해 계획에 대한 모종의 경고처럼 느껴졌다.

서먼은 서랍장으로 몸을 돌리고 접힌 보고서를 집어 들었다. 서먼이 보고서를 펼치자 도널드는 옅은 푸른색 얼룩을 보았다. 몇 시간 전에 얼음색 눈물이 떨어진 자국이었다.

"어떤 사람들은 살인을 오래 하다 보면 쉬워진다고 말하지." 서먼의 말은 위협적이기보다는 슬프게 들렸다. 도널드가 자신의 무릎을 내려다보니 제멋대로 튀어 오르고 있었다. 그는 발꿈치를 카펫에 붙이고 움직이지 않으려 했다.

"나에게는 점점 나빠지기만 했어. 이란에 어떤 남자가 있었는데……."

"망할, 행성 전체란 말입니다." 도널드는 한 마디 한 마디를 꾹 꾹 눌러 속삭였다. 이런 말을 하면서도 그는 엉뚱한 언덕으로 끌려 내려간 헬렌에 대해서밖에 생각할 수 없었다. 존재했던 모든 것이 무너져 폐허가 되었다. "우리가 모두를 죽였어요."

상원의원은 숨을 깊이 들이마시더니 잠시 멈추고 있다가 말했다. "말했다시피, 이미 죽은 목숨이었어."

도널드의 무릎이 다시 튀어 올랐다. 통제할 수가 없었다. 서먼은 뭔가를 확신하지 못하겠다는 듯 보고서를 들여다보았다. 종이가 살짝 떨렸지만, 아마 머리 위 환기구에서 나오는 바람 탓이었을 것이다. 머리카락도 바람에 흔들렸으니까.

"우린 카슈마르 외곽에 있었지." 서먼이 말했다. "전쟁이 끝날 무렵, 우리가 엉덩이를 걷어차이면서도 세상에는 우리가 이기고 있다고 말할 때쯤이었네. 우리 부대에 상병이 하나 있었는데, 의

무병 제임스 해니건이라고 했지. 젊었어. 언제나 농담을 했지만 필요할 땐 진지했고. 모두가 좋아하는 부류였네. 잃으면 제일 힘든 부류."

서먼은 고개를 내젓고 먼 곳을 바라보았다. 천장 환기구가 조용해졌지만 보고서는 계속 떨렸다.

"난 전쟁 동안 많은 사람을 죽였지만, 정말로 생명을 살리기 위해 죽인 적은 딱 한 번뿐이야. 나머지는 방아쇠를 당기면서도 뭘 하고 있는지 모르는 짓들이었지. 어쩌면 내가 쏘아 맞힌 남자는 평생 과녁을 찾지 못하고, 아무도 해치지 못할지도 몰랐어. 소총을 떨어뜨리고 민간인 사이에 섞여 들어가서 가족에게 돌아가고, 대사관 근처에 카사바 노점을 내고 밤에 주둔한 부대 사람들과 농구 이야기를 나누는 수천 명 중 하나가 됐을지도 몰라. 좋은 사람일지도 모르지. 절대 모를 일이야. 이런 사람들을 죽이면서, 내가 그걸 훌륭한 대의 때문에 하는 건지 어떤지도 영영 모르는 거야."

"수십억은……?" 도널드는 침을 삼켰다. 그는 침대 가장자리로 몸을 옮기고 쟁반에 손을 뻗었다. 서먼은 도널드가 뭘 찾는지 알고 반쯤 빈 물잔을 건네줬다. 도널드의 불평은 계속 무시했다.

"해니건은 카슈마르 외곽에서 수류탄에 맞았어. 우리가 의무병에게 데려갈 수만 있었다면 살아남을 수 있는 부상, 언젠가 술집에서 셔츠를 올리고 흉터를 자랑할 만한 그런 부상이었지. 하지만 해니건은 걸을 수 없었고, 수송기를 보내기엔 너무 더웠어. 우리 부대는 포위된 상태로 싸워서 뚫고 나가야 했지. 난 우리가 시간 내에 집결지에 도착해서 그 친구를 구할 수 있을 거라 생각하지 않았어. 하지만 그 전에 워낙 많이 겪은 덕분에, 그 친구를 내보내려다가 부하가 두셋은 죽을 거라는 건 확실히 알았지. 바로 그 순간이 소총 대신 병사를 끌고 가는 시간이야." 서면은 소매로 이마를 눌렀다. "전에도 본 일이었어."

"그래서 뒤에 두고 갔군요." 도널드는 이야기가 어디로 갈지 예측하고 말했다. 그리고 물을 한 모금 마셨다. 수면이 떨렸다.

"아니. 난 그 친구를 죽였네." 서면은 침대 발치를 보았다. 아무것도 보지 않았다. "적은 해니건이 죽게 놓아두지 않았을 거야. 거기에서 그런 식으로 죽게 하진 않았겠지. 필름에 담을 수 있게 부상을 치료했을 테지. 목을 그을 수 있게 배를 꿰맸을 거야." 그는 도널드를 돌아보았다. "난 결단을 내려야 했고, 빨리 내려야 했어. 그리고 그 결정을 품고 오래 살면 살수록 내가 한 일이 옳았다고 믿게 됐네. 그날 우린 한 명을 잃었지. 난 다른 두 명, 세 명을 구한 거야."

도널드는 고개를 저었다. "그건 우리가……, 당신이 한 일과 달라요."

"정확히 같은 일이었어. 제파트 기억하나? 미디어에서 발발지라고 불렀던 곳?"

도널드는 제파트를 기억했다. 나사렛 근처에 있던 이스라엘 마을이었다. 시리아 근처이기도 했다. 그 전쟁에서 가장 치명적인 대량 살상 무기 공격이 벌어진 곳. 그는 고개를 끄덕였다.

"나머지 세상도 딱 그렇게 보였을 거야. 제파트처럼." 서면은 손가락을 부딪쳐 딱 소리를 냈다. "수십억의 불빛이 한순간에 꺼

저버리는 거지. 우린 이미 감염되어 있었네. 방아쇠를 당기는 문제만 남아 있었지. 제파트는…… 베타테스트 같은 거였어."

도널드는 고개를 저었다. "못 믿겠습니다. 누구든 그런 짓을 왜 했겠어요?"

서먼은 얼굴을 찌푸렸다. "순진하게 굴지 말게. 이 목숨은 누군가에게 아무 의미도 없어. 100억 명 앞에 스위치 하나를, 누르는 순간 우리 모두를 죽이는 스위치를 놓아봐. 누르는 사람이 되려고 달려드는 사람이 수천 명이야. 아니 수만 명이지. 그저 시간문제였어. 게다가 그 스위치는 존재했고."

"아니에요." 도널드는 처음 선출되고 나서 하원의 일원으로서 상원의원과 나누었던 첫 대화를 돌이켰다. 그때도 이런 느낌이었다. 거짓과 진실이 뒤섞여서 서로를 가렸다. "절대로 날 설득하진 못할 겁니다. 내게 약을 먹이거나 죽여야 할 거예요. 난 절대로 받아들일 수 없어요."

서먼은 동의한다는 듯 고개를 끄덕였다. "약물은 통하지 않지. 자네의 첫 근무에 대해 읽어봤네. 저항력 같은 것을 가진 사람이 낮은 확률로 있어. 우리도 이유를 알고 싶다네."

도널드는 웃을 수밖에 없었다. 그는 침대 뒤의 벽에 기대어 2층 침대가 제공하는 어둠 속에 몸을 웅크렸다. "잊기엔 너무 많이 봤는지도 모르죠."

"아니, 그렇게 생각하진 않아." 서먼은 계속해서 도널드의 눈을 마주 보려고 고개를 숙였다. 도널드는 두 손으로 물잔을 쥐고 물을 한 모금 마셨다. "많이 볼수록, 그래서 트라우마가 심할수록 약은 더 잘 듣거든. 더 잊기 쉬워지지. 다만 예외가 있을 뿐이야. 그래서 우리가 샘플을 채취한 것이고."

도널드는 팔을 슬쩍 내려다보았다. 의사의 바늘이 남긴 핏자국 위에 네모난 작은 거즈가 붙어 있었다. 그는 신랄한 무력감과 공포의 혼합물이 내면에 차오르는 것을 느꼈다. "내 피를 뽑으려고 깨운 겁니까?"

"그렇진 않아." 서먼은 멈칫했다. "자네가 지닌 약물에 대한 저항성이 궁금하기는 하지만, 자네가 깨어난 이유는 내가 자넬 깨우라는 부탁을 받았기 때문이네. 우린 사일로들을 잃고 있고……."

"그게 계획인 줄 알았는데요." 도널드는 내뱉듯이 말했다. "사일로들을 잃는 거요. 그게 의원님이 원하시는 일인 줄 알았습니다." 그는 12번 사일로에 빨간 X 자를 긋던 것을, 잃어버린 그 많은 목숨을 기억했다. 이미 예상한 일이었다. 사일로는 소모품이었다. 도널드는 그렇게 들었다.

서먼은 고개를 저었다. "저 밖에서 무슨 일이 일어나든 우리가 이해해야만 해. 그리고 여기엔 자네가…… 요행으로라도 답을 찾을 수 있다고 생각하는 사람이 있어. 우린 자네에게 질문이 몇 가지 있고, 그 답을 얻은 후에는 다시 내려보낼 수 있네."

다시 내려보낸다. 그러니까 오래 나와 있지는 않을 모양이었다. 그들은 그의 피를 뽑고 머릿속을 들여다보기 위해 깨웠을 뿐이고, 다시 잠재울 것이었다. 도널드는 가늘고 위축된 두 팔을 문질렀다. 그는 그 냉동장치 안에서 죽어가고 있었다. 단지 마음에 들지 않을 만큼 느리게 죽을 뿐이었다.

"자네가 이 보고서에 대해 무엇을 기억하는지 알아야겠네." 서먼이 보고서를 내밀었다. 도널드는 손을 내저어 치웠다.

"이미 훑어봤어요." 다시 보고 싶진 않았다. 눈을 감으면 먼지투성이 땅 위로 쏟아져 나오던 절박한 사람들, 도널드가 죽음을 지시한 사람들을 볼 수 있었다.

"우리에게 고통을 덜어줄 다른 약도……."

"아니요. 약은 됐습니다." 도널드는 손목을 교차해서 두 손으로 공기를 가르며 팔을 내뻗었다. "보세요, 전 당신네 약에 저항력이 없습니다." 진실이었다. 거짓말은 넌더리가 났다. "수수께끼는 없어요. 그냥 알약을 그만 먹었을 뿐이에요."

인정하자 기분이 좋았다. 어차피 그들이 뭘 어쩌겠는가? 다시 재울까? 그는 자백이 녹아들도록 놓아두고 물을 한 모금 더 마셨다. 삼켰다.

"알약을 잇몸에 대고 있다가 나중에 뱉었죠. 간단했어요. 아마 기억이 돌아온 다른 사람도 그랬을 겁니다. 핼인지, 칼턴인지 하는 사람도요."

서먼은 서늘한 눈으로 그를 보았다. 그리고 그 내용을 소화하듯 손바닥에 보고서를 두드렸다. 그리고 마침내 말했다. "우린 자네가 복용을 멈췄다는 걸 알아. 언제 멈췄는지도 알고."

도널드는 어깨를 으쓱였다. "그렇다면 수수께끼는 풀렸네요." 그는 물을 마저 마시고 빈 잔을 쟁반에 내려놓았다.

"자네가 저항력을 지닌 약물은 그 알약 속에 있지 않아, 도니. 사람들이 알약 복용을 멈추는 이유가 바로 기억해내기 시작해서야. 그 반대가 아니고."

도널드는 못 믿겠다는 심정으로 서먼을 뜯어보았다.

"복용을 멈추면 소변 색깔이 바뀌지. 알약을 숨기는 잇몸에는 염증이 생기고. 이런 것들이 우리가 찾는 징후야."

"뭐요?"

"그 알약엔 약 성분이 없어, 도니."

"안 믿어요."

"우린 모두에게 약을 투여해. 그런데 우리처럼 면역인 사람들이 있지. 하지만 자네는 면역이 아니었어야 해."

"헛소리. 난 기억해요. 그 약을 먹으면 멍해졌어. 복용을 멈추자마자 나아졌고."

서먼은 고개를 옆으로 기울였다. "자네가 복용을 멈춘 이유는 자네가…… 나아져서라고는 안 하겠네. 그건 두려움이 스며들기 시작해서였어. 도니, 투약은 물을 통해서 이뤄지네." 그는 쟁반에 놓인 빈 잔을 가리켰다. 도널드는 그 손짓을 보고 즉시 속이 울렁거렸다.

"걱정 마. 우리가 진짜 이유를 알아낼 테니." 서먼이 말했다.

"난 당신을 돕고 싶지 않아. 이 보고서에 대해 말하고 싶지도 않고. 내가 누굴 만나길 바라든 보고 싶지 않아."

그는 헬렌을 원했다. 오직 아내만을 원했다.

"자네가 우릴 돕지 않으면 수천 명이 죽을 가능성이 있어. 자네가 쓴 이 보고서로 뭔가 찾아낼 가능성도 있지. 정작 나는 그렇게 믿지 않지만."

도널드는 화장실 문을 보고, 그 안에 들어가서 문을 잠그고 억지로 토해낼까 생각했다. 식사와 물을 다 토해내는 거다. 서먼이 거짓말을 하는지도 모르고, 사실을 말하는지도 몰랐다. 거짓이라면 물은 그저 물일 것이다. 진실이라면 그에게 정말로 저항력이 있다는 뜻이다.

"그 저주받을 물건을 썼던 기억도 잘 안 나요." 그는 인정했다. 그런데 그를 보고 싶어 하는 게 누굴까? 다른 의사이거나, 어쩌면 어느 사일로 책임자일 수도 있고, 이번 교대근무를 운영하는 사람일 수도 있었다.

그는 관자놀이를 문질렀다. 머릿속에 쌓이는 압력을 느낄 수 있었다. 그냥 저들이 원하는 대로 해주고 다시 잠들어서 꿈속으로 돌아가야 할지도 몰랐다. 가끔은 헬렌의 꿈을 꾸기도 했었다. 헬렌과 함께할 수 있는 곳은 오직 꿈속뿐이었다.

"좋아요. 가겠습니다. 하지만 여전히 내가 뭘 알 수 있다는 건지 이해가 안 가네요." 그는 팔의 피 뽑힌 부분을 문질렀다. 가려웠다. 멍이 든 것처럼 느껴질 정도로 심한 간지러움이었다.

서먼 상원의원은 고개를 끄덕였다. "내 생각도 같네. 하지만 그녀의 생각은 달라."

도널드는 경직했다. "누구요?" 그는 정확히 들은 건가 생각하며 서먼의 눈을 살폈다. "그녀라니 누구요?"

노인은 얼굴을 찌푸렸다. "날 시켜서 자네를 깨운 사람." 그는 침대를 가리켰다. "좀 쉬게나. 아침에 데려다줄 테니."

31

그는 쉴 수가 없었다. 시간이 잔인하도록 느린 데다 알 수가 없게 흘렀다. 시간을 표시해주는 시계도 없었고, 좌절해서 문을 때려도 답이 없었다. 도널드는 침대에 누워서 다이아몬드 문양으로 교차하며 머리 위 매트리스를 떠받치는 철사를 노려보고, 숨겨진 파이프 속에서 다른 방으로 흘러가는 물소리에 귀를 기울였다. 잠을 잘 수가 없었다. 한밤중인지 한낮인지도 알 수 없었다. 사일로의 무게가 그를 내리눌렀다.

지루함을 참을 수가 없어지자, 도널드는 결국 포기하고 보고서를 두 번째로 살펴보았다. 이번에는 더 자세히 연구했다. 원본은 아니었다. 서명이 검은색이었는데, 원래는 파란 펜을 썼던 기억이 났다.

그는 사일로 몰락에 대한 설명과 IT 책임자들이 너무 어린 그림자를 둔다는 자신의 가설을 훑었다. 그는 연령대를 올리라고 권했다. 혹시 그들이 그렇게 했을까 궁금했다. 그랬을지도 모르지만, 문제는 여전히 생기고 있었다. 보고서에는 도널드가 취임시킨, 질문하던 청년에 대한 언급도 있었다. 이 청년의 증조모는 도널드만큼 많이 기억하는 사람이었다. 그의 보고서는 취임 후보자마다 한 가지 질문을 허용하자고 제안했다. 결국 그들은 〈유산〉을 받은 사람들이 아닌가. 주입교육 마지막 단계에서 더 큰 진실이 있다는 사실을 알려줘서 안 될 게 있을까?

잠금장치 키를 두드리는 작은 소리가 들렸다. 도널드가 보고서를 접어서 치우는데 서먼이 문을 열었다.

"좀 낫나?" 서먼이 물었다.

도널드는 대답하지 않았다.

"걸을 수 있겠나?"

그는 고개를 끄덕였다. 걷기. 그가 정말로 원하는 건 소리를 지르며 복도를 뛰고 벽에 주먹질을 해서 구멍을 내는 거였지만, 걷기도 나쁘진 않았다. 다음 긴 잠에 들어가기 전의 걷기라면.

그들은 말없이 엘리베이터를 탔다. 도널드는 서먼이 54층 버튼을 누르기 전에 배지를 스캔했다는 사실을 눈여겨보았다. 다른 층 번호는 다 닳았지만 54층은 반짝이는 새것이었다. 도널드의 기억이 정확하다면 그 층에는 보급품밖에 없었다. 그것도 원래는 결코 쓰일 일 없을 물자들이었다. 엘리베이터는 평소라면 지나쳤을 층에 다가가면서 속도를 늦췄다. 문이 열리고 죽음의 도구가 쌓인 선반들이 늘어선 동굴 같은 공간이 드러났다.

서먼은 도널드를 데리고 선반 사이를 걸어갔다. 옆에 '탄약'이라고 적힌 나무 상자들이 있었고, 그 옆에는 'M22'라거나 'M19' 같은 군사 명칭이 붙은 더 긴 상자들이 있었다. 방호복이나 헬멧이 놓인 선반들이 있었고, '의료용'이나 '배급 식량' 표시가 붙은 상자들, 또 아무 라벨도 없는 상자들이 있었다. 그리고 그 선반들 너머에는 그가 드론이라고 부르는, 방수포가 덮인 둥글납작하고 날개 달린 물건들이 있었다. UAV*였다. 도널드의 여동생이 이제는 무의미하고 멀게만 느껴지는 고대 역사의 어느 전쟁에서 그런 물건들을 조종했었다. 하지만 여기에는 이 유물들이 기름칠되어 방수포에 덮인 채, 기름과 공포의 악취를 풍기며 놓여 있었다.

드론들을 지나친 서먼은 창고가 영원히 이어지는 것처럼 느껴지는 탁한 어둠 속을 앞장서서 헤쳐나갔다. 그 넓은 방 끝에 있는 사무실의 열린 문에서 불빛이 새어 나왔다. 종이 넘기는 소리, 누군가가 몸을 돌리느라 의자가 삐걱이는 소리가 났다. 도널드는 문 앞에 도착했고, 불가해하게도 그곳에 앉은 그녀를 보았다.

"애나?"

애나는 똑같은 의자가 원형으로 놓인 커다란 회의 테이블 앞에 앉아 있다가, 흩어진 서류와 컴퓨터 모니터에서 눈을 들었다. 애나의 얼굴에는 놀란 표정이라곤 없었고, 그저 이제 왔냐는 듯한 미소와 그 미소로도 감출 수 없는 피로감만 보였다.

* Unmanned Aerial Vehicle, 무인 항공기.

도널드가 멍청히 바라보는 사이 애나의 아버지는 방을 가로질러 걸어가서 딸의 팔을 잡고 뺨에 입을 맞췄는데, 애나의 시선은 도널드에게서 떨어지지 않았다. 노인은 딸에게 뭐라고 속삭인 다음, 따로 할 일이 있다고 하고 나갔다. 도널드는 상원의원이 나갈 때까지 꼼짝도 하지 않았다.

"애나……."

애나는 이미 거대한 테이블 주위를 돌아 나와서 그에게 팔을 두르고 있었다. 너무 지쳐버린 도널드가 갑작스러운 그 포옹에 무너지자 그녀는 이런저런 위로의 말을 속삭이기 시작했다. 그는 그녀의 팔이 뒤통수를 쓰다듬다가 목덜미에 놓이는 것을 느꼈다. 그의 팔도 그녀를 끌어안았다.

"여기서 뭘 하는 거야?" 그는 속삭였다.

"당신과 같은 이유로 여기 있지." 애나가 끌어안은 팔을 풀었다. "답을 찾고 있어." 그녀는 물러서서 테이블 위의 난장판을 살폈다. "아마 질문은 다르겠지만."

익숙한 도면과 50개 사일로의 배치도가 테이블을 뒤덮고 있었다. 각각의 사일로는 작은 판 같았고, 전부 유리 안에 들어가 있었다. 그 주변에 10여 개의 의자가 놓였다. 도널드는 여기가 장군들이 서서 플라스틱 모형을 밀며 수천씩 잃은 목숨을 두고 투덜대는 곳, 전략 회의실이라는 사실을 깨달았다. 그는 벽에 붙은 지도와 도면들을 보았다. 회의실에 딸린 화장실 문고리에는 수건이 걸려 있었다. 한쪽 구석에는 간이침대가 놓였는데 깔끔하게 정리된 상태였다. 침대 옆에는 창고에서 가져온 나무 상자 위에 램프를 놓아두었다. 여기저기 뻗어나간 전기 연장선들은 이 방이 일종의 거처로 개조되었음을 나타냈다.

그는 제일 가까운 벽으로 가서 그림 몇 장을 넘겨보았다. 세 장씩 겹쳐진 그림도 있었고 여기저기 메모가 붙어 있었다. 전쟁을 계획하는 것처럼 보이지는 않았다. 그보다는 전생에서 잠들기 전에 보던 범죄 드라마의 한 장면 같았다.

"당신이 나보다 오래 깨어 있었군." 그는 말했다.

애나가 옆에 와서 섰다. 그녀의 손이 어깨에 살짝 얹혔고, 도널드는 신체 접촉 자체에 흠칫거리고 말았다.

"이제 거의 1년째야." 애나의 손이 도널드의 등을 따라 움직이다가 멀어졌다. "마실 것 좀 줄까? 물? 여기 어딘가에 스카치위스키도 있어. 아빠는 사람들이 여기 상자 속에 숨겨둔 물건을 반도 알지 못하거든."

도널드는 고개를 내저었다. 그리고 애나가 화장실에 들어가서 물을 트는 모습을 지켜보았다. 애나는 잔에 담긴 물을 마시면서 나왔다.

"여기 무슨 일이 벌어지는 거야? 난 왜 깨어난 거지?"

애나는 물을 삼키고 물잔을 들어 벽을 가리켰다. "이건……." 그러다가 웃음을 터뜨리며 고개를 저었다. "이건 아무것도 아니라고 말하려고 했지만, 이게 내가 한 상자에서 나와서 다른 상자로 들어오게 해준 지옥이긴 해. 당신이 신경 쓸 문제는 아니야. 대부분은."

도널드는 다시 한번 방 안을 살펴보았다. 1년을 이런 식으로 살다니. 그는 애나에게 관심을 돌리고, 머리를 틀어 올려서 펜을 꽂은 모습을 보았다. 피부는 눈 아래 그늘을 제외하면 창백했다. 이렇게 살다니, 어떻게 이럴 수 있는지 궁금했다.

멀리 떨어진 벽에는 테이블 위와 똑같이 50개의 원이 배치된 시설 도면이 붙어 있었다. 왼쪽 위 구석에 12번 사일로를 표시한 눈에 익은 빨간색 X 자가 보였다. 그 근처에 또 다른 X 자가 있었는데, 10번 사일로 같았다. 더 많은 목숨을 잃었다는 뜻이었다. 그리고 오른쪽 아래는 말이 되지 않는 난장판이었다. 한 걸음 다가서는데 방이 흔들리는 느낌이었다.

"도니?"

"여긴 어떻게 된 거야?" 그는 속삭이는 소리로 물었다. 애나가 몸을 돌려 도널드가 뭘 보는지 보았다. 애나가 테이블에 시선을 던졌고, 그는 애나가 보던 서류들이 한쪽 모서리 주위에 흩어져 있음을 깨달았다. 테이블 유리 위에는 빨간색과 파란색 마커로 휘갈겨 쓴 메모가 보였다.

"도니……." 애나가 다가섰다. "사태가 잘 돌아가고 있지는 않아."

그는 고개를 돌려 벽에 붙은 도면에 휘갈겨 쓴 빨간 자국들을 살폈다. X 표시도 있고 물음표도 있었다. 빨간색 메모에 선과 화살표가 붙어 있기도 했다. 열 개, 아니면 열두 개의 사일로에는 특히 표시된 것이 많았다.

"얼마나 많이?" 그는 숫자를 세려고, 몇천 명을 잃었는지 헤아리려고 하면서 물었다. "사라진 거야?"

애나는 숨을 깊이 들이마셨다. "우린 몰라." 그녀는 물을 다 마시고 긴 테이블을 따라 걸어가더니 밀어 넣어두었던 의자 하나에 손을 뻗었다. 그리고 병을 하나 꺼내어 플라스틱 컵에 내용물을 조금 따랐다.

"40번 사일로가 시작이었어. 1년 전에 멈췄는데⋯⋯."

"멈추다니?"

애나는 스카치위스키를 한 모금 마시고 고개를 끄덕이더니 입술을 핥았다. "처음엔 카메라 피드가 꺼졌어. 한꺼번에 그런 건 아니지만, 결국에는 전부 다 꺼졌지. 그쪽 책임자들과 연락도 되지 않았어. 아무도 불러낼 수가 없었어. 그때는 어스킨이 근무 감독을 하고 있었는데, 〈규칙〉대로 그 사일로를 폐쇄해도 좋다는 신호를 줬고⋯⋯."

"모두를 죽였다는 뜻이겠지."

애나가 그를 쏘아보았다. "당신도 어떻게 해야 했는지 알고 있잖아."

도널드는 12번 사일로를 떠올렸다. 똑같은 결정을 내렸던 기억이 났다. 내릴 결정이 있기나 했다는 듯이 말이다. 어차피 시스템은 자동으로 돌아갔다. 그는 다른 누군가가 써놓은 절차에 따라 예정대로 행동하지 않았던가?

그는 빨간 표시가 있는 그림을 살펴보았다. "그리고 나머지는? 다른 사일로들은?"

애나가 술을 쭉 들이켜 모두 비우고 숨을 들이켰다. 도널드는 병을 바라보는 애나를 보았다. "42번이 사라지자 그 사람들은 아빠를 깨웠어. 그리고 아빠가 날 깨웠을 때는 사일로가 두 개 더 멈춘 다음이었지."

두 개 더. "왜 당신을?" 그는 물었다.

그녀는 흐트러진 머리카락을 귀 뒤로 넘겼다. "달리 아무도 없었으니까. 여길 설계하는 데 손을 댄 사람은 모두 죽었거나 미쳤으니까. 아빠가 절박했으니까."

"당신을 보고 싶었던 거군."

애나는 소리 내어 웃었다. "그런 게 아니야. 내 말 믿어." 그녀는 빈 잔을 테이블 위에 배치된 원들과 흩어진 서류 쪽으로 내저었다. "그들은 고주파 무선통신을 사용하고 있었어. 우린 사태가 40번과 함께 시작됐고, 어쩌면 40번의 IT 책임자가 엇나갔을 수도 있다고 생각해. 그 사람들이 안테나를 가로채서 주변의 다른 사일로들과 통신을 하기 시작했는데, 우린 그 통신을 잘라내지 못한 거지. 그들이 거기까지 해결한 거야. 아빠는 이런 의심이 들자마자 무선통신은 내 전문 분야라고 다른 사람들과 언쟁했어. 결국엔 다들 동의했고. 아무도 드론을 쓰고 싶어 하진 않았거든."

"어떤 다른 사람들과 언쟁했다는 거야? 누가 당신이 여기 있는 걸 아는데?" 도널드는 이 상황이 얼마나 위험해질 수 있는지 생각할 수밖에 없었지만, 어쩌면 비명을 지르고 있는 건 스스로의 나약함인지도 몰랐다.

"우리 아빠, 어스킨, 날 꺼내준 스니드 박사와 그 의료보조원들. 하지만 그 의료보조원들은 교대근무를 다시 하지 않을 거고……."

"심냉동이야?"

애나는 얼굴을 찌푸리더니 컵을 흔들었고, 도널드는 자신이 잠들어 있는 동안 얼마나 많은 것을 잃었는지 생각했다. 교대근무 몇 번이 통째로 지나갔다. 사일로가 또 하나 꺼졌고, 지도에 또 빨간색 X 자가 그려졌다. 한쪽 구석에 모여 있는 사일로들 전부가 모종의 말썽에 휘말렸다. 그동안 서먼은 1년이나 깨어 있으면서 그 문제를 처리하고 있었고, 그의 딸도 그랬다. 도널드는 팔을 휘저어 방 전체를 가리켰다. "1년 동안 여기 처박혀 있었다고? 이 일을 하면서?"

애나는 문 쪽으로 고개를 홱 돌리더니 웃었다. "더 나쁜 환경에서 더 오래 갇혀 있었던 적도 있어. 하지만 그래, 끔찍하긴 해. 여기가 지긋지긋해." 그녀는 술을 마시면서 컵으로 표정을 가렸고, 도널드는 서먼 상원의원이 나약해져서 그녀가 깨어났듯이 자신도 그녀의 나약함 때문에 깬 게 아닐까 생각했다. 다음은 뭘까? 도널드가 동생 샬럿을 찾아서 심냉동실을 뒤지는 걸까?

"지금까지 열한 개 사일로와 연락이 끊겼어." 애나는 컵 안을 들여다보았다. "내가 더 퍼지지 않게 했다고는 생각하지만, 우린 아직도 어쩌다가 그런 일이 생겼는지 아니면 그쪽에 누가 아직 살아 있긴 한지 알아내려는 중이야. 나 개인적으로는 살아 있을 것 같지 않지만, 아빠는 정찰이나 드론을 보내고 싶어 해. 다들 그건 위험 부담이 너무 큰 일이라고 하고. 그리고 이제는 18번 사일로가 불타서 재가 될 것 같아."

"그런데 내가 도움이 될 거라고? 당신 아버지는 내가 뭘 안다고 생각하는 거야?" 그는 전략 테이블 주위를 돌아서 술병 쪽으로 손을 흔들었다. 애나가 컵을 흔들더니 그대로 그에게 건네고, 자신은 모니터 옆에 놓인 다른 컵에 손을 뻗었다. 도널드는 간이침대에 주저앉았다. 받아들여야 할 것이 많았다.

"당신이 뭔가 안다고 생각하는 사람은 아빠가 아니야. 아빠는 당신을 깨우고 싶어 하지 않았어. 심냉동에서는 아무도 나오지 못했어야 했어." 그녀는 뚜껑을 돌려 술병 입구를 막았다. "결정한 건 아빠의 보스였어."

도널드는 스카치위스키를 한 모금 마시자마자 숨이 막힐 뻔했다. 그가 캑캑거리면서 소매로 턱을 닦자 애나가 걱정하는 눈으로 쳐다보았다.

"그분의 보스라고?" 그는 헐떡이며 물었다.

애나가 눈을 가늘게 떴다. "아빠가 당신이 왜 여기 있는지 말해줬지?"

그는 주머니를 뒤져서 보고서를 꺼냈다. "내가 지난번…… 아니, 내 교대근무 기간에 쓴 보고서 때문이었지. 서면에게 보스가 있다고? 난 서면이 책임자인 줄 알았는데."

애나가 웃음기 없이 웃었다. "아무도 책임자가 아니야. 시스템이 책임자지. 그냥 돌아가. 우리가 그냥 돌아가도록 만들었어." 그녀는 책상에서 일어서 도널드가 앉은 침대로 다가갔다. 도널드는 그녀에게 자리를 더 내어주고 옆으로 비켜 앉았다.

"아빠는 구멍을 파는 책임을 맡았지. 그게 아빠의 일이었어. 이일의 대부분을 계획한 사람은 총 세 명이었어. 다른 두 명에겐 여기를 어떻게 숨겨야 할지에 대한 생각들이 있었지. 아빠는 그냥 훤히 보이게 지어야 한다고 그 둘을 설득했어. 핵연료 격납 시설이라는 건 아빠의 아이디어였고, 아빠는 그 일을 해낼 위치에 있었지."

"세 명이라고 했지. 다른 둘은 누구였어?"

"빅터와 어스킨." 애나는 베개를 바로잡고 벽에 등을 기댔다. "물론 본명은 아니야. 하지만 그게 뭐가 중요하겠어? 이름은 이름이지. 여기 아래에선 누구든 될 수 있어. 어스킨은 원래 있었던 위협을 발견하고, 빅터와 아빠에게 나노 기기에 대해 말한 사람이었어. 당신도 만나게 될 거야. 나와 같이 근무 기간 두 번을 연이어 일하면서 이 사일로들 문제를 맡았지만, 이건 그 사람 전문 분야가 아니야. 더 필요해?" 그녀는 고갯짓으로 컵을 가리켰다.

"아니. 벌써 어질어질해." 알코올 때문이 아니라는 말은 덧붙이지 않았다. "빅터라면 내 근무 기간에 본 기억이 있어. 복도 맞은편에서 일했지."

"같은 사람이야." 애나는 잠시 시선을 돌렸다. "아빠는 그 사람을 보스라고 하지만, 나도 빅터와 한동안 일해봤는데 정작 그 사람은 스스로를 보스라고 생각하지 않아. 자신을 간사쯤으로 생각하고, 한번은 성서에 나오는 노아가 된 기분이라는 농담도 했지. 빅터는 18번 사일로에서 벌어지는 사태 때문에 몇 달 전에 당신을 깨우고 싶어 했지만, 아빠가 반대했어. 아마 빅터는 당신을 좋아할 거야. 당신 이야기를 많이 했거든."

"빅터가 내 얘길 했다고?" 도널드는 복도 맞은편에서 일하던 남자를, 그 정신과 의사를 기억했다. 애나가 손을 뻗어 눈 밑을 훔쳤다.

"그래. 빅터는 명민한 사람이어서 당신이 무슨 생각을 하는지 알 수 있었지. 누구든 무슨 생각을 하는지 알 수 있었어. 빅터가 대부분을 계획했어. 〈규칙〉을 썼고, 원래의 〈협정〉도 썼고. 다 빅터의 아이디어였어."

"왜 과거형으로 말하는 거야?"

애나의 입술이 떨렸다. 애나는 컵을 기울였지만, 바닥에 남은 술이 거의 없었다.

"빅터는 죽었어. 이틀 전에 책상 앞에서 자기 머리를 쐈어."

32

"빅터가? 스스로를 쐈다고?" 도널드는 복도 맞은편에서 일하던 침착한 남자가 그런 짓을 하는 모습을 상상해보려고 했다. "왜?"

애나는 코를 훌쩍이며 도널드에게 몸을 붙였다. 그리고 두 손으로 빈 컵을 비틀었다. "우리도 몰라. 빅터는 우리가 잃어버린 첫 사일로에 집착하고 있었어. 집착했지. 얼마나 자책하는지 보기가 괴로웠어. 빅터는 어떤 일들이 다가오고 있는 걸 볼 수 있다고…… 확실한 개연성이 있다고 말하곤 했어." 그녀는 확실한 개연성이라는 말을 할 때 빅터의 목소리를 흉내 냈고, 그 목소리를 듣자 도널드의 머릿속에 노인의 얼굴이 더 선명하게 떠올랐다.

"하지만 정확히 언제, 어디에서 일어날지는 모른다는 사실이 그 사람을 죽였어." 애나는 손가락으로 눈가를 찍어냈다. "차라리 다른 사람의 근무 기간에 일어났다면 나았을지도 몰라. 빅터가 근무할 때 말고. 빅터가 죄책감을 느낄 만한 곳 말고."

"빅터는 내 탓을 했어." 도널드는 바닥을 응시하면서 말했다. "내 근무 기간이었어. 난 엉망진창이었고. 제대로 생각할 수가 없었어."

"뭐? 아니야, 도니. 아니야." 애나는 그의 무릎에 한 손을 올렸다. "누구 탓도 아니야."

"하지만 내 보고서는……." 그는 아직도 접히고 여기저기 옅은 푸른색 얼룩이 남은 보고서를 쥐고 있었다.

애나의 시선이 그 종이에 떨어졌다. "사본이야?" 애나는 손을 뻗어 얼굴에 흘러내린 머리카락을 쓸어 넘겼다. "아빠에겐 당신에게 이 보고서에 대해 말할 용기는 있었어도, 빅터가 무슨 짓을 했는지 말할 용기는 없었어." 그녀는 고개를 저었다. "빅터는 어떤 면에서는 강했고, 또 어떤 면에서는 너무 약했어." 그녀는 도널드를 돌아보았다. "빅터는 책상 앞에 앉은 채로 발견됐는데, 이 사일로에 대해 적어놓은 온갖 메모에 둘러싸여 있었고, 맨 위에 당신 보고서가 있었어."

애나는 접힌 부분을 펴고 보고서에 적힌 말들을 들여다보았다. "사본이구나." 그녀는 속삭였다.

"어쩌면 애초에……." 도널드가 운을 뗐다.

"빅터는 원본에 온통 메모를 써놨어." 그녀는 보고서 위에 손가락을 미끄러뜨렸다. "바로 여기에는 이렇게 써뒀지. '이래서다'라고."

"이래서다? 이래서 자살했다는 건가?" 도널드는 손을 저어 방 안을 가리켰다. "이게 이유면 안 돼? 어쩌면 빅터는 자기가 실수를 저질렀다는 걸 깨달았는지도 몰라." 그는 애나의 팔을 잡았다. "우리가 한 짓을 생각해봐. 우리가 미친 사람을 따른 거라면? 어쩌면 빅터에게 갑자기 분별력이 돌아왔는지도 몰라. 만약 빅터가 잠시 정신이 들어서 우리가 한 짓을 본 거라면?"

"아니야." 애나는 고개를 저었다. "우린 이렇게 해야만 했어."

그는 침대 뒤쪽의 벽을 때렸다. "다들 그 소리만 하는군."

"내 말을 들어봐." 애나는 그의 무릎에 한 손을 올리고 달래려 했다. "침착해야 해, 알았지?" 그녀는 두려움이 담긴 눈으로 문 쪽을 보았다. "내가 아빠에게 당신을 깨워달라고 한 건 당신 도움이 필요해서였어. 나 혼자서는 못 해. 빅터는 18번 사일로의 상황을 살피고 있었어. 아빠 마음대로 할 수 있다면 해결은 하지 않고 18번을 그냥 끝내버릴 거야. 빅터는 그걸 원치 않았고, 나도 원치 않아."

도널드는 자신이 직접 종료시킨 12번 사일로를 생각했다. 하지만 12번은 이미 무너지고 있지 않았던가? 이미 너무 늦은 후였다. 그들이 에어록을 열어버렸다. 그는 벽에 붙은 도면을 보고 18번 사일로도 너무 늦은 걸까 생각했다.

"빅터가 내 보고서에서 뭘 본 거지?" 그는 물었다.

"나는 몰라. 하지만 빅터는 몇 주 전에 당신을 깨우고 싶어 했어. 당신이 뭔가를 건드렸다고 생각했어."

"아니면 그저 당시에 내가 곁에 있었기 때문일지도 몰라."

도널드는 단서가 가득한 방을 보았다. 애나는 그동안 다른 문제를 들고 파고 있었다. 질문도 답도 너무 많았다. 지난번과 달리 도널드의 정신은 맑았다. 그에게도 나름의 질문들이 있었다. 동생을 찾고 싶었고, 헬렌은 어떻게 되었는지 알아내고 싶었다. 헬렌이 아직도 저 바깥 어딘가에 있다는 미친 생각을 버리고 싶었다. 자신이 건설을 도운 이 저주받을 곳에 대해서도 더 알고 싶었다.

"우릴 도와줄래?" 애나가 물었다. 애나가 그의 등에 손을 댔는데, 그 달래려는 접촉 덕분에 아내의 기억이, 아내가 그를 달래고 보살피던 순간들이 되살아났다. 그는 물린 것처럼 흠칫했고, 마음속 어딘가에서는 잠시 그가 여전히 결혼한 몸이라고, 헬렌이 바깥 어딘가에 살아 있고 어쩌면 얼어붙은 채 그가 깨워주기를 기다리고 있다고 생각했다.

"나는……." 그는 펄쩍 뛰며 일어나서 방 안을 둘러보았다. 그의 시선이 책상 위 컴퓨터에 떨어졌다. "난 뭘 좀 찾아봐야겠어."

애나도 옆에서 일어섰다. "물론이야. 내가 지금까지 우리가 알아낸 내용을 전해줄 수 있어. 빅터가 메모를 잔뜩 남겨놨어. 당신 보고서에도 메모를 썼지. 내가 보여줄 수 있어. 그러면 당신이 아빠에게 뭔가가 있다고, 이 사일로를 구할 가치가 있다고 설득할 수 있을지도……."

"그래." 도널드는 말했다. 그럴 것이다. 하지만 오직 그가 깨어 있기 위해서 그럴 것이다. 그러면서 그는 순간 애나의 의도도 그것일까 생각했다. 그를 가까이에 두기 위해서였을까. 한 시간 전까지만 해도 그는 다시 잠들고 싶기만 했고, 자신이 건설을 도운 세상에서 벗어나고 싶었다. 그러나 이제 그는 답을 원했다. 그는

18번 사일로를 들여다볼 테지만, 헬렌도 찾을 것이었다. 헬렌에게 무슨 일이 일어났고, 어디에 있는지 알아낼 것이다. 그는 믹을 생각했고, 마음속에 테네시주가 스쳐 지나갔다. 그는 모든 사일로가 그려진 포스터를 돌아보고 어느 주가 어느 숫자를 받았는지 기억해내려 했다.

"우리가 여기에서 무엇에 접근할 수 있지?" 그는 물었다. 답을 찾을 수 있다고 생각하자 피부가 달아올랐다.

애나가 문 쪽을 돌아보았다. 바깥 어둠 속에 발소리가 울렸다.

"아빠야. 이젠 이 층에 접근할 수 있는 사람은 아빠밖에 없어."

"이젠?" 그는 애나를 돌아보았다.

"그래. 빅터가 어디에서 총을 얻었겠어?" 그녀는 목소리를 낮췄다. "빅터가 내려와서 상자를 하나 열었을 때 나도 여기 있었어. 그런데 아무 소리도 못 들었지. 아빠는 빅터에게 일어난 일로 자책하고 있고, 여전히 이 일이 당신이나 당신 보고서와 관련이 있다고는 믿지 않아. 하지만 난 빅터를 알아. 빅터는 미치지 않았어. 당신이 할 수 있는 일이 있다면 부탁해. 날 위해서 해줘."

그녀는 그의 손을 꽉 쥐었다. 도널드는 그녀가 손을 잡고 있다는 사실을 뒤늦게 깨닫고 손을 내려다보았다. 접힌 보고서는 애나의 반대쪽 손에 있었다. 발소리가 다가왔다. 도널드는 고개를 끄덕여 동의했다.

"고마워." 애나는 그의 손을 놓더니 침대에 놓인 빈 컵을 잡아 자기 컵과 겹쳤다. 그리고 컵과 병을 의자 하나에 밀어 넣고 테이블 밑으로 집어넣었다. 서면이 문 앞에 도착해서 손가락 마디로 문설주를 두드렸다.

"들어오세요." 애나는 얼굴에 흘러내린 머리카락을 걷어내며 말했다.

서먼은 잠시 두 사람을 살폈다. "어스킨이 조촐한 장례식을 계획하고 있다. 우리만 참석할 거야. 상황을 아는 우리만."

애나가 고개를 끄덕였다. "물론이에요."

서먼은 눈을 가늘게 뜨고 딸과 도널드를 번갈아 보았다. 애나는 그 시선을 질문으로 받아들인 것 같았다.

"도니는 도울 수 있다고 생각해요. 저희 둘 다 도니가 여기에서 저와 같이 작업하는 게 최선이라고 보고요. 적어도 진전을 이룰 때까지는요."

도널드는 놀라서 그녀를 돌아보았다. 서먼은 아무 말도 하지 않았다.

"컴퓨터가 한 대 더 필요하겠어요." 애나는 덧붙여 말했다. "한 대 가지고 내려오시면 설치는 제가 할 수 있어요."

도널드도 그 말은 반가웠다.

"그리고 간이침대도 하나 더요, 물론." 애나는 미소 지으며 덧붙였다.

33

18번 사일로

미션은 농부들과의 드잡이질 이후 슬그머니 빠져나갔고, 나머지 운반인들은 흩어졌다. 그는 얻어맞아 얼얼한 코와 욱신거리는 입술로 10층에 있는 상부 휴게소에서 몇 시간 쪽잠을 잤다. 가만히 누워 있기에는 마음이 가라앉지 않아서 뒤척이다가 어두울 때 일어났고, 아직 '둥지'에 가기엔 너무 이르다는 사실을 깨달았다. 까마귀는 아직 자고 있을 터였다. 그래서 그는 일출을 보고 괜찮은 아침 식사를 먹으려고 구내식당으로 향했다. 긁힌 손마디가 따끔거리는 만큼 주머니 속에 든 검시관의 보너스도 따끔거렸다.

그는 오랜만에 따뜻한 식사로 아픈 몸을 달래고, 야간 근무를 끝낸 사람들과 같이 언덕들 위로 부글부글 끓듯이 피어나는 구름을 보았다. 멀리 높이 선 껍데기들(까마귀는 그걸 '마천루'라고 불렀다)이 뜨는 해를 제일 처음 받았다. 세상이 또 하루 깨어난다는 신호였다. 미션은 오늘이 자신의 생일이라는 사실을 깨달았다. 그는 테이블에 식사를 남기고, 누구든 나중에 치울 사람을 위해 1치트를 남겨놓고, 청소에 대해서는 아예 생각하지 않으려고 노력했다. 그 생각을 하는 대신 사일로가 완전히 깨어나기 전에 여덟 층을 빠르게 뛰어 내려갔다. 하루도 더 늦은 기분이 들지 않은 채 '둥지'로 향했다.

9층 층계참에 이르자 익숙한 말들이 그를 맞이했다. 그곳 문 위에는 층수 대신 이렇게 적혀 있었다.

'까마귀 둥지.'

그 단어는 밝고 굵은 글자로 칠해져 있었다. 몇 년이나 전, 몇 세대나 전에 써놓은 글자의 윤곽을 따라 칠하면서 색이 겹쳐졌고 한 명 이상의 어린 손이 쓴 글자는 비뚤배뚤했다. 사일로의 아이들은 붓으로 흔적을 남기고 떠나갔지만, 늙은 '까마귀'는 남았다.

'까마귀'의 둥지는 위층 절반을 차지하는 탁아소와 주간학교, 그리고 교실들로 구성되었다. 그녀는 그곳에 살아 있는 사람 누구도 기억할 수 없을 만큼 오래 존재했다. 어떤 사람은 그녀가 사일로 자체만큼 오래됐다고 했지만, 미션은 그게 전설에 불과하다는 걸 알았다. 아무도 사일로가 얼마나 오래됐는지 몰랐다.

미션이 '둥지'에 들어가보니 복도는 텅 비어 조용했다. 아직 시간이 일렀다. 어느 교실에서 책상을 밀어 정리하는 소리가 들렸다. 미션은 또 다른 교실에서 뭔가를 상의하는 두 교사를 보았는데, 걱정으로 찌푸린 얼굴을 보니 어릴 때의 미션 같은 아이를 어떻게 해야 하나 생각하는 모양이었다. 진한 차와 반죽과 분필 냄새가 어우러졌다. 페인트칠을 해야 할 상태인 데다 작은 주먹들에 움푹움푹 파인 금속 로커가 줄줄이 서 있었다. 그 풍경을 보자 미션은 다른 시대로 되돌아갔다. 자신이 그곳을 공포에 떨게 했던 날이 바로 엊그제 같았다. 미션과 이제는 만나지 않는…… 적어도 마음만큼 자주 보지는 못하는 미션의 모든 친구들…….

'까마귀'의 방은 복도 맨 끝에 있었고 그 층을 통틀어 유일한 거주 공간과도 연결되어 있었다. 그 거주 공간은 교실을 하나 개조하여 특별히 그녀를 위해 만든 곳이었다. 어쨌든 사람들은 그렇게 말했다. 그녀는 이제 제일 어린 아이들만을 가르쳤지만, 학교 전체가 그녀의 것이었다. 이곳은 그녀의 둥지였다.

미션은 인생의 다양한 단계에 그녀를 찾아왔던 기억이 있었다. 처음에는 농장에서 너무 멀리 떨어진 기분에, 위안을 찾아서. 나중에는, 그러니까 자신에게 지혜라곤 없다는 사실을 겨우 인정할 만큼 나이를 먹은 후에는 지혜를 구하러. 그리고 위안과 지혜를 둘 다 구한 적도 한 번 이상이었는데, 자신의 탄생과 어머니의 죽음에 관한 진실을 알았던 날, 어머니가 미션 때문에 청소를 하러 나갔다는 사실을 알게 된 날도 그랬다. 미션은 그날을 똑똑히 기억했다. '늙은 까마귀'가 우는 모습을 본 건 그날이 유일했다.

교실 문을 두드리고 들어갔더니, 그녀가 의자에 앉아서 쓸 수 있도록 높이를 낮춰놓은 흑판 앞에 있었다. '까마귀'라는 별명으로 더 잘 알려진 크로 선생님은 어제의 가르침을 지우다 말고 돌아보며 활짝 웃었다.

"우리 아가." 크로 선생님이 까악거렸다. 그녀는 지우개를 든 채 가까이 오라고 손짓했다. 분필 가루가 허공에 흩날렸다. "우리 아가, 우리 아가야."

"안녕하세요, 크로 선생님." 미션은 얼마 안 되는 책상들 사이를 지나서 그녀에게 갔다. 천장에서부터 크로 선생님이 앉은 전동 의자 등받이의 솟아오른 장대까지 전선이 늘어져 있었다. 미션은 전선 아래로 몸을 숙이고 다가가서 '까마귀'를 끌어안았다. 두 팔을 두르고 체취를 들이켰다. 어린 시절과 순수의 냄새였다. 선생님이 입은 꽃무늬가 들어간 노란 가운은 수요일 옷이었는데, 달력만큼 정확했다. 모든 것이 그렇듯 그 옷도 미션이 배울 때보다 색이 바랬다.

"자란 것 같구나." 선생님은 미션을 올려다보며 미소를 지었다. 속삭임에 가까운 목소리였는데, 그래서 오히려 무슨 말을 하는지 들으려고 어린아이들이 조용해졌던 기억이 났다. 까마귀는 손을 들어 자기 뺨을 건드렸다. "네 얼굴은 어떻게 된 거니?"

미션은 소리 내어 웃으며 운반인용 배낭을 추슬렀다. "그냥 사고였어요." 그리고 예전처럼 거짓말을 했다. 그는 배낭을 작은 책상 발치에 놓으며, 그 책상에 몸을 구겨 앉고 하루 수업을 듣는 상상을 할 수 있었다.

"어떻게 지내셨어요?" 미션은 물으면서 선생님의 얼굴을, 깊은 주름과 마치 농부 같지만 재배등이 아니라 세월 탓에 검어진 피부를 살폈다. 두 눈은 늘 젖어 있었지만 아직 생기가 있었다. 그 눈을 보면 밝은 날의, 그러나 청소가 시급한 상태의 벽 스크린이 떠올랐다.

"그렇게 좋지는 않구나." 크로 선생님이 팔걸이에 달린 레버를 비틀자, 오래전에 떠난 옛 학생이 그녀를 위해 만든 의자가 윙소리를 내며 미션을 더 잘 볼 수 있게 방향을 바꿨다. 선생님은 소매를 걷어서 미션에게 가늘고 얼룩덜룩한 팔에 붙은 거즈를 보여 줬다. "의사들이 와서 내 피를 뽑아 갔단다." 증거를 가리키는 손이 떨렸다. "내 피를 반은 뽑아 간 것 같아."

미션은 웃어버렸다. "피를 반이나 뽑아 가진 않았을걸요. 의사들은 그저 선생님을 보살피려는 거예요."

부인은 얼굴을 뒤틀며 주름을 폭발시켰다. 미심쩍어하는 얼굴이었다. "난 그 사람들 안 믿어."

미션은 미소 지었다. "선생님은 아무도 안 믿으시죠. 아, 어쩌면 의사들은 왜 선생님이 다른 모두처럼 죽질 않는지 알아내려는 걸지도 모르겠네요. 모두가 언젠가는 선생님처럼 오래 살 수 있는 방법을 알아낼지도 몰라요."

선생님은 여윈 팔에 붙은 밴드를 문질렀다. "아니면 날 죽일 방법을 찾는지도 모르지."

"에이, 그렇게 나쁘게 생각 마세요." 미션은 노인이 밴드를 자꾸 만지지 못하게 몸을 기울여 소매를 내렸다. "왜 그런 생각을 하세요?"

선생님은 얼굴을 찌푸리며 답을 피했다. 그 시선이 미션의 거의 텅 빈 배낭에 떨어졌다. "쉬는 날이니?"

미션은 그 시선을 따라 배낭을 쳐다보았다. "음? 아, 아니에요. 어젯밤에 짐을 내렸어요. 조금 있다가 다른 배달 물건을 받아서,

어디든 가라는 데로 가져가야죠."

"아, 다시 그렇게 젊고 자유로워진다면." 크로 선생님은 의자를 빙 돌려서 책상 뒤로 향했다. 미션은 늘 그랬듯 회전하는 전선 아래로 몸을 숙였다. 의자 등받이에 달린 장대는 좀 더 젊은 사람들이 만들었다. 선생님은 물보다 즐기는 역한 채소즙 병을 집어들고 한 모금을 마셨다. "지난주에 앨리가 들렀어." 그리고 흑록색 액체를 내려놓았다. "네 안부를 묻더구나. 네가 아직 혼자인지 궁금해했어."

"그래요?" 미션은 체온이 훅 올라가는 느낌이었다. 크로 선생님은 예전에, 미션이 키스가 무엇을 위한 것인지도 모를 때에 둘이 키스하는 장면을 본 적이 있었다. 그때는 경고와 다 안다는 듯한 미소만 남기고 둘을 두고 갔고. "다들 너무 흩어졌어요." 미션은 부인이 이만하면 눈치챌지도 모른다는 희망을 품고 화제를 바꿨다.

"그래야지." 선생님은 책상 서랍을 열고 뒤적이다가 봉투를 하나 꺼냈다. 미션은 봉투에 적혔다가 지워진 이름을 대여섯 개 볼수 있었다. 여러 번 사용되었다는 뜻이었다. "아래로 내려가니? 로드니에게 뭘 좀 갖다줄 수 있을까?"

선생님이 편지를 내밀었다. 미션은 다른 모든 이름에 줄을 긋고 미션과 제일 친한 친구의 이름을 적어 넣은 봉투를 받았다.

"그럼요. 갖다줄 수 있죠. 하지만 지난번에 두 번 들렀을 때는 저보고 로드니를 만날 수 없다고 했어요."

크로 선생님은 그럴 줄 알았다는 듯 고개를 끄덕였다. "제프리를 찾으렴. 거기 보안부 책임자인데, 내가 가르친 학생이야. 제프리에게 이 편지는 내가 보내는 거라고 말하고, 내가 꼭 로드니에게 네가 직접 줘야 한다고 했다고 하려무나." 그녀는 살짝 떨리는 손으로 허공을 휘저었다. "내가 제프리에게 쪽지를 쓰마."

미션은 크로 선생님이 펜과 잉크를 찾아 책상 속을 뒤지는 동안 벽에 걸린 시계를 흘긋 보았다. 곧 복도에 아이들이 떠드는 소리와 로커 여닫는 소리가 가득 찰 것이다. 그는 선생님이 쪽지를 쓰는 동안 참을성 있게 기다리면서 벽에 붙은 오래된 포스터와 배너들, 선생님이 '동기부여'라고 부르는 물건들을 훑어보았다.

어느 포스터에는 '넌 뭐든 될 수 있어'라고 쓰여 있었다. 커다란 둔덕 위에 선 소년과 소녀가 조잡하게 그려져 있었다. 둔덕은 초록색이었고 하늘은 그림책 속에서처럼 파란색이었다. 또 어느 포스터는 '네 심장이 기뻐하는 꿈을 꿔'라고 적혀 있었다. 우아하게 호선을 그리는 색깔 띠도 그려져 있었다. 선생님에게는 그걸 부르는 이름이 있었지만, 미션은 잊어버렸다. 눈에 익은 포스터가 또 보였다. '새로운 곳에 가라.' 거기에는 말도 안 되게 커다란 나무에 올라앉은 까마귀가 그려져 있었는데, 막 날아오를 것처럼 날개를 펼친 모습이었다.

"제프리는 대머리란다." 선생님이 말하면서 숱이 줄고 있는 본인의 흰머리 위로 손을 휘저었다.

"알아요." 미션은 말했다. 사실로 전역의 수많은 어른과 노인들 역시 이분의 학생이었다는 사실을 상기하면 기분이 이상했다. 복도에서 로커 닫히는 소리가 울렸다. 미션은 그가 어렸을 때 자그마한 책상이 줄을 지어 방을 채웠던 것을 기억했다. 낮잠 시간을 위한 롤 매트가 가득한 보관함들도 있었는데, 매일 바닥 중앙의 공간을 비우고 자기 매트를 찾아서 크로 선생님이 잊힌 노래를 불러주는 동안 졸았던 기억이 났다. 그 나날이 그리웠다. 온갖 불가능한 것들이 가득하던 세상에 대한 '옛 시절' 이야기들도 그리웠다. 그 작은 책상에 기대어 있다 보니 문득 미션은 크로 선생님만큼이나 나이 든 기분이 들었다. 어린 날로부터 말도 안 되게 멀어진 기분이었다.

"제프리에게 이걸 주고, 로드니가 내 편지를 꼭 받도록 하렴. 네가 직접 건네줘, 알았지?"

미션은 배낭을 잡고 편지 두 통을 다 우편물 주머니에 넣었다. 돈 이야기는 없었다. 크로 선생님에게 대가를 받는다는 생각만 해도 미션은 죄책감을 느꼈다. 그런데 배낭에 손을 넣다 보니 그녀에게 주려고 가져온 물건들이 생각났다. 전날 밤의 싸움 때문에 잊고 있었다.

"아, 농장에서 이걸 가져왔어요." 그는 작은 오이 몇 개, 고추 두 개와 멍이 든 큰 토마토 하나를 꺼내어 책상에 늘어놓았다. "선생님의 채소즙을 위해서요."

크로 선생님은 두 손을 맞잡고 기쁜 미소를 지었다.

"다음에 제가 지나갈 때 또 필요한 거 없으세요?"

"이렇게 찾아오는 것." 선생님은 주름진 미소를 지으며 말했다. "나야 우리 아가들만 있으면 되지. 언제든 들르렴, 알았지?"

미션은 소매 안에 빗자루를 넣어놓은 것 같은 선생님의 팔을 꾹

잡았다. "그럴게요. 아 참, 그러고 보니 프랭키가 안부 전해달라고
했어요."

"프랭키도 더 자주 와야 하는데." 그녀는 목소리를 떨며 말했다.

"모두가 저처럼 돌아다니진 않으니까요. 분명히 그 녀석도 자
주 뵈러 오고 싶을 거예요."

"전해다오. 프랭키에게, 나에겐 시간이 많이 남지 않았다고 전
해줘……."

미션은 웃으면서 그 음울한 생각을 일축했다. "선생님은 분명
히 제 할아버지가 어렸을 때도 똑같은 말을 하셨을 거예요. 할아
버지의 아버지한테도요."

'까마귀'는 그 말이 사실이라는 듯이 미소 지었다. "피할 수 없
는 일을 예측하다 보면, 언젠가는 맞히게 된단다."

미션은 미소 지었다. 그 말이 마음에 들었다. "그래도 전 선생
님이 죽는 이야기를 안 하셨으면 좋겠어요. 아무도 그런 말은 듣
고 싶어 하지 않아요."

"좋지야 않겠지만, 일깨워주는 건 좋은 일이야." 선생님이 두
팔을 들어 올리자, 꽃무늬 드레스의 소매가 흘러내려서 밴드가 다
시 드러났다. "말해보렴. 이 두 손을 보면 넌 뭐가 보이니?" 그녀
는 두 손을 앞뒤로 뒤집었다.

"시간이요." 미션은 그 생각이 어디에서 왔는지도 잘 모르면서
불쑥 말했다. 그리고 갑자기 그 피부가 징그럽다는 생각에 시선을
돌렸다. 마치 수확할 때가 한참 지났는데도 흙 속 깊이 묻혀 있다
가 찾아낸 쪼글쪼글한 감자 같았다. 그렇게 느낀 자신이 싫었다.

"시간이야 물론이지." 크로 선생님이 말했다. "여기 시간은 많이 있어. 하지만 남은 것들도 있다. 난 모든 게 더 나았던 예전을 기억해. 나쁜 것을 생각하면 좋은 것이 생각나거든."

크로 선생님은 뭔가 다른 것을 찾으려는 듯이 두 손을 잠시 더 뜯어보았다. 그리고 시선을 들어 미션을 보았을 때, 그 두 눈은 슬픔으로 빛나고 있었다. 미션의 눈에도 눈물이 고였다. 불편해서이기도 했고, 그들의 대화 내내 드리워 있던 우울한 어둠 때문이기도 했다. 덕분에 오늘이 자신의 생일이라는 사실이 기억났고, 그 생각을 하면 목이 조이고 가슴이 텅 비었다. 분명히 선생님도 오늘이 무슨 날인지 알 터였다. 그를 사랑하기에 말하지 않을 뿐.

"나도 한때는 아름다웠단다." 크로 선생님은 두 손을 거두어 무릎 위에 포갰다. "가버린 옛날, 영원히 우리를 떠난 옛날, 아무도 다시는 그 시절을 보지 못하겠지."

미션은 크로 선생님을 달래고, 아직도 수많은 면에서 아름답다고 말하고 싶은 충동을 강하게 느꼈다. 그녀는 아직도 음악을 연주할 수 있었다. 그림을 그릴 수 있었다. 기억하는 사람이 달리 얼마 없는 방식으로. 또 그녀는 아이들에게 사랑받고 있고 안전하다는 느낌을 줄 수 있었는데, 이 또한 오래전에 잊힌 마법의 한 조각이었다.

"내가 네 나이 때는⋯⋯." 선생님은 미소 지으며 말했다. "원하는 남자애는 누구든 가질 수 있었지."

그녀는 웃음을 터뜨려 긴장을 깨고 어두운 그림자를 물렸지만, 미션은 그 말을 믿었다. 선명하게 그릴 수는 없다 해도, 선생님의 주름살과 검버섯과 길게 늘어진 머리털이 없어지는 상상을 할 수는 없다 해도, 그 말을 믿었다. 그는 언제나 그녀의 말을 믿었다.

"세상도 많은 면에서 나와 비슷해." 선생님은 천장을, 어쩌면 더 위를 쳐다보았다. "세상도 예전에는 아름다웠지."

미션은 '옛 시절' 이야기가 몰아치는 구름처럼 끓어오르는 것을 감지했다. 복도에서는 로커 닫는 소리가 더 늘었고, 작은 목소리들이 모여들었다.

"말해주세요." 미션은 크로 선생님의 발치에서 눈 깜박할 사이에 지나가던 시간들, 어린아이들이 잠든 사이 그녀가 불러주던 노래들을 떠올리며 말했다. "옛 세상에 대해 말해주세요."

늙은 '까마귀'는 눈을 가늘게 뜨고 방 안 어두운 구석을 보았다. 세월의 주름이 잡힌 입술이 벌어지더니 이야기가, 미션이 천 번도 더 들은 이야기가 시작되었다. 아무리 많이 들었어도 상상 속 그 땅은 질리지 않았다. 그리고 총총히 방 안에 들어와서 자그마한 책상에 앉은 어린아이들도 입을 다물고 모여들더니, 눈을 크게 뜨고 마음을 활짝 열고서 한때는 아름다웠고 이제는 완전히 잊힌 세상에 대한 이야기를 같이 들었다.

34

크로 선생님의 이야기는 다 어린이용 책을 통해 지어낸 것이었다. 파란 하늘과 초록색 땅, 개와 고양이 같지만 사람보다 더 큰 동물들이 나왔다. 아이들용이었다. 그런데도 여기보다 더 나은 곳을 그리는 이런 환상적인 이야기를 듣다 보면 미션은 지금 사는 세상에 화가 났다. 위층을 뒤로하고 나선을 그리며 농장들과 어릴 때 지냈던 층들을 내려갈 때, 미션은 이 더 나은 세상을 생각하고 자신이 아는 세상에 실망했다. 다른 어딘가의 가능성이 친숙한 현실의 결점을 두드러지게 비췄다. 그는 집을 떠나 원하는 대로 살기 위해 운반인이 됐는데, 이제는 이 세상이 허락하는 것 이상으로 멀리 떠나고 싶었다.

위험한 생각이었다. 그런 생각을 하면 어머니와, 17년 전 어머니가 어디로 나가야 했었는지가 떠올랐다.

농장 층을 지나면서 미션은 사일로 아래쪽에서 뭔가가 타고 있음을 감지했다. 공기가 뿌옇고, 혀 안쪽에 쓴 연기 맛이 났다. 아마 쓰레기 더미겠지. 운반비를 내고 재활용장에 쓰레기를 보내기 싫었던 누군가가 한 짓이리라. 아니면 사일로가 재활용을 해야 할 만큼 오래 버티지 못하리라 생각한 사람일 수도 있고.

물론 사고일 수도 있었지만, 미션은 그렇게 보지 않았다. 이젠 아무도 그런 식으로 생각하지 않았다. 계단에서 마주치는 사람들의 얼굴에서 볼 수 있었다. 사람들이 물건을 움켜쥔 모습, 아이들을 보호하는 모습에서 사일로의 미래가 아슬아슬하다는 사실이 드러났다. 어젯밤의 싸움이 그 점을 증명하는 듯했다.

미션은 배낭을 추스르고 서둘러 IT부가 있는 34층으로 내려갔다. 도착해보니 층계참에 사람들이 잔뜩 모여 있었다. 주로 미션 또래 아니면 조금 위의 소년들로, 상당수가 아는 얼굴이었고 많은 수가 중층부 출신이었다. 몇 명은 옆구리에 컴퓨터를 끼고 전선을 늘어뜨린 채 서서 인파를 밀치고 있었다. 미션은 그 사이를 비집고 들어갔다. 안으로 들어갔더니 문을 넘어가자마자 임시로 세운 벽이 있었다. 보안부 사람 두 명이 임시 출입구를 지키고 서서 부스스한 IT부 직원들만 통과시켰다.

"배달이요." 미션은 외쳤다. 그리고 크로 선생님이 써준 쪽지를 조심스럽게 꺼내면서 앞쪽으로 갔다. "제프리 보안 요원에게 배달이에요."

보안부 한 명이 쪽지를 받아 들었다. 뒤에 선 사람들 때문에 미션은 임시 벽으로 밀려갔다. 한 여자가 통과 손짓을 받았다. 그 여자는 안으로 들어가는 정식 보안문을 서둘러 통과하더니, 안도감을 뚜렷하게 드러내며 작업복을 매만졌다. 넓은 홀 한쪽 구석에서 지시를 받고 있는 젊은이 한 무리가 있었다. 그들은 깔끔하게 줄을 맞춰 차려 자세로 섰지만, 크게 뜬 눈이 두려움을 드러냈다.

"대체 무슨 일이에요?" 미션은 임시 벽이 길을 틔워주자 물었다.

"무슨 일이 없겠어?" 경비원 하나가 대답했다. "어젯밤 전압 스파이크로 컴퓨터가 왕창 나갔어. 기술자란 기술자는 전부 다 두 배로 일하고 있지. 아래쪽 기계부인지 어딘지에서는 불이 났고, 위쪽 농장에서는 폭력 사태가 있었지. 그 무전 받았어?"

기계부. 기계부는 불 냄새를 맡기엔 멀리 떨어져 있었다. 그리고 지난밤 습격에 대한 소식이 퍼졌다니 코에 생긴 상처가 의식이 됐다. "무슨 무전요?" 그는 물었다.

경비원은 젊은이 무리를 가리켰다. "우린 신규 고용 중이야. 새로운 기술자들을."

미션의 눈에는 소년들밖에 보이지 않았고, 그들과 이야기하는 남자는 IT부가 아니라 보안부였다. 경비원은 쪽지를 미션에게 돌려주고 정문을 가리켰다. 아까 본 여자는 이미 삐 소리를 내며 통과해 들어갔고, 크고 친숙한 대머리가 고개를 돌려 복도를 걸어가는 그 여자의 뒷모습을 지켜보았다.

"보안 요원님?" 미션은 문으로 다가가면서 외쳤다.

제프리가 고개를 돌리자, 목에 팬 깊은 주름과 접힌 살이 사라졌다.

"흐음? 오⋯⋯." 그는 이름을 생각해내려는 듯 손가락을 튕겼다.

"미션이에요."

제프리는 손가락을 흔들었다. "맞아. 나한테 남길 게 있다고, 운반인?" 그는 손을 내밀었지만 별로 관심은 없는 듯했다.

미션은 그에게 쪽지를 건넸다. "사실은 크로 선생님에게 편지를 직접 배달하라는 지시를 받았어요." 그는 우편물 가방에서 이름에 줄이 죽죽 가 있는 밀봉된 봉투를 꺼냈다. "그냥 편지예요."

나이 많은 보안 요원은 봉투를 흘긋 보더니, 본인 앞으로 온 쪽지를 계속 읽었다. "로드니는 만날 수 없다." 그는 고개를 저었다. "언제 다시 오라고 말해줄 수도 없어. 몇 주가 걸릴지도 몰라. 나한테 남겨둘래?"

제프리는 다시 한번 손을 뻗었지만, 이번에는 좀 더 관심 있는 얼굴이었다. 미션은 조심스레 봉투를 회수했다. "안 돼요. 제가 그냥 로드니에게 편지를 전해줄 방법은 전혀 없나요? 다른 사람도 아니고 크로 선생님 부탁이잖아요. 부탁한 게 시장이었다면 저도 문제없다고 했을 거예요."

제프리가 미소 지었다. "너도 그분의 아이였구나?"

미션은 고개를 끄덕였다. IT부 보안 책임자는 미션의 어깨 너머로 신분증을 꺼내 들고 보안문으로 다가오는 남자를 보았다. 미션은 그 남자가 신분증을 스캔하고, 제프리에게 고개를 끄덕여 인사한 후 지나가는 동안 옆으로 비켜섰다.

"이렇게 하자. 내가 조금 후에 로드니에게 점심을 가져갈 거야.

그때 너도 같이 가서, 내가 지켜보는 가운데 편지를 건네줄 수 있겠지. 그러면 나도 나중에 '까마귀'가 내 가죽을 뜯어 먹을까 걱정할 필요 없을 거고. 어떠냐?"

미션은 미소 지었다. "좋은데요. 고맙습니다."

선임 경비원은 시끄러운 현관홀을 가리켰다. "가서 물 좀 마시고 회의실에 있지 그러냐. 거기서 서류를 채우고 있는 녀석들이 있을 거야." 제프리는 미션을 위아래로 훑어보았다. "아니지, 너도 지원서를 써보면 어떨까? 우리가 채용할 수도 있겠는데."

"저는…… 어, 컴퓨터는 잘 모르는데요." 미션이 말했다.

제프리는 상관없다는 듯 어깨를 으쓱였다. "좋을 대로 해라. 조금 후면 한 명이 내 자리를 대신하러 올 거야. 그러면 내가 데리러 가마."

미션은 다시 한번 고맙다고 인사했다. 그는 깔끔하게 줄을 맞춰 늘어선 청년들이 보안 요원이 고함치는 지시 사항을 듣고 있는 거대한 현관홀을 가로질렀다. 다른 보안 요원이 그에게 회의실로 들어오라고 손짓하면서 종이 한 장과 목탄 한 조각을 내밀었다. 미션은 그 종이 뒷면이 백지인 것을 보고는, 지원서를 채울 계획도 없으면서 받아 들었다. 사용할 수 있는 종이라면 0.5치트 가치는 있었다.

넓은 테이블 주위에 빈 의자가 몇 개 있었다. 미션은 의자 하나를 골랐다. 청년들이 집중하느라 얼굴을 일그러뜨린 채 목탄 조각으로 종이에 뭔가를 쓰고 있었다. 미션은 유일한 창문을 등지고 앉아서 테이블 위에 배낭을 놓고, 편지는 계속 두 손으로 쥐고 있었다. 지원서는 나중에 이용할 생각으로 배낭 안에 밀어 넣고서, 처음으로 크로 선생님이 보낸 편지를 뜯어보았다.

봉투는 낡았지만 주소는 몇 번 쓰지 않았다. 한쪽 가장자리는 닳아서 얇아졌고, 작게 찢어진 부분으로 안에 든 접은 종잇조각이 살짝 보였다. 좀 더 자세히 들여다보니 갱지였는데, 아마도 '까마귀 둥지'의 아이들 중 누군가가 만든 듯했다. 찢은 종잇조각과 물을 섞은 후에 스크린에 대고 눌러서 하룻밤 말리면 만들 수 있는 종이다.

"미션." 테이블에서 누군가가 잇새로 그를 불렀다.

고개를 들어보니 맞은편에 브래들리가 앉아 있었다. 동료 운반인은 팔뚝에 파란색 손수건을 동여매고 있었다. 미션은 브래들리가 아래쪽 깊은 곳으로 정기 운반을 뛰는 줄 알고 있었는데.

"너 지원해?" 브래들리가 잇새로 말했다.

다른 소년 하나가 조용히 해달라는 듯 주먹에 대고 기침을 했다. 브래들리는 이미 지원한 모양이었다.

미션은 고개를 저었다. 그리고 등 뒤 창문을 두드리는 소리 때문에 몸을 홱 돌리다가 편지를 떨어뜨릴 뻔했다. 제프리가 문 안으로 머리를 들이밀었다. "2분이다." 경비원은 미션에게 말하더니 엄지손가락으로 어깨 너머를 가리켰다. "난 식사 쟁반을 기다리고 있어."

미션은 문이 닫히는 사이 얼른 고개를 끄덕였다. 다른 소년들이 궁금하다는 눈으로 그를 보았다.

"배달이야." 미션은 다른 사람들에게도 들릴 만큼 큰 소리로 브래들리에게 대답했다. 그리고 배낭을 잡아당겨 봉투를 그 뒤에 숨겼다. 소년들은 다시 지원서 쓰기에 몰입했다. 브래들리는 얼굴을 찌푸리고 다른 이들을 지켜보았다.

미션은 봉투를 다시 살폈다. 2분이라. 로드니와 있을 시간은 얼마나 될까? 그는 봉해놓은 편지 봉투 귀퉁이를 매만졌다. 크로 선생님이 사용한 우유 풀은 몇 달씩 묵은, 어쩌면 몇 년씩 묵은 말라붙은 접착제에 잘 달라붙지 않았다. 미션은 봉투를 보지도 않고서 한쪽 구석을 뜯어냈다. 운반에서 세 번째로 중요한 규칙을 깨며 눈은 브래들리를 봤고, 스스로에게 이건 다르다고, 이건 오랜 친구 둘의 대화이고 그는 같은 방에서 그 대화를 엿듣는 것뿐이라고 변명했다.

그렇다 해도 편지를 꺼내는 손은 떨렸다. 그는 종이를 숨긴 채 잽싸게 아래를 보았다. 짙은 회색의 싸구려 종이에는 보라색과 빨간색 실이 흩어져 있었다. 글씨는 분필로 썼다. 즉 단어를 크게 써야 했다는 뜻이었다. 단어에서 떨어져 나온 흰 분필 가루가 낡은 파이프에서 떨어지는 먼지처럼 접힌 부분에 고였다.

'곧, 곧, 엄마 새가 노래하네.'

'날아올라, 날아올라!'

오래된 동요의 일부였다. '날개를 퍼덕여.' 미션은 그 동요의 나머지 부분을 기억하고 속으로 중얼거렸다. 어린 까마귀가 자유를 배우는 이야기였다.

'날개를 퍼덕여 더 밝은 곳으로 날아가렴.'

'날아라, 온 힘으로 날아!'

미션이 이 동요 가사 말고 진짜 편지 내용을 찾아보려고 할 때 누군가가 창문을 다시 두드렸다. 다른 소년 몇 명이 눈에 띄게 놀라면서 목탄을 떨어뜨렸다. 한 명은 조그맣게 욕을 했다. 미션이 몸을 돌려보니 제프리가 유리 너머에 서서 뚜껑 덮인 식사 쟁반을 한 손에 들고 초조하게 고갯짓을 하고 있었다.

미션은 편지를 접어서 다시 봉투에 밀어 넣었다. 그리고 제프리에게 바로 간다는 뜻으로 한 손을 머리 위로 들어 올리고는, 한 손가락에 침을 발라 끈적한 풀 위에 문지르고 최대한 봉투를 다시 봉했다. "행운을 빈다." 미션은 브래들리가 대체 무슨 생각을 하고 있는 건지 모르면서도 그렇게 말했다. 그리고 배낭을 테이블에서 들어 올리고, 떨어진 분필 가루를 조심스럽게 닦아낸 후 서둘러 회의실을 나갔다.

"가자." 제프리는 확실히 짜증 난 기색으로 말했다.

미션은 서둘러 따라갔다. 그는 창문을 한 번 돌아보고, 문 옆에 생긴 임시 방책을 거칠게 밀치는 시끄러운 군중도 돌아보았다. IT 기술자 한 명이 전선을 깔끔하게 위로 말아 올린 컴퓨터 한 대를 들고 군중에게 접근했고, 한 여자가 방책 뒤에서 마치 아기를 찾는 어머니처럼 애타게 손을 내밀었다.

"여기 사람들이 언제부터 자기 컴퓨터를 들고 왔어요?" 미션은 물었다. 직업 때문인지, 물건 운반 문제를 궁금해할 수밖에 없었다. 이것도 운반인들을 잘라내는 또 다른 순환처럼 느껴졌다. 로커가 발작을 할 것이다.

"어제부터. 위크가 이제는 기술자들을 내보내서 고치게 하지 않겠다고 결정했어. 이렇게 하는 편이 더 안전하다나. 사람들이 밖에서 강도질을 당하는데 경비원은 부족하다는 거야."

그들은 보안문을 통과하여 말없이 구불구불한 복도를 걸었다. 사무실마다 찰칵거리는 소리 아니면 사람들이 다투는 소리가 가득했다. 미션은 사방에 흩어진 전기 부품과 종이를 보았다. 로드니가 대체 어느 사무실에 있으며, 왜 로드니 외에 다른 사람은 아무도 음식을 배달받지 않는지 궁금했다. 어쩌면 그의 친구는 곤란한 상황일지도 몰랐다. 그렇다. 그렇다면 모든 게 말이 됐다. 로드니가 또 곡예를 벌였겠지. 34층에도 유치장 같은 게 있던가? 그럴 것 같지는 않았다. 혹시 로드니가 우리에 갇혀 있는 거냐고 물으려는 순간, 제프리가 눈길을 끄는 강철 문 앞에 멈춰 섰다.

"여기야." 제프리가 미션에게 쟁반을 내밀었고, 미션은 편지를 입에 물고 쟁반을 받았다. 제프리가 뒤를 보더니, 미션이 보지 못하게 문의 키패드를 몸으로 가리고 암호를 입력했다. 무거운 문손잡이에서 철컥 소리가 연이어 들렸다. 이제 확실했다. 로드니는 곤란에 처한 거다. 대체 무슨 유치장이 이렇지?

문이 안쪽으로 빙글 열렸다. 제프리는 쟁반을 쥐고 미션에게 기다리라고 말했다. 미션은 여전히 입술에 묻은 우유 풀 맛을 느끼면서 보안부 책임자가 상당히 깊숙한 듯한 방으로 들어서는 모습을 지켜보았다. 안쪽 불은 뭔가 잘못된 것처럼 깜박였는데, 화재 경보처럼 빨간색의 경고등이었다. 제프리가 로드니를 외쳐 부르는 사이 미션은 안을 더 잘 보려고 등 뒤를 기웃거렸다.

조금 후, 그들을 기다리고 있었다는 듯이 로드니가 도착했다.

그리고 문 앞에 선 미션을 보고 눈을 크게 떴다. 미션은 친구를 보고 입이 다물어지지 않을 지경이었지만, 입을 벌리지 않으려고 애를 썼다.

"어이." 로드니가 무거운 문을 조금 더 당겨 열더니 복도를 보았다. "네가 여기서 뭐 해?"

"나도 만나서 반갑다." 미션은 말하면서 편지를 내밀었다. "크로 선생님 편지야."

"아하, 공무였군." 로드니가 미소 지었다. "운반인으로 온 거란 말이지? 친구가 아니라?"

로드니는 미소를 지었으나, 미션은 친구가 녹초가 되었음을 알 수 있었다. 며칠이고 잠을 자지 못한 몰골이었다. 뺨은 움푹 들어갔고, 눈 밑은 시커멌으며, 턱에는 그림자처럼 수염이 돋았다. 예전에 로드니가 애써 스타일을 유지하던 머리카락은 짧게 잘랐다. 미션은 방 안을 흘긋 보면서, 안에서 뭘 시킨 걸까 생각했다. 커다란 검은색 금속 캐비닛만 줄줄이 보였다. 깔끔하게 열을 맞추어 눈 닿는 곳 끝까지 이어져 있었다.

"냉장고 고치는 법이라도 배워?" 미션이 물었다.

로드니는 뒤를 돌아보더니 웃음을 터뜨렸다. "저건 컴퓨터야."

잘난 체하는 말투는 여전했다. 미션은 오늘이 내 생일이니까 우린 같은 나이라고 일깨워줄 뻔했다. 그런 걸 일깨우고 싶은 마음이 드는 사람은 오직 로드니뿐이었다. 제프리가 잡담에 짜증이 난 듯 헛기침을 했다.

로드니는 보안부 책임자를 돌아보고 물었다. "몇 초만 괜찮을까요?"

제프리가 몸의 무게중심을 옮기면서 뻣뻣한 부츠 가죽이 끽끽 소리를 냈다. "안 된다는 거 알잖아. 지금 이 정도만 가지고도 호되게 혼날 거야."

"맞아요." 로드니는 애초에 묻지 말았어야 했다는 듯 고개를 내저었다. 미션은 두 사람의 대화를 유심히 살폈다. 마지막으로 본지 몇 달이 지났다 해도, 로드니가 여느 때와 같다는 건 알 수 있었다. 무엇 때문인지 곤란에 처했고, 무슨 야단스러운 말을 했거나 일을 하는 바람에 IT부의 모든 사람들이 제일 싫어하는 일을 하게 된 모양이었다. 미션은 그런 생각을 하고 웃었다.

갑자기 로드니가 방 안쪽 깊숙한 곳에서 무슨 소리를 들은 것처럼 긴장했다. 그는 두 사람에게 한 손가락을 들어 보이고 기다리라고 했다. "잠깐만요." 그리고 맨발로 강철 바닥을 디디며 달려갔다.

제프리는 팔짱을 끼고 못마땅한 듯 미션을 위아래로 보았다. "둘이 같은 복도에서 자랐나?"

"학교에 같이 갔죠." 미션은 대답했다. "그래서 로드니가 무슨 짓을 한 거예요? 아시죠, 크로 선생님은 우리가 교실에서 소란을 피우면 '둥지' 전체를 쓸고 칠판을 닦게 했어요. 우리 둘 다 빗자루질깨나 했죠."

제프리는 잠시 미션을 살피더니, 무표정한 얼굴을 깨뜨리고 이를 드러내며 웃었다. "네 친구가 곤란에 빠졌다고 생각하는 거냐?" 웃음을 터뜨리기 직전 같았다. "얘야, 넌 아무것도 몰라."

미션이 더 묻기 전에 로드니가 미소 띤 얼굴로 숨을 몰아쉬며 돌아왔다.

"죄송해요." 로드니는 제프리에게 말했다. "그건 받아야 했어요." 그리고 미션을 돌아보았다. "들러줘서 고맙다, 친구. 얼굴 보니 좋았어."

그게 다인가?

"나도 얼굴 봐서 좋았어." 미션은 이렇게 짧은 방문이 되었다는 사실에 놀라서 더듬거렸다. "어이, 너무 멀어지진 마." 그는 옛 친구를 끌어안으려 했지만, 로드니는 손만 내밀었다. 미션은 당황하고, 두 사람이 이렇게나 빨리, 이렇게나 멀어져버린 건가 생각하며 잠시 그 손을 쳐다보았다.

"모두에게 안부 전해줘." 로드니는 두 사람 다 다시는 보지 못할 것처럼 말했다.

제프리가 확연한 짜증이 드러나는 헛기침을 하더니, 갈 준비를 했다.

"그렇게." 미션은 목소리에 슬픔을 드러내지 않으려고 애쓰며 말하고, 친구의 손을 잡았다. 그들은 낯선 사람들처럼 악수했고, 로드니의 얼굴에 떠오른 미소가 흔들렸으며, 그 손바닥에 숨겨놓은 쪽지가 미션의 손을 날카롭게 파고들었다.

35

미션이 건네받은 쪽지를 떨어뜨리지 않은 것도 기적이었고, 뭔가 가 잘못됐음을 알아차리고 입을 다물고 있었던 것도, 제프리 앞 에서 바보같이 서서 '야, 이게 뭐야?'라고 묻지 않은 것도 기적이 었다. 미션은 종이 뭉치를 꼭 쥐고 제프리의 안내를 받아 보안문 까지 돌아갔다. 거의 도착했을 때 어느 사무실인가에서 "운반인!" 이라고 부르는 소리가 들렸다.

제프리가 미션의 가슴팍에 한 손을 올리고 멈춰 세웠다. 그들이 몸을 돌려보니 익숙한 사람이 성큼성큼 복도를 걸어왔다. IT 부서 의 책임자이며, 대부분의 운반인에게 친숙한 위크 씨였다. 고장 나고 수리한 컴퓨터들의 끊임없는 이동 때문에 10층에 있는 상층 운송부가 바쁜 정도는 120층에 있는 하층 운송부가 공급부 때문 에 바쁜 정도에 맞먹었다. 미션은 어제 이후로는 그 상황이 변했을지 모른다고 생각했다.

"근무 중인가?" 위크 씨는 미션의 목에 매듭지어진 운반인용 손수건을 살폈다. 그는 깔끔한 턱수염과 생기 있는 눈이 특징인 키 큰 남자였다. 미션은 위크 씨와 시선을 마주치기 위해 목을 길게 빼야 했다.

"네, 그렇습니다." 미션은 로드니가 준 쪽지를 등 뒤에 감추고 대답했다. 그는 흙에 씨앗을 눌러 넣을 때처럼 엄지손가락으로 쪽지를 뒷주머니에 밀어 넣었다. "운반할 물건이 있나요?"

"그래." 위크 씨는 잠시 미션을 살펴보며 턱수염을 쓸었다. "넌 존스네 아들 맞지? 제로 말이야."

미션은 티켓 번호가 뽑히지 않았음을 가리키는 '제로'라는 용어를 듣고 목에 열이 오르는 것을 느꼈다. "네. 미션입니다." 그는 손을 내밀었고, 위크 씨는 그 손을 마주 잡았다.

"그래, 그래. 네 아버지와 학교를 같이 다녔다. 물론 네 어머니와도."

그는 말을 멈추고 미션에게 반응할 시간을 줬다. 미션은 이를 악물고 아무 말도 하지 않았다. 그리고 땀에 젖은 손바닥이 대신 말하기 전에 그 남자의 손을 놓았다.

"내가 운송부를 통하지 않고 뭔가를 옮기고 싶다고 해보자." 위크 씨는 미소 지었다. 치아가 분필처럼 희었다. "그리고 내가 어젯밤에 몇 층 위에서 일어난 추악한 소동을 피하고 싶다고 해보자……."

미션이 흘긋 돌아보니, 제프리는 이 대화에 관심이 없어 보였다. 권한을 가진 남자가, 그것도 보안부 사람 앞에서 이런 제안을 하는 것을 듣다니 기분이 이상했지만, 미션이 그림자 기간에서 벗어난 후 배운 게 하나 있다면, 모든 게 갈수록 더 암울해진다는 것이었다.

"무슨 말씀인지 모르겠는데요." 미션은 몸을 돌려 보안문이 얼마나 떨어져 있는지 보고 싶은 충동과 싸웠다. 복도 저편, 위크 씨 뒤쪽에 있는 사무실에서 여자가 하나 나왔다. 제프리가 손짓을 하자 그 여자는 걸음을 멈추고 이쪽 대화가 들리지 않을 거리를 유지했다.

"알 것 같은데. 그래도 네 신중함은 감탄스럽구나. 공급부에서 꾸러미 하나를 여섯 층만 옮겨주면 200치트 주마."

미션은 침착을 유지하려고 노력했다. 200치트라니. 반나절 걸릴 일에 한 달 벌이가 주어지는 셈이다. 그는 이게 바로 시험이 아닐까 두려워졌다. 로드니가 이 비슷한 시험에 떨어져서 곤란해진 건지도 몰랐다.

"모르겠⋯⋯."

"누구에게나 열린 기회야." 위크 씨가 말했다. "여길 통과하는 다음 운반인도 같은 제안을 받을 거다. 누가 일을 하든 난 상관없다만, 돈을 받을 사람은 한 명뿐이야." 위크가 한 손을 들어 올렸다. "대답은 안 해도 된다. 그냥 올라가서 공급부 카운터의 조이스를 찾아라. 조이스에게 네가 위크를 위해 일한다고 해. 나머지는 자세히 써놓은 배달 기록이 있을 거다."

"생각해보겠습니다."

"좋아." 위크 씨가 미소 지었다.

"또 다른 게 있나요?" 미션이 물었다.

"아니, 아니다. 가봐도 좋아." 그는 제프리에게 고개를 끄덕였고, 제프리는 뭘 확인하러 갔던 건지 몰라도 얼른 돌아왔다.

"감사합니다." 미션은 몸을 돌려 보안부 책임자를 따라갔다.

"아, 그리고 생일 축하한다, 얘야." 위크 씨가 외쳤다.

미션은 뒤쪽을 슥 보고는, 고맙다는 말은 하지 않고 서둘러 제프리의 뒤를 쫓아서 보안문을 통과하고, 군중들 옆을 지나쳐서 계단으로 나간 후, 계단을 두 굽이 내려가고 나서야 겨우 주머니에 손을 넣어 로드니가 준 쪽지를 꺼냈다. 자칫 쪽지를 떨어뜨려서 계단을 통통 튀어 내려가다가 난간 너머로 떨어지는 꼴을 볼까 봐 지나칠 정도로 조심하면서 종잇조각을 펼쳤다. 크로 선생님의 편지와 똑같은 갱지에, 거친 회색 조직에 똑같은 자주색과 빨간색 실이 섞여 있는 것 같았다. 미션은 잠시 그 쪽지가 자신이 아니라 선생님에게 가는 내용이고, 옛날 동요만 더 적혀 있는 게 아닐까 두려웠다. 그는 종잇조각을 평평하게 폈다. 한쪽 면은 비어 있었다. 뒤집어서 반대편을 읽었다.

누구에게 보내는 편지도 아니었다. 딱 한 마디뿐이었는데, 그걸 보자 악수할 때 친구의 미소가 흔들리던 모습이 떠올랐다.

미션은 갑자기 고독한 기분이 들었다. 계단에는 뭔가가 타버린 냄새가 남아 있었고, 연기 냄새가 말라가는 벽화 페인트 냄새와 뒤섞였다. 그는 작은 쪽지를 더 작게 갈기갈기 찢었다. 더 찢을 게 남지 않을 때까지 찢은 후에 그 칙칙한 색종이 조각을 난간 너머로 뿌려, 조각들이 허공을 부유하다가 사라지는 모습을 보았다.

증거는 사라졌지만, 내용은 미션의 마음속에 선명하게 남아 있었다. 황급하게 휘갈긴 글씨, 동전 아니면 숟가락으로 종이를 긁어내어 쓴 말을 간신히 읽을 수 있었다. 평생 아무도 필요로 하지 않고 아무것도 부탁한 적 없는 친구가 남긴 말.

도와줘.

그게 다였다.

36

1번 사일로

정확한 사일로를 찾기까지는 쉬웠다. 도널드는 오래된 도면을 연구하면서 그 언덕들 위에 서서 각 시설이 담긴 넓은 분지들을 내려다보던 기억을 떠올릴 수 있었다. 요란한 ATV들이 돌아오던 소리, 아직 풀을 채워 넣지 못한 능선에 ATV가 튀어 오를 때마다 피어오르던 연기 기둥들. 그는 그 언덕들 위에 풀을 키웠다는 사실도, 지푸라기와 씨앗이 사방에 퍼졌다는 사실도 기억했다. 돌아보니 필요하지도 않았고 슬픈 작업이었다.

기억 속 그 능선 위에 선 도널드는 테네시 대표단을 그려볼 수 있었다. 2번 사일로였을 것이다. 일단 거기까지 찾아낸 그는 더 깊이 파고들었다. 컴퓨터 프로그램이 어떻게 작동하는지, 데이터베이스 속에 살아 있는 인생들을 어떻게 살펴야 하는지 기억해내기까지는 조금 더듬거려야 했다. 읽는 방법만 안다면 모든 사일로의 모든 역사가 그 안에 있었으나, 거기까지였다. 만들어낸 이름들과 오리엔테이션까지. 그 너머의 〈유산〉까지는 가지 못했다. 옛 세상은 폭탄과 연무와 망각 뒤에 감춰져 있었다.

정확한 사일로까지는 찾았어도, 헬렌을 찾는 것은 불가능할지 몰랐다. 그는 애나가 샤워실에서 노래하는 동안 미친 듯이 일했다.

애나가 욕실 문을 열어놓아서 수증기가 밖으로 새어 나왔다. 도널드는 아무리 보아도 초대 같은 그 행동을 무시했다. 수백 년이나 지난 후에 예전 애인에게 다가가고 싶은 갈망과 욱신거림과 북받치는 호르몬을 무시하고 대신 아내를 찾았다.

2번 사일로의 첫 세대에는 4천 개의 이름이 있었다. 정확히 4천 명이었다. 대충 반 정도가 여성이었다. 헬렌은 세 명 있었다. 서버에 사원증 제작을 위해 찍은 선명하지 않은 사진도 모두 있었다. 헬렌 중에서는 아무도 도널드가 기억하는 아내의 모습, 도널드가 생각하는 아내의 모습과 일치하지 않았다. 눈물이 저절로 났다. 그는 스스로에게 화가 나서 눈물을 닦아냈다. 애나가 샤워를 하며 오래된 슬픈 노래를 부르는 동안 도널드는 마구잡이로 사진을 뒤졌다. 열 장이 넘게 보고 나니 낯선 사람들의 얼굴이 서로 합쳐져서 기억 속에 간직한 헬렌의 모습을 침식하려 했다. 그는 다시 이름 찾기로 돌아갔다. 분명히 그라면 헬렌이 선택했을 이름을 추측할 수 있을 것이다. 도널드도 그 오래전에 트로이라는 이름을 선택하지 않았나. 헬렌에게 이끌어줄 단서를. 그러니 헬렌도 같은 일을 했으리라 생각하고 싶었다.

헬렌의 어머니 이름인 샌드라도 시험해보았지만, 두 명 다 맞지 않았다. 헬렌의 자매인 대니엘도 넣어보았다. 한 명 나왔지만 아니었다.

아무 이름이나 떠올리진 않았을 것이다, 그렇지 않은가? 언젠가 그들은 아이를 낳으면 무슨 이름을 붙일지 이야기한 적이 있었다. 남신과 여신들의 이름이 나왔고, 처음엔 농담이었지만 헬렌은 아테나라는 이름에 푹 빠졌다. 검색했다. 1세대에는 아무도 없었다.

애나가 샤워기를 끄자 파이프가 삐걱거렸다. 노랫소리가 허밍으로 잦아들었다. 그들이 곧 참석할 장례식을 위한 찬송가 같았다. 도널드는 뭐라도, 무엇이라도 찾고 싶어서 이름을 몇 개 더 넣어보았다. 그래야만 한다면 매일 밤이라도 검색할 것이다. 그녀를 찾을 때까지는 잠도 자지 않을 것이다.

"당신도 장례식 전에 샤워해야 해?" 애나가 욕실에서 외쳤다.

그는 장례식에 가고 싶지 않다고 말할 뻔했다. 그가 아는 빅터는 두려운 사람이었다. 복도 건너편에서 늘 감시하고, 약을 주고, 그를 조종하던 흰머리 남자로만 기억했다. 적어도 첫 근무에서 겪은 편집증 속에서는 그래 보였다.

"난 이대로 갈게." 그는 말했다. 아직 전날에 받은 베이지색 작업복 차림이었다. 그는 다시 알파벳순으로 배열된 무작위 사진을 훑기 시작했다. 다른 이름은 뭐가 있지? 그녀의 얼굴을 잊은 게 아닐까 두려웠다. 아니면 마음속에서 헬렌이 점점 애나를 닮아가는 건 아닐까. 그렇게 둘 수는 없었다.

"뭐라도 찾았어?"

애나가 살금살금 등 뒤로 다가와서 책상 위에 있는 뭔가에 손을 뻗었다. 수건이 가슴을 감싸고 허벅지 중간까지 가리고 있었다. 피부는 젖은 채였다. 그녀는 빗을 잡더니 흥얼거리면서 욕실로 걸어 돌아갔다. 도널드는 대답하는 것을 잊었다. 자신의 몸이 애나에게 반응하는 방식에 화가 나고 죄책감이 들었다.

그는 난 아직 결혼한 사람이라고 스스로를 일깨웠다. 헬렌에게 무슨 일이 일어났는지 알 때까지는 그랬다. 그는 헬렌에게 언제까지나 충실할 것이다.

충실.

그는 충동적으로 카르마라는 이름을 검색했다.

한 명 나왔다. 도널드는 자세를 바로 하고 앉았다. 카르마는 그들의 개 이름이었다. 도널드와 헬렌이 둔 자식에 가장 가까운 존재였다. 그는 사진을 띄웠다.

"우리 모두 이 끔찍한 옷을 입고 장례식에 가겠지, 아마?" 애나는 하얀 작업복 앞을 여미면서 책상 앞을 지나갔다. 도널드는 눈물이 가득한 시야 한구석으로만 그 사실을 알았다. 그는 입을 막고 억누른 울음으로 몸이 떨리는 것을 느꼈다. 모니터에는, 근무용 배지 한가운데에 박힌 흑백의 자그마한 사각형에는 그의 아내가 있었다.

"몇 분이면 갈 준비 되는 거지?"

애나는 머리를 빗으면서 다시 욕실로 들어갔다. 도널드는 뺨에 흐른 눈물을 닦고, 입술에 소금기를 느끼며 내용을 읽었다.

카르마 브루어. 몇 가지 직업이 열거되고, 각각 배지용 사진이

나왔다. 교사, 교장, 판사……. 갈수록 사진에 주름이 늘었지만 언제나 똑같이 웃는 듯 마는 듯한 얼굴이었다. 그는 파일 전체를 열면서 문득 1번 사일로 최초의 근무 기간에 깨어서 바로 옆 사일로에서 그녀의 삶을 지켜보았다면, 심지어 어쩌면 방법을 찾아서 연락했다면 어땠을까 생각했다. 판사라니. 언젠가 판사가 되겠다는 건 헬렌의 꿈이었다. 도널드는 애나가 흥얼거리는 동안 울었고, 눈물 너머로 아내가 그 없이 보낸 인생에 대해 읽었다.

기혼이라고 적혀 있었고, 처음에는 그 말에 아무 의문도 들지 않았다. 물론 기혼이었다. 도널드와 결혼한 몸이었다. 그러다가 그녀의 죽음에 대해 읽었다. 82세에 사망. 릭 브루어와 두 자식을 남김. 아테나와 마스.

릭 브루어.

벽과 천장이 좁혀 들어왔다. 도널드는 오한을 느꼈다. 사진이 더 있었다. 그는 링크를 타고 다른 파일로 넘어갔다. 그녀의 남편 파일로.

"믹." 애나가 뒤에서 속삭였다.

도널드가 화들짝 놀라서 돌아보니 애나가 그의 어깨 너머로 파일을 읽고 있었다. 그의 얼굴에는 말라붙은 눈물 자국이 있었지만, 그는 신경 쓰지 않았다. 제일 친한 친구와 아내가. 자식을 둘 두었다고. 그는 화면으로 몸을 돌리고 딸의 사진을 불러냈다. 아테나의 사진을. 아테나의 여러 다른 직업과 인생 단계에 찍은 사진들이 나왔다. 헬렌과 입이 닮았다.

"도니. 그러지 마."

그의 어깨에 손이 얹혔다. 도널드는 그 손을 떨쳐내고 미친 듯이 클릭해서 동영상처럼 지나가는 사진들을 보았다. 어린아이가 성장해서 아내와 닮은 여성이 되다가, 그 자식까지 파일에 나타났다.

"도니." 애나가 속삭였다. "우리 장례식에 늦겠어."

도널드는 울었다. 종이로 만들어진 사람처럼, 눈물이 그를 적시고 찢어놓았다. "늦었어." 그는 울었다. "100년이나 늦었어." 그는 고통에 짓눌리며 더듬더듬 마지막 말을 토해냈다. 화면에는 그의 손녀가 아닌 손녀가 떠 있었고, 한 번만 더 클릭하면 증손녀가 나올 터였다. 모두가 그를 바라보고 있었다. 도널드와는 전혀 닮지 않은 눈으로.

37

도널드는 멍한 상태로 빅터의 장례식에 갔다. 말없이 엘리베이터를 탔고, 불안정하게 걸으면서 앞으로 가는 자신의 부츠만 내려다보았다. 의료 층에서 그들이 참석한 행사는 장례식이 아니었다. 시체 처리였다. 그들에겐 죽은 사람을 묻을 흙이 없었기에, 유해는 다시 냉동 수면 장치에 저장했다. 1번 사일로의 음식은 다 보존용 깡통에서 왔고 시체도 깡통으로 돌아갔다.

도널드는 어스킨을 소개받았고, 어스킨은 누가 묻지도 않았는데 시체가 썩지 않을 거라고 설명했다. 그들이 냉동 과정에서 살아남게 해주고 깨어났을 때의 소변 색깔을 새까맣게 바꿔놓는 바로 그 보이지 않는 기계들이 죽은 사람도 산 사람처럼 부드럽고 신선한 상태로 유지할 것이었다. 기분 좋은 생각은 아니었다. 도널드는 빅터라고 알고 지냈던 남자가 심냉동 준비 과정을 거치는 모습을 지켜보았다.

그들은 시체를 굴려 복도를 지나고 바다처럼 펼쳐진 냉동장치들 사이를 지났다. 도널드가 보기에 심냉동실은 묘지였다. 사각으로 구획이 지어진 시체들이 똑바로 누워 있었고, 안에 든 존재를 희미하게나마 나타내는 것은 이름뿐이었다. 그는 얼마나 많은 곳에 시체가 들어 있을까 궁금했다. 근무 중에 자연사로 죽는 남자들도 있을 것이다. 빅터처럼 정신적으로 무너져서 자살하는 사람도 있을 것이다.

도널드는 다른 사람들을 도와서 시체를 냉동장치 안으로 옮겼다. 참석자는 다섯 명밖에 없었다. 빅터가 어떻게 죽었는지 알아도 될 사람은 다섯 명뿐이었다. 누군가가 책임을 맡고 있다는 환상을 유지해야만 했다. 도널드는 지난번에 맡았던 일을, 책상 앞에 앉아서, 통제하는 사람도 없는 방향타에 손을 얹은 채 책임자인 척하던 시간을 생각했다. 그는 빅터의 손바닥에 입 맞추고 뺨에 손가락을 대는 서먼의 모습을 보았다. 뚜껑이 닫혔다. 방 안이 차갑다 보니 모두의 입김이 뿌옇게 나왔다.

다른 사람들은 돌아가면서 추도를 했지만, 도널드는 아무 관심도 두지 않았다. 그의 마음은 다른 곳에 가 있었다. 오래전에 사랑했던 여자와 한 번도 갖지 못했던 아이들을 생각하고 있었다. 그는 울지 않았다. 엘리베이터 안에서 애나에게 가만히 안겨서 흐느낀 후였다. 헬렌은 거의 1세기도 전에 죽었다. 도널드가 그 언덕 너머에서 헬렌을 잃은 지는, 그녀의 메시지를 놓친 지는, 그녀에게 가지 못한 지는 그보다 더 오래됐다. 그는 울려 퍼지던 국가와 하늘을 가득 메운 폭탄들을 기억했다. 동생인 샬럿이 거기 있었던 것도 기억했다.

그의 동생. 가족.

도널드는 샬럿이 살아 있음을 알았다. 그는 샬럿을 찾아서 깨우고 싶은 맹렬한 충동에 휩싸였다. 사랑하는 누군가를 되살리고 싶다는 충동이었다.

어스킨이 마지막으로 추도사를 낭독했다. 수십억을 죽인 이 남자를 위해 슬퍼할 사람은 그들 다섯 명뿐이었다. 도널드는 문득 사람을 많이 모으지 못한 것은 사실 옆에 있는 애나 때문임을 깨달았다. 깨어 있는 여자가 있다는 사실을 아는 건 여기 있는 다섯 명뿐이었다. 그녀의 아버지, 절차를 수행한 스니드 박사, 애나, 애나가 친구라고 여긴 어스킨, 그리고 도널드.

그 모임에 있으려니 도널드의 존재 자체가 지닌 부조리함과 세상의 부조리함이 그를 내리눌렀다. 그는 여기 속하지 않았다. 그가 여기 있는 건 오직 대학 시절에 사귀었던 여자, 아버지가 상원의원인 여자 때문이었다. 그녀의 애정이 그를 당선시켰고, 그를 살해 계획에 끌어넣었고, 이제는 얼어붙은 죽음에서 끌고 나왔다. 도널드의 인생에 있었던 모든 굉장한 우연과 놀라운 성취가 다 한순간에 사라지고 그 자리에는 꼭두각시 줄만 남았다.

"비극적인 상실이야, 이건."

도널드가 상념에서 빠져나오고 보니 장례식이 끝나 있었다. 애나와 애나의 아버지는 두 줄 떨어진 곳에서 뭔가를 상의하고 있었다. 스니드 박사는 냉동 수면 장치 아래쪽에 앉아 있었고, 박사가 조정을 하자 패널에서 삑삑 소리가 났다. 그러고 나니 도널드는 안경을 쓰고 영국 억양으로 말하는 마른 남자, 어스킨과 둘만 남았다. 어스킨은 냉동장치 반대편에서 도널드를 살폈다.

"제 근무 기간에 이분도 있었습니다." 도널드는 왜 자신이 이 장례식에 왔는지 설명하려고 바보같이 말했다. 죽은 남자에 대해 더 말할 것이 없었다. 그는 다가서서 작은 창문을 통해 안에 누운 차분한 얼굴을 들여다보았다.

"알아." 어스킨이 말했다. 아마도 60대 중반에 막 접어들었을 이 여윈 남자는 좁은 코 위에 올린 안경을 바로잡고 도널드와 함께 작은 창 안을 들여다보았다. "빅터는 자네를 꽤 좋아했다네, 알겠지만."

"전 몰랐는데요. 그게…… 빅터는 저에게 말을 별로 하지도 않았습니다."

"그런 면에서는 묘한 사람이었지." 어스킨은 미소 지으며 죽은 사람을 찬찬히 보았다. "다른 사람들의 머릿속을 아는 데는 뛰어났는데, 다른 사람과 소통하는 데에는 썩 관심이 없었어."

"예전부터 아셨습니까?" 도널드는 물었다. 그 화제를 달리 어떻게 꺼내야 할지 몰랐다. '예전'이란 어떤 사람에게는 금기 같았고, 또 어떤 이들은 자유롭게 이야기했다.

어스킨은 고개를 끄덕였다. "우린 같이 일했지. 음, 같은 병원에서 말이야. 우린 몇 년 동안 서로를 멀찍이 맴돌았어……. 내 발견이 있기 전까지는." 그는 손을 뻗어 유리를 만졌다. 오랜 친구에게 하는 마지막 인사 같았다.

"무슨 발견이요?" 도널드는 어렴풋이 애나가 언급했던 말을 기억했다.

어스킨이 시선을 올렸다. 가까이에서 보니 60대가 아니라 70대일 것 같기도 했다. 확실히 말하기 힘들었다. 서면처럼 어스킨에게도 고색창연하면서도 더 늙지는 않는 골동품 같은 영원성이 있었다.

"내가 거대한 위협을 발견한 사람이야." 어스킨이 말했다. 자랑스럽게 주장한다기보다는 죄를 인정하는 듯 들렸다. 슬픔이 깃든 목소리였다. 냉동장치 밑에서 스니드 박사가 조정을 끝내고 일어나더니, 실례하겠다고 말하고 빈 이동 침대를 밀면서 출구로 향했다.

"나노 기기요." 도널드는 기억해냈다. 애나가 거기까지는 말했었다. 그는 서면이 딸과 뭔가를 논의하는 모습을 지켜보면서 몇 번이나 주먹을 쥐었다 펴다가 한 가지 질문을 떠올렸다. 다른 누군가에게 듣고 싶었다. 서로 다른 사람의 거짓말이 일치하는지 알고 싶었다. 그게 그 안에 일부라도 진실이 담겨 있다는 뜻이라면.

"의학박사셨나요?" 그는 물었다.

어스킨은 그 질문을 받고 고민했다. 답하기 쉬운 질문 같았는데도 말이다.

"정확히는 아니야." 그는 영국 억양이 강하게 묻어나는 말투로 대답했다. "난 의학박사들을 만들었지. 아주 작은 의사들을." 그는 허공을 손가락으로 집더니 안경 너머로 눈을 가늘게 뜨고 그 손가락을 보았다. "우린 병사들을 안전하게 지키고, 상처를 고칠 방법을 찾고 있었어. 그러다가 내가 어느 혈액 샘플에서 다른 사람의 작품을 발견한 거야. 우리가 하는 일을 반대로 하려는 작은 기계들이었지. 우리의 기계와 싸우려고 만들어진 기계들. 아무도 볼 수 없는 곳에서 보이지 않는 전투가 벌어지고 있었어. 오래지 않아서 난 그 작은 개새끼들을 사방에서 찾아냈네."

애나와 서먼이 그들 쪽으로 움직였다. 애나는 모자를 썼는데, 틀어 올린 머리가 모자 위로 눈에 띄게 불거졌다. 정체를 숨기기엔 보잘것없는 변장이었지만, 멀리서 보면 도움이 될지도 몰랐다.

"언제 그 부분에 대해 좀 여쭤보고 싶습니다." 도널드는 서둘러 말했다. "제⋯⋯제가 18번 사일로 문제를 해결하는 데 도움이 될지도 몰라요."

"물론이지." 어스킨이 말했다.

"돌아가봐야겠어." 애나가 도널드에게 말했다. 아버지와 언쟁을 벌인 탓인지 입술을 꾹 물고 있었는데, 도널드는 그제야 그녀가 정말로 얼마나 갇힌 몸인지 이해했다. 그는 그 전쟁 창고에서, 전략 테이블 위에는 단서를 늘어놓은 채, 잠은 작은 간이침대에서 자고, 자기가 원하는 시간에 1층 식당까지 올라가 언덕과 검은 구름을 보거나 식사조차 하지 못하고, 다른 사람들이 모든 것을 가져다줘야 하는 상태로 1년을 보낸다고 상상해보았다.

"이 젊은이는 조금 후에 내가 올려 보내지." 도널드는 어스킨이 자신의 어깨에 손을 얹고 하는 말을 들었다. "이 친구와 잠시 이야기를 나누고 싶군."

서먼은 눈을 가늘게 떴지만 동의했다. 애나는 도널드의 손을 마

지막으로 꾹 잡았다가 놓고, 냉동 수면 장치를 흘긋 본 후에 출구
로 향했다. 애나의 아버지가 몇 발자국 뒤에서 따라갔다.

　"같이 가지." 어스킨의 입김이 허공을 뿌옇게 물들였다. "누굴
좀 보여주고 싶군."

38

어스킨은 수십 번은 걸었던 것처럼 뚜렷한 목적을 갖고 수면 장치 사이를 누볐다. 도널드는 온기를 찾아 팔을 문지르면서 그 뒤를 따랐다. 이 지하 묘지 같은 곳에 너무 오래 있었던 탓에 추위가 다시 뼛속까지 스며들었다.

"서면은 계속 우린 이미 죽은 목숨이었다고 하는데요." 그는 정면으로 부딪치기로 하고 어스킨에게 물었다. "사실입니까?"

어스킨이 뒤를 돌아보았다. 그는 도널드가 따라잡기를 기다리면서 그 질문을 생각하는 것 같았다.

"네?" 도널드는 물었다. "우린 죽은 목숨이었나요?"

"난 100퍼센트 효율성을 갖춘 설계를 본 적이 없어." 어스킨은 말했다. "우리 기계도 그 정도에 도달하지 못했고, 이란과 시리아가 만든 것은 훨씬 더 조잡했지. 흠, 북한은 우아하게 설계하기는 했어. 난 그쪽에 돈을 걸었지. 그쪽에서 이미 만든 것만으로도 우리들 대부분을 없앨 수 있었어. 그 부분은 사실이야." 그는 잠든 시체들의 들판을 다시 걷기 시작했다. "가장 혹독한 유행병이라 해도 알아서 끝나기는 하니까, 단언하기는 어렵군. 난 대항책을 만들자고 주장했어. 빅터는 이걸 주장했지." 그는 고요한 시체들 위로 두 팔을 펼쳤다.

"그리고 빅터가 이겼군요."

"그랬지."

"혹시 빅터가…… 다시 생각한 걸까요? 혹시 그래서……?"

어스킨은 어느 냉동 수면 장치 앞에 멈춰 서서 얼음 같은 표면에 두 손을 올렸다. "분명 우리 모두가 다시 생각했을 거야." 그는 슬프게 말했다. "하지만 빅터는 이 임무가 옳다는 점을 의심한 적 없다고 생각해. 왜 빅터가 그런 짓을 했는지 모르겠어. 빅터답지가 않았어."

도널드는 어스킨이 안내한 수면 장치 안을 들여다보았다. 안에는 중년의 여성이 서리 덮인 눈꺼풀로 누워 있었다.

"내 딸이야." 어스킨이 말했다. "하나뿐인 자식이지."

잠시 침묵이 흘렀다. 덕분에 수천 대의 수면 장치가 내는 희미한 소음을 들을 수 있었다.

"서먼이 애나를 깨우기로 결정했을 때, 나도 똑같이 딸을 깨울까 꿈꿀 수밖에 없었지. 하지만 왜? 그럴 만한 이유가 없었어. 내 딸의 전문 지식은 필요가 없어. 캐럴라인은 회계사였거든. 게다가 캐럴라인을 꿈에서 끌어내는 것도 불공평하지."

도널드는 공평한 게 있긴 하냐고 묻고 싶었다. 어스킨은 딸이 어떤 세상을 다시 보길 기대하는 걸까? 언제 깨어나면 정상적인 삶을 누릴까? 행복한 삶을.

　"캐럴라인의 핏속에서 나노 기기를 발견했을 때, 난 이게 옳은 길임을 알았어." 그는 도널드를 돌아보았다. "자네가 답을 찾고 있는 줄은 알아. 우리 모두가 그렇지. 여긴 잔인한 세상이야. 언제나 잔인한 세상이었지. 난 이 세상을 더 낫게 만들고, 고칠 방법을 찾으면서 평생을 보냈어. 이상을 꿈꾸면서 말이야. 하지만 나 같은 사람이 하나 있으면 세상을 찢어발기려고 드는 사람은 열 명씩 있지. 그중에 하나만 운이 따르면 그만이야."

　도널드는 서먼이 〈규칙〉을 주던 날을 돌이켰다. 그 두꺼운 책은 도널드가 광기로 곤두박질치는 시작점이었다. 거대한 치료실에서 나누었던 대화, 감염된 느낌, 뭔가 해롭고 보이지 않는 것이 그의 몸을 침범하고 있다던 편집증을 기억했다. 하지만 어스킨과 서먼이 사실을 말하고 있다면, 그는 그때보다도 훨씬 오래전에 감염된 몸이었다.

　"그날 저를 중독시킨 게 아니군요." 그는 조각이 맞아 들어가자 냉동장치에서 어스킨에게로 시선을 옮겼다. "제가 서먼과 만난 날이요. 서먼은 그 치료실에서 몇 주씩 온갖 만남을 가졌죠. 우릴 감염시키고 있었던 게 아니에요."

　어스킨은 아주 가볍게 고개를 끄덕였다. "치료하고 있었네."

　도널드는 불쑥 분노가 치솟았다. "그렇다면 왜 모두를 치료하진 않은 겁니까?"

"우리도 상의는 했어. 나도 같은 생각을 했지. 나에게 그건 공학 기술의 문제였어. 나는 대항책을, 기계들이 우리를 잡기 전에 그 기계들을 죽일 다른 기계를 만들고 싶었지. 서면도 비슷한 생각을 했는데, 보이지 않는 전쟁으로 보았어. 필사적으로 적을 없애야만 하는 전쟁. 우리 모두가 각자에게 익숙한 싸움을 본 거야. 나는 그 싸움을 혈관 속에서 보았고, 서면은 해외의 전쟁에서 보았지. 우리 둘을 바로잡은 사람은 빅터였어."

어스킨은 윗주머니에서 천을 하나 꺼내어 안경을 닦았다. 안경을 문지르면서 말하는 목소리가 벽에 부딪쳐 메아리치는 속삭임으로 변했다. "빅터는 끝이 없을 거라고 말했어. 주장을 입증하기 위해 컴퓨터 바이러스를 예로 들었지. 바이러스 하나가 네트워크에 걷잡을 수 없이 퍼지면 수천만 대의 컴퓨터를 망가뜨릴 수 있다고. 늦든 빠르든 간에 어떤 나노 공격이 통하기만 하면, 통제에서 벗어나기만 하면 DNA 가닥 대신 코드 조각으로 이루어진 유행병이 지구를 휩쓸 터였어."

"그래서요? 우린 전에도 전염병을 겪어봤습니다. 이번엔 왜 달랐죠?" 도널드는 두 팔을 휘둘러 사방의 수면 장치를 가리켰다. "어떻게 이 해결책이 문제보다 나은지 말해줄래요?"

감정이 북받치긴 했어도, 같은 이야기를 서면에게 들었다면 훨씬 더 많이 화가 났을 거라는 것은 알 수 있었다. 혹시 더 친절하고, 더 낯선 사람이 도널드를 맡아서 서면이 들려줘야 한다고 생각하는 이야기를 들려주는 건 아닐까 생각했다. 조종당하고 있다는 편집증을 버리기가 힘들었다. 누군가의 줄에 묶여 움직이고 있다는 느낌이 들었다.

"심리학이야." 어스킨은 대답했다. 그는 안경을 다시 썼다. "심리학이 빅터가 우리를 바로잡고, 우리 각자의 생각이 결코 성공하지 못한다는 사실을 일깨워준 지점이지. 난 영원히 그 대화를 잊지 못할 거야. 우린 월터 리드의 식당에 앉아 있었어. 서먼은 리본을 나눠 주러 왔다는 명목이었지만, 실제로는 우리 둘을 만나러 온 거였지." 그는 고개를 저었다. "식당 안은 사람으로 가득했어. 누구든 우리가 의논하는 내용을 알았다면……."

"심리학이요." 도널드는 그에게 앞 내용을 다시 일깨웠다. "이게 어떻게 더 나은지 말해보세요. 이렇게 하면 더 많은 사람이 죽는데요."

어스킨이 퍼뜩 현재로 돌아왔다. "자네와 마찬가지로 우리도 바로 그 점에서 틀렸던 거야. 이 유행병이 인간이 만든 것이라는 사실을 처음 발견한 상황을 상상해봐. 그 발견이 일으킨 공황 사태와 폭력을. 바로 거기서 종말이 오는 거였어. 태풍이 수백 명을 죽이고, 수십억의 손해를 입히면 우린 어떻게 하지?" 어스킨은 손가락을 얽었다. "그러면 우린 뭉치지. 부서진 것들을 다시 고치고. 하지만 테러리스트의 폭탄은……." 그는 얼굴을 찌푸렸다. "테러리스트의 폭탄이 같은 피해를 주면, 그때는 세상이 혼란에 빠지고 말아."

그는 두 손을 펼쳤다. "비난할 상대가 신밖에 없으면 우린 신을 용서하네. 그러나 동료 인간이라면, 상대를 부수지."

도널드는 고개를 저었다. 그는 무엇을 믿어야 할지 몰랐다. 하지만 그러다가 나노 기기 치료실에서 뭔가에 감염되었다고 생각했을 때 느꼈던 두려움과 분노를 생각했다. 반면 태어나면서부터 내장 속을 헤엄치는 수십억의 생명체에 대해서는 한 번도 걱정한 적이 없었다.

"우리는 유전자를 조작한 식량을 의심 없이 먹을 수가 없어." 어스킨이 말했다. "풀잎이 커다란 옥수수가 될 때까지 골라낼 수는 있어도, 목적을 갖고 그럴 수는 없어. 빅터에겐 이런 예시가 수십 가지나 있었지. 백신 대 자연면역, 복제 대 쌍둥이, 유전자변형 식품……. 물론 빅터의 말이 전적으로 옳았어. 인간이 만들었다는 사실 자체가 혼돈을 불러왔을 거야. 누군가가 우리를 잡으려 한다는 사실을 알 때, 우리가 호흡하는 공기 속에 위험이 있다는 사실을 알 때가 문제였어."

어스킨은 잠시 말을 멈췄다. 도널드는 머리가 팽팽 돌아갔다.

"말이지, 언젠가 빅터는 이 테러리스트에게 조금이라도 생각이 있다면, 그냥 자기들이 뭘 하고 있는지 알리고 뒤로 물러나 앉아 모든 게 알아서 불타는 모습을 지켜보기만 했을 거라고 하기도 했다네. 그것만으로도 충분할 거라고 했어. 무슨 일이 벌어지는지 우리가 알기만 해도, 우리 중 누구에게나 언제든, 보이지도 않게, 조용히 끝이 찾아올 수 있다는 사실을 알기만 해도 충분하다고."

"그래서 해결책이 우리가 직접 다 태워버리는 거였다고요?" 도널드는 두 손으로 머리를 헤집으면서 이해해보려고 했다. 언제나 이상하게만 보였던 소방 기술이 떠올랐다. 불이 번지지 못하게 막으려고 꽤 넓은 숲을 태워버리는 맞불이라는 수단. 그리고 그 역시 이란에서 벌어진 첫 번째 전쟁에서는 유정에 불이 붙으면 화염이 더 커지지 않게 막을 방법이 오직 폭탄밖에 없었다는 사실을 알고 있었다.

"정말이야." 어스킨은 말했다. "나도 많이 반박했어. 끝없이 반박했지. 하지만 난 처음부터 진실을 알고 있었어. 그저 받아들이는 데 시간이 걸렸을 뿐이야. 서먼은 더 쉽게 설득됐어. 바로 우리가 이 바윗덩어리를 떠나서 새로 시작해야 한다는 사실을 이해했지. 그러나 우주여행은 비용이 너무 엄청났고……."

"시간을 여행할 수 있는데 뭐 하러 공간을 여행하겠어요?" 도널드가 끼어들어서 말했다. 그는 서먼의 사무실에서 나눴던 대화를 기억했다. 서먼은 바로 그날부터 자신이 무엇을 계획하는지 말했건만, 도널드는 듣지 않았다.

어스킨은 눈을 크게 떴다. "그래. 그게 서먼의 주장이었네. 아마 전쟁을 많이 봐서였을 거야. 나에겐 서먼의 경험이나 빅터가…… 즐기는 직업적인 거리감이 없었어. 나를 꺾은 건 컴퓨터 바이러스 비유였지. 그제야 이 나노 기기들이 새로운 사이버 전쟁이라는 걸 이해한 거야. 난 컴퓨터 바이러스가 뭘 할 수 있는지, 얼마나 빨리 스스로를 재구성하고 다음 단계로 진화할 수 있는지 알고 있었어. 일단 퍼지기 시작하면 우리가 없어지고 나서야 멈췄겠지. 심지어는 그때 가서도 멈추지 않을 수도 있었어. 모든 방어가 다음 공격의 청사진이 되었을 거야. 대기에는 우리의 보이지 않는 군대가 꽉 들어찼겠지. 숙주를 필요로 하지 않고 변이하며 싸우는 거대한 나노 기기 구름 떼가 생겼을 거야. 그리고 일단 대중이 이 사실을 알고 나면…….” 그는 문장을 끝내지 않았다.

“이성을 잃었겠죠.” 도널드는 중얼거렸다.

어스킨은 고개를 끄덕였다.

“우리가 없어진 후에도 끝나지 않을 수도 있었다고 하셨죠. 그렇다면 아직도 저 밖에 있는 겁니까? 나노 기기들이?”

어스킨은 천장을 올려다보았다. “궁금한 게 그거라면, 바깥세상은 지금 인간만 사라진 게 아니야. 재설정 중이지. 우리가 해놓은 모든 실험이 제거되고 있어. 신의 은총으로, 우리가 그런 실험들을 다시 수행할 생각을 하기까지는 아주 긴 시간이 걸릴 테지.”

도널드는 오리엔테이션에서 교대근무 조합이 다 지나가면 500년이 걸린다던 내용을 기억했다. 지하에는 50만 명이 살고 있었다. 얼마나 많은 청소가 필요할까? 그리고 두 번 다시는 똑같은 길로 질주하지 않게 막을 방법이 뭐가 있나? 어떻게 그들이 잠재적인 위험을 몰랐던 때로 돌아갈까? 일단 풀어놓은 불은 상자에 다시 담지 못한다.

“자네는 빅터에게 후회가 있었는지 물었지…….” 어스킨은 주먹에 대고 기침을 하며 고개를 끄덕였다. “분명히 그 비슷한 것을 느끼긴 했다고 생각해. 빅터가 여덟 번째인가, 아홉 번째인가 정확히 기억나지 않는 교대근무를 끝내면서 나에게 한 말이 있었어. 그때 나는 여섯 번째 근무에 들어갔을 거야. 자네와 빅터가 같이 일한 직후, 그러니까 12번 사일로에서 끔찍한 사태가 일어난 직후였지…….”

“제 첫 근무였죠.” 어스킨이 교대근무의 횟수를 헤아리는 것 같았기에 도널드는 말했다. 유일한 근무였다는 말도 덧붙이고 싶었다.

"그래, 물론 그랬지." 어스킨은 안경을 바로잡았다. "자네도 빅터가 감정을 자주 드러내지 않는다는 정도는 알았을 거야."

"읽기 힘든 사람이었습니다." 도널드는 동의했다. 그는 방금 장례를 거들고도 그 남자에 대해 아는 게 거의 없었다.

"그러니 자네도 이해할 것 같군. 우린 같이 엘리베이터를 타고 있었는데, 빅터가 나를 돌아보더니 자기 책상 앞에 앉아서 복도 건너편에 있는 사람들에게 우리가 하는 짓을 보고만 있는 게 얼마나 힘든지 말했어. 물론 사람들이 아니라 자네 이야기였지. 자네 위치에 있는 사람들."

도널드는 자기가 알던 빅터가 그런 말을 하는 모습을 상상해보려고 했다. 믿고 싶었다.

"하지만 나에게 강한 인상을 남긴 건 그 말이 아니야. 난 그다음 말을 할 때만큼 슬퍼 보이는 빅터를 본 적이 없었어. 뭐라고 했냐면……." 어스킨은 냉동 수면 장치에 한 손을 올렸다. "그 자리에 앉아서, 책상 앞에 앉은 자네들이 일하는 모습을 지켜보고 자네들을 알다 보면…… 세상은 자네 같은 사람들이 책임을 맡을 때 더 나은 곳이 되겠다는 생각을 자주 했다고 했어."

"저 같은 사람들이요?" 도널드는 고개를 저었다. "대체 그게 무슨 뜻입니까?"

어스킨은 미소 지었다. "나도 그렇게 물었지. 빅터는 적절하고 타당하며 논리적인 일을 행하는 게 우리에게 짐이 된다고 말했어." 어스킨은 안에 든 딸을 어루만질 수 있다는 듯이 냉동 수면 장치를 손으로 쓸었다. "그런데 만약 그런 행동이 아니라 '올바른' 행동을 할 만큼 용감한 사람들이 우리에게 있었다면 상황이 얼마나 더 간단해질 것이며, 우리 모두에게 얼마나 더 낫겠냐고. 그렇게 대답했다네."

39

그날 밤, 애나가 그에게 왔다. 하루 종일 무감각한 상태로 죽음을 곱씹고, 맛을 전혀 느끼지 못하는 채로 서먼이 가지고 내려온 음식을 먹으며, 애나가 그를 위해 컴퓨터를 설치하고 서류철을 펼치는 모습을 지켜본 후에, 그녀가 어둠 속에서 찾아왔다.

도널드는 저항했다. 그녀를 밀어내려고 했다. 그녀는 침대 가장자리에 앉아서 도널드가 흐느끼다가 약해지는 동안 그의 손목을 잡고 있었다. 그는 어스킨의 이야기를 생각했고, 적절한 일이 아니라 올바른 일을 한다는 게 무슨 의미인지, 그게 무엇이 다른지 생각했다. 옛 연인이 그의 목덜미에 손을, 그의 어깨에 뺨을 대고서 그가 우는 동안 옆에 누워 있는데도 그는 이런 생각을 했다.

그는 한 세기를 자면서 자신이 약해졌다고 생각했다. 한 세기를 자고 믹과 헬렌이 평생을 함께 살았다는 사실을 알게 되어서 약해졌다고. 갑자기 버티지 않은 헬렌에게, 혼자 살지 않은 헬렌에게, 도널드의 메시지를 받지 않고 언덕 위에서 만나지 않은 헬렌에게 화가 났다.

애나가 그의 뺨에 입을 맞추고 다 괜찮을 거라고 속삭였다. 자신이 빅터가 생각한 것과 모든 면에서 다른 존재임을 깨달은 도널드의 얼굴에 새로운 눈물이 흘러내렸다. 100년 후에 잠 좀 편하게 자겠다고 아내가 외롭게 살기를 바라다니, 형편없는 인간이었다. 그는 애나와 몸이 닿자 이토록 기분이 나아지는데, 아내에게는 그런 위안이 없기를 바라다니 그 역시 형편없게 느껴졌다.

"난 못 해." 그는 열 번째로 속삭였다.

"쉬이잇." 애나는 어둠 속에서 그의 뒤통수를 쓸었다. 그리고 전쟁이 벌어지는 그 방에는 그들 두 사람뿐이었다. 그들은 총과 탄약, 그리고 훨씬 위험한 무기들이 담긴 상자들과 함께 그곳에 갇혀 있었다.

40

18번 사일로

미션은 중앙 운송부를 향해 가면서 로드니를 위해 어떻게 해야 할까 고민했다. 친구가 걱정스러우면서도 무력감을 느꼈다. 로드니가 갇혀 있는 문은 미션이 본 적도 없는 종류였다. 두껍고 단단하며, 반짝이고 위압적이었다. 친구가 무슨 말썽을 일으켰는지를 갇혀 있는 공간으로 가늠할 수 있다면…….

그는 생각이 그 방향으로 더 가지 않게 떨쳐냈다. 마지막 청소 이후 몇 달밖에 지나지 않았다. 미션도 그 자리에 있었고, IT부에서 청소용 보호복의 부품을 나르기도 했다. 매장할 시신을 운반하는 것보다 더 잊을 수 없는 경험이었다. 죽은 몸은 최소한 검시관들이 쓰는 검은 가방에 들어가 있기나 했지. 청소용 보호복은 죽기 위해 산 사람이 그 안에 들어가도록 만들어진 다른 종류의 가방이었다.

미션은 그 장비를 어디에서 들고 나왔는지 기억했다. 로드니가 갇힌 방과 같은 복도 안쪽에 있는 방이었다. 청소도 같은 부서에서 운영하지 않았던가? 그는 몸을 떨었다. 혀 한번 잘못 놀리면 몸뚱이가 저 바깥 언덕 위에서 썩을 수 있었고, 그의 친구 로드니는 혀를 위험하게 놀리기로 유명했다.

처음에는 그의 어머니, 이제는 그의 제일 친한 친구였다. 미션은 〈협정〉이 다른 사람 대신 청소를 자원하는 문제에 대해 어떻게 말하고 있는지, 그런 내용이 있기는 할지 궁금했다. 한 번도 읽어 보지 못한 문서의 규칙에 따라 살 수 있다니 놀라운 일이었다. 그저 다른 사람들, 책임을 맡은 모든 사람들이 그 내용을 읽었으며, 신념을 갖고 그 내용에 따라 운영하고 있다고 추측할 따름이었다.

58층에서, 아래로 향하는 난간에 묶인 운반인용 손수건이 그의 주의를 끌었다. 미션의 목에 감긴 손수건과 똑같은 파란색 패턴이었지만, 같이 묶인 빨간 천은 상인을 가리켰다. 의무감이 손짓하며 아무 데로도 가지 못하고 맴돌기만 하는 생각들을 떨쳐냈다. 미션은 손수건을 풀고 상인의 기호를 찾았다. 복도 안쪽에 있는 약재상, 드렉셀의 것이었다. 보통 짐도 가볍고 운반비도 쌌다. 하지만 드렉셀이 어느 난간에 묶어야 하는지를 실수한 게 아니라면 그래도 아래로 향하는 운반이었다.

미션은 중앙 운송부에 가서 샤워한 후 옷을 갈아입고 싶어 죽을 지경이었지만, 배낭에 든 것도 없으면서 신호 손수건을 지나치는 그의 모습을 누가 보기라도 한다면 로커와 다른 동료들에게 한소리 들을 터였다. 그는 서둘러 드렉셀의 가게에 들어가면서 제발 수십 개 아파트를 돌면서 약을 나눠 주는 일만 아니기를 빌었다. 생각만 해도 다리가 아팠다.

미션이 삐걱이는 약재상 문을 밀어 열었을 때는 드렉셀이 카운터 앞에 있었다. 턱수염을 풍성하게 기른 대머리의 덩치 큰 남자, 드렉셀은 중층부의 붙박이 같은 존재였다. 많은 사람이 의사보다 드렉셀을 찾았는데, 미션은 그게 과연 괜찮은 선택인지 알 수 없었다. 실제로 사람들을 낫게 해주는 사람보다는 제일 큰소리치는 사람이 돈을 받을 때가 자주 있었다.

드렉셀의 대기실 벤치에는 아파 보이는 사람들 한 무리가 앉아서 코를 훌쩍이고 기침을 하고 있었다. 미션은 손수건으로 입을 막고 싶은 충동을 느꼈지만, 거슬리지 않게 숨을 참고서 드렉셀이 작고 네모난 종이에 가루를 채우고 깔끔하게 접어서 기다리던 여자에게 건네주는 동안 기다렸다. 여자는 카운터 너머로 몇 치트 밀었다. 여자가 나가자, 미션은 그 돈 위에 신호 손수건을 던졌다.

"아, 미션이구나. 반갑다. 아주 건강해 보이는구나." 드렉셀은 턱수염을 쓰다듬으며 웃었다. 축 늘어진 수염 가닥 사이로 누런 이빨이 드러났다.

"아저씨도요." 미션은 용감하게 호흡을 한 번 하고, 정중하게 말했다. "제가 운반할 게 있나요?"

"있지. 잠깐만."

드렉셀은 작은 병과 단지가 가득 든 선반 벽 뒤로 사라졌다. 약재상은 작은 자루를 하나 들고 다시 나타났다. "아래층으로 갈 약이야."

"중앙까지 제가 가져간 후에 운송부에서 다시 아래로 보낼 수 있어요." 미션은 말했다. "전 근무를 끝내기 직전이라서요."

드렉셀은 얼굴을 찡그리며 수염을 문질렀다. "그래도 되겠지. 그러면 운송부에서 나에게 청구하는 건가?"

미션은 손을 내밀었다. "팁을 준다면요."

"그래, 팁 말이지. 하지만 수수께끼를 푼다면 주마." 드렉셀이 카운터에 몸을 기대자, 그의 덩치에 눌려 카운터가 아래로 처지는 것 같았다. 미션은 또 노인의 수수께끼를 듣고 돈을 못 받는 사태를 겪고 싶지 않았다. 드렉셀에겐 언제나 돈을 내놓지 않을 핑계가 있었다.

"좋아." 약재상은 늘어진 콧수염 가닥을 잡아당기면서 운을 띄웠다. "어느 쪽이 무게가 더 나갈까? 78파운드의 깃털이 가득한 가방, 아니면 78파운드의 돌이 가득한 가방?"

미션은 망설임 없이 대답했다. "깃털 가방이죠." 전에도 들어본 수수께끼였다. 운반인을 위해 만들어진 수수께끼였고, 미션은 층과 층을 오가면서 그 문제를 오랫동안 생각한 끝에 뻔한 답이 아닌 자기만의 답을 찾아냈다.

"틀렸어!" 드렉셀은 손가락을 흔들며 외쳤다. "돌이 아니라……." 그의 얼굴이 흐려졌다. "가만. 깃털이라고 했나?" 그는 고개를 저었다. "아니야, 그 둘은 무게가 같아."

"내용물이야 무게가 같죠." 미션은 대꾸했다. "깃털 가방이 더 커야 해요. 둘 다 가득 찼다고 하셨으니까, 깃털 가방이 더 클 수밖에 없고, 그러니 무게가 더 나가죠." 그는 손을 내밀었다. 한 방 맞은 드렉셀은 그 자리에 서서 턱수염을 잠시 씹었다.

그는 마지못해 아까 여자가 낸 돈에서 동전 두 개를 꺼내어 미션의 손에 쥐여주었다. 미션은 그 돈을 받고 약 자루를 배낭에 밀어 넣은 후 단단히 조였다.

"더 큰 가방이라······." 드렉셀이 중얼거리는 사이 서둘러 출발한 미션은 다시 숨을 멈추고 벤치 옆을 지나 배낭에 든 알약을 달그락거리며 밖으로 나갔다.

약재상의 짜증 쪽이 팁보다 훨씬 좋았지만, 미션은 둘 다 환영했다. 그러나 긴장 상태의 사일로를 굽이굽이 내려가다 보니 그 즐거움도 스러졌다. 그는 한 층계참에서 총에 손을 대고 나와서 싸우는 이웃들을 말리려 하는 부보안관들을 보았다. 42층 어느 가게는 들여다보는 창문 유리가 깨어져서 플라스틱 판을 대놓았다. 미션은 최근의 일일 거라고 확신했다. 44층에서는 여자 하나가 난간 옆에 앉아서 두 손에 얼굴을 묻고 울고 있었고, 미션은 사람들이 멈추지 않고 그 여자 옆을 지나치는 모습을 보았다. 미션도 내려갔고, 벽에 그려진 낙서가 그에게 아직 오지 않은 일을 경고했다.

중앙 운송부에 도착해보니 으스스할 정도로 조용해서, 미션은 키 큰 선반들에 운반해야 할 물건들이 쌓인 분류실을 지나쳐 곧장 카운터로 향했다. 지금 지고 온 꾸러미를 내려놓고, 옷을 갈아입고 샤워한 후에 다음 일을 받을 생각이었다. 카운터에서는 케이틀린이 일하고 있었다. 줄 서 있는 다른 운반인은 없었다. 아마 상처를 핥고 있으리라. 아니면 최근 빈발하는 폭력 사태 때문에 가족이 어딘지 보러 갔거나.

"안녕, 케이틀린."

"미션." 그녀는 미소를 지었다. "멀쩡해 보이네."

그는 웃음을 터뜨리며 아직 쓰라린 코를 건드렸다. "고마워."

"캠이 막 들렀다 가면서 넌 어디 있냐고 물었어."

"그래?" 미션은 놀랐다. 캠이라면 검시관에게 받은 보너스를 가지고 하루 쉬는 줄 알았기 때문이다. "뭔가 일도 맡아서 갔어?"

"응. 공급부 쪽으로 가는 거면 뭐든 좋다고 요청했어. 평소보다 기분은 좋아 보였지만, 어젯밤 모험에서 빠졌다는 사실에는 화가 난 것 같더라."

"그 일에 대해 들었구나?" 미션은 배달 목록을 살펴보았다. 뭐든 위쪽으로 가는 것을 찾고 있었다. 크로 선생님이라면 로드니를 어떻게 해야 할지 알 것이다. 시장에게 로드니가 무슨 벌을 받는지 알아낼 수도 있고, 말을 잘 해줄 수도 있을 것이다.

"가만." 그는 케이틀린을 보며 말했다. "기분이 좋았다는 건 무슨 뜻이야? 그리고 공급부로 가고 있었다고?" 미션은 위크가 제안했던 일을 생각했다. IT부의 책임자는 그 제안을 들을 사람이 미션만이 아니라고 했었다. 미션이 처음 들은 것도 아니었던 모양이다. "캠이 어디에서 왔는데?"

케이틀린은 손가락을 혀에 댔다가 오래된 기록을 넘겼다. "마지막 배달이 고장 난 컴퓨터를……."

"그 쥐새끼가." 미션은 카운터를 내리쳤다. "아래로 가는 배달 또 있어? 공급부나 화학부에 가는 거로?"

케이틀린은 나머지 몸은 완벽하게 고요한 채, 손가락만 분주하게 놀려서 딸깍딸깍 컴퓨터를 확인했다. "지금 일 돌아가는 게 아주 느려." 그녀는 변명조로 말했다. "기계부에서 공급부로 올려보내려는 물건이 있어. 무게는 28킬로그램. 서두를 필요는 없고. 표준 화물이야." 그녀는 의뢰에 관심이 있는지 보려고 카운터 너머로 미션을 보았다.

"내가 맡을게." 미션은 말했지만, 곧장 기계부로 내려갈 계획은 아니었다. 빨리 움직인다면 캠보다 먼저 공급부에 가서 위크가 맡긴 일을 할 수 있을지도 몰랐다. 그게 미션이 찾던 방법이었다. 원하는 건 돈이 아니라, 돈을 받으러 34층에 다시 갈 핑계가 생긴다는 것이었다. 로드니를 다시 보고, 친구에게 어떤 도움이 필요한지, 정말로 어떤 곤란에 처한 건지 알아볼 기회였다.

41

미션은 기록적인 속도로 내려갔다. 오가는 통행인이 적은 게 도움은 됐지만, 가는 길에 캠을 만나지 못한 건 좋은 신호가 아니었다. 아무래도 그 녀석이 훨씬 앞서 출발한 모양이었다. 아니면 미션이 운이 좋아서 캠이 계단을 떠나 화장실에 간 사이에 앞질렀거나.

미션은 공급부 바깥 층계참에 잠시 멈춰서 숨을 고르고, 목에 맺힌 땀을 닦아냈다. 아직 샤워도 하지 못했다. 캠을 찾고 기계부 일을 처리한 후에는 씻고 제대로 쉴 수 있을지 모른다. 하층 운송부에도 갈아입을 옷은 있으니, 그다음에 로드니를 어떻게 할지 생각할 수도 있겠지. 생각할 게 너무 많았다. 덕분에 생일 생각을 하지 않는 건 다행이었지만.

공급부에 들어가보니 카운터 앞에 기다리는 사람이 꽤 있었다. 캠은 보이지 않았다. 그 녀석이 이미 들른 거라면 날아서 움직였

366

을 것이고, 배달할 곳도 더 아래일 것이다. 미션은 발로 바닥을 탁 탁 때리면서 차례를 기다렸다. 일단 카운터 앞에 도착한 그는 위크가 했던 말대로 조이스를 찾았다. 남자는 카운터 반대쪽 끝에 있는 머리를 길게 땋은 덩치 큰 여자를 가리켰다. 미션은 그 여자를 알아보았다. IT부 특별 물품으로 표시된 장비들을 많이 처리하는 사람이었다. 그는 조이스가 앞에 있던 손님과 일을 끝내기를 기다렸다가, 혹시 위크 이름으로 맡긴 배달이 있는지 물었다.

조이스는 눈을 가늘게 뜨고 미션을 보았다. "운송부에 무슨 문제 있어? 그 배달은 이미 넘겨줬어." 조이스는 줄에 선 다음 사람에게 손짓했다.

"어디로 향했는지 말해줄 수 없어요?" 미션이 물었다. "제가 그 친구를 대신하러 온 거예요. 그 친구…… 어머니가 아파서요. 버텨내실지 확실치 않대요."

미션은 자신의 거짓말에 멈칫했다. 카운터 뒤에 있던 조이스는 못 믿겠다는 듯 입매를 비틀었다.

"제발. 정말 중요해서 그래요." 그는 애원했다.

조이스는 망설였다. "여섯 층 아래 어느 아파트로 갔어. 정확한 숫자는 몰라. 배달 기록에 있어."

"여섯 층 아래요." 미션도 아는 층이었다. 116층은 몇 개의 방에서 운영되는 그다지 합법적이지 않은 일 외에는 주로 주거지로 쓰였다. "고마워요." 그는 카운터를 한 번 내리치고 서둘러 출구로 향했다. 어쨌든 기계부로 내려가는 길목이었다. 위크의 배달을 맡기엔 너무 늦었을지 모르지만, 캠에게 혹시 대가를 대신 받으러 가도 되냐고 묻고 그렇게 해주면 휴가권을 주겠다고 할 수는 있을 것이다. 아니면 그냥 솔직하게 캠에게 오랜 친구가 곤란해졌고, 보안을 통과해야 한다고 말할 수도 있다. 그게 안 되면 IT부의 요청이 운송부에 오기를 기다렸다가 제일 먼저 낚아채야만 했다. 그 경우에는 로드니에게 그만한 시간이 있기를 바랄 수밖에 없었다.

미션이 그런 계획을 몇 개나 생각하면서 네 층을 내려갔을 때, 폭발이 일어났다.

거대한 계단이 휘청거리며 옆으로 휘었다. 미션은 난간을 들이받고 넘어갈 뻔했다. 그는 파르르 떨리는 강철에 두 팔을 감고 버텼다.

새된 비명이 울리고, 신음의 합창이 울려 퍼졌다. 미션은 난간 사이로 고개를 내밀고 두 층 아래 층계참이 비틀리며 계단에서 떨어져 나가는 모습을 보았다. 뜯겨 나간 금속이 깊은 곳으로 떨어지면서 노래하는 듯한 소리가 울려 퍼졌다.

뒤따라서 하나 이상의 몸뚱이가 곤두박질쳤다. 작아져가는 사람들이 허공을 빙그르르 돌았다.

미션은 그 광경에서 시선을 돌렸다. 몇 계단 아래에서 한 여자가 손으로 무릎을 짚고 주저앉은 채, 공포에 질려 황망한 눈으로 미션을 올려다보았다. 멀리, 말도 안 되게 먼 아래쪽에서 사람이 부딪치는 소리가 들렸다.

'난 몰라요.' 그는 말하고 싶었다. 그 여자의 눈에도 같은 질문이 깃들어 있었다. 미션의 머릿속을 쾅쾅 울리는 질문, 폭발음과 함께 메아리치는 질문이었다. 대체 무슨 일이 생긴 거야? 이게 끝인가? 시작된 건가?

미션은 폭발 반대쪽으로 달려 올라갈까 생각했지만, 아래쪽에서 비명이 들려오고 있었고 운반인에게는 계단에서 도움을 필요로 하는 사람들을 도울 의무가 있었다. 그는 여자를 부축해 일으켜서 위쪽으로 보냈다. 이미 매캐한 냄새와 연기가 공기를 메우고 있었다. "가세요." 그는 여자를 재촉한 후, 갑작스럽게 위쪽으로 몰려가는 사람들을 헤치고 아래로 내려갔다. 캠이 아래에 있었다. 미션의 당황스러운 마음속에서는 아직 친구가 배달물을 가지고 간 곳과 폭발이 일어난 곳이 같다는 사실은 우연에 불과했다.

아래층 층계참에는 사람이 꽉 차 있었다. 거주민과 상점 주인들이 몰려나와서 한 층 아래의 잔해를 볼 수 있는 난간 자리를 두고 다퉜다. 미션은 캠의 이름을 외쳐 부르고, 혹시 친구가 보이나 살피면서 사람들 사이를 밀고 지나갔다. 황량한 눈을 한 후줄근한 한 쌍이 난간과 서로를 꽉 붙들고 북적이는 층계참까지 절뚝거리며 올라왔다. 캠은 어디에도 보이지 않았다.

그는 빠르게 중앙 기둥을 다섯 번 돌아 내려갔다. 평소에는 날랜 발이 미끄러운 디딤판을 밟고 비틀거렸다. 캠이 향한 층이었지, 맞지? 여섯 층 아래. 116층. 캠은 괜찮을 거다. 괜찮아야 한다. 그러다가 허공에서 떨어져 내려가던 사람들의 모습이 머릿속을 스쳤다. 결코 잊지 못할 장면이었다. 분명히 캠은 그중에 없었을 것이다. 캠은 무슨 일에든 늦거나 빨랐지, 제시간을 맞추는 법이 없었다.

마지막으로 기둥 주위를 돌았는데, 다음 층계참이 있어야 할 자리가 텅 비어 있었다. 거대한 나선 계단의 난간이 바깥쪽으로 뜯겨 나갔다. 중앙 기둥에 계단 몇 개가 늘어져 있었고, 미션은 가장자리로 잡아당기는 인력을, 그를 잡아채려는 빈 공간을 느낄 수 있었다. 허공에 떨어지지 않도록 막아줄 게 아무것도 없었다. 부츠 아래 강철도 미끄럽게만 느껴졌다.

찢어지고 뒤틀린 강철 틈 너머로, 116층 입구도 사라졌다. 그 자리에는 무너져가는 시멘트 구멍과 사라져가는 층계참을 향해 뻗는 손처럼 바깥쪽으로 휘어진 시커먼 쇠창살밖에 없었다. 돌무더기 너머 천장에서 하얀 가루가 떨어져 내렸다. 믿을 수 없게도, 그 먼지 장막 너머에서는 소리가 들렸다. 기침 소리와 고함. 살려달라는 비명.

"운반인!" 위쪽에서 누군가가 외쳤다.

미션은 아래쪽의 비스듬히 구부러진 계단 가장자리로 조심스럽게 몸을 옮겼다. 그는 뜯겨 나가고 남은 난간을 잡았다. 손을 대니 따뜻했다. 그는 몸을 내밀고 15미터 위의 다음 층계참에 모인 군중들을 살피며, 누가 자신을 불렀는지 찾으려 했다.

몸을 내민 미션을 보고, 그 목에 감긴 손수건을 본 누군가가 손가락질을 했다.

"저기 있다!" 한 여자가 빽 소리를 질렀다. 미션이 서둘러 내려갈 때 미친 사람 같은 눈을 하고 비틀거리며 지나쳐 올라갔던 여자, 살아남은 사람 중 하나였다.

"운반인이 한 짓이야!" 그 여자는 소리쳤다.

42

미션은 내려오는 군중들로 인해 계단이 요란한 소리를 울리자 몸을 돌려 달아났다. 안쪽 기둥에 손을 대고, 난간이 도는 곳을 살피면서 비틀비틀 아래로 내려갔다. 너무 많은 부분이 뜯겨 나갔다. 계단은 손상 때문에 불안정했다. 미션은 왜 자신이 쫓기고 있는지 몰랐다. 계단을 한 바퀴 다 돌고 나서야 난간이 다시 나타났고, 빠른 속도로 움직여도 안전하다고 느껴졌다. 캠이 죽었다는 사실을 깨닫는 데도 비슷한 시간이 걸렸다. 그의 친구가 어떤 소포를 배달했는데, 이젠 죽었다. 캠도 다른 많은 사람도 죽었다. 누군가가 파란 손수건을 보았고, 위에 있던 누군가는 그 배달을 한 사람이 미션이라고 생각한 게 분명했다. 실제로 거의 그럴 뻔하기도 했다.

117층 층계참에도 사람들이 모여 있었다. 눈물에 얼룩진 얼굴들, 떨면서 자기 몸을 끌어안고 있는 여자, 얼굴을 가린 남자, 모두가 난간 위 아니면 아래를 보고 있었다. 그들은 계단의 잔해가 떨어지는 모습을 본 후였다. 미션은 서둘러 움직였다. 기계부까지 가기 전에 그에게 있을 피난처는 오직 121층의 하층 운송부뿐이었다. 그곳으로 서둘러 가는데 위에서 지독한 비명이 들렸다. 비명은 너무 빨리 다가왔다.

울부짖는 사람이 그를 향해 날아오자 미션은 놀라서 넘어질 뻔했다. 누군가가 뒤에서 그를 덮치는 줄 알았지만, 그 소리는 난간 너머를 휙 지나갔다. 또 다른 사람이었다. 살아서 비명을 지르는 사람이 또 한 명, 심연을 향해 떨어지고 있었다. 위쪽의 헐거워진 계단과 빈 공간이 미션을 쫓던 사람 하나를 잡아챈 것이다.

그는 속도를 높이고, 안쪽 기둥을 떠나서 계단 곡선이 더 넓어지고 매끄러워지는 바깥쪽 난간으로, 내려가는 힘 때문에 몸이 강철 가로대에 쏠리는 지점으로 이동했다. 여기에서는 더 빨리 움직일 수 있었다. 그는 강철의 벌어진 틈과 마주치면 어떻게 할지 생각하지 않으려 했다. 그는 연기에 눈이 따갑고, 자신의 발소리와 위에 있는 다른 사람들의 발소리가 요란하게 울리는 가운데 계속 뛰었다. 처음에는 공기를 메운 연기가 뒤에 남기고 온 폐허에서 흘러나온 게 아니라는 사실을 깨닫지도 못했다. 사방을 메운 연기는 아래에서 올라오고 있었다.

43

1번 사일로

분말 달걀과 짓이긴 감자로 이루어진 도널드의 아침 식사는 차갑게 식은 지 오래였다. 그는 서먼과 어스킨이 가지고 내려오는 음식에 거의 손대지 않고, 창고 안의 진공포장 상자들 속에서 찾아낸 라벨 없는 은색 깡통들에 든 밋밋한 식량을 먹었다. 신뢰의 문제만은 아니었다. 그렇게 반항한다는 사실 자체가 중요했다. 스스로의 생존을 스스로가 지배할 권리 때문이었다. 그는 예전에는 복숭아였지 싶은 노르스름한 오렌지색 젤라틴 덩어리를 찍어서 입에 밀어 넣었다. 아무 맛도 느끼지 못하면서 씹고, 복숭아 맛이 나는 척했다.

넓은 테이블 맞은편에서는 애나가 무전기 다이얼을 만지작거리면서 머그잔에 담긴 차가운 커피를 소리 나게 마셨다. 검은 상자 하나에서 삐져나온 전선 뭉치가 그녀의 컴퓨터로 이어졌고, 부드럽게 지직거리는 소리가 방 안을 가득 채웠다.

"더 나은 주파수를 잡을 수 없어서 안타깝네." 도널드는 침울하게 말했다. 그는 알 수 없는 과일을 또 한 조각 찍어서 입에 넣었다. 그리고 다양성을 위해 이건 망고라고 생각했다.

"최상의 주파수 같은 건 없어." 애나는 40번 사일로와 그 이웃의 방송탑들은 계속 침묵할 거라는 희망을 피력하며 말했다. 애나는 자신이 존재할 것 같지도 않은 생존자들의 소통을 차단하기 위해 뭘 하고 있는지 이미 설명했지만, 도널드에게는 도무지 이해가 가지 않았다. 추측건대 40번 사일로는 1년 전에 시스템을 해킹했다. 아마 엇나간 IT부 책임자였으리라. 그런 재주를 부리는 데 필요한 전문성과 접속 기회를 가질 만한 사람이 달리 없었다. 카메라 피드가 끊겼을 때쯤에는 모든 안전장치가 이미 끊어져 있었다. 해당 사일로를 종료하기 위한 시도는 이미 있었으나, 결과를 확인할 방법이 없었다. 그리고 다른 사일로에 어둠이 퍼지기 시작하자 이전의 시도들이 실패했음이 분명해졌다.

프로토콜에 따라 서먼, 어스킨, 빅터가 차례차례 깨어났다. 또다른 안전장치들도 효과가 없음이 드러났고, 어스킨은 해킹이 나노 기기 수준까지 진행될까 걱정했다. 공기 중에 있는 기계들이 다시 프로그래밍되고, 모든 것이 위험해질까 봐 걱정했다. 서먼은 두 사람을 한참 회유해서 애나가 도울 수 있다고 설득하는 데 성공했다. MIT에서 애나는 무선 고조파, 원격 충전 기술, 무전기를 통해 전자장치를 통제하는 능력에 대해 연구했다.

애나는 결국 감염된 사일로의 붕괴 장치를 탈취할 수 있었다.

도널드는 아직도 그 생각을 하면 악몽을 꿨다. 애나가 과정을 설명하는 동안, 그는 벽에 붙은 일반 사일로의 도면을 들여다보았다. 층과 층 사이의 무거운 콘크리트 막을 풀어내어 도미노처럼 바닥까지 줄줄이 떨어뜨리고, 그 사이에 있는 모든 것과 모든 사람을 짓이기는 폭발을 그려보았다. 9미터 두께의 콘크리트 무더기가 떨어져서 사회 전체를 돌무더기로 바꿔놓는 광경. 이 지하 건물들은 애초부터 그렇게 무너뜨릴 수 있게 설계되었다. 그것도 원격으로 가능했다. 도널드에게는 그 잔인한 해결책 못지않게 그런 안전장치가 필요했다는 사실 자체도 역겨웠다.

이제 그 사일로들에서 남은 것이라곤 죽은 무전기에서 내는 잡음, 유령들의 합창뿐이었다. 나머지 시설의 사일로 책임자들은 이 대재앙에 대해 듣지도 못했다. 그 사람들의 지도에는 평생을 따라다닐 빨간 X 자들이 없을 것이다. 여러 사일로 책임자들은 서로 거의 접촉할 수 없었다. 공포가 번질까 더 걱정해서였다.

그러나 빅터는 알고 있었다. 그리고 도널드는 서면이 내놓은 다른 가설들보다는, 이 무거운 짐이야말로 빅터를 자살로 끌고 간 이유라고 생각했다. 서면은 빅터의 천재성을 너무 경외한 나머지 그 자살에서도 목적을, 뭔가 음모론 같은 원인을 찾으려 했다. 도널드는 각자 무엇을 하고 있는지 알고 있다고 생각하면서 서로를 따른 권력 있는 미친 사람들이 인류를 멸종 위기에 처넣었다는 서글픈 깨달음에 도달하기 직전이었다.

그는 구멍을 뚫은 캔에서 토마토주스를 한 모금 마시고, 키보드 주변에 깔린 메모와 보고서들 사이에 놓인 종이 두 장에 손을 뻗었다. 18번 사일로의 운명은 이 두 장의 종이에 달려 있었다. 둘 다 같은 보고서의 사본이었다. 하나는 오래전에 도널드가 12번 사일로의 몰락에 대해 썼던 보고서의 첫 번째 인쇄본이었다. 도널드에게는 그걸 쓴 기억도 제대로 없었다. 이제는 너무 오래 들여다보고 의미를 쥐어짜다 보니, 지나치게 여러 번 반복한 단어가 그냥 소음이 되어버린 듯이 무의미해졌다.

또 하나의 사본에는 빅터가 이 보고서 위에 휘갈겨 쓴 메모가 적혀 있었다. 빅터는 빨간 펜을 사용했는데, 위층의 누군가가 두 사본을 더 읽기 좋게 만들려고 그 색깔만 복사하는 데 성공했다. 하지만 빨간색 글자를 복사하면서 조금씩 튄 핏자국과 미세한 안개까지 옮기고 말았다. 이 자국들은 이 보고서가 빅터의 마지막 순간에 책상 위에 있었다는 사실을 음울하게 상기시켰다.

사흘을 꼬박 연구하고 나니 도널드는 이 보고서가 그냥 종잇조각에 불과하다는 의심이 들었다. 그렇지 않고서야 왜 그 위에 글씨를 적었겠는가? 그럼에도 빅터는 서먼에게 몇 번이나 18번 사일로의 폭력을 가라앉힐 열쇠는 그곳에, 도널드의 보고서 안에 있다고 말했었다. 빅터는 도널드를 심냉동에서 꺼내야 한다고도 주장했지만, 어스킨이나 서먼을 자기편으로 끌어들이지 못했다. 그러니까 도널드에게 주어진 건 이게 전부였다. 죽은 남자가 말한 내용에 대한 거짓말쟁이의 설명뿐이었다.

거짓말쟁이들과 죽은 남자들……. 진실을 제공하는 기술이 없는 두 집단이었다.

빨간 잉크와 녹슨 듯한 핏자국이 남은 종잇조각은 거의 도움이 되지 않았다. 그러나 반향을 일으키는 말이 몇 줄 있기는 했다. 그 글을 보면 도널드는 점성술이 어떻게 모호하고 빗나간 타격을 입히는 데 성공할 수 있었는지, 그 몇 번을 적중시키는 바람에 어떻게 다른 속임수에도 전부 신빙성을 부여했는지 보는 것 같았다.

'기억하는 사람'이라는 말이 보고서 중간에 굵고 자신감 넘치는 글자로 적혀 있었다. 도널드로서는 이 말이 자신을, 그리고 약에 대한 자신의 저항력을 가리킨다고 느낄 수밖에 없었다. 애나는 빅터가 그에 대해 자주 말했다고 하지 않았던가? 그를 깨우고 싶어 했던 게 시험을 위해서였을까, 심문을 위해서였을까? 다른 말들은 모호하면서도 똑같이 심각했다. '이래서다.' 빅터는 이렇게 썼다. 또 이렇게도 썼다. '모두의 끝.'

이래서라는 게 이래서 자살한다는 뜻일까, 18번 사일로의 폭력이 이래서라는 뜻일까? 그리고 모두의 어떤 끝인가?

많은 면에서 18번 사일로에서 일어난 폭력의 순환은 다른 곳에서 일어나는 일과 다르지 않았다. 좀 더 심각하다는 점을 빼면 똑같은 폭도들이 늘었다가 줄어들고, 매 세대가 앞 세대에게 반란을 일으키고, 15년에서 20년 주기로 유혈 격변이 일어났다.

빅터는 그 문제에 대해 많이 써놓았다. 영장류의 행동에서부터 20세기와 21세기의 전쟁들에 이르기까지 모든 것에 대한 보고서를 남겨두고 갔다. 그중에는 도널드에게 특히 심란한 보고서도 있었다. 영장류들이 성년에 이르면 아버지들, 즉 알파 수컷들을 거꾸러뜨리려고 하는 행동에 대해 자세히 묘사한 보고서였다. 보고서에는 영아 살해를 저지르는 침팬지들 이야기가 있었는데, 어린 것들을 어미에게서 빼앗아 숲속으로 들고 가서 그 작은 몸에서 팔과 다리를 하나씩 뜯어내는 수컷들 이야기였다. 빅터는 이러면 암컷들이 다시 발정기에 들어간다고 적었다. 다음 세대가 태어날 공간이 생기는 거라고.

도널드는 이런 내용이 사실이라고 믿기가 힘들었다. 전두엽이 인간에게 발전하기까지 얼마나 오래 걸렸는지에 대한 보고서는 더 이해하기 힘들었다. 어쩌면 어떤 수수께끼를 풀기 위해 이것이 중요한지도 몰랐다. 아니면 미쳐가는 한 남자의 발광이었을 수도 있었다. 혹은 양심을 찾고 자신이 세상에 한 짓을 직면하려는 노력이었는지도 몰랐다.

도널드는 예전에 직접 쓴 보고서를 연구하고 빅터의 메모를 뒤져가면서 답을 찾으려 했다. 그는 애나가 오래전에 완성해둔 일과에 스며들었다. 그들은 자고, 먹고, 일했다. 밤이면 한 번에 한 모금씩 목을 태우며 스카치위스키 병을 비우고, 사일로 다이어그램 사이에 공장 굴뚝처럼 술병을 세워놓았다. 아침이면 번갈아 샤워를 했는데, 애나는 벗은 몸을 아무렇게나 드러내고 도널드는 애나가 그러지 말았으면 좋겠다고 생각했다. 애나의 존재는 과거에서 온 마약이 되었고, 도널드는 마음속으로 새로운 현실을 조립하기 시작했다. 그와 애나는 다시 한번 비밀 프로젝트를 함께 하고 있고, 헬렌은 서배너에 돌아갔고, 믹은 회의에 도착하지 못했으며, 도널드는 전화기가 작동하지 않는 바람에 둘 다와 통화하지 못한다는 상상.

그의 전화기는 언제나 작동하지 않았다. 전당대회 날에 문자가 하나만 날아갔어도 헬렌은 심냉동실의 수면 장치 안에 잠들어 있었을 것이다. 어스킨이 딸을 찾아가듯 도널드도 헬렌을 찾아갈 수 있었을 것이다. 모든 근무가 끝나면 둘이 다시 함께했을 것이다.

같은 꿈의 변형된 다른 버전에서 도널드는 자신이 언덕 꼭대기에 올라갔다가 테네시주 대표단이 있는 곳까지 가는 데 성공했다고 상상했다. 폭탄이 하늘에 터지고, 겁먹은 사람들이 구멍 속으로 뛰어드는데, 한 소녀가 너무나 순수한 목소리로 노래를 했다. 이 환상 속에서 그와 헬렌은 같은 지하로 사라졌다. 그들은 자식과 손주를 두고 같이 묻혔다.

이런 꿈에 시달리면서도 그는 애나가 자신을 만지게 놓아두었다. 그녀는 자기 전에 한 시간씩 그의 침대에 누워서 그의 가슴에 머리를 대고 숨소리만 냈고, 두 사람은 모두 입김에서 술 냄새를 풍겼다. 그는 가만히 누워서 참았다. 그의 목을 만지는 애나의 손길이 얼마나 좋은 느낌인지를 견뎌냈고, 애나가 좁은 침대를 더 견디지 못하고 자기 침대로 건너가고 나서야 잠들었다.

아침이면 애나는 전략실에 수증기를 내뿜으며 샤워 중에 노래를 불렀고, 도널드는 다시 연구에 몰두했다. 그는 빅터의 개인 디렉터리 파일들을 볼 수 있게 애나의 컴퓨터에 로그온하곤 했다. 이 파일들이 언제 만들어졌고, 언제 열렸고, 얼마나 자주 열렸는지 알 수 있었다. 가장 오래된 파일이면서 가장 자주 열린 파일 하나는 모든 사일로를 순서대로 순위 매긴 목록이었다. 18번 사일로는 거의 맨 위에 있었는데, 이게 말썽이 많다는 뜻인지 가치가 있다는 뜻인지는 분명치 않았다. 그리고 애초에 순위는 왜 매긴 걸까? 무슨 목적으로?

그는 또 애나의 컴퓨터를 이용해서 동생인 샬럿도 찾아보았다. 샬럿은 아래 수면 장치들에 없었다. 적어도 도널드가 찾을 수 있는 이름이나 사진 중에는 없었다. 하지만 분명 오리엔테이션 때는 그곳에 있었다. 다른 여자들과 함께 안내를 받아서 수면 상태에 들어가던 샬럿을 기억했다. 그런데 이제 샬럿은 사라진 것 같았다. 대체 어디로?

의문이 너무 많았다. 그는 무전기에서 끔찍한 죽은 잡음이 흘러나오는 가운데, 머리 위의 모든 흙의 무게에 내리눌리면서 두 개의 보고서를 응시했고, 혹시 빅터의 메모를 너무 열심히 보다가 빅터와 똑같은 결론에 도달하는 건 아닐까 하는 생각이 들었다.

44

더 이상 보고서를 쳐다볼 수 없어지면 도널드는 습관처럼 창고의 총과 드론들 사이를 거닐며 산책을 했다. 그에게는 이것이 치직거리는 무선 잡음과 숨 막히는 임시 집에서 탈출하는 시간이었고, 그나마 이런 산책 중에는 꿈과 전날 밤의 스카치위스키, 그리고 애나에게 느끼기 시작한 복잡한 감정으로부터 머리를 비울 수 있었다.

무엇보다도 그는 산책을 하면서 이 새로운 세상을 이해하려 했다. 그는 서먼과 빅터가 사일로들에 세워놓은 계획을 골똘히 생각했다. 500년을 지하에서 지내고, 그다음에는? 도널드는 간절히 알고 싶었다. 그리고 이럴 때만 정말로 살아 있음을 느꼈다. 행동을 취할 때, 답을 파헤칠 때만. 그것은 도널드가 그들의 알약을 거부하고, 손가락을 파랗게 물들이고 뺨 안쪽에 생긴 염증을 혀로 건드릴 때 느꼈던 것과 같은, 잠깐이라도 힘을 쥐었다는 감각이었다.

이렇게 목적 없이 걸어 다니면서 그는 거대한 창고 바닥과 벽에 늘어선 수많은 플라스틱 상자를 뒤졌다. 총기 하나가 빠진 상자도 발견했다. 아마 빅터가 총을 훔친 상자이리라. 밀봉이 뜯어졌고 안에 든 다른 총기들에선 기름 냄새가 풍겼다. 또 어떤 상자들 속에는 잘 개어놓은 제복들과 우주인이 입는 것 같은 옷들이 두꺼운 비닐 안에 진공으로 포장되어 있었다. 커다란 유리구와 금속 옷깃이 달린 헬멧 상자도 있었다. 붉은 렌즈가 달린 손전등, 식량과 의료 용품, 배낭들, 끝도 없는 탄약, 그리고 추측만 가능한 무수한 장비와 장치들이 있었다. 한 상자에서는 합판으로 만든 지도를 찾았는데, 50개 사일로의 지도였다. 모든 사일로에서 뻗어나가는 붉은 선이 저 멀리 한 지점에서 만났다. 도널드는 멀리 떨어진 사무실에서 새어 나오는 불빛을 비추려고 지도를 들어 올리고, 손가락으로 그 선을 따라가보았다. 그는 한참을 궁리하다가 무엇인지도 모를 수수께끼의 단서인 이 지도를 다시 제자리에 집어넣었다.

이번에 도널드는 잠들어 있는 드론들 사이의 넓은 통로에 멈춰 서서 점핑잭을 했다. 이틀 전만 해도 너무 힘든 운동이었으나, 지금은 혈관에 스며든 한기가 녹아가는 것 같았다. 그리고 스스로를 닦아세울수록 더 깨어 있고 기민해지는 것 같았다. 그는 점핑잭을 일흔다섯 개 했다. 어제보다 열 개가 많았다. 호흡을 고른 후, 위축된 근육으로 팔굽혀펴기를 얼마나 할 수 있나 보려고 바닥에 엎드렸다. 그리고 그는 이때, 갇혀 산 지 사흘째 되던 날, 강철 바닥에 얼굴을 바싹 댄 채로 발사대를 발견했다. 그의 허리까지 올까 말까 한 높이였지만, 방수포를 덮고 웅크려 앉은 드론들이 날개를 펴도 지나갈 수 있을 만큼 넓은 차고 문이 있었다.

도널드는 팔굽혀펴기를 멈추고 일어서서 그 낮은 문에 다가 갔다. 창고 전체가 믿을 수 없을 정도로 어두웠고, 이쪽 벽은 거의 새까맸다. 그는 빨간 손잡이가 있었던 손전등 하나를 꺼낼까 생각 했다. 한 번 잡아당기자, 물결 모양의 문이 미끄러져 벽으로 들어 갔다. 도널드는 네발로 기어서 그 문 너머로 3미터쯤 들어가 공간 을 탐색했다. 벽에는 어떤 버튼도 레버도 만져지지 않았다. 드론 을 발진시킬 방법이 없었다.

궁금해진 그는 다시 손전등을 가져오려고 기어 나왔다. 그리고 몸을 돌리다가 새까맣게 칠한 벽에 있던 다른 문을 발견했다. 손 잡이를 밀어보니 잠겨 있지 않았고, 문 너머 복도는 어두웠다. 더 듬더듬 전등 스위치를 찾았더니 머리 위의 전구가 깜박거리다가 켜졌다. 그는 살금살금 안으로 들어가서 문을 닫았다.

복도를 50걸음쯤 걸으면 끝에 문이 하나 있고, 그 양쪽에 또 두 개씩 문이 있었다. 그는 애나가 창고 끝을 개조해 지은 그들의 집 과 비슷한 사무실이 또 있나 보다 생각했다. 첫 번째 문을 열어보 자 좀약 냄새가 확 풍겼다. 안에는 2층 침대가 줄지어 있었고, 쌓 인 먼지 위에 최근에 찍힌 발자국이 남아 있었으며, 작은 침대 두 개가 놓여 있던 자리는 비어 있었다. 사람이 없다는 것은 느낄 수 있었다. 복도 건너편 문을 열어보니 화장실 칸막이와 샤워실이 줄 지어 있었다.

다음 문 두 개도 거의 같았는데, 화장실에 칸막이 대신 소변기가 늘어서 있었다. 어쩌면 사람들이 이 아래에서 군수품을 가지고 살았는지도 모르지만, 도널드는 첫 근무 동안 아무도 이 층에 내려오는 것을 본 기억이 없었다. 아니다, 이건 방수포를 씌운 기계들과 마찬가지로 언젠가를 위해 마련된 숙소였다. 그는 화장실을 유령들에게 맡겨두고 복도 끝에 있는 문을 확인했다.

들어가보니 테이블과 의자들 위에 비닐 시트가 씌워져 있고, 그 위에 곱게 먼지가 앉았다. 테이블 하나에 다가간 도널드는 시트 밑에 있는 컴퓨터 디스플레이를 보았다. 의자들은 책상에 붙어 있었고, 손잡이와 레버들에 어딘가 익숙한 느낌이 있었다. 그는 무릎을 꿇고 비닐 가장자리를 더듬거리다가 시끄러운 소리를 내며 벗겨냈다.

비행 조종 장치를 보자 다른 삶으로 돌아간 기분이었다. 이건 동생이 굴레라고 부르던 스틱이었고, 동생이 또 뭔가 다른 이름으로 부르던 좌석 아래 페달도 보였고, 조절판과 다른 온갖 다이얼과 장치들이 있었다. 도널드는 동생이 비행 학교를 졸업한 후에 훈련 시설을 구경했던 기억이 났다. 그들은 샬럿의 졸업식에 참석하러 콜로라도로 날아갔었다. 샬럿의 드론이 날아올라 다른 드론들의 대형에 합류하는 모습을 딱 이런 화면으로 지켜본 기억이 났다. 날고 있는 샬럿의 우아한 기계에서 콜로라도를 보던 풍경도 기억했다.

그는 방 안에 있는 10여 개의 조종석을 둘러보았다. 이 공간이 있어야 할 이유가 확 다가왔다. 그는 복도에서 들리는 목소리들,

샤워하고 잡담하는 남자와 여자들, 수건으로 엉덩이를 때리는 사람, 면도기를 빌리러 다니는 사람, 교대근무를 하면서 이 책상들에 앉은 조종사들과 하늘에서 죽음이 쏟아져 내리는 동안 김이 피어오르는 머그잔에 담겨 고요히 놓인 커피를 상상했다.

도널드는 비닐 시트를 다시 씌웠다. 저 아래 어딘가에, 그가 찾을 수 없는 곳에 숨겨진 채 잠들어 있을 동생을 생각하고 어쩌면 샬럿을 여기 데려온 게 도널드를 위한 깜짝 선물이 아니었을지도 모른다는 생각을 했다. 어쩌면 미래의 다른 사람들을 위한 깜짝 선물이었는지도 몰랐다.

그리고 동생을 생각하자, 꿈과 외로운 눈물 속에 사라진 시간을 생각하던 도널드는 자기도 모르게 뭔가를 찾아서 주머니를 뒤지고 있었다. 알약. 샬럿의 이름이 적혀 있던 오래된 처방전. 헬렌이 의사를 보라고 강권하지 않았던가? 그 순간 도널드는 갑자기 왜 자신이 잊을 수 없는지, 왜 여기 약이 자신에게 듣지 않는지 알았다. 그 깨달음은 동생을 찾고 싶다는 강력한 열망과 함께 찾아왔다. 샬럿이 그 이유였다. 그녀가 서먼의 수수께끼에 대한 해답이었다.

45

"먼저 그 애를 보고 싶습니다." 도널드는 요구했다. "보여주시면
저도 말씀드리죠."

그는 서먼이나 스니드 박사가 대답하기를 기다렸다. 세 사람은
냉동 수면동에 있는 스니드의 사무실에 서 있었다. 도널드는 협상
으로 서먼과 함께 엘리베이터를 타고 내려왔고, 이제는 협상을 더
걸었다. 그는 자신이 잊을 수 없었던 이유를 샬럿의 약이 설명해
준다고 추측했고, 이 발견을 다른 뭔가와 교환할 작정이었다. 샬
럿이 어디 있는지 알고 싶었고, 보고 싶었다.

두 남자 사이에 무언의 대화가 오갔다. 서먼은 경고를 담아 도
널드를 보았다. "깨우지는 않을 거야. 아무리 이런 사태여도 그건
안 돼."

도널드는 고개를 끄덕였다. 그는 법을 만든 사람들만이 법을 어

길 수 있다는 것을 알았다.

스니드 박사가 책상 위 컴퓨터로 고개를 돌렸다. "제가 찾아보겠습니다."

"그럴 필요 없네." 서먼이 말했다. "내가 어딘지 알아."

그는 두 사람을 데리고 사무실을 나와서 복도를 걸었다. 오래전에 도널드가 트로이라는 이름으로 깨어났던 교대근무자 수면실을 지나치고, 도널드가 1세기 동안 잠들어 있었던 심냉동실을 지나쳐서 다른 문들과 똑같은 또 하나의 문에 이르렀다.

서먼이 집어넣는 암호는 달랐다. 도널드는 버튼이 내는 네 음조의 불협화음을 듣고 알 수 있었다. 키패드 위에 작게 찍힌 글씨는 '비상 인력'이었다. 잠금장치가 오래된 뼈처럼 드득거리며 회전했고, 문이 서서히 열렸다.

복도의 따뜻한 공기가 영안실의 찬 공기와 부딪치며 일어난 수증기가 그들을 따라왔다. 여기는 수면 장치가 열 줄도 되지 않았다. 다 합쳐도 50, 아니면 60개 정도일까. 한 번의 교대근무자 인원을 조금 넘는 정도였다. 도널드는 관과 비슷한 수면 장치 하나를 들여다보았다. 유리에 맺힌 푸르스름하고 하얀 거미집 같은 얼음 사이로 윤곽이 뚜렷하고 강인한 얼굴이 보였다. 얼어붙은 병사였다. 그의 상상력은 그렇게 말했다.

서먼이 앞장서서 이리저리 움직이더니 수면 장치 하나를 앞에 두고 멈춰 섰다. 그는 애정과 비슷한 감정을 담아서 그 표면에 두 손을 올렸다. 서먼이 내쉬는 숨이 허공에 흩날렸다. 그러자 하얀 머리와 수염에 얼음이 붙은 것처럼 보였다.

"샬럿." 도널드는 동생을 들여다보며 나직이 말했다. 샬럿은 변하지 않았다. 조금도 변하지 않았다. 푸르스름한 피부까지도 정상처럼 보였다. 도널드는 사람들의 이런 모습을 보는 데 익숙해지고 있었다.

그는 서리를 걷어내려고 작은 창을 문지르다가 자신의 여윈 손과 약해 보이는 관절에 놀랐다. 근육 위축 상태였다. 동생은 그대로인데 그는 더 늙어버렸다.

"저도 언젠가 샬럿을 이렇게 가둬놓았죠." 그는 동생을 응시하며 말했다. "샬럿이 전쟁에 나갔을 때, 그 애를 기억 속에 딱 이렇게 가둬놓았어요. 부모님도 똑같았죠. 그 애는 어린 샬럿일 뿐이었어요."

그는 동생에게서 시선을 들어, 수면 장치 반대편에 선 두 남자를 살폈다. 스니드가 무슨 말을 하려고 했지만, 서먼이 의사의 팔에 한 손을 올렸다. 도널드는 동생에게 다시 몸을 돌렸다.

"물론 샬럿은 우리가 아는 것보다 많이 성장했어요. 외국에서 사람들을 죽이고 있었죠. 우린 몇 년 후에야 그 이야기를 했죠. 제가 출마한 후에, 샬럿이 생각하기에 제가 충분히 어른이 됐다 싶었을 때." 그는 소리 내어 웃으며 고개를 저었다. "내 꼬마 동생이 내가 성장하길 기다려주다니."

얼어붙은 유리 표면에 눈물이 후두둑 떨어졌다. 소금기가 얼음을 녹이고 뚜렷한 자국을 남겼다. 도널드는 삑삑 소리를 내며 그 자국을 닦아내고는, 동생을 방해했을지도 모른다는 두려움을 느꼈다.

"군대에선 한밤중에 샬럿을 깨우곤 했어요. 목표를…… 그걸 뭐라고 했더라? 그래, 실행 가능하다고 여길 때마다요. 샬럿을 깨웠죠. 꿈을 꾸다가 죽이는 건 이상했다고 했어요. 하나도 말이 되지 않았다고요. 그러고 나서 다시 잠들면 마음속에 비디오 영상이 보였다고, 목표물에 유도하던 미사일에 잡힌 마지막 장면이……."

그는 숨을 들이켜고 서면을 노려보았다.

"제가 샬럿이 다칠 일이 없으니 잘됐다고 생각했던 거 아세요? 하늘에 올라간 게 아니라, 어딘가의 트레일러 안에 안전하게 있으니까요. 하지만 샬럿은 불평했어요. 의사에게 이건 옳지 않다고, 안전한 곳에서 이런 일을 하는 건 잘못됐다고 했죠. 전선에 나간 사람들에게는 공포가 변명거리가 되죠. 자기 보호 본능이니까요. 그게 살해 이유가 되죠. 샬럿은 사람들을 죽이고 식당에 가서 파이를 먹곤 했어요. 의사한테 그렇게 말했어요. 뭔가 단것을 먹으면서도 아무 맛을 느낄 수 없었다고요."

"그게 어떤 의사였나요?" 스니드가 물었다.

"제 의사요." 도널드는 뺨을 닦으면서도, 그 눈물이 부끄럽지 않았다. 동생 옆에 서 있으니 용감하고 대담해진 기분이 들었고, 덜 외로웠다. 그는 과거와 미래 둘 다를 마주할 수 있었다. "헬렌이 재선에 대해 걱정했어요. 샬럿에겐 이미 처방전이 있었고, 첫 파견 이후에 외상후스트레스장애 진단을 받기도 했었죠. 그래서 우린 계속 샬럿의 이름으로, 심지어 샬럿의 보험으로 약을 계속 받았어요."

스니드가 손을 흔들며 정보를 더 얻으려고 공기를 휘저었다. "무슨 처방전입니까?"

"프로프라." 서먼이 말했다. "샬럿은 프로프라를 먹고 있었지. 그렇지 않나? 그리고 자네는 언론에서 자네가 자가 투약을 한다는 걸 알아낼까 걱정했군."

도널드는 고개를 끄덕였다. "저보다는 헬렌이 걱정했죠. 제가…… 엉뚱한 생각 때문에 약을 먹는다는 사실이 알려질지도 모른다고 생각했어요. 그 약을 먹으면 그런 생각을 잊고, 침착할 수 있었죠. 〈규칙〉을 들여다봐도 그 안에 함축된 의미가 아니라 글자만 볼 수 있었어요. 두려움 없이." 그는 마침내 어째서 샬럿이 약을 먹지 않으려 했는지 이해하는 마음으로 동생을 보았다. 샬럿은 그 두려움을 느끼고 싶어 했다. 그 감정은 필요했고, 샬럿이 자신을 더 인간답다고 느끼게 했다.

"자네가 샬럿이 약을 먹는다고 했던 기억이 나네." 서먼이 말했다. "우린 서점에 있었고……."

"복용량은 기억합니까?" 스니드가 물었다. "얼마나 오래 복용했죠?"

"〈규칙〉을 받은 후부터 먹기 시작했어요." 그는 서먼이 어떤 표정을 짓나 지켜보았지만 아무것도 얻지 못했다. "전당대회로부터 2년이나 3년 전이었을 겁니다. 그때까지는 거의 매일 먹었어요." 그는 스니드를 돌아보았다. "언덕 위에서 잃어버리지만 않았다면 오리엔테이션 때도 가지고 있었을 겁니다. 넘어졌던 것 같아요. 넘어진 기억이……."

스니드는 서면을 돌아보았다. "문제가 무엇인지 알 수가 없습니다. 빅터는 행정 인력에서 주의 깊게 향정신성 약물을 가려냈어요. 모두가 검사를 받았고……."

"전 아닙니다." 도널드가 말했다.

스니드는 그를 마주 보았다. "모두가 검사를 받았어요."

"저 친구는 아니야." 서면은 수면 장치 표면을 골똘히 보았다. "마지막 순간에 변경이 있었지. 바뀌었어. 내가 저 친구를 보증했네. 그리고 어차피 샬럿 이름으로 받았다면 의료 기록에도 남지 않았겠지."

"어스킨에게 말해야 합니다." 스니드는 말했다. "제가 같이 작업할 수 있어요. 새로운 공식을 찾아낼 수 있을 겁니다. 이거라면 다른 사일로에 나타난 면역자들도 일부 설명할 수 있습니다." 그는 얼른 사무실에 돌아가야 한다는 듯이 몸을 돌렸다.

서면은 도널드를 보았다. "여기에서 시간을 더 보내야겠나?"

도널드는 잠시 동생을 보았다. 동생을 깨우고, 동생과 대화하고 싶었다. 어쩌면 그냥 얼굴을 보러 다시 올 수 있을지도 모른다.

"다시 오고 싶을지도 모르겠네요."

"그건 두고 보지."

서면은 수면 장치 주위를 돌아서 도널드의 어깨에 한 손을 올리고 가볍게, 공감한다는 듯이 힘주어 잡았다. 그는 도널드를 데리고 문으로 향했고 도널드는 돌아보지 않았다. 화면에 뜬 동생의 새로운 이름을 확인하지도 않았다. 상관없었다. 그는 동생이 어디에 있는지 알았고, 그 애는 그에게 언제나 샬럿일 터였다. 영원히 변하지 않는.

"잘해줬네." 서먼이 말했다. "이건 정말 좋은 일이야." 그들은 복도로 나갔고, 서먼은 등 뒤로 두꺼운 문을 닫았다. "우연이지만 빅터가 자네 보고서에 왜 그렇게 집착했는지도 알아냈는지 모르겠군."

"제가요?" 도널드에겐 연관성이 보이지 않았다.

"내가 보기에 빅터는 자네가 쓴 내용에 관심이 있었던 게 아니야. 자네에게 관심이 있었던 것 같아." 서먼이 말했다.

46

그들은 도널드를 54층에 내려주지 않고 구내식당까지 올라갔다. 거의 저녁 식사 시간이었고, 그는 서먼을 도와 쟁반을 나를 수 있을 터였다. 엘리베이터의 층수 버튼에 불이 들어왔다 나가면서 수직 통로를 올라가는 동안, 서먼이 빅터에 대해 짐작한 내용이 도널드의 머릿속을 떠나지 않았다. 만약 빅터가 도널드가 약에 대해 가진 저항력에만 관심이 있었던 거라면? 그 보고서에는 아무것도 없다면?

40층 버튼이 밝게 깜박이다가 꺼지고, 도널드는 같은 일이 있었던 사일로를 생각했다. "이러면 18번 사일로는 어떻게 됩니까?" 그는 다음 번호에 불이 들어왔다 나가는 것을 보며 물었다.

서먼은 스테인리스스틸 문을 응시했다. 누군가가 균형을 잡느라 짚었는지 손자국이 남아 있었다.

"빅터는 18번 사일로를 초기화해보고 싶어 했네. 난 그렇게 해야 할 이유를 몰랐지. 하지만 빅터 생각이 옳았는지도 몰라. 한 번 더 기회를 줄지도 모르겠어."

"초기화라면 뭘 하는 거죠?"

"자네도 알 텐데." 서먼은 그를 마주 보았다. "우리가 세상에 한 일을, 좀 더 작은 규모로 하는 거야. 인구를 줄이고, 컴퓨터를 삭제하고, 기억도 삭제하고, 전부 다시 시작하는 거야. 이 사일로에는 이미 몇 번이나 시도해봤어. 그러자면 위험 부담이 있지. 난장판을 만들면 트라우마가 남을 수밖에 없거든. 어느 시점에는 그냥 플러그를 뽑는 게 더 간단하고 안전하지."

"끝낸다는 거군요." 도널드는 그제야 빅터가 무엇에 반대했는지, 무엇을 피하려고 했는지 이해했다. 빅터와 대화할 수 있다면 좋으련만. 애나는 빅터가 도널드에 대해 자주 말했다고 했다. 그리고 어스킨은 빅터가 도널드 같은 사람들이 책임을 맡기를 바랐다고 했다.

엘리베이터가 꼭대기 층에서 열렸다. 도널드는 걸어 나가자마자 근무 중인 사람들 사이를 걷는다는 사실에, 1번 사일로에 있으면서도 그곳의 일상에서는 빠져 있다는 사실에 기묘한 기분을 느꼈다.

그는 아무도 서먼을 특별 취급하지 않는다는 사실을 알아차렸다. 그는 이번 근무 책임자가 아니었고, 아무도 그를 알지 못했다. 그저 하얀 작업복과 베이지색 작업복의 두 남자가 음식을 받으면서 벽 스크린에 펼쳐진 망가진 황야를 볼 뿐이었다.

도널드는 쟁반 하나를 들면서 다시 한번 대부분의 사람들이 풍경을 보고 앉아 있음을 알아차렸다. 한두 명만이 화면을 등지고 먹었다. 그는 서먼을 따라 엘리베이터로 향하면서 그 얼마 안 되는 사람들에게 말을 걸고, 무엇을 기억하는지, 무엇을 두려워하는지 묻고 두려워해도 괜찮다고 말하고 싶은 열망을 느꼈다.

"왜 다른 사일로에도 스크린이 있는 겁니까?" 그는 서먼에게 작은 소리로 물었다. 시설에서 자신이 설계에 관여하지 않은 부분은 이해가 잘 가지 않았다. "왜 저들에게 우리가 한 짓을 보여주는 거죠?"

"안에 있도록 하기 위해서지." 서먼은 한 손에 쟁반을 들고 급행 엘리베이터 호출 버튼을 눌렀다. "우리가 한 짓을 보여주는 게 아니야. 밖에 무엇이 있는지 보여주는 거야. 이 사람들을 안에 가둬두는 건 저 화면과 몇 가지 금기밖에 없어. 도니, 사람들에겐 질병에 가까운, 뭔가에 부딪힐 때까지 움직이고 싶어 하는 충동이 있다네. 심지어 부딪히고 나서도 그걸 파고 들어가거나, 바다를 향해하거나, 비틀거리면서 산맥을 넘으려고 하지……."

엘리베이터가 도착했다. 발전소의 빨간 작업복을 입은 남자가 실례한다고 말하고 두 사람 사이로 지나갔다. 그들은 엘리베이터에 탔고, 서먼은 배지를 더듬어 찾았다. "두려움, 심지어 죽음의 두려움조차도 이런 인간의 충동을 아슬아슬하게 억제할 뿐이야. 우리가 바깥을 보여주지 않는다면 그 사람들은 직접 찾아 나설 걸세. 인류라는 종은 언제나 그랬거든."

도널드는 그 말을 생각해보았다. 바깥에서 죽는 한이 있어도 사방을 짓누르는 콘크리트에서 탈출하고 싶은 자신의 충동에 대해서도 생각했다. 안에 갇혀서 서서히 질식하는 게 바깥의 죽음보다 더 나빴다.

"사일로 하나를 통째로 소멸시키기보다는 초기화가 낫겠습니다." 도널드는 빠르게 스치는 숫자들을 보면서 말했다. 그는 사일로에 사는 사람들에 대해 연구했다고 말하지 않았다. 초기화는 상실과 두통이 가득한 세상을 의미하지만, 그래도 그 후에 살 기회는 있을 것이다. 그게 아니면 모두의 죽음이었다.

"나도 점점 더 그곳에 가스를 살포하기 싫어지네." 서먼도 인정했다. "빅터가 있을 때 나는 이런 식으로 사일로 하나에 우리의 시간을 낭비해선 안 된다는 소리만 했지. 이제 빅터가 없어지니, 나도 이 사람들을 지원하고 싶어지는군. 빅터의 마지막 소원을 받들어야 할 것 같아. 바로 그게 위험한 함정이기도 하지."

엘리베이터가 20층에 멈춰서 직원 두 명을 태웠는데, 그 둘은 하던 대화를 멈추고 이동하는 내내 침묵했다. 도널드는 이렇게 사일로 하나를 쇄신했다가 폭력이 반복되는 모습만 보이는 문제에 대해 생각했다. 옛날의 큰 전쟁들도 이랬다. 그는 이란에서 벌어진 두 번의 전쟁, 새로운 세대가 과거를 기억하지 못하기에 아버지들이 이미 싸웠던 전쟁에 또 행진해 가던 아들들을 기억했다.

두 직원은 휴게실이 있는 층에서 내리면서, 엘리베이터 문이 닫히자마자 하던 대화를 재개했다. 도널드는 그곳 체력단련실에서 스스로를 고문하는 것을 얼마나 즐겼는지 기억했다. 이제 그는 입맛도 없고, 맞설 것도 없고, 저항할 것도 없이 말라비틀어지고 있었다.

"때로는 그래서 빅터가 그런 짓을 했나 생각하게 돼." 서먼이 말했다. 엘리베이터는 54층을 향해 미끄러져 내려갔다. "빅터는 모든 것을 계산했어. 언제나 목적이 있었지. 우리의 논쟁에서 이기려면 빅터가 마지막 말을 한 사람이 되어야 했는지도 몰라." 서먼은 도널드를 흘긋 보았다. "젠장, 그 일이 결국 내가 자넬 깨우게 만들긴 했지."

도널드는 그게 얼마나 미친 소리로 들리는지 말하지 않았다. 그는 서먼에겐 그저 상상할 수 없는 일을 이해할 방법이 필요할 뿐이라고 생각했다. 물론 빅터의 죽음이 논쟁을 끝낼 다른 방법도 있었다. 도널드는 그게 자살이 아니었을지도 모른다는 생각을 했다. 처음 하는 생각도 아니었다. 그러나 그런 의심을 해봐야 곤란에 처할 뿐, 달리 뭘 얻을 수 있을지 몰랐다.

그들은 54층에 내려서 쟁반을 들고 군수품 통로를 걸었다. 드론 옆을 지나면서 도널드는 드론처럼 자고 있는 동생을 생각했다. 샬럿이 어디에 있는지 알고, 안전하다는 사실을 확인하니 좋았다. 작은 위안이었다.

그들은 전략실 테이블에서 식사했다. 도널드가 접시 위 요리를 깨작거리는 동안 서먼과 애나는 대화를 나눴다. 두 개의 보고서가 도널드 앞에 있었다. 그는 종잇조각일 뿐이라고 생각했다. 그 안에는 어떤 비밀도 없었다. 이제까지 그 글 안에 단서가 있다고 생각하고 엉뚱한 것만 찾고 있었는데, 빅터가 말한 건 도널드의 존재 자체였다. 빅터는 복도 건너편에 앉아서 도널드가 그들의 물이

나 알약에 어떻게 반응하는지 지켜보았다. 그리고 이제 도널드의 눈에는 빅터의 메모가 핏자국 속에서 고통스럽게 휘갈겨 쓴 종잇조각으로밖에 보이지 않았다.

'피는 무시해.' 그는 스스로를 타일렀다. 피는 단서가 아니었다. 피는 나중에 튀었다. 널찍하게 남은 공간 몇 군데에 피가 튀어 있었다. 도널드는 무의미한 내용을 들여다보았다. 그곳에 없는 뭔가를 찾고 있었다. 빈 공간을 보고 있는 것이나 마찬가지였다.

빈 공간. 도널드는 포크를 내려놓고 다른 보고서를 잡았다. 일단 크게 튄 핏자국을 무시하고 보니, 아무것도 적히지 않은 공간이 남았다. 애초에 여기에 초점을 맞췄어야 했다. 그곳에 있는 게 아니라, 그곳에 없는 것.

그는 다른 보고서를 찾아서, 그 빈 공간에 해당하는 위치에 무엇이 적혀 있는지 보았다. 그러나 정작 정확한 자리를 찾고 나자 흥분이 사그라들었다. 상관없는 대목이었다. 옛 시절을 기억하는 증조모를 둔 젊은 책임자에 관한 내용이었다. 아무것도 아니었다.

다만…….

도널드는 허리를 펴고 앉았다. 그는 보고서 두 개를 가져다가 서로 겹쳤다. 애나는 서먼에게 무선 송신탑을 마비시키는 문제가 어떻게 진행되고 있는지 알려주고, 곧 끝난다고 말하고 있었다. 서먼은 앞으로 며칠 후면 모두 교대근무를 끝내고, 일정을 예정대로 돌릴 수 있다고 말하고 있었다. 도널드는 서로 겹친 보고서를 들어 올려 조명에 비춰보았다. 서먼이 호기심 어린 눈으로 그를 쳐다보았다.

"빅터는 자기가 주목한 말 옆에다 적은 거였어." 도널드는 중얼거렸다. "그냥 보고서 위에 적은 게 아니야."

그는 서면과 시선을 마주치고 미소 지었다. "아까 하신 말씀은 틀렸어요." 손에 잡힌 종이 두 장이 덜덜 떨렸다. "여기엔 뭔가가 있어요. 빅터는 저에게 관심을 둔 게 아닙니다."

애나가 포크를 내려놓고 뭔지 보려고 몸을 내밀었다.

"원본이 있었다면 처음부터 보였을 거야." 그는 빅터의 메모에 있는 빈 공간을 가리킨 다음, 위의 장을 치우고 그 밑에 있는 글을 손가락으로 두드렸다. 12번 사일로와는 아무 관계도 없는 내용이었다.

"이래서 초기화가 안 듣는 겁니다." 도널드는 말했다. 애나는 아래쪽에 있던 보고서를 잡고 도널드가 임명했던 그림자, 증조모가 옛 시절을 기억한다던 청년, 증조모가 해주던 이야기들이 진짜냐고 물었던 청년에 대해 읽었다.

"18번 사일로의 누군가가 기억하고 있어요." 도널드는 자신 있게 말했다. "어쩌면 한 명이 아니라 여러 명이고, 세대에서 세대로 비밀리에 지식을 전하는지도 모릅니다. 아니면 저처럼 면역이거나요. 기억하는 거예요."

서면은 물을 한 모금 마시더니, 잔을 내려놓고 딸을 보았다가 도널드를 보았다. "플러그를 뽑을 이유만 늘었군."

"아닙니다." 도널드는 말했다. "아니에요. 그건 빅터가 생각한 답이 아니에요." 그는 죽은 사람의 메모를 두드렸다. "빅터는 기억하는 사람을 찾고 싶어 했지만, 그건 제가 아니었어요." 그는 애나를 돌아보았다. "난 빅터가 날 깨우고 싶어 했었다고 생각하지 않아."

애나는 어리둥절한 표정으로 아버지를 쳐다보다가 도널드를 돌아보았다. "무슨 얘기야?"

도널드는 일어서서 타일 위에 구불구불 늘어진 전선을 타 넘으며 의자 뒤쪽으로 걸어 다녔다. "18번에 연락해서 책임자에게 누가 이런 내용에 들어맞는지, 불화의 씨를 뿌리는 사람이나 집단이 있는지 물어봐야 합니다. 어쩌면 우리가······." 그는 파괴한 세상이라고 말하려다가 멈추고 말을 이었다. "예전 세상에 대해 말하는 사람이요."

"좋아." 애나는 고개를 끄덕였다. "좋아. 그래서 저들이 안다고 해보자. 우리가 저쪽 사일로에서 당신 같은 사람들을 찾는다고 치자고. 그다음엔?"

그는 걸음을 멈췄다. 그 부분은 아직 생각하지 않았다. 서먼이 입술을 오므린 채 그를 살피고 있었다.

"그런 사람들을 찾아서······."

도널드는 말하려다가 깨달았다. 멀리 떨어진 이 사일로 사람들을, 그곳의 용접기사와 상점 주인과 농부와 그들의 어린 그림자들을 구하려면 무엇이 필요한지. 그는 이전에 근무할 때 자신이 버튼을 누르고, 사람을 구하기 위해 죽이는 사람이 되었던 것을 기억했다.

그리고 자신이 다시 그렇게 할 것이라는 사실을 알았다.

47

18번 사일로

미션은 목이 간질거리고 눈이 따가웠으며, 121층의 하층 운송부에 다가갈수록 연기가 짙어지고 악취도 심해졌다. 위에서 따라오던 추격은 흐지부지된 듯했는데, 아마 한 사람을 앗아 간 난간 틈 때문일 터였다.

캠이 죽었다는 것만은 확실했다. 그리고 얼마나 많은 사람이 같은 운명을 겪었을까? 희미한 죄책감 뒤에 떨어진 사람들을 비닐 가방에 넣어서 농장으로 지고 올라가야 한다는 구역질 나는 생각이 따라왔다. 그 일은 운반인이 해야 할 테고, 기분 좋은 일은 아닐 것이다.

그는 운송부가 있는 층에 도착하면서 그 생각을 털어냈다. 하루 종일 내려가느라 난 땀과 땟국물에 얼굴로 흘러내린 눈물이 섞였다. 그는 나쁜 소식을 품고 있었다. 샤워를 하고 깨끗한 옷을 입는다 해도 지금 느끼는 피로감은 덜어지지 않겠지만, 그래도 운송부에서는 그를 보호하고 폭발에 대한 혼란을 걷어내도록 도와줄 것이다. 서둘러 마지막 반 층을 내려가다가, 아마도 피어오르는 재를 보고 갈가리 찢어버렸던 쪽지가 떠올라서였을까. 문득 애초에 캠을 뒤쫓아 갔던 이유가 무엇이었는지 기억났다.

로드니. 그의 친구가 IT부에 갇혀 있었는데, 도와달라는 로드니의 애원을 폭발의 소음과 혼란 속에 잊어버렸다.

폭발. 캠. 소포. 배달.

미션은 비틀거리다가 난간을 잡고 몸을 지탱했다. 그는 그 배달에 붙은 말도 안 되게 비싼 요금, 어쩌면 애초에 줄 생각이 없었을 요금을 생각했다. 그는 정신을 차리고, IT부의 갇힌 방 안에서 무슨 일이 벌어지는 것인지, 로드니가 대체 어떤 곤란에 처해 있으며 어떻게 도와야 할지 생각하며 걸음을 서둘렀다. 로드니에게 어떻게 가야 할지부터 문제였다.

운송부에 도착하자 공기가 매캐해졌고 숨 쉬기가 힘들었다. 계단에 사람들이 옹송그리고 있었다. 그들은 층계참 너머로 121층의 열린 문을 보고 있었다. 미션은 주먹에 대고 기침을 하면서 구경꾼들을 헤치고 나아갔다. 위에서 떨어진 잔해가 여기 내려앉은 걸까? 모든 게 멀쩡해 보였다. 문 가까이에 들통 두 개가 비스듬히 놓여 있었고, 회색 소방 호스가 구불구불 난간을 넘어 안으로 이어졌다. 담요처럼 짙은 연기가 천장에 붙어 있었는데, 중력에 반항하며 계단 통로 벽을 따라 올라갔다.

혼란스러워진 미션은 손수건을 당겨 코를 가렸다. 연기는 운송부 안에서 나오고 있었다. 그는 천에 입술을 대고 입으로 숨을 들이마셔서 목의 따끔거림을 덜었다. 복도 안에서 어두운 그림자들이 움직였다. 그는 주머니칼을 묶어둔 끈을 풀고, 연기를 피하려고 몸을 낮춘 채 문지방을 넘었다. 바닥은 젖어 있었고 더 안쪽에서 오가는 사람들이 철벅이는 소리가 났다. 어두웠지만, 손전등 불빛이 복도 저편에서 춤을 췄다.

미션은 서둘러 그 불빛을 향해 갔다. 연기가 짙어졌고, 바닥에 고인 물도 깊어졌다. 수면에 걸쭉한 조각들이 떠다녔다. 그는 기숙실 하나와 분류실, 고객 대응실을 지나쳤다.

나이 많은 운반인 릴리가 물보라를 일으키면서 달려갔는데, 잠깐 얼굴을 비춘 손전등 불빛이 없었다면 알아보지 못했을 것이다. 물속에 누군가가, 벽에 붙어서 누워 있었다. 지나치던 불빛이 그 사람을 비추자, 다가가던 미션은 누워 있는 게 아니라는 사실을 알았다. 해킷이었다. 어린 그림자들을 존중하고, 그림자들의 짐을 보며 즐거워하는 법이 없었던 몇 안 되는 발송 담당자 중 하나였다. 얼굴 절반은 멀쩡했는데, 나머지 반은 시뻘건 물집투성이였다. 죽음의 날. 미션의 눈앞에 추첨 번호가 스쳐 지나갔다.

"운반인! 이쪽으로 와라."

예전에 미션을 그림자로 두었던 모건의 목소리였다. 노인의 기침 소리가 다른 사람들의 기침 소리에 합쳐졌다. 복도에는 파문과 파도, 물보라와 난도질, 연기와 명령 소리가 가득했다. 미션은 따끔거리는 눈으로 서둘러 익숙한 사람에게 다가갔다.

"저 미션입니다. 폭발이⋯⋯." 그는 천장을 가리켰다.

"나도 내 그림자가 누군지는 안다." 불빛이 미션의 눈을 찔렀다. "이리 와서 이 녀석들 좀 거들어라."

구운 콩 냄새와 타고 젖은 종이 냄새가 압도적이었다. 그 모든 냄새에 연료 냄새도 섞인 것 같았다. 깊은 지하와 그곳에 있는 발전기 때문에 아는 냄새였다. 또 다른 냄새도 있었다. 시장에서 돼지를 구울 때 나는 냄새, 타는 살이 내는 불쾌하고 싫은 냄새.

중앙 홀은 물이 깊었다. 미션의 하프부츠 위까지 올라와서 신발 안을 흙탕물로 채웠다. 사람들이 파일 서랍의 내용물을 들통에 비우고 있었다. 누군가가 빈 상자를 미션의 품에 밀어 넣었고, 연기 속에서 불빛들이 소용돌이를 치고, 코는 따끔거리면서 콧물이 흘렀고 저도 모르게 눈물이 뺨을 적셨다.

"여기, 여기야." 누군가가 앞으로 가라고 재촉했다. 그들은 서류함은 건드리지 말라고 경고했다. 종이 더미가 상자 안에 담기는데, 보기보다 무거웠다. 미션은 이 다급함을 이해할 수 없었다. 불은 꺼졌다. 화염이 핥고 지나간 벽은 시커멨고, 몇 줄기의 콩이 높은 버팀 다리를 타고 올라가던 안쪽 벽의 재배지는 타서 재만 남았다. 남은 것이라고는 검은 손가락처럼 서 있는 버팀 다리들뿐이었다.

서류함 앞에는 운송부의 어맨다가 있었는데, 손에 손수건을 감은 채 비워지는 서랍들을 잡고 있었다. 상자는 빠르게 가득 찼다. 미션은 복도 쪽으로 몸을 돌리면서 누군가가 오래된 장부가 든 벽 금고를 비우는 모습을 보았다. 구석에는 시트에 덮인 시체가 있었다. 아무도 그 시체를 서둘러 치우지 않았다.

그는 다른 사람들을 따라 층계참으로 갔지만, 그들은 밖으로 나가지 않았다. 기숙실의 비상등이 켜졌고, 구석에 매트리스가 쌓여 있었다. 카터, 린, 그리고 조슬린이 그 위에 파일을 펼쳐놓고 있었다. 미션은 상자 내용물을 내려놓고 다시 담으러 돌아갔다.

"무슨 일이 있었던 거예요?" 그는 서류함 쪽으로 다가가서 어맨다에게 물었다. "무슨 보복 같은 거예요?"

"농부들이 콩 때문에 왔어." 어맨다는 손수건을 이용해서 다른 서랍을 하나 빼냈다. "콩 때문에 왔다가 다 태워버렸어."

미션은 넓은 피해 흔적을 훑어보았다. 폭발이 일어났을 때 계단이 어떻게 흔들렸는지 떠올랐고, 마음속으로 비명을 지르며 죽음을 향해 떨어져 내리던 사람들이 아직도 눈에 선했다. 몇 달 동안 늘어가던 폭력이 이제 스위치를 켠 것처럼 확 살아났다.

"그래서 이젠 어쩌지?" 카터가 물었다. 카터는 힘은 최고조이면서 아직 관절은 상하지 않은 30대 초반의 힘 있는 운반인이었지만, 지금은 너덜너덜한 몰골이었다. 머리카락은 젖어서 이마에 달라붙었다. 얼굴에는 검은 얼룩이 묻었고, 손수건은 무슨 색인지 알아볼 수도 없었다.

"이젠 우리가 그놈들 작물을 태워야지." 누군가가 제안했다.

"우리가 먹을 작물을?"

"상층 농장만. 그놈들 짓이잖아."

"우린 누가 한 짓인지 몰라." 모건이 말했다.

미션은 옛 스승과 눈을 마주쳤다. "메인 홀에서 제가 본…… 그

거 혹시……?"

모건은 고개를 끄덕였다. "그래. 로커다."

카터가 벽을 때리고는 욕설을 뱉으며 외쳤다. "놈들을 죽여버리겠어!"

"그럼 아저씨가……." 미션은 하층 책임자냐고 말하고 싶었지만, 받아들이기엔 너무 일렀다.

"그래." 모건은 대답했고, 미션은 모건도 받아들이지 못했다는 사실을 알 수 있었다.

"며칠 동안 사람들이 좋을 대로 떠들어댈 거야." 조엘이 말했다. "반격하지 않으면 우리가 약해 보일 거라고요." 조엘은 미션보다 두 살 위였고 훌륭한 운반인이었다. 조엘이 주먹에 대고 기침을 하자 린이 걱정스레 쳐다보았다.

미션에게는 약해 보이는 것 말고도 다른 걱정거리가 있었다. 위쪽 사람들은 운반인이 자기들을 공격했다고 생각했다. 그런데 농부들의 이번 공격은, 전날 밤에 그들이 공격당한 곳과 너무 멀었다. 운반인들은 돌아다니는 보초에 제일 가까운 존재였는데, 누군가가 그들을 내몰고 있었다. 미션은 일부러 하는 일이라고 생각했다. 게다가 IT부에서 모집하는 청년들 문제도 있었다. 그 청년들은 컴퓨터를 고치기 위해 모집하는 게 아니라, 뭔가를 부수기 위해 고용하는 거였다. 어쩌면 사일로의 영혼을 부수려고.

"난 집에 가야 해요." 미션은 말했다. 잘못 나온 말이었다. 원래는 위로 올라가야 한다고 말하려고 했다. 그는 애써 손수건을 풀었다. 손수건에서도, 손에서도, 작업복에서도 악취가 났다. 다른 작업복을, 다른 색깔로 찾아야 할 것이다. 둥지에 같이 있었던 옛 친구들과 접촉해야 했다.

"대체 뭘 하려는 거냐?" 모건이 물었다. 미션의 옛 사수는 미션이 손수건을 푸는 모습을 보면서 뭔가 다른 말을 하려다가, 미션의 목에 남은 시뻘건 흉터를 보고 그만뒀다.

"전 이게 우리를 노리는 게 아니라고 생각해요." 미션은 말했다. "노리는 건 더 큰 뭔가라고 생각해요. 제 친구 하나가 곤란에 처했어요. 그 친구가 잘못 돌아가고 있는 이 모든 일의 중심에 있어요. 그 친구에게 뭔가 나쁜 일이 생기려고 하거나, 아니면 그 친구가 뭔가를 알고 있거나예요. 그자들은 녀석이 아무에게도 말을 하지 못하게 할 거예요."

"로드니 말이야?" 린이 물었다. 린과 조엘은 둥지에서 그들보다 2년쯤 선배였지만, 미션과 로드니를 둘 다 알고 있었다.

미션은 고개를 끄덕이고, 다른 사람들을 향해 말했다. "그리고 캠이 죽었어요." 그는 내려오는 길에 있었던 일을, 폭발이 일어났고 사람들이 그를 쫓아왔으며 난간에 빠진 부분이 생겼다는 사실을 설명했다. 누군가가 못 믿겠다는 듯 캠의 이름을 속삭였다. "누구든 우리가 아는 사실에 신경 쓸 것 같지 않아요." 미션은 덧붙여 말했다. "내 생각엔 그게 핵심이에요. 모두가 화를 내도록 만들고 있어요. 최대한 많이 화를 내게 하려고 이러는 거예요."

"난 생각할 시간이 필요하다." 모건이 말했다. "계획할 시간이 필요해."

"시간이 많지 않을 것 같아요." 미션은 IT부의 새로운 고용 인력에 대해 말했다. 모건에게 브래들리를 그곳에서 봤다고, 젊은 운반인이 다른 직업에 지원하고 있었다고도 말했다.

"어떻게 하지?" 린이 조엘과 다른 사람들을 보며 물었다.

"일단 진정하자." 모건이 말했지만, 그리 확신이 있는 것 같지는 않았다. 선배 운반인이자 사수로서 모건이 보여줬던 자신감은 책임자가 되면서 흔들리는 것 같았다.

"난 여기 남을 수 없어요." 미션은 단호하게 말했다. "내 휴가권을 모조리 줘도 좋지만, 어쨌든 난 위로 올라가야 해요. 방법은 몰라도 올라가야만 해요."

48

어디로든 가기 전에 미션은 믿을 수 있는 친구들, 누구든 도움을 줄 수 있는, 둥지에서부터 함께한 오랜 패거리들과 접촉해야 했다. 모건이 층계참에 있던 모두에게 다시 일을 하라고 하는 동안, 미션은 어둡고 연기 자욱한 복도를 살금살금 걸어서 분류실로 향했다. 그곳 컴퓨터를 쓸 수 있을지도 몰랐다. 린과 조엘도 화재 현장을 치우는 것보다 로드니에 대해 알아내는 데 더 열의를 보이며 미션을 따라왔다.

분류실 모니터를 확인해보니 컴퓨터는 꺼져 있었다. 전날 밤의 정전 때문일지도 몰랐다. 미션은 그날 아침 IT부에 고장 난 컴퓨터를 들고 모여 있던 사람들을 떠올리고, 다섯 층 이내에 작동하는 기계가 있긴 할까 생각했다. 전보를 보낼 순 없었으니, 그는 다른 운송부 사무실에서 대신 메시지를 보내줄 수 있을지 알아보려고 유선 송신기를 집어 들었다.

먼저 중앙 운송부에 걸었다. 린이 같이 카운터 앞에 서서 손전등으로 방 안에 자욱한 연기를 뚫고 다이얼을 비췄다. 조엘은 선반 사이를 철벅거리고 돌아다니면서 아래쪽에서 다시 쓸 만한 분류 상자를 젖지 않게 위쪽으로 올렸다. 중앙 운송부는 답이 없었다.

"불 때문에 송신기도 상했나 봐." 린이 속삭였다.

미션은 그렇게 생각하지 않았다. 전원 불빛은 들어왔고, 미션이 버튼을 꾹 누르자 스피커에서 지직거리는 소리도 들렸다. 그는 모건이 복도를 철벅거리고 지나가면서 노동력이 사라지고 있다고 크게 불평하는 소리를 들었다. 린이 손을 오므려 손전등을 가렸다. "중앙에서 뭔가 일이 벌어지고 있어." 미션은 나쁜 예감을 느끼고 린에게 말했다.

미션이 연락을 시도한 두 번째 상부 기착지에서 마침내 답을 했다. "누구야?" 누군가가 물었고, 공포를 감추지 못해 흔들리는 목소리였다.

"미션이야. 그쪽은 누군데?"

"미션? 너 큰일 났어, 인마."

미션은 린을 쳐다보았다. "누군데 그래?"

"로비야. 이 위에 나 혼자만 남겨놨어. 아무에게도 소식을 못 들었는데, 모두가 널 찾고 있어. 하층에 무슨 일이 생긴 거야?"

조엘이 상자 옮기기를 멈추고 손전등으로 카운터를 비췄다.

"모두가 날 찾고 있다고?" 미션은 물었다.

"너하고 캠, 다른 몇 명도. 중앙에서 싸움 비슷한 게 있었어. 너도 거기 있었던 거야? 아무에게도 소식을 들을 수가 없어!"

"로비, 네가 내 친구들 몇 명과 연락해줘야겠어. 전보 보낼 수 있어? 여기 아래 컴퓨터는 뭔가 잘못됐어."

"아니, 우리 것도 온갖 문제가 다 생겼어. 그동안에도 올라가서 시장실에 있는 터미널을 써야 했어. 작동하는 게 그것뿐이야."

"시장실? 좋아, 그러면 전보를 몇 개 보내줘야겠어. 적을 종이 있어?"

"잠깐만." 로비가 말했다. "이건 공식 전보지? 그게 아니라면 나에겐 권한이……."

"망할, 로비, 이건 중요해! 쓸 종이 좀 가져와봐. 나중에 갚을게. 이것 때문에 내 월급을 삭감할 거면 하라고 해." 미션이 올려다보자 린은 믿을 수 없다는 듯 고개를 젓고 있었다. 그는 목구멍을 간지럽히는 연기 때문에 주먹에 대고 기침을 했다.

"알았어, 알았어." 로비가 말했다. "누구에게 보내면 돼? 그리고 이 종이는 나한테 빚지는 거다. 적을 종이가 이것밖에 없어."

미션은 송신 버튼을 놓고 로비를 욕했다. 전보를 받고 다른 친구들에게도 전해줄 가능성이 제일 높은 사람은 누굴까. 그는 결국 로비에게 이름 세 개를 말한 다음, 써야 할 내용을 불렀다. 친구들과 둥지에서 만나거나, 혹시 미션이 도착하지 못한다면 친구들끼리라도 그곳에서 만나라고 했다. 둥지는 안전할 것이다. 아무도 학교나 크로 선생님을 공격하진 않을 것이다. 일단 그렇게 만나고 나면 함께 어떻게 할지 생각해낼 수 있겠지. 크로 선생님이라면 어떻게 해야 할지 알지도 모른다. 미션에게 제일 힘든 부분은 어떻게 거기까지 가느냐였다.

"다 받아 적었어?" 그는 로비가 대답하지 않자 물었다.

"그래, 그래. 그런데 글자 수 제한을 넘길 것 같아. 네 봉급에서 빼는 게 낫겠어."

미션은 믿을 수가 없어서 고개를 절레절레 저었다.

"이젠 어쩌지?" 미션이 수신기를 내려놓자 린이 물었다.

"난 작업복이 필요해." 미션은 철벅거리면서 카운터 주위를 돌아 선반 옆에 있던 조엘에게 합류해 제일 가까이에 있는 상자들을 뒤지기 시작했다. "다들 날 찾고 있으니까, 거기까지 올라가려면 새로운 색의 작업복이 필요해."

린이 말했다. "네가 아니라 우리, 우리에게 새로운 색이 필요해. 네가 둥지로 간다면 나도 같이 갈 거야."

"나도." 조엘이 말했다.

"고맙긴 한데, 동행이 있으면 더 위험할지도 몰라. 더 눈에 띌 거야."

"그건 그런데, 그 사람들이 찾는 건 너잖아." 린이 말했나.

"어이, 여기 새로운 흰색 작업복이 잔뜩 있다." 조엘이 분류실 통을 하나 열었다. "하지만 흰옷을 입으면 너무 튀겠지?"

"흰색?" 미션은 조엘이 무슨 말을 하는지 보려고 그쪽으로 향했다.

"그래. 보안부 작업복이야. 최근에 이걸 엄청나게 옮겼거든. 며칠 전에 의류부에서 내려왔어. 왜 이렇게 많이 만들었는지는 모르겠지만."

미션은 작업복을 확인했다. 맨 위에 있는 옷들은 검댕이 묻어서, 흰색이라기보다는 회색에 가까웠다. 분류용 상자 안에 수십 벌이 쌓여 있었다. 그는 보안부에서 새로 고용한 사람들을 떠올렸다. 사일로 절반에겐 흰옷을 입히고 나머지 절반은 서로 싸우게 하고 싶은 모양이었다. 이해가 가지 않았다. 모두를 죽음에 몰아넣으려는 게 아니라면……

"죽음." 미션은 그렇게 말하고 철벅철벅 선반에 있는 다른 상자로 향했다. "더 좋은 생각이 있어." 그는 통을 제대로 찾아냈다. 바로 며칠 전에 미션과 캠이 이런 통에서 배달 물품을 받았었다. 그는 통에 손을 넣어 비닐 가방을 꺼냈다. "둘이 돈 좀 벌어볼래?"

조엘과 린이 서둘러 미션이 뭘 찾았는지 보러 왔고, 미션은 반짝이는 은색 지퍼와 운반용 끈이 달린 무거운 비닐 가방을 하나 들어 올렸다.

"둘이 384치트를 나눠." 그는 약속했다. "내가 가진 돈 전부야. 마지막으로 한 번만 2인 배달을 해줘야겠어."

두 운반인은 미션의 손에 들린 가방에 손전등을 비췄다. 검은 가방이었다. 딱 이런 운반을 위해 만들어진 검은 가방.

49

미션은 카운터에 앉아서 하프부츠 끈을 풀었다. 신발은 물론 양말까지 푹 젖어 있었다. 그는 무게도 줄일 겸, 가방에 물이 들어가지 않게 다 벗었다. 운반인이란 언제나 무게를 생각하기 마련이었다. 린이 더 조심하자는 의미에서 보안부 작업복을 건넸다. 미션은 린이 다른 곳을 보는 동안 운반인의 파란 옷을 벗고 하얀 옷을 입었다. 주머니칼은 허리에 다시 찼다.

"둘 다 정말 하는 거지?" 그는 물었다.

린은 미션이 가방 안에 발을 집어넣도록 도와준 후 발목에 안쪽 끈을 묶었다. "너는 아니고?" 그녀는 끈을 꽉 조이며 물었다.

미션은 불안감에 떨면서도 웃음소리를 냈다. 그리고 손을 뻗어 두 사람이 위쪽 끈에 그의 어깨를 밀어 넣도록 도왔다. "둘 다 식사는 했어?"

"우린 괜찮을 거야." 조엘이 말했다. "걱정 그만해."

"혹시 늦어지면……."

"머리 대고 누워." 린이 말하더니 미션의 발 쪽에서부터 지퍼를 올렸다. "그리고 우리가 괜찮다고 할 때까지는 말하지 마."

"우린 20층에 한 번 정도씩 쉴 거야." 조엘이 말했다. "그럴 때는 너도 같이 화장실에 데리고 들어갈게. 그러면 몸도 펴고 물도 마실 수 있겠지."

린이 지퍼를 가슴까지, 다시 턱까지 올리더니 멈칫하고는 자기 손가락에 입을 맞추고 나서 미션의 이마를 만졌다. 사랑하는 사람과 사제들이 죽은 사람을 그렇게 축복하는 모습이라면 수없이 많이 보았다. "그대의 계단이 천국까지 올라가기를." 린이 속삭였다.

린의 파리한 미소가 조엘의 손전등 불빛을 받는가 싶더니, 미션의 얼굴 위로 가방이 완전히 닫혔다.

"아니면 상층 운송부까지만이라도." 조엘이 덧붙였다.

그들이 미션을 들고 밖으로 나가서 복도를 걷자 운반인들이 죽은 사람을 위해 길을 비켰다. 몇 명이 손을 뻗어 검은 비닐 위로 미션을 만지며 조의를 표할 때마다 그는 움찔하거나 기침하지 않으려고 애썼다. 가방 안에 연기와 함께 갇힌 것만 같았다.

조엘이 앞장을 섰는데, 그러니 미션의 어깨가 조엘의 어깨에 닿았다. 미션은 얼굴을 위로 향하고 누워서 두 사람의 걸음에 맞춰 흔들렸고, 겨드랑이에 맨 끈은 평소 익숙한 방향과는 반대로 몸을 잡아당겼다. 두 사람이 계단에 이르러서 긴 나선 계단을 오르기 시작하자 좀 더 편해졌다. 발이 아래로 가 있다 보니 머리에 피가 돌지 않을 지경이었다. 린은 자기가 맡은 절반의 무게를 몇 계단 아래에서 떠받치고 있었다.

하층 운송부의 혼란을 떠나자 어둠과 정적이 그를 엄습했다. 이 두 운반인은 2인조치고도 대화가 없었다. 그들은 호흡을 아끼고 각자 생각에 잠겼다. 조엘은 공격적인 속도로 움직였다. 미션은 철제 디딤판 위에 매달려 부드럽게 흔들리는 몸으로 그 속도를 느낄 수 있었다.

계단이 지나갈수록 여행이 점점 불편해졌다. 숨 쉬기가 불편해서는 아니었다. 그림자 시절의 훈련으로 그의 폐는 긴 오르막을 버틸 수 있었다. 얼굴을 누르는 비닐 때문에 느끼는 답답함도 감당할 수 있었다. 어둠 때문도 아니었다. 미션이 운반을 할 때 제일 좋아하는 시간은 언제나 어두운 시간, 다른 사람들이 자는 동안 혼자 생각하며 걷는 시간이었다. 비닐과 연기 냄새, 목구멍의 간질거림, 끈이 조여드는 아픔 때문도 아니었다.

불편한 건 가만히 누워 있어야 한다는 것이었다. 들려 간다는 것, 짐이 된다는 것.

어깨를 꽉 조이는 끈 때문에 두 팔에 감각이 없어졌고, 그는 강철판을 딛는 부츠 소리, 조엘과 린의 헉헉거리는 숨소리만 들리는 어둠 속에서 흔들리며 계단을 올라갔다. '너무 큰 짐이야.' 그는 생각했다.

그는 몇 달 동안이나 의논할 사람도, 지지해줄 사람도 없이 자신을 품고 다닌 어머니에 대해 생각했다. 아버지가 발견하기 전까지는 계속 그랬고, 그때쯤에는 임신을 종료하기엔 너무 늦었다.

아버지는 아내의 배 속에 든 짐을 얼마나 오래 미워했을까, 얼마나 오랫동안 암 덩어리처럼 미션을 잘라내고 싶어 했을까 궁금했다. 미션은 그런 짐이 되고 싶다고 부탁한 적이 없었다. 그리고 다시는 누구에게도 짐이 되고 싶지 않았다.

2년 전 그날. 그날도 이렇게 자신이 모두에게 짐이 되고 있다는 느낌을 받은 날이었다. 밧줄조차도 미션을 견디기 버거워한다는 사실이 입증된 지 2년이 지났다.

매듭을 형편없이 묶은 탓이었다. 하지만 그때는 두 손이 덜덜 떨렸고, 눈물 속에서 매듭을 보느라 애를 써야 했다. 실패했을 때 그 매듭은 미끄러지듯 풀리지 않고, 미션의 목에 불붙는 듯한 통증을 남기며 피를 냈다. 가장 후회하는 것은 기계부의 낮은 계단에서, 머리 위 파이프에 밧줄을 걸고 뛰어내렸다는 점이었다. 층계참에서 뛰어내렸다면 매듭이 풀렸어도 문제가 되지 않았을 텐데. 오히려 추락이 목숨을 앗아 갔을 텐데.

이제 다시 시도하기는 너무 무서웠다. 또 다른 누군가에게 짐이 되기가 무서운 만큼이나, 다시 시도하기도 무서웠다. 그래서 앨리를 피해 다녔던 걸까? 앨리가 그를 아껴주고 싶어 해서? 그를 지지하고 도우려 해서? 애초에 그는 그 때문에 집에서 도망쳤던 걸까?

결국 눈물이 나왔다. 두 팔이 고정되어 있었기에 눈물을 닦을 수도 없었다. 그는 어머니에 대해서, 몇 가지 사실만 꿰어 맞출 수 있는 어머니의 삶에 대해서 생각했다. 그래도 이것만은 알고 있었다. 어머니는 삶도 죽음도 두려워하지 않았다는 사실만은. 어머니는 희생이라는 행위를 통해서 삶과 죽음을 다 끌어안고, 아들을 위해 제 목숨을 내놓았다. 정작 그는 결코 가치 있다고 느끼지 못할 거래였다.

주위에서 천천히 사일로가 회전했다. 계단이 한 번에 하나씩 내려앉았다. 그리고 미션은 그 고통을 견뎠다. 울지 않으려고 노력하면서, 처음으로 그 깜깜한 어둠 속에서 스스로를 보고, 무덤까지 운반되는 이 죽음의 의식에서 그의 영혼이 더 충만하다는 사실을 알았다. 그의 생일에 찾아온 이 슬픈 깨달음이라니.

50

1번 사일로

1만 명 중에서 한 명을 찾는 일이라면 더 어려워야 했다. 보고서와 데이터베이스를 뒤지고, 18번 책임자에게 문의하고 성격 프로필을 묻고, 체포 기록과 청소 일정, 누가 누구와 연관되어 있는지를 보고 몇 달 치 보고서에 쌓인 온갖 소문과 잡담을 확인하느라 몇 달이 걸려야 마땅했다.

하지만 도널드는 더 쉬운 길을 찾았다. 그는 그저 데이터베이스에서 자신의 닮은꼴을 찾았다.

기억하는 사람. 두려움과 편집증이 가득한 사람. 섞여 들고자 하지만 불온한 사람. 그는 의사들을 두려워하는 사람을 찾고, 절대로 의사를 보러 가지 않는 주민들을 찾아내려 했다. 약을 피하는 사람, 심지어 물도 믿지 않는 사람을 찾으려 했다. 마음속 한구석에서는 그토록 심한 혼란을 초래한 사람을 여러 명 찾을 수 있을 거라고, 한 무리가 있을 것이며 그중 하나가 나머지를 이끌 거라고 기대했다. 어떤 방식으로든 세대에서 세대로 전해진 지식 때문에 화가 난 젊은이들을 찾으리라 기대했다. 그러나 그가 찾아낸 사람은 소름 끼치도록 그와 비슷하면서도 전혀 다른 사람이었다.

다음 날 아침, 그는 결과를 서먼에게 보여줬다. 서먼은 오랫동안 가만히 서 있다가 마침내 말했다.

"당연히 그렇겠지. 당연해."

도널드의 어깨에 얹힌 손이 치하의 전부였다. 서먼은 초기화는 잘되어간다고 설명했다. 도널드가 깨어난 이후 계속 진행 중이었다고, 18번의 책임자는 새로운 지원자들을 받았고, 불화의 씨앗을 뿌렸다고 인정했다. 어스킨과 스니드 박사는 밤새도록 변경점을 찾아내어 새로운 공식을 만들어냈지만, 이 조합대로 약을 만들자면 몇 주가 걸릴 터였다. 서먼은 도널드가 찾아낸 내용을 보며 18번에 연락하겠노라 말했다.

"저도 같이 가고 싶습니다. 결국 제 가설이니까요." 도널드는 말했다.

사실은 겁쟁이의 길을 걷고 싶진 않다고 말하고 싶었다. 누군가가 그의 설명 때문에 처형되어야 한다면, 많은 사람을 위해 한 명을 죽여야 한다면 그 결과를 회피하고 싶지 않았다.

서먼은 동의했다.

그들은 거의 동등한 사람들처럼 엘리베이터를 탔다. 도널드는 왜 서먼이 초기화를 시작했는지 물었지만, 사실은 답을 알 것 같았다.

"빅터가 이겼어." 서먼의 답은 그게 다였다.

도널드는 이제 혼돈에 내던져진 데이터베이스 속 모든 생명을 생각했다. 그는 실수로 초기화가 어떻게 일어나는지 묻고 말았고, 서먼은 폭탄과 폭력에 대해, 다른 색 옷을 입은 사람들끼리 전쟁이 일어난 상황에 대해, 전형적으로 이런 일들이 어떻게 아주 살짝만 자극해도 빠르게 내리막길로 떨어지는지에 대해, 그 공식이 시간의 존재만큼 오래되었다는 사실에 대해 말했다.

"언제나 쉽게 불이 붙지." 서먼은 말했다. "몇 번의 불티만 있어도 어찌나 잘 타오르는지 놀라울 정도야."

그들은 엘리베이터에서 나와 익숙한 복도를 걸었다. 이곳은 도널드가 예전에 출근하던 복도였다. 여기에서 그는 자신이 뭘 하는지도 모르면서, 다른 이름으로 일했었다. 그들은 키보드를 두드리고 서로 잡담을 나누는 사람들로 가득한 사무실들을 지나쳤다. 500년간 교대근무를 반복하며 지시받은 대로 일하고, 명령을 따를 사람들.

예전 사무실이 가까워지자 참을 수가 없었다. 그는 그 문 앞에 멈춰서 안을 들여다보았다. 잔 머리카락만 몇 가닥 남고 둥글게 머리가 벗어진 깡마른 남자가 그를 쳐다보았다. 그 남자는 입을 벌리고 앉아서 마우스에 손을 올린 채, 도널드가 무슨 말을 하거나 행동하기를 기다렸다.

도널드는 고개를 끄덕여 동정 어린 인사를 건넸다. 그리고 몸을 돌려, 흰옷을 입은 남자가 비슷한 책상 앞에 앉아 있는 복도 건너편 문 안을 보았다. 꼭두각시들. 서먼이 부르자 그 남자는 책상에서 일어나 복도로 나왔다. 그 남자는 서먼이 책임자라는 것을 알고 있었다.

도널드는 그의 예전 책상에서 솔리테르 게임을 하는 대머리 남자를 내버려두고, 두 사람을 따라 통신실로 향했다. 그 남자에게는, 아니 기억하지 못하는 모두에게는 동정과 질투를 동시에 느꼈다. 도널드는 모퉁이를 돌면서 첫 근무 기간에 치렀던 첫 자각을 돌이켰다. 진실을 아는 의사와 대화했던 기억, 그리고 누구든 그런 진실을 감당할 수 있다는 사실에 놀랐던 기억이 났다. 그리고 이제는 고통이 참을 만해지는 것도 아니고, 혼란이 사라지는 것도 아님을 이해했다. 그저 익숙해질 뿐이었다. 진실이 스스로의 일부가 될 뿐이었다.

통신실은 조용했다. 세 사람이 들어가자 몇 명이 고개를 돌렸다. 오렌지색 작업복을 입은 통신원 한 명이 서둘러 책상에서 발을 뗐다. 또 한 명은 프로틴 바를 한 입 깨물고 다시 앞에 있는 통신소로 고개를 돌렸다.

"18번 연결해주게." 서먼이 말했다.

여러 사람의 눈이 흰색 옷을 입은 다른 남자, 즉 책임자로 알려진 남자에게 돌아갔고 그는 손을 흔들어 허락했다. 호출이 들어갔다. 서먼은 헤드셋 절반을 한쪽 귀에 대고 기다렸다. 그는 도널드의 표정을 보더니 담당자에게 헤드셋을 하나 더 달라고 했다. 도널드가 나서서 헤드셋을 받자 케이블이 수신기에 꽂혔다. 전화가 걸릴 때 나는 익숙한 삐 소리를 들을 수 있었고, 의심이 끓어오르면서 속이 두근거렸다. 마침내 목소리 하나가 대답했다. 그림자였다.

서먼은 사일로 책임자인 위크 씨를 바꿔달라고 했다.

"벌써 오고 계세요." 그림자가 말했다.

위크가 대화에 참여하자, 서먼은 도널드가 발견한 내용을 책임자에게 전했다. 그러나 반응한 쪽은 그림자였다. 그 그림자가 그들이 찾는 사람을 알고 있었다. 아주 잘 안다고 했다. 그 목소리에는 뭔가가, 충격인지 망설임인지가 있었고 서먼은 통신원에게 손을 흔들어서 그림자의 헤드셋에 있는 감지기를 작동시켰다. 갑자기 모니터에 취임식 때와 비슷한 피드백이 떠올랐다. 서먼이 질문을 던졌고, 도널드는 달인의 솜씨를 지켜보았다.

"아는 대로 말해보게." 서먼은 통신원 너머로 몸을 기울여 피부 전도율, 맥박, 땀을 나타내는 화면을 들여다보았다. 도널드는 그런 화면을 읽는 데 전문가가 아니었지만, 그래도 그림자가 말할 때 선이 치솟았다가 내려가는 모습을 보니 뭔가가 있음을 알 수 있었다. 그 젊은이가 걱정스러웠다. 그 자리에서 누군가가 죽을까 걱정됐다.

하지만 서먼은 좀 더 부드럽게 접근했다. 그 아이가 어린 시절을 말하게 하고, 그 청년이 품은 분노와 소속되지 못한 느낌을 인정하게 했다. 그림자는 이상적이면서도 좌절스러웠던 양육에 대해 말했고, 서먼은 힘들어하는 신병을 다루는 다정하면서도 단호한 훈련 교관처럼 그 소년을 해체했다가 재조립했다.

"자네는 진실을 듣고 자란 거야." 그는 〈유산〉을 언급하며 말했다. "그리고 이제는 그 진실을 아주 조심스럽게 전하거나 아니면 아예 전하지 않아야 하는 이유를 알겠지."

"네."

그림자는 울기라도 한 것처럼 코를 훌쩍였다. 그럼에도 화면에 뜬 들쭉날쭉한 선은 전보다 덜 가파르게 올라갔고, 덜 위험한 골짜기를 만들며 내려갔다.

서먼은 희생에 대해, 중요한 대의에 대해, 긴 시간 속에서는 의미 없는 개별의 삶에 대해 말했다. 그는 그 그림자의 분노를 받아들였고, 〈유산〉의 책들과 같이 몇 달씩 갇혀 사는 고문이 그 분노의 핵심으로 증류될 때까지 다른 방향으로 돌렸다. 18번 사일로 책임자는 내내 숨소리 한번 내지 않는 것 같았다.

"무엇을 고쳐야 할지 말해보게." 서먼은 긴 논의 끝에 말했다. 그는 그림자의 발치에 문제점을 펼쳐놓았다. 도널드는 이게 그냥 해답을 내미는 것보다 나은 이유를 알 수 있었다.

그림자는 개인성을 과대평가하는 문화, 가족에게서 멀어지고 싶어 하는 아이들, 몇 층씩 떨어져 사는 세대들과 아무도 누군가에게 기대지 않고 모두가 없어도 되는 존재가 될 때까지 심화된 독립성에 관해 이야기했다.

흐느끼는 소리가 들렸다. 도널드는 서먼의 얼굴이 굳는 것을 보고, 다시 한번 혹시 저 청년이 비참한 인생을 끝내버리지 않을까 생각했다. 그러나 서먼은 송신기를 놓고 주위에 모인 사람들에게 이렇게만 말했다. "이 친구는 준비됐네."

그리고 심문이자 도널드의 가설에 대한 시험으로 시작됐던 시간이 이 청년의 취임식으로 끝을 맺었다. 한 그림자가 남자가 되었다. 분노가 새로운 초점과 새로운 목적을 얻으면서 화면에 보이는 선들이 단단한 결심의 형태로 안착했다. 그는 자신의 어린 시절을 전과 다른 눈으로 보았다. 위험하게 보았다.

서먼은 청년에게 첫 지시를 내렸다. 위크 씨가 청년을 축하하고 이제 가도 좋다고, 자유롭게 나가도 좋다고 말했다. 그리고 도널드와 서먼이 다시 엘리베이터를 타고 애나에게 돌아갈 때, 서먼은 앞으로 이 로드니라는 청년이 훌륭한 사일로 책임자가 될 거라고 말했다. 지난번 책임자보다 나을 것이라고.

51

그날 오후, 도널드와 애나는 전략실을 정리하는 작업에 착수했다. 미래의 교대근무조가 써야 할 때를 대비해놓았다. 메모는 모두 벽에서 떼어내어 진공 플라스틱 상자에 넣었고, 도널드는 어딘가 다른 층의 다른 창고에 놓인 이 상자들 위로 먼지가 쌓이는 모습을 상상했다. 컴퓨터도 뽑아서 전선을 돌돌 만 후, 어스킨이 삐걱거리는 수레에 담아서 옮겼다. 남은 것이라곤 간이침대와 갈아입을 옷, 그리고 표준 세면 용품뿐이었다. 이 밤을 지내고 다음 날 스니드 박사를 만날 때까지는 그것으로 충분했다.

몇 명의 교대근무가 곧 끝날 것이다. 애나와 서먼은 오래 기다린 일이었다. 두 번의 교대근무 기간을 꽉 채웠다. 거의 1년을 꼬박 깨어 있었다. 어스킨과 스니드가 일을 끝내려면 몇 주는 필요할 테고, 그때쯤이면 다음 책임자가 깨어나 있을 것이며 일정은 정상으로 돌아갈 것이다. 도널드는 100년을 자고 나서 깨어난 지 일주일도 되지 않았다. 그는 아주 잠깐 눈을 떴다 감는 죽은 사람이었다.

그는 마지막 샤워를 하고, 아무도 뭔가 빠졌다고 생각하지 않도록 쓰디쓴 음료를 처음으로 마셨다. 하지만 도널드에게 다시 잠들 계획은 없었다. 다시 심냉동으로 돌아간다면 그들은 다시는 그를 깨우지 않을 터였다. 깨고 싶지 않을 정도로 나쁜 상황이 아니고는 없을 일이다. 다시 한번 외로워진 애나가 동반자를 원하여, 같이 있을 사람을 얻기 위하여 기꺼이 도널드를 이용하지 않는다면 없을 일.

그건 잠이 아니었다. 하나의 몸과 마음을 비축해두는 일이었다. 다른 선택들, 더 최종적인 탈출구들이 있었다. 도널드는 빅터가 남긴 단서들의 흔적을 따라가면서 이런 결의를 찾아냈고, 곧 죽음으로 빅터를 따를 작정이었다.

그는 마지막으로 총기와 드론들 사이를 산책한 후에 침대로 돌아갔다. 누워서 마지막으로 애나가 샤워실에서 노래하는 소리를 들으며 헬렌을 생각했다. 그리고 아내가 그 없이 살고 사랑했다는 사실에 느꼈던 분노가 스러지고, 애나의 품에서 위안을 얻은 데 느낀 죄책감이 그 분노를 지워버렸음을 깨달았다. 그리고 그날 밤, 샤워를 마치고 물기도 닦지 않은 채로 애나가 찾아왔을 때 그는 더 저항할 수가 없었다. 두 사람 다 입김에서 심냉동을 위해 혈관을 준비시키는 혼합물의 쓰디쓴 향기가 풍겼고, 둘은 신경 쓰지 않았다. 도널드는 굴복했다. 그런 다음 애나가 자기 침대로 돌아가고 숨소리가 평온해질 때까지 기다렸다가 울며 잠들었다.

도널드가 깨어났을 때, 애나는 이미 침대를 깨끗하게 정돈하고 가버린 후였다. 도널드도 똑같이 시트를 펴서 매트리스 아래로 집어넣고, 귀퉁이를 깔끔하게 접어 정리했다. 어차피 두 개의 간이침대가 막사 안의 원래 자리로 돌아가면 시트가 흐트러질 줄 알면서도 그랬다. 그는 시간을 확인했다. 애나는 눈에 띄지 않게 이른 아침에 잠들게 되어 있었다. 서먼이 그에게 찾아오려면 한 시간도 남지 않았다. 충분하고도 남을 시간이었다.

그는 창고로 나가서 격납고 문에서 제일 가까운 드론에 다가 갔다. 방수포를 당겨 벗기자 먼지구름이 일어났다. 그는 그 날개 밑에 놓인 빈 플라스틱 상자를 당겨서 빼내고, 낮은 격납고 문을 열고, 그 통이 살짝 드론 승강기 안에 놓이도록 배치했다. 그리고 상자 위로 문을 내려서, 격납고가 열려 있도록 했다.

복도를 서둘러 걸어가서 빈 막사들을 지나친 그는 맨 끝의 조종실에 씌워진 비닐 시트를 벗겼다. 승강기 스위치를 덮고 있던 비닐 커버를 벗겨내고 스위치를 상승 위치에 놓았다. 처음에 이렇게 했을 때는 승강기로 가는 문이 열리지 않았지만, 벽 반대편에서 발사대가 올라가는 진동 소리는 들을 수 있었다. 그러니 해결책을 생각해내는 데는 오래 걸리지 않았다.

비닐 커버를 다시 씌운 그는 서둘러 복도를 걸어가서 불을 켜고 문을 닫았다. 그리고 드론의 왼쪽 날개 아래 놓인 다른 통을 빼냈다. 도널드는 옷을 벗어서 그 드론 아래에 던져 넣었다. 통 안에 들어 있던 두꺼운 플라스틱 보호복을 꺼내고, 앉아서 발을 다리

부분에 밀어 넣었다. 그다음으로 부츠를 신고, 주의 깊게 그 주위를 봉했다. 일어서서는 다른 부츠에서 훔친 달랑거리는 신발 끈을 잡았다. 그 끈은 등판에 달린 지퍼에 묶여 있었다. 그는 어깨 너머로 끈을 당겨서 지퍼를 올리고, 지퍼가 끝까지 올라온 것을 확인한 후에 장갑과 손전등, 헬멧을 꺼냈다.

옷을 갖춰 입은 그는 통을 닫아서 날개 아래에 다시 밀어 넣고, 드론에 방수포를 씌웠다. 서먼이 도착했을 때는 제자리에서 벗어난 통이 하나밖에 없을 것이다. 빅터는 사람들이 발견할 수 있는 난장판을 남겼지만, 도널드는 흔적을 거의 남기지 않을 작정이었다.

그는 손전등을 앞으로 밀면서 승강기 안으로 기어 들어갔다. 문에 끼워놓은 상자를 미느라 성난 벌 떼같이 진동하는 모터음을 들을 수 있었다. 그는 손전등을 켜고서 마지막으로 창고를 보고, 각오를 다진 다음, 양발로 플라스틱 상자를 걷어찼다.

상자가 밀려났다. 도널드가 다시 걷어차자 천둥 같은 소리가 나면서 문이 쾅 닫히고, 승강기가 움직이는 진동이 울렸다. 손전등 불빛이 이리저리 춤을 췄다. 도널드는 장갑 사이에 손전등을 꽉 끼고서 자신이 내뿜는 숨이 헬멧 안쪽을 뿌옇게 물들이는 모습을 지켜보았다. 무엇을 기대해야 할지는 몰라도, 이건 그가 하는 일이었다. 스스로의 운명을 직접 통제할 것이다.

52

올라가는 데에는 예상보다 더 오랜 시간이 걸렸다. 움직이고 있기
는 한 건지 확실치 않은 순간도 계속 있었다. 그는 혹시 이 계획이
탄로 났을까, 혹시 잘못 놓아둔 통 때문에 그들이 먼지 속에서 그
의 흔적을 찾는 건 아닐까, 다시 붙들려 가는 건 아닐까 걱정했다.
승강기가 서둘러 올라갔으면 했다.

　손전등이 꺼졌다. 장갑으로 원통 부분을 두드려보고 스위치를
앞뒤로 움직여보았다. 오랫동안 보관되어 있으면서 배터리가 거
의 다 떨어진 모양이다. 그는 올라가는지 내려가는지, 솟아오르는
지 떨어지는지 알 방법도 없이 어둠 속에 남겨졌다. 기다리는 수
밖에 없었다. 그는 이게 올바른 결정임을 알고 있었다. 그 어둠,
그 냉동 수면 장치 속에 갇혀서 기다리는 것 외에는 아무것도 하
지 못하는 상태보다 더 나쁜 것은 없었다.

크게 철커덕거리는 소리와 함께 승강기가 도착했다. 계속 돌아가던 모터 소리가 사라지고, 뒤따른 정적은 강렬했다. 두 번째로 철커덕 소리가 나더니, 도널드가 들어갔던 문과 반대 방향의 문이 천천히 올라갔다. 주먹 하나 정도 크기의 금속 장치가 트랙 위를 미끄러져 갔다. 도널드는 이런 식으로 드론을 인도하겠구나 이해하고 더듬더듬 그 장치를 따라갔다.

그는 기울어진 발사대에 와 있었다. 뭘 기대해야 할지 몰랐고, 어쩌면 그대로 황막한 풍경이 보이는 흙 위에 다다를 수도 있다고 생각했다. 그러나 그는 통로 안에 있었다. 경사로 위쪽에 좁고 긴 구멍이 하나 있었고, 흐린 빛이 점점 강해졌다. 그 구멍 너머로 도널드가 구내식당에서 보던 자욱한 구름이 보였다. 해가 뜰 때라 밝은 회색이었다. 경사로 맨 위에 있는 그 문은 크게 벌어지는 입처럼 계속 미끄러져 열렸다.

도널드는 그 가파른 경사로를 최대한 빨리 기어올랐다. 트랙에 붙은 금속 차는 멈춰 서서 자리에 고정되어 있었다. 도널드는 시간이 별로 없으리라 생각하고 서둘렀다. 혹시 발사 과정이 자동화되어 있을까 봐 트랙은 피해서 움직였는데, 금속 차는 움직이지 않았고 쫓아오지도 않았다. 그는 땀에 절어 기진맥진한 채 열린 문 앞에 도착해서 몸을 밖으로 끌어냈다.

눈앞에 세상이 펼쳐졌다. 창문 하나 없는 방에서 일주일을 보낸 후라, 그 광활함과 크기가 자극적이었다. 도널드는 헬멧을 떼어내고 심호흡을 하고 싶은 충동을 느꼈다. 사일로 유폐의 숨 막히던 중압감이 사라졌다. 머리 위에는 구름밖에 없었다.

그는 동그란 콘크리트 플랫폼 위에 서 있었다. 발사대 구멍 뒤에는 안테나가 잔뜩 있었다. 그는 안테나 쪽으로 가서 하나를 붙잡고, 그 아래의 넓은 선반으로 몸을 내렸다. 그다음에는 배를 깔고 엎드려서, 뚱뚱한 장갑으로 미끄러운 가장자리를 붙들려고 애쓰다가 우아함이라곤 없이 흙 위로 떨어져 내렸다.

그는 도시를 찾아 지평선을 훑어보았다. 탑 주위를 빙 돌아서 찾아야 했다. 거기서부터 그는 왼쪽으로 45도를 목표로 잡았다. 확실히 하기 위해 지도를 연구하기도 했지만, 막상 올라오고 보니 기억만으로도 찾을 수가 있었다. 저기에 천막들이 서 있었고, 여기엔 무대가 있었고, 그 너머에는 ATV들이 언덕 사면을 윙윙대고 돌아다니는 바람에 막 돋아나는 풀밭에 흙길이 나 있었다. 심지어는 그때 요리되던 음식 냄새를 맡고, 개 짖는 소리와 아이들이 노는 소리, 허공에 울려 퍼지던 국가까지 들을 수 있을 것 같았다.

도널드는 과거의 상념을 떨쳐내고 시간을 요긴하게 활용했다. 누군가가 구내식당에서 아침을 먹고 있을 가능성이 있을뿐더러 확률도 꽤 높다는 것을 알았다. 지금 이 순간에도 숟가락을 떨구고 벽 스크린을 손가락질하고 있을지 모른다. 하지만 그는 유리하게 출발했다. 그들은 청소용 보호복을 가지고 씨름하면서 위험을 감수할 가치가 있나 자문해야 할 것이다. 그리고 그들이 따라잡았을 때는 너무 늦었을 것이다. 그러니 그냥 도널드를 내버려둘지도 몰랐다.

그는 언덕 비탈을 올랐다. 부피가 큰 보호복을 입고 움직이려니 힘들었다. 미끄러운 흙을 밟고 몇 번인가 넘어졌다. 돌개바람이 풍경을 두드리자, 헬멧에 모래가 뿌려지는 소리가 애나의 무전기에서 나는 잡음과 비슷했다. 보호복이 얼마나 버텨줄지 알 수 없었다. 다른 사일로의 청소에 대해 알다 보니 영원히 가지 않을 줄 알았지만, 애나는 공기 중의 기계들이 오직 특정한 것들만 공격하게 설계되어 있다고 했다. 그래서 감지기나 콘크리트나, 제대로 만든 보호복을 파괴하지 않는 것이다. 그리고 아마 1번 사일로의 보호복은 제대로 만들었겠지.

힘겹게 언덕을 오르면서 그가 바라는 것이라곤 오직 보겠다는 생각뿐이었다. 보겠다는 집착과 결심이 너무나 강했던 나머지, 미끄러지고 비틀거리다가 마지막 15미터는 아예 네발로 기어올라서 결국 정상에 오를 때까지 그는 한 번도 뒤를 돌아보지 않았다. 그는 지칠 대로 지쳐서 헉헉대며 정상에 서서는 비틀거리며 앞으로 걸어갔고, 가장자리에 도달해서 가까운 분지를 내려다보았다. 그곳에 마치 묘비처럼, 헬렌에게 바치는 기념비처럼 콘크리트 탑이 하나 서 있었다. 그녀는 저 탑 아래에 묻혔다. 그리고 영영 그녀에게 갈 수는 없다 해도, 그녀와 같이 묻힐 순 없다 해도 최대한 가까운 곳에서, 구름 아래 누울 수는 있으리라.

그는 헬멧을 벗고 싶었다. 하지만 우선 장갑부터였다. 그는 팡 소리 나게 장갑 하나를 열어 당기고 흙 위에 떨궜다. 거센 바람이 장갑을 언덕 아래로 굴렸고, 소용돌이치는 모래가 그의 손을 아프게 때렸다. 가느다란 입자가 바람 부는 바닷가에서 보내는 날처럼 따갑게 뿌려졌다. 도널드가 반대쪽 장갑을 당기며 다음에 찾아올 안식에 몸을 맡기려는데, 갑자기 어깨를 잡는 손이 느껴졌다. 그리고 몸이 잡혀 당겨진 그는 그 완만한 언덕 꼭대기와 아내가 마지막으로 잠든 곳의 풍경에서 뒷걸음질 쳤다.

53

도널드는 비틀거리다가 넘어졌다. 생각지도 못한 접촉 때문에 심장이 목구멍까지 올라올 만큼 놀랐다. 그는 벗어나려고 두 팔을 흔들었지만, 누군가가 그의 보호복을 붙잡고 있었다. 한 명이 아니었다. 그들은 능선 너머가 보이지 않을 때까지 그를 질질 끌고 내려갔다.

좌절한 비명이 헬멧 안을 채웠다. 이젠 너무 늦었다는 걸 모른단 말인가? 그를 내버려둘 순 없었나? 그는 팔다리를 휘저으며 그들의 손아귀에서 벗어나려 했지만 가차 없이 언덕 아래로, 다시 1번 사일로 쪽으로 끌려갔다.

다음에 쓰러졌을 때는 몸을 돌려서 그들을 보고, 두 팔을 올려 방어할 수 있었다. 그를 내려다보고 선 사람은 서먼이었다. 흰색 작업복밖에 입지 않은 채였고, 노인의 잿빛 눈썹에는 죽은 땅의 흙먼지가 묻어 있었다.

"가야 해!" 서먼은 거센 바람 속에서 외쳤다. 그 목소리가 구름 만큼 멀게 느껴졌다.

도널드는 발길질을 하면서 다시 언덕을 기어오르려 했지만, 이제는 세 명이 앞을 막고 있었다. 다들 흰색 옷을 입고서 거친 바람과 퍼붓는 먼지 때문에 실눈을 뜨고 있었다.

도널드는 그들이 다시 붙잡자 비명을 질렀다. 그는 그들이 부츠를 잡고 끌고 가는 동안 돌멩이를 잡고 흙을 움켜쥐려 했다. 헬멧이 다져진 죽은 흙에 부딪혀 덜컥거렸다. 그는 뭐라도 잡으려 하다 손톱이 빠지는 동안 머리 위에 피어오르는 구름을 보았다.

그들이 주거지까지 데려갔을 때쯤 도널드는 기진맥진했다. 그들이 그를 데리고 경사로를 내려가서 에어록을 통과하자, 더 많은 남자들이 기다리고 있었다. 그의 헬멧은 에어록 바깥문이 꽉 닫히기도 전에 벗겨졌다. 서먼은 구석에 서서 사람들이 도널드의 보호복을 벗기는 모습을 지켜보았다. 노인은 코에서 흐르는 피를 닦아냈다. 도널드가 부츠로 걷어찬 자리였다.

어스킨도 있었고, 스니드 박사도 헉헉거리고 있었다. 보호복을 다 벗겨내자마자 스니드가 도널드의 팔에 바늘을 찔렀다. 어스킨은 액체가 도널드의 혈관에 퍼지는 동안 그의 손을 잡고 슬픈 얼굴을 했다.

"망할 낭비야." 안개가 도널드에게 내려앉는 동안 누군가가 말했다.

"이 난장판을 봐."

도널드가 더 깊은 어둠 속으로 떠내려가는 동안 어스킨이 도널드의 뺨에 한 손을 댔다. 눈꺼풀이 무거워지고, 소리가 멀어졌다.

"자네 같은 사람이 책임자였다면 좋았을 텐데." 그는 어스킨의 말을 들었다.

아니, 그가 들은 것은 빅터의 목소리였다. 꿈이었다. 아니, 기억이었다. 예전에 나눈 대화였다. 도널드는 확실히 알 수 없었다. 부츠와 성난 목소리들이 지배하는 현실 세계는 잠의 안개와 꿈의 연무에 삼켜지느라 바빴다. 그리고 이번에 도널드는 죽음을 두려워하지 않고 기쁘게 그 어둠 속으로 뛰어들었다. 이 어둠이 영원하기를 바라며 끌어안았다. 그는 마지막으로 동생을, 방수포를 뒤집어쓴 드론들을, 부디 다시는 깨어날 일 없기를 바라는 그 무기들을 생각하며 잠들었다.

54

18번 사일로

미션은 산 채로 불타는 기분이었다. 그는 불편한 무아지경에 돌입했고, 그의 체열과 날숨을 가둔 가방 안은 점점 덥고 미끄러워졌다. 마음속 일부는 그 안에서 의식을 잃고, 조엘과 린에게 죽은 채로 발견될까 두려웠다. 또 마음속 일부는 그러기를 바랐다.

두 운반인은 117층, 그러니까 캠을 앗아 간 폭발 지점 바로 아래층 층계참에서 멈춰서 질문을 받아야 했다. 계단을 수리하러 온 사람들은 어떤 운반인을 찾고 있었다. 그들은 캠과 미션을 섞어놓은 인상착의를 말했다. 조엘이 이렇게 민감하고 무거운 짐을 진 사람을 멈춰 세우다니 너무하다고 불평하는 동안 미션은 꼼짝도 하지 않았다. 가방도 열어보라고 할 것 같았지만, 어떤 것들은 여전히 바깥을 이야기하는 것만큼이나 금기였다. 그래서 그들은 위쪽 난간이 떨어져 나갔으며 벌써 한 명이 떨어져 죽었다는 경고를 받고 계속 올라갈 수 있었다.

미션은 그 목소리들이 아래로 멀어지는 동안 터져 나오는 기침을 억누르려 애썼다. 어깨를 움직여서 입을 막고 기침 소리를 죽이려고 몸부림치기도 했다. 린이 잇새로 조용히 하라고 말했다. 멀리서 어떤 여자가 우는 소리를 들을 수 있었다. 그들은 몇 시간 전에 일어난 파괴의 잔해를 뚫고 지나갔고, 조엘과 린은 층계참 하나가 통째로 계단에서 뜯겨 나간 광경에 헉 소리를 냈다.

107층의 공급부 위에서 그들은 미션을 지고 화장실로 들어갔고, 가방을 열고 미션의 두 팔에 다시 피가 통하게 했다. 미션은 칸막이 자리 하나를 쓰고, 물을 몇 모금 마신 후, 조엘과 린에게 자신은 괜찮다고 장담했다. 셋 다 땀에 푹 절었는데, 아직 30층 넘게 올라가야 했다. 조엘이 특히 올라가느라 지친 것 같았다. 아니면 폭발의 잔해를 본 충격 탓일지도 몰랐다. 린은 더 잘 버티고 있었지만, 얼른 다시 움직이고 싶어 했다. 린은 로드니 때문에 조바심을 느꼈고, 미션 못지않게 둥지에 가고 싶어 하는 눈치였다.

미션은 하얀 작업복을 입고 운반인용 주머니칼을 허리에 찬 자기 모습을 거울로 보았다. 그 사람들이 찾는 건 미션이었다. 그는 칼을 뽑아서 머리를 한 움큼 쥐고, 두피 가깝게 바싹 잘라냈다. 린이 그 모습을 보더니 칼을 뽑아서 거들었다. 조엘은 구석에 놓인 쓰레기통을 가져와서 머리카락을 받았다.

어설픈 솜씨였지만, 그래도 이제 그들이 찾는 사람과는 덜 닮아 보였다. 그는 칼을 치우기 전에 검은 가방을 몇 군데 그었다. 지퍼 바로 옆이었다. 그리고 속셔츠를 벗어서 가방 안쪽을 잘 닦은 후에 그 셔츠를 쓰레기통에 던져 넣었다. 어차피 연기와 땀 냄새가 심했다. 미션이 가방 안으로 기어 들어가고, 두 사람은 미션이 끈을 묶게 도운 다음 지퍼를 올리고 다시 둘러메고서 올라가기 위해 계단으로 돌아갔다. 미션은 무력하게 걱정할 수밖에 없었다.

그는 길고 힘들었던 그날의 사건들을 되짚었다. 그날 아침에는 식사를 하면서 구름이 밝아지는 풍경을 보고, 크로 선생님을 찾아갔다가, 선생님의 편지를 로드니에게 배달했다. 그다음엔 캠이…… 미션은 친구를 잃었다. 그 모든 사건으로 인한 피로감이 그를 따라잡았고, 미션은 저도 모르게 의식이 없는 상태로 빠져들었다.

화들짝 놀라서 깨어났을 때는 잠깐밖에 지나지 않은 것 같았다. 작업복은 척척했고, 가방 안은 물방울이 맺혀 미끄러웠다. 미션의 움직임을 느꼈는지, 조엘이 재빨리 조용히 하라면서 중앙 운송부에 다 왔다고 했다.

정신이 들고 여기가 어디인지, 그들이 무엇을 하고 있는지가 기억나면서 미션의 심장이 쿵쾅거렸다. 숨을 쉬기가 힘들었다. 아까 칼로 그어놓았던 틈은 다 비닐이 접히면서 막혔다. 지퍼를 벌리고 빛 한 조각이라도, 신선한 공기 조금이라도 얻고 싶었다. 두 팔은 어깨에 메인 끈 때문에 고정된 데다 감각이 없었다. 발목은 린이 잡고 들어 올린 탓에 아팠다.

"숨을 못 쉬겠어." 그는 헉헉거렸다.

린이 조용히 하라고 했다. 그래도 멈칫하더니 흔들림이 멎었다. 누군가가 가방 위로 그의 머리 부분을 더듬더니, 작게 토독토독 소리가 나면서 지퍼가 살짝 내려갔다.

미션은 서늘한 공기를 급히 들이마셨다. 세상이 다시 흔들리고, 멀리 부츠들이 계단을 디디는 소리가 들렸다. 어디선가 소동이 일어났는데, 위인지 아래인지 알 수 없었다. 싸움이 또 일어났구나. 또 사람이 죽겠구나. 그는 허공에서 빙글빙글 떨어지는 시체들을 그려보았다. 바로 전날 주머니에 보너스를 넣고, 그 보너스를 쓸 시간이 얼마나 없을지 상상도 못 한 채 농장 사이 층을 나서던 캠이 보였다.

그들은 중앙 운송부에서 쉬었다. 미션은 중앙 복도에서 가방 밖으로 나올 수 있었는데, 복도는 무서울 정도로 비어 있었다. "대체 여기서 무슨 일이 생긴 거야?" 린은 벽에 거미집처럼 방사형으로 퍼진 금 한가운데 구멍에 손가락을 넣으며 물었다. 그런 구멍이 수백 개나 있었다. 층계참을 밟고 계속 지나가는 부츠 소리가 울렸다.

"몇 시야?" 미션은 목소리를 낮춰 물었다.

"저녁 식사 시간 이후야." 조엘이 말했다. 상당히 빠르게 이동하고 있다는 뜻이었다.

복도 저편에서는 린이 녹슨 자국처럼 보이는 거무스름한 부분을 보다가 잇새로 말했다. "이거 피야?"

"로비는 중앙에서 아무와도 연락이 안 된다고 했어." 미션은 말했다. "다들 흩어졌나 봐."

조엘이 물통에서 물을 한 모금 마셨다. "아니면 쫓겨났거나." 그는 소매로 입을 닦았다.

"밤은 여기에서 보내야 할까? 둘 다 피곤해 보여."

조엘은 고개를 젓고 미션에게 물통을 내밀었다. "30층대는 지나가야 할 것 같아. 보안 인력이 사방에 깔렸어. 젠장, 어쩌면 네복장으로 저놈들이 뛰어다니는 데 뒤섞여서 달려 올라갈 수 있을거야. 머리는 더 다듬어야 할지도 모르지만."

미션은 두피를 문지르며 생각해보았다. "그래야 할지도 모르겠다. 어두운 시간이 오기 전에 올라갈 수도 있겠어." 그는 린이복도 저편에 있는 침실 한 곳으로 사라지는 모습을 보았다. 그녀는 손으로 입을 막고, 눈을 크게 뜬 채로 바로 튀어나왔다.

"뭔데 그래?" 미션은 주저앉은 자리에서 일어나 린에게 갔다.

린은 미션을 끌어안고 문에 다가가지 못하게 하면서 그의 어깨에 얼굴을 묻었다. 조엘은 그래도 안을 보았다.

"안 돼." 조엘이 속삭였다.

미션은 린의 팔에서 빠져나와 문 앞에 있는 조엘에게 합류했다. 2층 침대는 다 차 있었다. 몇 명은 바닥에 뻗어 누웠는데, 팔다리의 각도를 보면…… 침대에서 쓸모없이 늘어진 팔이나 몸 아래에 뒤틀려 깔린 팔을 보면 이 운반인들이 자고 있는 것 같지는 않았다.

그들은 시체 사이에서 케이틀린을 발견했다. 조엘과 미션이 케이틀린의 시체를 꺼내어 가방 안에 넣는 동안 린은 소리 없이 우느라 몸을 떨었다. 미션은 그들이 케이틀린을 사랑해서만이 아니라 가방 크기와 몸집이 딱 맞아서 고르기도 했다는 사실에 찌르는 듯한 죄책감을 느꼈다. 그들이 끈을 매고 지퍼를 올리는 사이에 복도 전원이 꺼지면서 사방이 깜깜해졌다.

"이건 또 뭐야?" 조엘이 잇새로 말했다.

잠시 후에 조명이 돌아오긴 했지만, 전구마다 불안정한 화염이 타는 것처럼 깜박거렸다. 미션은 이마의 땀을 닦으면서 손수건을 가져올 걸 그랬다고 생각했다.

"오늘 밤에 둥지까지 가지 못한다면, 중간 기착지에 멈춰서 로비를 확인해봐." 그는 두 사람에게 말했다.

"우린 괜찮을 거야." 조엘이 확언했다.

린은 떠나려는 미션의 팔을 한 번 꽉 잡았다. "걸음걸음 조심해야 해."

"너희도." 미션은 그들에게 말했다.

그는 서둘러 층계참과 그 너머의 거대한 계단으로 향했다. 머리 위 빛이 작은 불덩이처럼 깜박거렸다. 어딘가에서, 무엇인가가 타고 있다는 신호였다.

55

미션은 목이 타는 듯한 상태로 자욱한 연기를 뚫고 서둘러 위로 올라갔다. 기계부에서 일어난 폭발이 정전의 이유였다는 속삭임이 들려왔다. 구부러졌거나 깨진 수직 통로 이야기와 사일로가 예비 전력으로 돌고 있다는 말들이 소용돌이쳤다. 그는 한 번에 두 계단, 때로는 세 계단씩 뛰어오르면서 나선 반 바퀴 너머로 그런 이야기들을 들었다. 가방에서 나와 움직이니 좋았고, 가만히 누워 있는 대신 근육이 쑤시는 게 좋았다. 스스로의 짐이 되어 좋았다.

그리고 누구든 그를 보면 입을 딱 다물거나 층계참 너머로 흩어진다는 사실을 알아차렸다. 미션이 아는 사람들마저도 그랬다. 처음에는 누군지 알아보고 그러나 걱정했는데, 알고 보니 그가 입은 보안부의 흰색 옷 때문이었다. 딱 미션 같은 젊은이들이 요란하게 계단을 오가면서 모두에게 겁을 주고 있었다. 어제만 해도 농부,

용접공, 펌프 기사였건만…… 지금은 알 수 없는 무기를 쥐고 질서를 잡고 있었다.

보안부 청년들이 미션을 멈춰 세우고 어딜 가는 것이며 소총은 어디 됐는지 물어본 것도 한두 번이 아니었다. 그는 아래쪽 싸움 현장에 있었고 지금은 보고하러 돌아가는 중이라고 대답했다. 다른 사람이 그렇게 주장하는 말을 들어서였다. 상당수는 미션만큼이나 상황을 잘 몰랐기에 그를 보내줬다. 언제나처럼, 입은 옷의 색깔이 모든 것을 말했다. 사람들은 슥 보기만 하면 상대를 알 수 있다고 생각했다.

IT부가 가까워지자 활동이 많아졌다. 새로 모집된 인력 한 무리가 지나쳐 내려갔고, 미션은 난간 너머로 그들이 아래층 문을 걸어차서 열고 안으로 쏟아져 들어가는 모습을 보았다. 비명이 들리더니 무거운 강철 지팡이가 금속 바닥에 떨어질 때 날 법한 날카로운 탕 소리가 울렸다. 그런 소리가 열 번도 넘게 울리자, 비명이 잦아들었다.

농장이 다가올 때는 두 다리가 아프고, 옆구리도 심하게 당겼다. 그는 삽과 갈퀴를 들고 층계참에 나와 있는 농부 몇 명을 보았다. 미션이 지나가자 누군가가 뭐라고 소리를 질렀다. 미션은 속도를 높이면서 아버지와 동생을 생각하고, 이번만은 흙밭을 떠나지 않으려 했던 아버지가 지혜로웠음을 이해했다.

몇 시간 같았던 오르막 이후, 그는 고요한 둥지에 도착했다. 아이들은 없었다. 대부분의 가족들은 자기네 아파트에 틀어박혀서 다 같이 몸을 웅크린 채, 이번 광기도 다른 때처럼 지나가기를 빌고 있을 것이다. 복도에 놓인 로커 몇 개는 열려 있었고, 바닥에 어린아이 배낭 하나가 놓여 있었다. 미션은 아픈 다리로 비틀거리며 친숙한 노랫소리와 강철이 타일을 긁는 거슬리는 소리를 향해 걸어갔다.

복도 끝에서는 크로 선생님의 문이 언제나처럼 활짝 열려 있었다. 노래도 부르고 있었는데, 평소보다 목소리에 힘이 있었다. 미션은 자기가 처음 도착한 게 아니며, 전보가 제대로 전해졌음을 알았다. 프랭키와 앨리가, 둘 다 농장 보안 인력임을 나타내는 녹색과 흰색 옷을 입고 와 있었다. 그들은 크로 선생님이 노래하는 동안 책상을 정리하고 있었다. 한쪽 벽으로 밀어서 쌓아뒀던 책상들 위의 시트가 벗겨지고, 이제는 그 책상들이 미션이 어릴 때 익숙하던 방식대로 교실 안을 채웠다. 마치 선생님은 그 책상들이 언제든 채워지기를 기대하고 있었던 것만 같았다.

앨리가 제일 먼저 미션의 도착을 알아차렸다. 앨리가 몸을 돌리다가 문 앞에 선 미션을 보더니, 농부다운 주근깨 사이로 맑은 눈을 반짝였다. 검은 머리는 뒤로 틀어 올린 모습이었다. 앨리가 달려오자 미션은 앨리의 작업복이 부츠 주위에 늘어진 모습, 어깨에 끈을 묶어 소매를 짧게 만든 모습을 알아보았다. 분명히 원래는 프랭키의 작업복이었을 것이다. 앨리가 달려들어 그를 끌어안자, 미션은 두 친구가 여기에서 그를 만나기 위해 어떤 위험을 무릅쓴 걸까 생각했다.

"얘야, 미션." 크로 선생님은 노래를 멈추더니, 미소 지으며 옆으로 오라고 손짓했다. 앨리는 잠시 후에 마지못해 손을 풀었다.

미션은 프랭키와 악수를 하고 와줘서 고맙다고 인사했다. 뭔가가 달라졌다는 것, 프랭키도 머리를 짧게 잘랐다는 것은 잠시 후에 깨달았다. 그들은 둘 다 두피를 문지르며 웃음을 터뜨렸다. 웃을 수 없는 시절에 오히려 웃음은 쉽게 찾아왔다.

"우리 로드니 소식은?" 선생님이 물었다. 손을 조종간에 올린 채 의자가 앞뒤로 홱홱 움직였고, 색 바랜 파란색 잠옷이 좁다란 뼈 아래 접혀 들어가 있었다.

미션은 폐에 연기가 남은 채로 숨을 깊이 들이마시고는, 계단에서 본 모든 것에 대해, 폭탄과 불과 기계부에 대해 들은 이야기와 소총으로 무장한 보안 인력들에 대해 말했다. 그러다가 크로 선생님이 연약한 팔을 휘저어 미션이 미친 듯 쏟아내는 이야기를 끊었다.

"싸움 말고. 싸움은 나도 봤다. 싸움 장면을 그려서 벽에 걸어놓을 수도 있어. 로드니는? 우리 로드니는 어떻게 된 거지? 로드니가 그자들을 잡았니? 대가를 치르게 했어?" 크로 선생님은 작은 주먹을 들어 올렸다.

"아뇨." 미션은 말했다. "잡다니 누굴요? 로드니에겐 우리 도움이 필요해요."

크로 선생님이 웃음을 터뜨리는 바람에 미션은 어리둥절해졌다. 그는 설명하려고 했다. "로드니에게 선생님 편지를 줬더니, 저한테 답장을 보냈어요. 도와달라는 내용이었어요. 그놈들이 커다란 강철 문 안에 녀석을 가둬놨는데……."

"가둔 게 아니야."

"······뭔가 잘못이라도 저지른 것처럼······."

"올바른 일을 해서고." 선생님이 미션의 말을 바로잡았다.

미션은 입을 다물었다. 선생님의 늙은 눈 안에서 청소 다음 날
의 일출처럼 반짝이는 지식을 볼 수 있었다.

"로드니는 위험하지 않아. 그 애는 옛날 책들과 같이 있단다.
우리에게서 세상을 빼앗은 자들과 같이 있지."

앨리가 미션의 팔을 꽉 잡았다. "계속 우리에게 설명해주려고
하셨어." 앨리는 속삭였다. "다 괜찮아질 거야. 이리 와서 책상 정
리 좀 도와줘."

"하지만 그 편지는······." 미션은 그 쪽지를 갈가리 찢어버리지
말 걸 그랬다고 생각했다.

"네가 로드니에게 전해준 편지는 내가 기운을 주려고 쓴 거야.
이제 시작할 시간이라는 걸 알리려고. 우리 로드니는 그놈들이 한
짓에 대해 제대로 벌할 위치에 있거든." 크로 선생님의 눈에는 난
폭한 빛이 깃들어 있었다.

"아니에요." 미션은 말했다. "로드니는 무서워하고 있었어요.
전 제 친구를 알아요. 뭔가를 두려워하고 있었어요."

크로 선생님의 얼굴이 굳더니, 주먹을 풀고 색 바랜 드레스의
앞 주름을 폈다. 그리고 떨리는 목소리로 말했다. "그렇다면 내가
로드니를 완전히 잘못 판단했구나."

56

그들이 책상을 정리하는 사이에 어두운 시간이 다가왔고, 까마귀는 다시 노래를 불렀다. 앨리가 통행금지 선언이 내려졌다고 했기에, 미션은 그날 밤에 다른 친구들이 나타나리란 희망을 접었다. 그들은 쉬면서 계획을 짜기 위해 사물함에서 매트를 꺼냈고, 새벽까지는 다른 사람들을 기다려보기로 결정했다. 미션은 묻고 싶은 게 많았지만, 크로 선생님은 정신이 다른 데 팔린 듯했고 기쁨에 차서 들떠 있었다.

프랭키는 아버지에게 갈 수만 있다면 그들을 데리고 보안부를 통과해서 IT부 깊숙이 들어갈 수도 있으리라고 확신했다. 미션은 하얀 옷을 입은 후에 얼마나 수월하게 돌아다닐 수 있었는지에 대해 말했다. 만일의 경우에는 미션이 프랭키의 아빠에게 갈 수도 있을 것이다. 앨리는 자기네 땅에서 수확한 신선한 과일을 꺼내어 돌렸다. 까마귀는 칙칙한 녹색 즙을 마셨다. 미션은 점점 가만히 있을 수가 없어졌다.

그는 다른 친구들을 기다리고 싶은 마음과 계속 움직이고 싶은 불안감 사이를 오가면서 층계참으로 나갔다. 미션이 아는 한 로드니는 이미 죽음을 향해 걸어 올라가고 있었다. 한바탕 불안이 휩쓸고 나면 청소형이 사람들을 진정시키는 편이었지만, 이번 사태는 미션이 이전에 본 어떤 폭력과도 달랐다. 이건 아버지가 말하던 불태우기였고, 은은한 불신과 무너져 내리는 직업들이 한꺼번에 급증한 꼴이었다. 이런 일이 다가오는 줄은 알고 있었으나, 꼭대기 층에서 떨어지는 칼처럼 빠르게 덮칠 줄은 몰랐다.

층계참에 나와 있으려니 멀리 아래층에서 폭도들이 내는 소리가 메아리쳐 들렸다. 층계참 난간을 붙잡은 그는 행진하는 부츠 소리를 들을 수 있었다. 그는 다른 사람들에게 돌아가서 아무 말도 하지 않았다. 그 부츠 소리가 그들에게 오고 있다고 의심할 이유는 없었다.

돌아갔을 때 앨리는 울고 있었던 듯한 얼굴이었다. 눈이 촉촉하고, 뺨이 붉었다. 크로 선생님은 두 손으로 허공에 장면을 그리며 옛 시절 이야기를 해주고 있었다.

"다 괜찮은 거야?" 미션이 물었다.

앨리는 말하고 싶지 않은 듯 고개를 저었다.

"무슨 일이야?" 그는 앨리의 손을 잡고, 선생님이 해주는 아틀란티스 이야기를 들었다. 이것 또한 언덕들 너머에 있던 무너지고 잊힌 마법의 도시 이야기, 그 폐허들이 젖은 동전처럼 반짝이던 지나간 시절 이야기였다.

"말해 봐." 그는 혹시 이 이야기들이 가끔 그에게 그랬듯이 앨리에게도 이유 모를 슬픔을 준 게 아닐까 생각했다.

"나중이 될 때까진 아무것도 말하고 싶지 않았어." 앨리는 울었다. 앨리가 새로 솟아난 눈물을 닦아내자 크로 선생님이 말을 멈추고, 두 손을 무릎에 내렸다. 프랭키는 조용히 앉아 있었다. 뭔지는 몰라도 다들 알고 있었다.

"아버지구나." 미션은 말했다. 그의 아버지 소식이 틀림없었다. 아버지가 죽은 거다. 그는 바로 알았다. 앨리는 미션에게는 평생 불가능했던 방식으로 그의 아버지와 친했다. 그리고 갑자기 미션은 집을 떠난 일에 대해 강렬한 후회를 느꼈다. 앨리가 떨리는 입술로 말을 내놓지 못하며 눈물을 닦는 동안, 미션은 흙 속에 네발로 엎드려서 용서를 구하며 땅을 파는 스스로의 모습을 상상했다.

앨리는 엉엉 울었고, 크로 선생님은 지상의 날들에 대한 노래를 흥얼거렸다. 미션은 사라져버린 아버지에 대해, 하고 싶은 온갖 말들에 대해 생각했고 벽에 붙은 포스터들에 몸을 던져 뜯어내고 멀리 떠나 자유가 되라고 충동질하는 온갖 말들을 갈기갈기 찢고만 싶었다.

"라일리야." 앨리는 마침내 말했다. "미션, 정말 유감이야."

선생님이 흥얼거리기를 멈췄다. 세 사람 다 미션을 보았다.

"아니야." 미션은 중얼거렸다.

"말하지 말았어야……." 프랭키가 입을 열었다.

"미션도 알아야지!" 앨리가 외쳤다. "미션의 아버지도 알리고 싶어 했어."

미션은 녹색 언덕과 파란 하늘이 그려진 포스터를 노려보았다. 그 세상은 먼지만큼이나 눈물로도 확실히 흐려졌다. "어떻게 된 건데?" 그는 속삭였다.

앨리는 농장에 공격이 있었다고 했다. 라일리는 자기도 싸움을 돕겠다고 애걸하다가 안 된다는 말을 듣고는, 사라져버렸다. 그리고 두 손에 부엌칼을 꼭 쥔 채로 발견되었다.

미션은 뺨에 눈물이 얼룩진 채 일어나서 방 안을 걸었다. 집을 떠나지 말았어야 했다. 미션이 그곳에 있었어야 했다. 캠의 곁에도 있어주지 못했는데. 미션이 없는 곳 사방에서 죽음이 그를 앞질렀다. 어머니에게도 똑같았다. 그리고 이제는 모두에게 끝이 다가오고 있었다.

층계참에서 덜커덩 소리가 나더니 복도를 가득 메웠다. 다가오는 부츠 소리였다. 미션은 뺨을 닦았다. 그는 다른 친구가 올 거라는 희망을 포기했기에 총을 든 보안부일 수도 있다고 생각했다. 그들은 그에게 네 총은 어디 있냐고 묻다가 미션이 가짜라는 것을 깨닫고 모두를 쏘아버릴 것이다.

그는 문을 밀어 닫다가, 크로 선생님이 문에 아무런 잠금장치를 설치하지 않았음을 알고 손잡이 아래에 책상을 하나 끼웠다. 프랭키는 서둘러 앨리에게 가더니 선생님 책상 뒤에 숨으라고 했다. 그는 선생님의 휠체어 등받이를 잡았고, 머리 위 전선이 위험하게 흔들거렸다. 그러나 선생님은 알아서 할 수 있다고, 두려워할 것 없다고 고집했다.

미션은 더 잘 알았다. 이건 그들을 찾아온 보안부였다. 보안부이거나, 아니면 다른 폭도였다. 계단을 여행한 그는 바깥에 무슨 일이 벌어졌는지 알고 있었다.

문을 두드리는 소리가 들리고, 손잡이가 덜컥거렸다. 네 사람이 모이는 동안 바깥의 부츠 소리는 조용해졌다. 프랭키는 눈을 크게 뜨고 입술에 손가락을 댔다. 머리 위에 늘어진 전선이 앞뒤로 출렁이며 삐그덕 소리를 냈다.

문이 움직였다. 미션은 잠시 그들이 가버리기를, 그저 순찰을 돌고 있었던 것이기를 빌었다. 책상을 덮는 데 썼던 시트 밑에 숨을까도 생각했지만, 그 생각은 너무 늦게 떠올랐다. 문이 열리고, 책상이 듣기 싫은 소리를 내며 바닥으로 미끄러졌다. 제일 먼저 들어온 사람은 로드니였다.

로드니의 등장은 뺨을 한 대 맞는 것처럼 갑작스럽고 충격적이었다. 로드니는 아직 접힌 자국이 뚜렷이 남은 하얀 작업복 차림이었다. 머리는 짧게 잘랐고, 면도를 새로 했고, 턱에는 베인 자국이 있었다.

미션은 순간 거울을 보고 있나 싶었다. 둘 다 같은 옷차림이라니. 로드니 뒤의 복도에는 손에 소총을 든 하얀 옷의 남자들이 가득했다. 로드니는 그들에게 물러서라고 명령하고, 빈 책상들이 가지런히 늘어선 방 안으로 들어왔다.

앨리가 제일 먼저 반응했다. 놀라움에 숨을 몰아쉬더니, 포옹이라도 하려는 듯 두 팔을 벌리고 서둘러 앞으로 달려갔다. 로드니는 한 손을 들고 멈추라고 말했다. 반대쪽 손에는 부보안관들이 차고 다니는 것과 같은 작은 권총이 들려 있었다. 로드니의 시선은 친구들이 아니라 늙은 '까마귀'를 향해 있었다.

"로드니……." 미션이 입을 열었다. 그의 머리는 친구의 존재를 이해하려 애쓰고 있었다. 다들 로드니를 구하려고 모였는데, 정작 그에겐 구출이 필요해 보이지 않았다.

"문." 로드니가 뒤쪽을 향해 말했다.

로드니 나이의 두 배는 되었을 남자가 잠시 망설이다 지시대로 문을 당겨 닫았다. 이건 죄수의 태도가 아니었다. 문이 다 닫히기 전에 프랭키가 달려들면서 "아버지!"라고 외쳤다. 복도에 다른 사람들과 같이 선 아버지를 본 모양이었다.

"우린 너에게 가려고 했어." 미션이 말했다. 친구에게 다가가고 싶었지만, 로드니의 눈에는 뭔가 위험한 느낌이 있었다. "네 쪽지……."

로드니가 마침내 크로 선생님에게서 시선을 돌렸다.

"널 도우러 가려고……." 미션이 말했다.

"어제는 도움이 필요했지." 로드니는 총을 옆에 늘어뜨린 채 책상 주위를 빙 돌면서 이 얼굴, 저 얼굴로 시선을 옮겼다. 미션은 뒷걸음질 쳐서 크로 선생님 가까이에 선 앨리 옆으로 갔다. 선생님을 보호하기 위해서인지, 보호받는 느낌을 받기 위해서인지는 알 수 없었다.

"넌 여기 있으면 안 돼." 크로 선생님은 가르치는 투로 말했다. "여기는 네가 싸울 곳이 아니야. 네가 상처 입힐 상대는 저들이야." 가느다란 손가락이 문 쪽을 가리켰다.

로드니의 손에 들린 총이 조금 올라갔다.

"뭐 하는 거야?" 앨리가 눈을 크게 뜨고 총을 보면서 물었다.

로드니는 선생님을 가리켰다. "말해요. 쟤들에게 당신이 무슨 짓을 했는지 말해. 뭘 하고 있는지를."

"놈들이 너에게 무슨 짓을 한 거야?" 미션은 물었다. 그의 친구는 달라져 있었다. 머리 모양과 제복만이 아니었다. 눈빛이 달랐다.

"그자들이 나에게 보여줬어⋯⋯." 로드니는 총으로 벽에 붙은 포스터들을 가리켰다. "이 이야기들이 다 사실이라는 걸." 로드니는 소리 내어 웃다가 크로 선생님을 돌아보았다. "그리고 난 화가 났지. 당신 말대로 화가 났어. 저놈들이 세상에 한 짓에 화가 나서, 다 무너뜨리고 싶었어."

"그러니 그렇게 하렴." 선생님이 강하게 말했다. "놈들에게 상처를 줘야지." 그 목소리는 쾅 닫히기 직전의 문처럼 삐걱거렸다.

"하지만 이제 난 알아. 그자들이 말해줬어. 우린 연락을 받았어. 그리고 이제 난 당신이 여기에서 무슨 짓을 하고 있었는지 알아⋯⋯."

"이게 무슨 일이야?" 프랭키가 아직도 방 한가운데에 서서 묻더니, 문 쪽으로 움직였다. "왜 우리 아버지가⋯⋯."

"가만히 있어." 로드니는 말했다. 그는 책상 하나를 밀어내고 그 통로를 움직였다. "움직이지 마." 총구가 프랭키에게서 크로 선생님에게로 움직였고, 선생님의 의자는 그녀의 마비된 손과 함께 덜덜 떨렸다. "여기 벽에 붙인 말들, 이야기와 노래들⋯⋯. 당신이 우리를 이렇게 만들었어. 우리가 화를 내게 만들었어."

"너희는 화를 내야 해." 크로 선생님이 쉰 목소리로 말했다. "저주받을 화를 내야 하고말고!"

미션은 선생님에게 다가갔다. 눈은 내내 총을 보고 있었다. 앨리가 무릎을 꿇고 노인의 손을 잡았다. 로드니는 열 걸음 떨어진 곳에 서서 총으로 그들의 발치를 겨누고 있었다.

"다들 죽이고 또 죽이지." 크로 선생님은 말했다. "그리고 이 사태는 언제나처럼 쭉 이어져서 모든 걸 깨끗이 지워버려. 죽은 사람들을 묻고 태우고. 그러고 나면 이 책상들은……." 그녀의 팔이 올라가고, 덜덜 떨리는 손가락이 새로 정리해놓은 빈 책상들을 가리켰다. "이 책상들은 다시 가득 찰 거야."

"아니야." 로드니는 고개를 저었다. "더는 아니야. 여기에서 끝이야. 당신은 이제 우리에게 겁을 주지 않을 거고……."

"무슨 소리를 하는 거야?" 미션이 물었다. 미션은 크로 선생님에게 다가서서 그 의자에 손을 얹었다. "총을 쥔 건 너야, 로드니. 우리에게 겁을 주는 건 너라고."

로드니는 미션을 돌아보았다. "'까마귀'가 우릴 이렇게 만드는 거야. 모르겠어? 공포와 희망은 서로 손을 잡고 있어. 까마귀가 우리에게 주입한 건 사제들이 하는 소리와 다르지 않아. 다만 까마귀가 우리를 먼저 붙잡지. 더 나은 세상에 관한 이야기. 그건 우리가 이 세상을 증오하게 만들 뿐이야."

"아니야……." 미션은 친구가 그런 소리를 지껄이는 게 싫었다.

"맞아." 로드니는 말했다. "왜 우리가 우리 아버지들을 미워한다고 생각해? 까마귀가 그렇게 만들어서야. 우리에게 아버지들을 떨쳐내야 한다는 생각을 심어주지. 하지만 이런다고 삶이 나아지진 않아." 로드니는 손을 내저었다. "중요하지도 않아. 난 어제 안 사실 때문에 죽도록 겁이 났어. 우리 모두를 위해 겁이 났다고. 그런데 내가 지금 알고 있는 사실은 나에게 희망을 줘." 로드니의 총구가 올라갔다. 미션은 믿을 수가 없었다. 그의 친구가 늙은 크로 선생님에게 총구를 겨누었다.

"잠깐만⋯⋯." 미션이 한 손을 들어 올렸다.

"물러서." 로드니가 말했다. "난 이렇게 해야 해."

"안 돼!"

로드니의 팔이 뻣뻣해졌다. 총구는 전동 의자에 앉은 무방비한 여자, 그들 모두의 어머니, 요람과 매트 위에서 그들에게 자장가를 불러주고, 그림자 수련을 하던 나날이나 그 이후까지 따라오던 목소리의 주인공을 겨누었다.

프랭키가 책상을 밀고 로드니에게 달려들었다. 앨리가 비명을 질렀다. 미션은 총이 번쩍하고 포효하는 순간 선생님 쪽으로 몸을 날렸다. 배에 주먹을 한 대 맞은 듯했고, 내장에 불이 붙었다. 그는 총이 두 번째로 천둥소리를 울릴 때 바닥에 부딪혔고, 크로 선생님의 손이 경련하면서 전동 의자가 휘청거렸다.

미션은 배를 움켜쥐고 천천히 쓰러졌다. 떼어낸 손이 끈적하게 젖어 있었다.

그는 등을 대고 누운 채로 크로 선생님이 더는 움직이지 않는 의자 위에 축 늘어진 모습을 보았다. 다시 한번 총성이 울렸다. 그럴 필요가 없는데도. 선생님 몸이 총탄을 맞아 씰룩거렸다. 프랭키가 로드니에게 달려들었고 둘은 뒤엉켜 넘어졌다. 그 소리를 듣고 부츠들이 방 안에 쏟아져 들어왔다.

앨리가 울고 있었다. 앨리는 미션의 배에 두 손을 대고 힘껏 누르면서 선생님을 돌아보았다. 두 사람 모두를 위해 울었다. 미션은 입안에 피 맛이 나는 것을 느꼈다. 어렸을 때 놀다가 로드니의 주먹에 맞았던 기억이 떠올랐다. 그들은 놀고 있었을 뿐이다. 옷을 갖춰 입고 아버지인 척하면서.

사방에 부츠가 돌아다녔다. 반짝이는 검은 부츠도 있었고, 오래 써서 흠이 난 부츠도 있었다. 예전부터 싸워왔던 사람들과 이제 막 싸움을 배우기 시작한 사람들이었다.

로드니가 걱정으로 눈을 크게 뜨고 미션을 내려다보았다. 그는 버티라고 말했다. 미션은 시도해보겠다고 말하고 싶었지만, 배가 너무 아팠다. 말을 할 수가 없었다. 사람들이 정신을 놓지 말라고 했지만, 그는 자고만 싶었다. 없어지고 싶었다. 누구의 짐도 되고 싶지 않았다.

"망할 놈아!" 앨리가 소리를 질렀는데, 로드니가 아니라 미션에게 하는 말이었다. 앨리는 울면서 사랑한다고 말했고, 미션은 안다고 말하려고 했다. 내내 그녀가 옳았다고 말해주고 싶었다. 그는 한순간 그들이 얻을 아이들을, 두 사람이 합칠 경우 생길 흙밭을, 몇 세대나 이어지는 생명처럼 끊기지 않고 길게 늘어선 옥수수들을 상상했다. 집 가까이 머물면서 서로를 위해 있어주고, 제일 잘 아는 일을 하면서, 서로가 서로의 짐이 되기를 즐기는 여러 세대의 사람들처럼.

그는 이 모든 이야기를 하고 싶었다. 그보다 더 많이 말하고 싶었다. 하지만 앨리가 가까이 몸을 굽혔을 때 단어를 빚어내려고 애쓰다가 미션의 입 밖으로 나온 말, 부츠 소리와 고함 사이로 흘러나간 속삭임이라고는, 오늘이 그의 생일이라는 말뿐이었다.

쉿 우리 아가, 울지 말렴
내가 자장가를 불러줄게
내가 멀리 있는 것 같겠지만
네 꿈속에선 너와 함께 있단다

쉿 우리 아가, 자려무나
사방을 천사들이 지켜주니
아침에도 낮 동안에도
천사들이 네 두려움을 막아줄 거야

자렴, 우리 아가야. 울지 말고
내가 자장가를 불러줄게

57

3년 후

미션은 앨리가 저녁 식사를 준비하는 동안 작업복을 벗고 옷을 갈아입었다. 손을 씻고, 손톱에 낀 흙을 박박 닦아내고, 흙탕물이 배수구로 빠져나가는 모습을 지켜보았다. 손가락에 낀 반지는 점점 빼기 힘들어졌고, 경작 철이라 괭이질을 하다 보니 손가락 마디가 뻣뻣하게 아팠다.

그는 비누칠을 해서 겨우 반지를 빼는 데 성공했다. 지난번에 반지를 배수구에 빠뜨렸던 것을 기억하며 조심스럽게 옆에 치워놓았다. 앨리가 부엌에서 스토브를 살피면서 휘파람을 불었다. 그녀가 오븐을 열자 미션도 구운 돼지고기 냄새를 맡았다. 한마디 해야 했다. 무슨 일인지는 몰라도 그들은 고기를 살 형편이 안 됐다.

그의 작업복은 세탁기에 들어갔다. 부엌에 돌아갔을 때는 식탁에 불 켜진 초가 놓여 있었다. 그 초는 비상시, 그러니까 아래층 바보들이 발전기를 끄고 망가진 시설을 수리할 때를 대비한 물건이었다. 앨리도 알았다. 하지만 미션은 돼지고기나 촛불에 대해 무슨 말을 하기 전에, 아니면 콩 작황이 기대만큼 나오지 않겠다고 하기 전에 앨리의 활짝 웃는 얼굴을 보았다. 그렇게 행복해할 일은 단 하나뿐이었다. 그리고 그건 불가능한 일이었다.

"설마." 그는 도저히 믿을 수가 없었다.

앨리가 고개를 끄덕였다. 그녀의 눈에 눈물이 고여 있었다. 미션의 손이 닿기도 전에 눈물이 뺨을 타고 흘러내렸다.

"하지만 우리 티켓 기간은 다 끝났잖아." 그는 앨리를 끌어안고 속삭였다. 앨리에게서 피망과 세이지 향기가 났다. 그녀가 떠는 것을 느낄 수 있었다.

앨리는 흐느꼈다. 지나친 기쁨으로 목소리가 갈라졌다. "의사가 지난달에 생겼대. 우리에게 허용됐던 기간 안에 들어가, 미션. 우린 아기를 갖게 될 거야."

안도감이 미션의 마음을 가득 메웠다. 흥분이 아니라 안도감이었다. 모든 게 합법적이었다는 안도감. 그는 아내의 뺨에 입을 맞췄다. 피망과 세이지에 소금 맛이 더해졌다. "사랑해." 그는 속삭였다.

"돼지고기." 앨리가 몸을 떼어내더니 서둘러 스토브로 향했다. "저녁 먹고 나서 말해줄게."

미션은 웃음을 터뜨렸다. "지금 말해주지 않으면 촛불에 관해 설명해야 할걸."

그는 아내가 접시를 놓는 동안 떨리는 손으로 물을 두 잔 부었다. 구운 고기 냄새를 맡자 입에 침이 고였다. 그는 구운 고기 맛을 예상할 수 있었다. 미래의 맛, 앞으로 올 일의 맛보기였다.

"식기 전에 먹자." 앨리가 접시를 차리면서 말했다.

그들은 앉아서 손을 맞잡았다. 미션은 반지를 다시 끼지 않은 스스로를 욕했다.

"이 음식과 뿌리의 영양분이 되어준 사람들에게 감사드립니다." 앨리가 말했다.

"아멘." 미션이 말했다. 아내는 그의 손을 한 번 꽉 쥐었다가 놓고 나이프와 포크를 잡았다.

"알지." 그녀는 고기를 자르면서 말했다. "여자애면 앨리슨이라고 이름 지어야 해. 우리 집안 여자들은 우리가 기억하는 한 언제나 앨리슨이었거든."

미션은 대체 그녀의 가족이 얼마나 예전까지 기억할 수 있을까 생각했다. 그들이 아주 오래전까지 기억한다면 특이한 일일 터였다. 그는 고기를 씹으며 그 이름을 생각했다. "앨리슨이란 말이지." 그리고 그는 결국 그 아이도 앨리라고 부르게 되겠다고 생각했다. "하지만 남자애라면, 캠이라고 불러도 될까?"

"물론이지." 앨리는 물잔을 들어 올렸다. "캠이 당신 할아버지 이름은 아니었지?"

"응. 난 캠이라는 사람은 단 한 명도 몰라. 그냥 어감이 좋아서 그래."

그는 물잔을 집어 들고 잠시 들여다보았다. 아니, 혹시 캠을 알았던가? 그 이름을 어디에서 알았을까? 그의 과거에는 감춰지고 가려진 토막들이 있었다. 목에 남은 흉터나 기억도 할 수 없는 배의 상처 자국 같은 것들이었다. 누구에게나 이런 면은 있었고, 지나간 나날 중에서 기억할 수 없는 대목들이 있었지만 미션은 유난히 심했다. 이를테면 생일도 그랬다. 생일을 기억할 수 없다는 사실은 미칠 노릇이었다. 생일을 기억하는 일이 어려울 게 뭐가 있단 말인가?

〈2권에서 계속〉

옮긴이 **이수현**

서울대학교 인류학과를 졸업하고 동 대학원에서 석사 학위를 받았다. 작가이자 번역가로 활동하며
《빼앗긴 자들》《킨》《체체파리의 비법》《유리와 철의 계절》《새들이 모조리 사라진다면》《아메리카에
어서 오세요》《아득한 내일》《어슐러 K. 르 귄의 말》, '얼음과 불의 노래' 시리즈, '노인의 전쟁' 시리
즈, '다이버전트' 시리즈, '샌드맨' 시리즈, '퍼시 잭슨' 시리즈, '수확자' 시리즈 등 많은 SF와 판타지,
그래픽 노블을 우리말로 옮겼다. 직접 쓴 소설로는 러브크래프트 다시 쓰기 소설 《외계 신장》과 도시
판타지 《서울에 수호신이 있었을 때》가 있다.

시프트 1

초판 1쇄 인쇄일 2023년 4월 10일
초판 1쇄 발행일 2023년 4월 17일

지은이 휴 하위
옮긴이 이수현

발행인 윤호권
사업총괄 정유한

편집 이원석, 박고운 **디자인** 최초아 **마케팅** 정재영, 윤아림
발행처 ㈜시공사 **주소** 서울시 성동구 상원1길 22, 6-8층(우편번호 04779)
대표전화 02-3486-6877 **팩스(주문)** 02-585-1755
홈페이지 www.sigongsa.com / www.sigongjunior.com

이 책의 출판권은 (주)시공사에 있습니다. 저작권법에 의해
한국 내에서 보호받는 저작물이므로 무단 전재와 무단 복제를 금합니다.

ISBN 979-11-6925-620-9 04840
ISBN 979-11-6925-616-2 (세트)

*시공사는 시공간을 넘는 무한한 콘텐츠 세상을 만듭니다.
*시공사는 더 나은 내일을 함께 만들 여러분의 소중한 의견을 기다립니다.
*잘못 만들어진 책은 구입하신 곳에서 바꾸어드립니다.